文芸社セレクション

こんな事がホントの話なんて言ったら絶対、頭おかしいと思われるよね。

桜木 ゆりか

SAKURAGI Yurika

文芸社

○平成八年

勤務先で、帰りに、机の引き出しに入れておいた財布の中を見たら、お札が一枚も失くなっていた。（あれっ？　いつの間に遣っちゃったんだろう？　まだ二千円位あったと思ったけど…。）当時一人暮らしをしていて、レシートの類いは全部取っておいたので、家に帰って確認してみると、どう計算しても、二千円足らない。入社の時、事務引き継ぎをしてくれたパートさんが、「ここは、お金が失くなるから…。誰が入って来ても分からないから、二階のロッカーに入れておくより、机の引き出しとか目の届くとこに置いた方がいい。」と教えてくれたのでそうしていたのに…。実際数年前にもお金が失くなって、一度警察沙汰になったという。被害金額は五千円。人の話では、その時だけでなく、その後も社員の間では、ちょくちょくあるという事だ。ロッカーは、私が入社する前も、してからもずっと無施錠の状態だそうで、「鍵穴はちゃんとあるのに、何で鍵が貰えないんですか。」「鍵が無いのよ。」「じゃあ、鍵を付け替えればいいのに。」「会社に鍵を付けるお金が無いのよ。」そんなやりとりをしたものだ。尤もかなり後で分かったのだが、ロッカーの鍵は金庫に保管してあるそうだ。それにしても、外部から泥棒が入ったにしては、あまりにも少額。でもアパート暮らしの私にとっては、決して少なくない金額。それ以降は出来るだけ気を付けるようにしていた。

ある火曜日の夕方、近くのスーパーの特売日だったので、帰りに買い物して行こうと財布の中身を確認すると、四千円あったので十分足りるなと、引き出しに戻した。その後すぐコンピューター会社の人と調整の為、パソコンのある二階へ行くのに、持っていこうかと一瞬迷ったが、隣の経理の人が席に居た事もあり、そのままにして十五分程で戻った。あとはずっと机から離れずに仕事を終え、スーパーに直行して買い物を済ませ、レジでお金を払おうと財布を開けたら、二千円しかなかった。そこで社外の友人の勧めに従い、自衛手段として、事務服のスカートのポケットに収まらないグアムで買った愛用のカルティエをやめ、小さい小銭入れに替えて、身に着けるようにした。流石にその後私には被害は無かったけど、その会社を辞めて結婚してからも、愛用の品が変わった事を指摘する友人に、「それ以来使わずに、まだそのまま持ってはいるんだけどね。」と話したりもした。ただその際、人の名前とかは一切出さないよう気を付けてはいた。

退職したパートさんのご主人の勤務先は、私の夫と同じ会社、同じ部署だが、パートさん自身に同じだと話した事は無い。この人の、義理だか実のだか、兄だか弟だか忘れたけど、警察官をされているとの事だった。が、彼女は私が運転する車の助手席に乗っても、絶対シートベルトをしてくれなかった。義務化されてから、もう何年も経っているというのに、何回頼んでも、「だあぃじょうぶ。大丈夫。」と全く聴いてくれなかった。

内心、大丈夫じゃなくってぇ、私の点数が無くなるじゃんといっつも思っていた。ある日、運転中に、白バイが前方を斜めに横ぎって行ったのを見て、大袈裟に話題にした後、それまで散々事故ると危ないとか言ってはいたけど、少し遠慮がちに、でもはっきり、「あの、事故でなくても、取締まりとかあると、私の責任になっちゃいますから…。シートベルトお願いしますよ。」意を決して頼んだのに、「大丈夫よ。」流石にムッとしてきつめの口調で、「どうしてですか。」と聞くと、「だってー、弟（兄？）が警察署の交通課に勤めてるんだもん。」

何で、ご兄弟が交通課に勤めてると、シートベルトしなくてもいいことになるのか？そりゃもしかしたら、たまたま取締まりをしているのがそのご兄弟だったなら、見逃してもらえることもあるかもしれないケド。でも口に出して言えることじゃないでしょうが？普通は立場が悪くなるとか、逆だろ。

○平成十年六月上旬

その頃住んでいた所から十分程離れた主人の実家に呼ばれて一人で行くと、帰りに義母が車庫にまでやってきて、「ここの住所、お友達とかに教えているの？」「いいえ。」本籍地ですら、賃貸だというのにマンションの住所にしていたくらいだったので、不思議に思って、聞いてみると、「いや、なんかヘンな電話があったから…。」

なんでも、その時は義母が不在で、義父がでると、「桜木さんのお宅ですか？」「はい。」「桜木ゆりかさん、いますか。」「今、マンションの方に居りますけど。」「マンションの住所教えて下さい。」「失礼ですが、どちらさまですか。」「…友達ですけど…。」

名前を聞いても名乗らないので教えずに、「本人に直接聞いて下さい。」「いいですっ。自分で調べますからっ。」と言って切れたそうだ。マンションに入居して半年位経った頃、おかしな嫌がらせみたいなことがあった後で、管理人さんにも、またおかしなことを言ってるなと思われちゃうなと、恥ずかしくて嫌だったけど、一応聞かされた話をして、「私には、そんな嫁ぎ先の実家にまで電話をしてきて、名乗りもしない友人なんて、一人もいませんから、もし聞いてくる人がいても教えないで下さいね。」と頼んだ。

マンションは東向き、西側に通路と駐車場。南端が管理棟でオートロックのエントランス、出ると左手に来客者駐車場が三台分あって、満車の場合は南西にある寺の駐車場を使わせて貰えることになっていた。南側の道路に面した所に、ゴミ置き場、道を隔てておに向かいが工務店の事務所と、寺、西側は車線の無い道路と住宅、北側は文房具屋さんとクリーニング屋さんを兼ねた小さいスーパー。東側も全部住宅で、やはり車線の無い道路。どこも広い駐車場があって、マンションでも入居者で二台以上の駐車スペースを希望する者には、管理会社が近くに何箇所か借りてあることもあり、集合住宅の近辺にありがちな路上駐車などは滅多に無かった。

私は大体月曜日に、以前住んでいたアパートの近くの八百屋さんとスーパーを二つ、計三軒回って一週間分の殆どの買い物を済ませ、マンションの近くのスーパーでは、タイムサービスの品を、週に一、二度買いに行くのが常だった。月曜日に行く方は車でも三十分かかるので、なかなか一緒に行く人はいなかったのに、買い物の為、駐車場に行くと、西側の道路の南角に一台、ツートンカラーのワゴンが停まっていて、私が車を出すと、その車も動き、ずっと後ろを走っていて、結局スーパーまで一緒だった。しかしスーパーの駐車場に停めてるくせに、誰も車から出なかった。スーパーでも後から来るお客さんはいなかった。買い物を終えて車を出すと、その車も後ろに尾いてきて、八百屋の前の道路に離れて停め、やはり誰も出てこない。私が店を出て車に乗り込むと、その車も動いて、今度は私の前を走って、今来たばっかりの道をまた戻って行った。そこから通り道にある、もう一軒のスーパーにも寄ったが、その時は駐車場には入らず、でもバックミラーを、頭を斜めにして見ていた。同様のことが、車はマリノだったり、紺の軽自動車だったり、最初にマンションの近くに停めてある所も、寺の駐車場だったり、西側の道路は同じでも、角以外に、私の車の駐車スペースの植え込みのすぐ隣（といっても段差があるので、道路の方が下段になり、道路からは植え込みの為に車ははっきり見えない）だったりと何度かあった。主人に話しても、「偶然だろ。」の一言で終わった。

また、誕生日プレゼントの財布をスーパーJで選んでいると、三メートル位離れた所に突っ立ってて、じっとこっちを睨みつけてる二十代の女の子がいて、私が手にとって戻した物を、ヘンな掴み方をして、購入していくということもあった。スーパーYでも同様のことがあったが、どちらも乱雑に扱ったわけでもなく、汚したり、壊したりした訳でもないし（だったら他にも同じ品が数点あったので購入する筈ない）、女の子は両方とも知らない子で、どうみてもお店の関係者にはみえなかった。

○平成十年六月

十五日　0xxx-xx-xxx6　出る前に切れた。

十八日　午前五時三十分　0xxx-xx-xxx0　ワン切り。

十九日　0xxx-xx-xxx9　出る前に切れた。
二十日　0xxx-xx-xxx1　出る前に切れた。
二十九日　午前六時五十分　0xxx-xx-xxx4　ワン切り。
三十日　0xxx-xx-xxx9　出る前に切れた。

○平成十年七月十日　三十日以降、間違い電話もワン切りも一切無かった。中古書店に行くと、いつもなら店員さん全員が大きな声で挨拶してくれる、とても明るい雰囲気の店なのに、女性を含む五人はチラリと、一瞥して、押し黙ったままで、それだけならまだしも、女性は大きな声で、「この人はいいのよ。どうせ買わないんだから。」

一番端っこに停まっていた車から、この男の人は私が駐車場に入った時から車内に居て、私が一番奥の狭い所に停めようと四苦八苦している間も、真ん中が空いて、そこに停め直している間もずっと車内に居た。三十代前半位の男の人が先に店に入っていったが、私と同時に入った人はいないし、誰のことかと一瞬思ったが、私にだったら、なんでそんな事いわれなきゃいかんのか腹が立った。私は大抵、図書館の帰りに寄っていたので、二週間に一回の割合、最高で一週間に二度行ったことが一度だけあるという頻度でしか行ってないし、行けば行ったで二回に一回は必ず買っていたし、その時だって買った者にだけ渡される割引券を出して支払ったのに、結局「ありがとうございました。」もレジの人しか言わず、他の人は全員意識的にソッポ向いていた。しかも他の人が出入りするのを見た限りでは、いつもどおりの対応だったので、余っ程苦情を入れようかと、主人にインターネットで、本社の住所を調べてもらったぐらいだった。

○平成十年七月

十三日　0xxx-xx-xxx0　出る前に切れた。

十七日　0xxx-xx-xxx2　出る前に切れた。

二十七日　午後三時三十七分　0xxx-xx-xxx2　FAX

午後三時四十八分　0xxx-xx-xxx1　FAX

○平成十年七月二十三日　ディーラーで六カ月点検に出して暫くすると、助手席側のボードにドライバーで深く傷が付けられていることに気が付いた。てっきり、点検の際、付けられたものだと思ったので、営業マンを呼んでみて貰った。どちらにしても直してもらわないといけないので頼んだが、調べてもらったところ、傷はマイナスドライバーで付けられてて、それは使用しないということだった。その頃、マンションの駐車場で車上狙いに注意するよう、張り紙がされていたので、それかもしれないと話したが、結局直してくれた。それから少しして、どういう訳か、車に乗った途端、点けていないラジオから、どっと笑い声が聞こえて驚いたが、気のせいだろうと思った。

○平成十年秋（まだ暑かった）

総合体育館で毎週開かれていたストレッチ教室に、不定期に通っていた。申し込み時にのみ身分証名証や、書類に記入は要ったけれど後は、受付の所でお金払って、教室内の用紙に名前を書くだけで、直接行って定員になり次第閉めるという形式だったので、毎回違うメンバーがいた。大体は、午後二時の開始時間の十五分か二十分前に着いて、教室の隣にある、地下の更衣室で着替えをしギリギリに入室するのが常だったが、この日は珍しく、先に用事を済ますために、余裕をみて出て、それが思いの外早く済んだので、インストラクターの人が開けたばかりのような教室にはまだ二人しかいなかった。建物が丘に建っているので、地下でも外は明るく、入り口の突き当たりの窓と右奥の窓にはブラインドが下げてあり、左側が一面鏡、右手前は倉庫で少し出っ張っているので、右奥は少し入り口からは見えづらくなっていて、でもここが一番早く場所が埋まる人気スペースだった。左奥にスピーカーが置いてあって、その上の用紙に名前を書いている間にさらに二人来て奥に座り、一番人気の場所にはもう、既に人が居てその人の右側にスペースが少し空いてはいたが、荷物が置いてあるのでそこから少し離れて座ると、手招きしながら、「そこは休憩の時に、ブラインドが壊れてて眩しいわ。もっとこっちにいらっしゃい。」とそこに置いてあったタオルと財布を、自身の左側に移して場所を空けてくれたので、ちょうど一人分空いたそこに座った。

四十五〜五十五歳位のその人は、細身で背の高い、五分刈りに近いショートヘアにきっちり化粧をして、眼鏡をかけ、座った姿勢が大変良いのと、いかにも仕事をもっているといったカンジで、若々しいその顔付きは一度見たことがあるような気がした。確か以前教室に来た時、地下から階段を上がった武道場の前の椅子に、女性二人とこっちを指さして頷いていた人じゃないかとちらっと思った。ここは更衣室に有料のロッカーがあるが、インストラクターの、「荷物は自分の近くに置いといていいです。ロッカー代が勿体無いし、盗る人いませんから。」の言葉通りに皆していたので、エアロビクス教室ならともかく、財布剥き出しで置いてるなんて珍しいなと思った。だいたいロッカーを使うどころか、更衣室にも立ち寄らず、ジャージで来てそのまま帰る人が、昼間の教室では殆どで、私は汗が冷えるのがいやなので、貸し切り状態の更衣室で、一人のんびり着替えをすることが多かった。満面の笑みを浮かべて、「どこから来たの。」と、その人が話しかけてきたので、「N町です。」と答えると、てっきり私はどこそこよなんて答えが返ってくるかと思いきや、意に反して、「いつも、どの道通って来るの。」

一瞬ちょっと変わった質問だなと戸惑ったが、すぐ、この人もN町かその近くに、住むか勤めているかして、近道を聞きたがっているのだろうと思い直して、ざっと答えた後、全く同じ質問を返した。するとそれまでニコニコしていたのが一変して険しい表情と、「何故そんなこと聞くの?」(あなたが聞いてきたことと一緒ですケド。)つんつんした態度で、それでも答えてくれた内容は、体育館から隣の美術館をぐるっと回って北西の方向へ車で十分という、見事にN町から正反対。しかもN町の近くには行ったこともないと言う。教室終了後、皆マットの片付けをして帰るのだが、その人は片付けた後、元の場所に戻って、両方とも持っていけばいいのに、何故か、財布の下のタオルだけ引っ張り出して、スピーカーの方へダッシュ。私の右隣の人がそれを見て、「あら、あの方。財布忘れていったわ。」

で、私が財布を持って追いかけ、手渡そうとすると、その人はちょっとためらって、困惑した表情で、財布の両端を親指と人差し指を思いっきり延ばして受け取った。その間、入り口に立ってお見送りをしているインストラクターに三十五~四十五歳位の、肩より少し上の長さの軽いウェーブヘアの小柄な女性が大声で、「まあ、先生！ 私今日来て良かったわぁ。私…、（ちょっと口ごもりながら）今日、二回目なんですけどぉ。前来た時から体調が良くってぇ。」と、話していた。みんな礼を言ってさっさと帰るのに割りと珍しいな。その上、いそいそと財布忘れていった人の所にやって来て、でも一言も声を出さずに、口だけ動かして、「どうだった?」と、聞く? と、聞かれた方も声を出さずに、コレコレというふうに、財布を二回突き出して見せ、二人でにやにやしていた。そうして口を利かないまま帰っていった。私はその様子をずっと見てて、なんか不安を感じたので、わざとぐずぐずして、全員が帰ってから、インストラクターに今起きたことと、お二人は知り合いなのに、どうして離れた所にわざわざいたのか、どうして一言も挨拶すら交わさずにいるのか、言おうと思ったが、以前ヘンな嫌がらせみたいなことをされた時、何でもかんでも、真に受けて騒いだことを思い出して、やめておいた。（でも他の人にはよく話した。）

○平成十年十月下旬の月曜日

五年位前からずっと、買い物している八百屋で、お店のおばさんに睨まれて、いつもなら明るく世間話をしながらレジを打って、それがまた毎日値段が変わることもあって、値札より安く打とうとするのを、私の方が訂正するっていう風なのに、終始無言で眉間に皺を寄せて、上に値札が付いているのを引っ繰り返して、一つ一つ確認し、それでいて動作はとても荒々しく、お金を受け取り、一言も口を利かずにお釣りをくれた。スーパーDも、スーパーUも、店員が苦い表情で態度が変わっていた。先週来た時に、喧嘩もしてなきゃ、文句も言ってない。無理な要求もしてないし、値引きを頼んだことだってないし、迷惑をかけるような言動だってしてない筈だが？　先週変わったことといえば、強いて挙げるなら平日の昼間に、二十歳そこそこの女の子が二人、レジの前のお菓子の棚で、菓子をそれぞれ一つずつ手に持って、楽しげにあれやこれやと話していて、それが私が店に入った時も、買い物してレジを済ませ、袋に詰めて帰る時まで、ずうっとそうしていたことぐらいだ。こんな若い子をこの店で、この時間帯に、見かけるなんて珍しいなと思ったっけ。

○**平成十年十一月**

九日　午後一時二十分　0xxx-xx-xxx9　FAX

●スーパーD　店員が睨みながらずっと、私の後を尾いてきたり、レジでお釣りを受け取ろうと差し出した手に、触らないように上から落とすようにして渡された。勿論手は汚れてなかったし、今まで一度もそうゆう対応は無かった。

●スーパーJ　警備の男女がずっと尾いてくる。但し地下の駐車場に車を停めた時だけで、その場合は必ず帰り際、地下の店内入り口におじさんが二人立って、私が車を出すのをずっと見ている。一度車を替えて、主人の車で行った時は、地下に停めても、普通の対応だったので、二月に買い替えた車のナンバーに、問題でもあるのかと訝しんだ。会社勤めをしていた時、よく、このナンバーに要注意ってファックスが送られてくることがあったので、たまたまそういう人のナンバーと同じのを付けられたのかもしれない。でも、大手同士がそういう情報をやりとりはしても、八百屋さんまで連絡するんだろうか。それにそう誤解されているにしても、中古書店では、車を店の出入り口と逆の場所に停めたし、あの時は、私を見てからの反応ではなく、店に入った時から、ヘンだったし、どういうことだ。

●T銀行Y出張所　CDコーナーしか開いてない時間で、中に誰もいないのに、駐車場に停めた車内で中年女性が、私がそこに行って帰るときまで、ずっと居るのを見かけることが二〜三回あり、何をしているんだろうと不思議に思っていたら、行員に挨拶とか全くされなくなった。一度など、私が駐車場に車を停めるのを、案内係の女の子がカーテンに体隠して？　顔だけ出して見ていて、車を降りて店に向かうと、彼女はカウンターに行って、私が入ってもこちらを見ようともしなかった。レースのカーテンなので、丸見えなのに…。

●Hスーパー　二階の売り場に、主人といる間中、厳しい表情のがっしりした中年男性が売り場売り場に尾いてきて、棚と棚の隙間からこちらを睨みつけていた。近くには私達以外誰もおらず、少し離れた所にしかいなかった。

●Hクリーニング店　半分美容院になっていて、美容師も兼ねている受付の人が、唐突に、でも意を決したかのように、「Yスーパーって……。よく行くの？」「いいえ。」（高いからあんまり行かなかった。）「Yスーパーに勤めている人が教えてくれたんだけどぉ……。」

なんか妙に間が空いて、その後とってつけたように、「幸田にYスーパーが出来るんだって！　…出来上がったら…行くの？」前半は不自然な程明るく、後半は恐る恐る聞いてきて、最近変な応対をされることが多かったので気になった。

そういえばYスーパーなんか買い物行ったの、何年前だろ。ある店で、ヘンな嫌がらせの電話を真に受けて、見知らぬ人にばかなことを言ってから、恥ずかしくて全く行ってないし、別の店も、友人と一緒に、友人の子供の同級生を捜しに行ったのが最後で、かなり前のことだ。もしかしたら、ある店でばか言ってる所を見られて、誤解されたかもしれない。そりゃいちゃもんつけたけど、騒いだわけではないし、でもやっぱり異様だったろうな。そのせいなのかな。でも、店の人に私が「警察に連絡して下さい。」って頼んだ時に、店の人は、「冗談じゃない。面倒はごめんです。」て行ってしまったのに。

●市立図書館　返却しようと、「お願いします。」係の人は終始無言で応対。貸し出し分を、カウンターに出す前に、近くの棚の上でラベルをそろえていると、館員が手でこちらを示してから、他の館員に耳打ちしていた。ちらっと後ろを見てみたが、だれもいなかったし、通った人もいなかった。〝ここもか。〟ってカンジで主人に話したが、「気のせいだろ。」

●ドラッグストアＭ　このころはマンションの横に停まっていた車は見かけなくなっていたのに、久々に、白のセダンがいて、携帯電話で話しながら尾いてきた。思いついて、ドラッグストアＭに行く前に、近くの郵便局へ向かった。ポストに入れるだけで用は済むのに、駐車場に車停めて局内で出して、戻ると、白のセダンを運転していた四十歳位のその男性も車停めてこちらに来るところだった。でもその人は、私を見ると驚いて、そのまま、局にも、ポストにも行かずに車に戻って、少ししてから、けっこうマイナーな道なのに、又尾いてきた。ドラッグストアＭの駐車場に入ると、その車は駐車場の横の道で、こちらを見ながら携帯で話して、そのまま通り過ぎずに、車を停めていたが、店から店長さんが、血相変えて出て来たら、行ってしまった。店長さんは数台停まっている車のナンバーを一台一台、体を傾けて見て、私の車のナンバーを見て非常に驚いていた。主人に話したが、「まさか。」

●Ｔ住宅販売　営業マンに実際建てた家の見学に主人と連れて行ってもらった。その営業マンが、Ｙスーパーの看板が見えると、「Ｙスーパーに、買い物とか、よく行かれるんですか。」「いいえ。」と、答えた後、以前クリーニング屋さんでのこともあったので、気色ばって、「どうしてそんなこと聞かれるんですか？」と聞いたが、「いえ。」と、それ以上答えてくれなかった。こりゃなんか誤解されているとしたら、ますます誤解を深めたなぁと思った。

●総合体育館（十月十六日、十一月二十六日、十二月四日、十二月十日）駐車場に車を停

めると、既に停まっていた白のバンの中に居る若い男が、クラクションを鳴らす。すると受付の女性の態度が一変した。(クラクションが無い時は以前のままだった。)十日の日は、クラクションではなく、運転席で頭を助手席に倒しながら、携帯電話でこちらを見ながら、せせら笑って、「あんまり、頭の良くない犬だからっ。大丈夫。」

この日は、受付の女性に、はっきり聞き取れなかったが、「泥棒!」?と、ののしられた?

○平成十年十一月九日　午後一時二十分　0xxx-xx-xxx9　FAX

●Yスーパー　十一月二十八日　主人とオープンセールに出掛けた。本屋で支払いの際、少し離れて尾いてきていたスーツ姿の細身の中年男性にバッグの中を横からのぞき込まれた。もう、かなり前から、ヘンな誤解をされているようでいやだから、買い物時はポケットの付いた服は絶対避けて、どうしても付いているコートなどの上着とかでも、ポケットがボタンでふさがれている物とか、ファスナーで開閉出来る物とかしか着ていかないようにしていたし、バッグも小さい、財布とカギしか入らないような、それもやっぱりファスナーで開閉する物に替えているのに…。

○平成十年十二月四日　午前八時　0xxx-xx-xxx6　間違い電話

●デパート　十二月五日　帰りに地下駐車場で、車に乗る前にコートを脱いでいると、警備員が渋い顔をしてやって来て、隣の車の後ろに立ち、私達が車を出すまで、じっと見ていた。

○**平成十年十二月八日**　午前九時五十分　0xxx-xx-xxx3　FAX
　九時五十八分　0xxx-xx-xxx7　FAX
　十時　0xxx-xx-xxx7　FAX
　十時四十分　0xxx-xx-xxx7　FAX
○**平成十年十二月十三日**　午前八時五分　0xxx-xx-xxx0　ワン切り
　八時二十分　0xxx-xx-xxx4　ワン切り
●N店　十二月二十一日　店長と思われる中年男性が、棚と棚との間に隠れるように屈んで、こちらを伺っていた。
●スーパーY　十二月二十三日　四階でアルバイトをしている同級生に包装してもらいながら世間話をした。他愛のない近況報告で、ごくごく普通のやりとりに過ぎず知り合いだからと無理も言ってない。この日は穏やかな対応だったのに、次に行くと、こちらのあいさつには応えずに、そそくさと柱の陰にある店内電話をかけて、こちらをにらみながら、
「来ましたけど…。」
●スーパーY近くの花屋　一週間か二週間に一度の割合で行っていたが、ここも店員さんの応対が冷たくなって、店の外に置いてあるのを見てたら、ガラス越しにこっちを監視していた。何かをしながら、たまたまこちらを見ていたとかではなく、ガラスの所までやって来て、じっと動かずに、私の動きに合わせて、顔だけ動かしていた。買い物終えて帰る時、外まで見に来た。でも、何度か行くうちに、態度が硬いのは店長さんだけになって、

店員さんが、店長に、「どうやって？」と聞いていた。

主人に何度か、どうも行く先々でデマを飛ばされているようだから、興信所を頼もうと相談したが、「何にもなってないじゃないか。実害がある訳じゃなし…。」いっつも同じ返事。

●T建築　Tさんがマンションに夜やって来て、主人に、「夜中にヒエッというような内容のイタズラ電話がよくある。」と話すので、うちもその手の電話が多かったので、番号非通知だとベルが鳴らないようにしてあると言うと、すぐさま携帯電話を取り出して、その場でうちにかけ確認していた。

●総合体育館　年末妙にバタバタしていたし、地下の教室の横の部屋に人が出入りするのを、初めて見たことや、地下の更衣室で着替えをしていた時に、無言で、ノックもせずに入って来た中年の女性二人に両脇を挟むようにピッタリ寄って立たれ、着替えもせずに私が着替えるのをじっと見ていた揚げ句、私のカバンの中を露骨にのぞき込んで、黙ったまま出て行った。

十二月だったかもしれないが、平日の水曜日の朝八時十五分、マンション専用のゴミ捨て場に行くと、向かいの設計事務所の庭先に立ってタバコをふかしている四十代〜五十代のやせ形の男がいた。なんでこんな平日の朝っぱらに、人んちの敷地でといぶかしみながらゴミを置いた。設計事務所の人でないことは以前伺ったことがあるので知っていた。だいいち設計事務所は開くのがもっと遅い時間で、事務所の人達が来るのも、もっと遅い。

車でなければ来れないような所なのに、車も停めて無いし、何か危なそうなイヤな感じがして、そんなことは気のせいだと思いたいが為に、マンションに入る前に振り返って見てみると、つい今しがた私が出したばっかのゴミ袋と、その男が消えていた。念の為に戻って、転がり落ちてないか捜したが、どこにも無かった。

○平成十一年一月　正月休みに主人の実家へ行く。母屋の横に家を建てさせてもらうことに決まった。ずっと尾いてくる紺色の国産高級車（シーマかローレル？　ボンネットの真ん中に立体エンブレムが付いていた）の車の助手席に、前勤めていた会社の経理の女の子によく似た人が乗っていた。その時私が運転していた車は、その会社に居た時のとは違う車で、尚且つ、私はそこを退職する際、ダイレクトメール等来ないように、一切のデータを消してきたから、もし彼女本人なら、前を走っているのが、私の車とは知らないはず。なのに、バックミラーで彼女か確認しようとすると、助手席の彼女と、運転席の髪を真ん中分けしている顔立ち整った若い男も、その都度顔を伏せてしまう。別にバックミラーを手で直したりとかした訳ではなく、目線を上げるだけで二人とも（運転中なのに）下を向いてしまう。意地になって、間を空けて何度か、そんなことを繰り返してたら、その紺色の車は、スピードを落として車間距離を空けた。やっぱり彼女に違いないと思った。そのくせ、交差点に入るかなり前から完全に赤信号になっているのに、絶対停まらずに、尾いてきた。実家の近くのコンビニの前を東へ向かって左折すると、その車もやはり左折して来たが、道路に面した所にある製材所の駐車場の入り口をふさぐ形で、道路に車幅の三分の二以上はみ出して東向きのアメリカ停めの状態で、私達の車が南に右折するのを、見ていた。というのは、私達が実家の車庫に車を停めて、家に入ろうとした時ちょうど、狭い道なのでゆっくり入って来たその運転手と目が合うと、その途端二メートル幅しかない細道を一気に猛スピードで走り抜けて行ったからだ。製材所の駐車場だって、私が知る限りでは、その車が停めた向きと垂直の方向の南北に停められているのが常だったし、その日の夜七時頃、食事をごちそうになっていると電話が鳴って、義母が出ると、「桜木さんのお宅ですか。」「はい、そうです。」「間違えました。」

で、切れた。義母が、「なにぃ！　ヘンな電話っ。」と、怒っていた。若い男の声だったと言っていた。

○**平成十一年一月二十日**　0xxx-xx-xxx2　最初小さい子供がかけてきて、途中で母親らしい若い女性と替わったが、結局、「イマイさんのお宅ですか。」と、間違い電話だったのだが、でも何だか最初から間違いだと分かっているのに、「違います」と切られることをぐずぐず引き伸ばしているような、ただ子供と交代するだけとは違う、すごくイヤな口調だった。

○**平成十一年一月三十日**　主人と大須へ行く。岡崎からずっと一緒だった三河ｘｘるｘｘ-ｘｘの紺のRX-7、23号線で名古屋市内に入ってから、窓とか開けずに主人に、「この車ずっと一緒だねー。」と言ったら、しばらくして竜王インターの一つ手前で降りて行ったので、気のせいかと思ったら、19号線を走っている時、その車が隣の車線を走っているのに気が付いて驚いた。主人もすごい偶然だと驚いていた。その後、その車は車線変更して、私達の前を走った。思いついて、真ん中の車線に移った。するとその車も真ん中車線へ移り、本当は少し先で右折予定だったが、左折するかのように左折車線に移ると、その車も左折車線に移った。右折するために四車線いっきに移動すると、やはりその車も同様に動く。白川公園の駐車場に停める為に、わざとスピードを落として、その車と車間距離を思いっきり空けて、その車が公園の前を通り過ぎ、交差点の近くまで行ったのを見てから駐車場に入った。すると、その車は左折していった。

大須へ向かって主人と大通りを歩いていると、その車を運転していた二十代後半と思われる太りぎみの男が、私達の三メートル程後ろを、同じ方行へ歩いていて、見間違いかと注視した。でも、水商売の人かと思えた、特徴のある光の加減で青っぽくも見える、光沢のある緑色のスーツはどう見ても、どう見ても見間違えようがない。そこでわざと、ショーウインドゥを見る振りをして立ち止まり、その男を先に行かせて、その後ろを歩くことにし、道を渡って行ったのを見てから、右の道に行った。そちらは店とか全く無いことは知っていたけど、いい加減主人に分かってもらうために、「なんだぁ、どうしたんだ。」と、うるさく言うのに、敢えてその道に行って、「間違えちゃったぁ。」と、言いながら、来た道を戻ると、果たして、さっき道を渡って向こうへ行った男が、こちらへやって来るところだった。おまけにそいつは、その場でUターンして、大通りへ戻った。なのに、主人にとっては、私が何やら訳わからんことをしているとしか思ってなかった。それで、もう一度、そいつが道を南に渡って行くのを確認してから、今度は大通りを東に横切った。やっぱりそいつも道路を横切って、私達の後ろにやって来たというのに、主人は、「はあ？　なに？　だからどうしたの？」と、大声で言って少しも分かっていなかった。

そんなやりとりをしつつ歩いていると、富士山型遊具のある公園近くで警官が駐車禁止の取り締まりをしていた。それを見てそいつは慌てて、本当に、戻って行った。「わぁからん。（私の）言っていることが分からん。」と、尚も大声で言う主人に、やっと、普通の対応になれたが、大須でも、店員さんの態度が、物陰から伺うとか、気のせいかもしれないけど変だったので、主人の買い物に付き合うのをやめて、ベルヘラルドで待つことにした。が、隣のテーブルに来た中年のおじさん二人の様子が、やはり変で、でも一緒にイル主人が分からないという以上、人に話しても、気にし過ぎとか、被害妄想としか受け止めてもらえんだろうな。でも、ここまでされたら、普通は尾けられていると思っても無理ないと思うんだけど…。

○平成十一年一月

マンションの自動車用の駐車場に、スクーターを二台横に停め、ガッシリした体型の中年男性が二人、雨の中を、黒い合羽を着て突っ立っていて、私が横を通ると、傍らにいた細身の男の人に、「あの人か？」と、聞いていた。その後、白いバンに乗っているのを、幸田や実家へ行った時とかマンションの近くで、時々見かけた。多い時は一日に行く先々で合計五回見る日もあった。
○**平成十一年一月十五日**の地鎮祭から、建築現場へ通う道で、毎日往きと帰りに必ず、三河ｘｘてｘｘ－ｘｘのえんじ色のシビックを見かける。四十歳位の女性が運転していて、建築現場へ向かうのでも、同じ時間帯なのに、すぐ前を走っていたり、対向車線を走って来たり、かと思えば、交差点の右角に停まっていたり、工場の横の細道から出て来たり、いったい何の仕事？　をしている人なのだろう。
●A社　主人と一緒だったが、やはり店員の態度がヘン。
日付は分からないが、いつものように幸田へ行く途中、前の白のセダンがトランクのカギ穴に五、六個はあるカギ束を付けたままゆっくりと走っていたので、中島町の交差点で停まった時、車から出て、注意をしたが、私がカギを外してあげなかったことが、不満そうだった。運転席のカギは別のがささっていた。信号が変わるまでに、私が車に戻って、シートベルトを閉め、エンジンをかけるまで時間あったのに、その人は外そうとせず、そのまま走って行った。総合体育館で妙なことがあった後、電話かけてて、財布忘れていくお婆さんとか、目の前を歩いている人が財布を落として行ってしまうので、拾って追いかけたりと、どちらも声かけても、そのまま行ってしまうことが共通していた。二週間の間に、そんなことが三回はあって、自分では良いことをしたようなつもりになっていたけど…。
●K書店（平成十年十二月二十日、十一年一月四日、二十三日、三十一日、二月七日）主

人と、それぞれ立ち読みしていて、欲しい本が見つかったが、お金が足りなかったので主人の所に行って、「お金。貸してっ。」そう言うと、隣で素知らぬ振りして様子を伺っていた、二十代後半から三十代中頃の男が顔色変えて、こちらを睨みつけて、主人がムッとして無言でいたので、「何で、黙っとるの？」そう聞くと、主人は無言のまま財布からお金を出したが、そのやりとりを見て居たその男は、まるで私が人に金をせびったかのようにでも、思ったらしく、更に私を睨んで、「こりゃ報告しなくては。」みたいに血相変えて、店員に何か言った後、出ていった。まさか、私達を見張っていたのなら、私と主人の顔くらい知ってるよね？　その後私は主人と一緒に帰っているんだし…。まさかね。

主人が隣のパソコンショップに行っている間ここで待っていると、その前の週に店員に、こちらが泥棒だとでも言ったらしい若い男性が、その店員さんに「おい。どうなったーだー。」と責められて、「だってなんにも無いもーん。」半べそかかんばかりで答えていた。

○平成十一年二月十一日　久しぶりにストレッチ教室へ行った。人数がとても少なかった。インストラクターから盗難騒ぎがあったと、聞かされた。えぇと思って続きを聞くと、財布が無いと大騒ぎをして、警察も呼んだが、結局ブラインドを上げたら、あったということだった。なぁんだと安堵しつつ、ふと気になって、少し離れた所に置いた自分の荷物を近くに移そうか迷った。インストラクターが「ロッカーは有料だからもったい無い。自分の荷物は自分の回りに置いといて下さい。盗る人いませんから…。」って言っていたのに…。そのすぐ後に遅刻して一人、中年女性が入って来て、妙に張り付くっていうか、こんなに空いているのになんでわざわざと思える程、遠慮が無いというか、心理的ナワバリに全くお構いなしっていう態度に、ちょっと奇異な感じがした。奇異といえば、ここは車でないと来れない場所柄、私は時々、四百円だけ握り締めて、あとは着替えの入ったカバンだけ持ってくることがあったけど、大勢の人の中には、同じ様にしている人もいただろうし、教室の一面は鏡になっていて、だれが見ているか分からない所で、持っているかどうか分からない財布を、他人の荷物から盗れるものだろうか？　無くなったと騒いだ本人は、そんな所に置いてないと言い張っていたと言うし、リラックスタイムといって昭明落として、呼吸整える時間があるけど、その時に、冷えないよう荷物の中から上着を取りに行く人もいることはいるが、ブラインドなんてずっと下がりっぱなしで、カシャカシャ音がするし、なんでワザワザそんな所に置いたのか？　地下の更衣室で、着替えをした後、時々インストラクターと一緒になることがあったので、よく知っているのだが、教室終了後は、インストラクターがみんなをお見送りした後に掃除をして施錠するので後で取りに行くことも出来ないし、本当に盗む人がいるなら、本当に盗んだのなら、どうしてそのまま持ち帰らなかったのか？　まるでストレッチ教室の人が犯人ですよと言っているようなもんじゃないか。他人に知られないように、ブラインドの後ろに財布を隠すのは、開始前の人が少ない時しか出来ないから、これは狂言じゃないか？　私の行く先々で、デマを飛ばして、それがまた上手くみんな引っ掛かって信じ込むものだから、ズに乗ったのかもしれない。その日は、人数が多いと出来ない、鏡に向かって両手を着くストレッチをした。指紋を調べるのならどうぞとばかり、思いっきりベッタリふき取りもせず付けて来た。リラックスタイムでは、いつものように、体の下に敷いたバスタオルを掛けた。終わった後、いつも使う地下の更衣室は施錠されてて、使えなかったので、仕方なく一階の更衣室に向かった。今まで総合体育館であったことをいろいろ思い出した。今日は着替えをせずにそのまま帰ろうかともチラッと思ったが、でも私は何もしてないし、逆にいつもと違う行動を取ることで、疑いを招くようなことがあっても嫌だし、何より、図に乗った人達が警察沙汰まで起こしたにしろ、そんなの調べればすぐ分かることだし、却って、以前ヘンな嫌がらせみたいなことをされて警察署に相談に行った時には、専用の相談棟があって、専用の相談室が二部屋あって、常勤の相談員が二名いたのに、証拠と思える物を持って行ったのに、見もしなければ、メモすら一行も取らずに、「本当に、そんなヘンなことやっているのがいるんだったら、あんたかご主人のどっちかが浮気しとるせいだろう。」

そんな事実は全く無かったのに、勝手に決めつけて、そのくせ、部屋を出て、出口に向かう通路の壁に床から三十センチ位の高さで床に平行に五センチ位の出っ張りがあって、そこに腰を掛けていた三十代前半にみえた女の人が、私を見るとそそくさと行ってしまった。相談室の前には十名以上座れるようにイスが置いてあるのに、そこには一人も待っていなかったし、なんでこんな座りづらい所に腰掛けて、しかも相談室は片方空いていたし、私の相談は済んだのだから入ればいいのに、そこは専用の相談棟なんだから、相談のある人しか来ないハズなのに、ふと気になって試しに、そこに座ってみたら、中の物音が筒抜けだった。相談の後ですらそんなことがあったりしたのに、相談の時はあまり信じてもらえなかったけれど、今回のことが関係あるにしろ、無いにしろ、ウソを言っていた訳じゃないし、思い込みでもなかったって分かってもらえるかもしれない。実際そんなことがあったから、又、相談にも行けなかったのが、向こうからわざわざ警察を呼んでくれたのなら、助かるじゃないと思い直した。きっと実態が何も無いのに、キレイに行く先々で広がっている話（デマ）と、今回のみえみえの狂言に気付いて、不審に思うに違いない。日本の警察は優秀だし、プロにこんなごまかしが通用するかってんだ。商売する人が、例えデマにしても、必要以上に警戒するのは当然だし、私は秋から、買い物には絶対ポケットの付いた服は着ていかないように、付いているなら、ファスナーやボタンでふさがれた物にカバンすら、そういう類の物に替えていたから、店の人の中には話の矛盾に気が付く人もいただろうし、それでこんな狂言をやったのかもしれないと考えて、きっと警察はデマを流した人達の裏をかいてくれるわと、楽観的に思った。

一階の更衣室は、廊下の一番奥で、手前左側に男子更衣室、その入り口の反対側に長イスが置いてあり、女性と一緒に来た人で、先に着替えが済んだ男性は、大抵ここに座って待つのが普通で、少なくとも、男子更衣室の前を完全に通り過ぎて、女子更衣室に近付く人なんて見たことが無かった。でもその日は、なんと女子更衣室の扉を全開にして、入り口を完全にふさぐ形で、中肉中背の髪の毛真ん中分けの顔立ち整った若い男が、やはり入り口に立っている若い女の子と話していた。ちょっと暗い気持ちになった。例え本当に彼女とのおしゃべりに夢中になったとしても、普通の人なら、人が来れば慌ててどくだろうに、こちらが入ろうとしても、全くどく素振りすら見せずにニヤついていて不快になった。目で合図したようだった。更にいっしょの女の子は女の子で、一人で、室内に一つしか無い長イスの上を紙袋五、六個で埋めていて、一番奥の端っこ三十センチ程しか空いてなかった。仕方なくそこに荷物置いて着替えを始めたが、他にはだれもいなくて早くだれか来てくれと祈るような気持ちでいた。だってその女の子は、入り口に立っていた時から既に運動着だったくせに、自分が並べた（筈の。他に一人もいないんだから。）紙袋に背を向けて、ロッカーの方向、つまり私と逆方向を向いて、着替え？ をしだしたのを見るにつけ、何を今更やっているんだろうと、不審に思い、さっさと着替えて早く帰ろうとあせった。

すると、ドアの外から、「おい。りん。」さっきの男が呼んだ。でも、その場にいても十分聞こえるのだから、まさか戸を開けたりしないよなと思ったら、その子はドアの方にタタッと動くので、服で隠しながら、後ろへ飛びのいた。すると、その子は、自分のせいで、私がそんな行動を取ったとは全然思わないらしく、睨みつけてきた。私の方も、「開けていいですか。」の一言くらい声かけてからにしてよと、ムッとした。はっきり言ってやれば良かった。ドアを開けると彼女は、大声で男に、「この黄色い紙もいるのね。持ってくのね。」と、念を押していたが、名前を呼んだついでにでも言えることじゃないか。

第一黄色の紙は、受付でお金を払うと渡してもらえる物だから、やっぱりこれから、ジムなりなんなり行く（という設定だろうに。）訳で、運動着から何に着替えるのか？　やっと着替えを済ませて、外に出ると、その二人がイスに座って、女の子が男にこちらを見ながら、不審顔で何か訴えているのに、男の方はやたらにやついていた。ジムの中で指導員らしき人が私の方を、気の毒そうに見ていた。私が更衣室に入った時、荷物をいじっていたから、彼女の荷物に間違いない（設定だろうに）のに、全部広げっぱなしにして、外にいて、そりゃあれだけ数があったなら、ロッカーにも入り切らないだろうけど、だったら男のロッカーに預かってもらうなり、ここは車でなけりゃ来れないんだから、車に積んどけがいいじゃない。この男が正月に見かけた男だったら、もしかして疑惑のダメ押しをされたかもしれない。だとしたら、この女の子は証言役に使われたのかな？　こんなお粗末な方法で確認した気になられては困る。しかもその手が通用する人を人選しているかのようだ。

帰宅して、姉に電話で話したが、「今の子はみんなそうだよ。他人のことなんか気にせいへん。そんなのよくあることだわ。」で終わった。

マンションに一番近いガソリンスタンドで、無料で点検するからと勧められて、ボンネットを開けて見てもらったのだが、それ以来、ウィンカーの音が電子音に変わった。

○平成十一年二月十二日　マンションの近くから、三河ｘｘさｘｘ-ｘｘのワゴン車が尾いてくるようだったので、福岡町の近くの、店舗が六つ程ある共同駐車場へ、渋滞を横切って入った。すると、その車の運転手は別に私が道を塞いだ訳でもないのに、ちょっと困った顔をして、通り過ぎて行った。ワゴン車には、前からは見えなかったが、側面の後方に『鳶　〇〇組』と書かれていた。
〇**平成十一年二月十三日**　0xxx-xx-xxx2　なんか問題が起きる少し前に、どうも間違い電話とか、ワン切りとか増えるみたい。偶然かもしれないけど。
〇**平成十一年二月十四日**　不審な車？　白のクラウンｘｘｘ、紺の高級車ｘｘｘ、銀メタのランサーｘｘ-ｘｘ、三台とも三河ナンバーだけど、ナンバー全部は分からない。ランサーを見かけるのは二回目。
〇**平成十一年二月十五日**　0xxx-xx-xxx6　着信メモリーに残っていた。
　三河ｘｘせｘｘ-ｘｘ緑のエミーナ、マンションからスーパーDへ向かうまで、ずっと後ろを走っているので、ミラーで見ていたら、南にある喫茶店に入っていった。やっぱ気のせいなんだよね。
〇**平成十一年二月十八日**　私の中では、何か意図的にやっている人がいるかもしれないっていうのが、ほぼ確実になりつつあったので、総合体育館にストレッチ教室に行くのに、友人に前あったことを話して、一緒に行ってくれるよう頼んだ。友人は、「盗んだ人がそんなとこ、置く訳ないじゃん。」即座に話の異様性に気付いて、「でも、更衣室の方はマズかったね。」と、時間が無いのに、承知してくれた。
　彼女の所に行く途中、T銀行CDコーナーに寄ると、建物のすぐ左横に、後部が壊れた白のセダンが停まっていて、運転席に目付きの悪い五十歳位の男と、後部座席に、幼児と一緒に太りぎみの中年女性が乗っていたが、その時CDコーナーにはだれもいなかった。私の前には二台車がいて、そこの駐車場には三台しか停められないので空くまで入り口で待っていた。結局私の前にいた二台の車の人が用を済ませて車出すまで、待つことになった。やっと空いたので、白のセダンの横に停めると、それまでまったく動かなかった目付きの悪い男が、後部の女性にあごをしゃくって、「おい。行けっ。」と言い、困惑気味の女性はのろのろと、私の後ろに来た。私が駐車場に来た時から幼児はぐずったり泣いたりとかは、一切無かったので、なんだかイヤな感じがして、CDコーナーに入る直前、「あっ、忘れちゃったぁ。」などと、つぶやいて、車に戻り、トランクの中をかき回して、その人達が帰るのを待つことにした。でも、本当に帰らないので、仕方なく時間に遅れてはと、中に入った。その女性は、体を左向きにして、右にいる私の方も、機械のある正面すら見ようとしないでいた。結局私の方が先に外へ出た。でも白のセダンはエンジンをかけてもいなかったのに、その車の方が先に出て行った。

その後総合体育館へ友人と一緒に行った。駐車場に車を停めて、建物の方へ歩いていると、こちらへ歩いて来た中年女性が、私達を見て、ハッとして足を止めると、今出て来たばかりの建物の中へ戻って行った。前後するかもしれないが、階段の所で、髪の毛真ん中分けの若い男が、にやにやしてこちらを見ている隣で、小柄なもう少し年上の男の人が、「古いっ！　指紋が古いっ。」そう力んで訴えるがごとく言っていたが、その髪の毛真ん中分けの若い男は全く動じずにやついていた。教室が始まると、一見品の良い、四十歳～五十歳位の女性が、外へ出て行き、若い女の子を連れて戻って来た。真っ最中に出入りする人なんて初めて見た。この日は結構人が多かったにも拘わらず、前回と同じストレッチがあったので、鏡に向かったが、友人が後部の壁に向かったので、隣に並んで、拭き取りもせず思いっきり指の跡を付けてきた。

帰りに友人が、「財布があったブラインドって、インストラクターがなんか、上げ下げしてたとこ?」って私に聞いたが、私はそれを見てなかったし、どこに置いてあるどころか、いつ起きたかも知らないし、だれが被害にあった？　かも知らなかったので、そう答えた。

車に戻ると、私達の車の横に、座席を倒して寝ている若い男女の二人連れが車内にいた。足でブレーキを踏んだままそうしていた。変なの。

○平成十一年二月十九日　幸田へ行く途中、役場の横の道に、アメリカ停めの白の軽自動車ｘｘ-ｘｘの運転席のニット帽被った若い男、通り過ぎる間ずっと、顔の向きを変えて睨みつけてた。でもきっと気のせいなんだよな。

○平成十一年二月二十三日　午前九時五十分　0xxx-xx-xxx1　間違い電話。「スペック○○さんのお宅ですか。」からかうような口調で、声が髪の毛真ん中分けの男にそっくり。

○平成十一年二月二十四日　十二カ月点検を一色町の店にやってもらって少ししてから気付いたのだが、十センチ×十センチ×三センチ位の、黒い箱が座席の下に取り付けてあって、そこから出たコードが床から飛び出たコードとコネクタで繋がっていた。ストレッチ教室に行った時、カバンを座席の下に入れていたから、前にはこんな物は絶対無かった。

○平成十一年二月二十七日　0xxx-xx-xxx7　気弱そうな中年女性の声で、こちらが出た途端、「サノセンムのお宅じゃないんですか。」私「はい」としか言わなかった。夜七時にもかかってきたけど、ベルが二回鳴っただけで、切れてしまった。確か以前にも朝六時五十分に一回だけ鳴らして切るっていうのがかかってきたことがあったので、着信メモリーで電話をかけると、子供が、「はい。サノです。」と出た。

尾西市には、サノという名字がとても多いので、全然関係無いと思うけど、少し前に尾西に住んでいる姉に二度ばかり会ったが、一度目に会った後、もし、本当に、私の行く先々でデマを飛ばしたり、デマに信憑性を持たせる為に、実際に問題を起こしたりしている人達がいるのなら、身内のような、本来なら味方をしてくれる筈の立場の者には、特に問題が起きるんじゃないかとか、考え過ぎなんだろうけど、少し心配はしていた。でも、これで、何も無ければ、主人の言うように気のせい、気にし過ぎってことなんだよな。で、どちらの場合も約束して会った訳ではないけど、二度目に会った際、のっけから、「専務さんのとこ、泥棒にやられた。」そう言うのに、驚いて、「専務さん、って誰?」「サノさん。ダンナのお義兄さん。一週間に一回、ほんの数時間、病院に行ってる間に入られた。」そんなやりとりをしたことを思い出して、一応姉に今の間違い電話の話をした。「その番号何番?」そう聞くので教えておいた。

泥棒と言えば、姉に会う前に、日付は覚えてないけど、毎日工事現場に通っていたのだが、義母に、「たまには、運動（ストレッチ）に行きたいでしょうから、明日はいいわ。私が大工さんにおやつ出しとく。」お言葉に甘えて、現場へ行かなかった。次の日義母が、「昨日、来なくて良かったよ。朝からパトカーが来てて、何事かと思ったら、近所に泥棒が入った。」

なんでも、三軒先の、元警察官の家が被害にあったということだが、代わる代わる話してくれた義父母の言うところの、『不思議な泥棒』の話では、そこのお宅は二世帯住宅で、警察署長だった親世帯のご夫婦が旅行に行かれてて、子世帯のお嫁さんが朝、家の外に出て見ると、エアコンの室外機の上に、親世帯と子世帯の財布が、お金を抜かれて置いてあったそうだ。思わず、「ハァ？　変わった泥棒ですねぇ。」

その後は、室外機の下に、逃げる途中捨ててあったとか、川からとかいうなら、わかりますけどと、ヘンな話だと言い合った。実際これじゃあ、まるで「はーい。あなたのおうちには、外から、泥棒が入ったんですよ。財布からお金が無くなったのは、気のせいでも、家族のだれかが持って行ったのでもありませんヨ。」と言っているようなもんじゃないか。家人が朝、外に出て気付いたっていうなら、そんな滅多に行かない場所とかいう訳でもなさそうだし、少しでも早く逃げる必要の無い泥棒なのか？　おかしな話もあるもんだと、友人達とも、話した。でも、このことがあったので、新築中の家には、予算の関係で、義父母に勧められても迷っていた警報装置を、付けることにした。

日付は、はっきりしないけど、幸田へ向かう途中、前を走っている車が88ナンバーであることに気付いた。珍しいなと思って見ると、後ろの車も88ナンバーだった。すれ違う対向車の中に、前を走っている車の人に会釈したり、手を挙げたりして挨拶を交わす車も88ナンバーだった。すぐ前を走る車の前に一台、やったらゆっくり走る車がいて、その為に遅くしか走れない状態になっていた。それが、毎日続くようになった。建築現場近くに消防署や、役場があるので、そこへ向かう車かと思ったが、RV車や営業用トラック、セダンに外車と、毎日車は入れ替るのに、全部88ナンバーっていう点だけ共通していて、特に営業用の車は心持ち古いかなという以外は、社名もロゴもそのままで、公用車にしては変だ。しかも揃いも揃って、左側に極端に寄った運転をしていて、車線も赤信号もシートベルトも、気にしないようだった。常に左寄りの走り方なので、道幅が太くなる時には、太くなった道幅分、左にハンドルを切るのだった。88ナンバーは税金の軽減を受けられるので、とりにくいと聞いていたのに、一体どういうことかと、友人達と話した。暫くすると、88ナンバーの車はすこしずつ減ったが、運転の仕方は、どの車も同じで、すれ違う際には、前を走っている車に、片手を挙げたり、クラクションを鳴らしたり、会釈の時は、前を走っている車を運転する人は、男でも女でも、ぱりっとした服装の人だったが、ともかく挨拶だけは絶対外せないようだった。挨拶を欠かさないことで、この人達は知り合いなのだと、誰が見ても分かるんだけど、幸田への行き帰りで、例えば七台いるとすると、どれだけ時間のズレが生じても、必ず見かけ、そうして緑っぽいマーチは、昨日女性が乗っていたのに、今日は若い男が運転しており、昨日マーチを運転していた女性は、今日は軽自動車で、若い男性は、昨日白のバンに乗ってて、その白のバンには、今日四人の男性が乗っているというふうに、同じ車（ナンバープレートで確認）で、メンバーが入れ替わり立ち替わりしていることに気付いた。（気付かされた。）そうこうするうちに、すれ違う時に思いっきり不自然に減速して、大きな電話機のような、いかにも無線といった物を耳に当てて、窓から半身を乗り出すようにして、すれ違う間ずっと、顔を動かしながら、私を睨みつけていた。又は普通の小型車（マーチ）なのに、マイクロバスに付いているマイクのような、丸みを帯びた逆三角形の物を口に当てて何か話していた。私が左折して、細い道に入る時には、通りの真ん中の、曲がり角の所で平然と停止して、体を助手席側に傾けて、こちらを注視しながら、無線で話していた。またある時は、後ろを走っている白のセダンを、バックミラーで見ると、その途端、運転席と助手席にいた中年男性が二人とも、四つに折った新聞で顔を隠した。運転中なのに…。そして、そういう車の前や後ろには、多少距離を置いた位置にでっかいアンテナを付けた車が走っていて、無線で何か話している人と、ほぼ同じタイミングでクスクス笑っている人達が大勢いた。その様子はまるで、無線の内容を盗み聞きしているようだった。でも、そういう人達の存在に全く気が付いてないようだった。

こういうことの少し前だと思うが、幸田から帰る途中、もし総合体育館でのストレッチが指紋照合の為なら、そろそろ結果が出る頃だし、前々からあったいろんなことが、全部、気のせいじゃなく、意図的に私を陥れようとする人間がいるのなら、絶対私に何か言ってくる筈。それが無いっていうことは、主人の言うように、ヘンなことをやる奴はどこにでもいるっていうことなのかなぁなどと、考えながら運転していると、マンションの近くの、いつも通る薬局の駐車場に、パトカーが一台、屋根のライトだけ回して、サイレンは鳴らさずに停まっているのが目に入った。ただでさえ混む道なのに、対向車側の渋滞はこのせいかと思ったが、ふと、考え過ぎかもしれないが、まるで、「今回は見逃してあげるけど、もうやっちゃかんよ。」と言われているような気がして、前一緒に体育館へ行った友人にも、「もし、そうなら気持ちはうれしいけど、違うのよー。」と会った時話した。「お金、抜かれてなかったんでしょ。」「えっ。知らない。」「お金は無事だったって。」「えっ。そうなの？」彼女は以前一緒に行ってもらった後、一人でその後も出掛けて、いろいろ調べてくれたそうだ。

財布を盗んで？　中身のお金を盗らずにストレッチ教室の下がった（行った限りでは上がった状態を見たことが無い）ブラインドの後ろにわざわざ置く？　やはり気のせいだけではなさそうだ。

その頃、毎日見かける人達は、一色町から、岡崎までずっと、スピードを落とせば落とすし、上げれば上げるし、信号無視してまで尾いて来るのに、クスクス笑っている人達は、毎日見かける人達がいなくなると、後ろに現れ、必ず、完全な赤信号でも、数度車線変更しても、尾いて来るのは同じでも、こちらがバックミラーを見ると一瞬、驚いたような、怪訝な顔をして、次の信号で曲がって行った。毎日見かける人達は、あまりにもあからさまで、無遠慮だったので、これは絶対自分が正しいことをしていると思い込んでいるという人でなければ、ちょっと取れない行動だと思ったので、警察じゃないかと、考えた。

そうして、不思議なことに、私の車の中で、まだ寒い時分の頃から、窓閉め切った状態で、くしゃみをしたり、ハンドブレーキを引いたり、ラジオの音量上げたり、独り言を言ったりすると、なぜかしら、前を走る車の運転手が、タイミングよくビクッとしたり、そっと何かのつまみを回したりして、「偶然だとは思うんだけど、妙にタイミングが合うんだわ。」と、友達に話した。そういえば、主人と主人の父が二人でこの車に乗った時、やはり点けてないラジオから、人の声がしたとか言っていたことがあった。

座席の下の黒い箱、主人の父は、キーレスエントリーの機械だと言うけど、それは前からあった樹脂製の、もっと薄くて、もっと小さい方だろうと思ったし、今時の機械が、床からコードとか飛び出した状態で、出荷するか？　っていう疑問もあって、それとなく、外へは絶対聞こえない大きさの、高い音、低い音、波長とかあるかもしれないので、いろんな音を、タイミングをバラバラにずらして確かめてみると、全っ部、完璧に一致していた。聞いてるかもしれないなと思うことはひっじょうに多かったので、主人と車の中で、運転しながら、「警察とかの無線って、もし盗み聞きしようと思っても、ちゃんと出来ないようになっているよね。妨害電波かなんかで、聞けないようにしてあるよね。そのくらいやってるよね。」そう尋ねると、「違うだろ。」あっさり否定されてしまった。家に帰ってから、マンションの通路側に二部屋あるうちの片方の主人の部屋で深夜、主人に前々からちょこちょこ話してはいたけど、どうもデマを流している人が本当にいて、しかもデマを真に受けて警察が動いているみたいだと話したが、「まさかっ。」

いつもはそれで引き下がるのだけど、今日は、「でもっ、あんなやり方やってたら、ダメだ。」と、構わず言うだけ言った後、隣の私の部屋に入ると、暗い部屋の窓の外、明かりの点いた通路にしゃがんでいた、がっしりした体型の男が、斜めに立ち上がっていくのがガラス越しに見えて、固まった。その人は、手に聴診器のような物を持っていて、立ち上がった拍子に引っ張ったのか、二股の太めのコード状のものがなびく？　のが、レースのカーテンしか掛けてないので、丸見えだった。

○平成十一年三月八日頃　八百屋のおじさんに、なぜか、「毒いれられちゃ、かなわんでな。」と、なんの脈絡もなく言われた。そこには私しかいなかった。この頃、スーパーDの駐車場の奥、店の搬入口のすぐ横に、88ナンバーのネオンのたくさん付いた、トラック野郎といった感じの、小型トラックが時々停められるようになっていたが、でもそこに停めると、公道だし、おまけに蓋をする形になるから、搬入の人はすぐどかしていたのに、完全に駐車した状態で置いてあるのを、この車で初めて見た。一度、一月に、マンションの自動車用の駐車場にスクーターを停めて、「あの人か？」と聞いていたガッシリした男の人が、何か険しい表情で何事か訴えている店の人に、「レッテル貼られただけだ。」そう、答えていたのに…。

○**平成十一年三月九日**　0XXX-XX-XXX0　着信メモリーに入っていた。これって、今までのパターンでいうと…。でも偶然だよね。一本だけだし。

○**平成十一年三月十四日**　スーパーYへ主人と買い物へ行った。店員が苦り切った表情をしていた。

その前に一人で行った時は、大きな無線を耳に当てながら、岡崎からスーパーYまで尾いてきた、髪の毛真ん中分けの若い男が白のバンに乗って、駐車場の横を、目でこちらを追いながら、通っていった。白のバンは一月にマンションの駐車場で仁王立ちしていた人が乗っていたのと同じだった。駐車場からの入り口は、一応裏側になるのだが、そこには、表側にもいなかったのに、責任者という感じの、スーツに名札を付けた細身の中年男性が突っ立っていた、無言でじろじろ、私の動きに合わせて、見ていた。一階の花屋の方へ行くと、その場を離れて行ってしまった。花屋に入ると、店内の電話が鳴って、店員は隠れるように体を丸めて、こちらを伺いながら、背中を向け、小声で話していた。帰りに、西尾市役所の近くで、88ナンバーのグレーのツートンカラーのマイクロバスとすれ違った。バスの中は、ごっつい中年男性が、全員着席した状態で、四車線あるのに、何故か私の方を、困惑したような顔で見ていた。

建築現場の確認済証が、打たれたままの釘だけ残して失くなってしまった。はっきり聞いた訳ではないが、工具が、現場から失くなることもあったようだ。再三、設計事務所から、予約確認通知書はまだか、問い合わせがくる。西三河事務所では二月十六日付で許可が出ているのを、確認されたと言っていたので、それを郵便局に伝えると、やっと、三月五日の日付印入りの、三月九日付の消印が押された通知書を、更に遅れに遅れて、郵便局の局員が、一通だけ、「床に落ちてました。」と、届けてくれた。

○**平成十一年三月二十九日**　法多山に四人で、お参りに行った。岡崎からそこまで、左寄りの遅い車がずっと前を走っていた。

午後九時半から十時四十分の間　0xxx-xx-xxx6　二回電話あり。但し出る前に切れた。

○**平成十一年四月二日**　午前十時三十五分と三十七分　0xxx-xx-xxx8　マチガイ電話。「カミヤさんのお宅ですか。」（よくある名字ではあるけれどストレッチ教室へ一緒に行ってくれた友人と同じ姓）

○**平成十一年四月五日**　宇頭に買い物へ向かう。前を走っている三河ｘ？　？　ｘｘ－ｘｘのレグナムの運転手は、私が車の中で窓閉めた状態で、独り言を言うと一々反応があるので、その反応をこれまた全部口に出した。すると、気のせいか、ものすごくうろたえて、まだ完成してない、途中までしか出来てない道に、右折した。ちょうどそこに、88ナンバーのコンビニの車がいたので、運転手は、誇張でなく本当に飛び上がって驚いていた。車線は二車線あるのに、あの驚き様を見て、必ず不審に思うだろうし、これでキチンと調べてくれるだろうと期待した。が、買い物終えて帰ってくる時に、たんぼの中の細道を88ナンバーのコンビニの車がうろうろ走って来るのを見て、何をやってるんだろうと、ちょっとガッカリした。どう見ても、私が帰って来るのを見張っているようにしか見えないが、でもまさかいくら何でも、コンビニも無い所を行ったり来たりはしないよね。でも、これで少しは、私だけでなく、私の回りにも、目をやるようにしてくれるかもしれないと、思い直した。

○平成十二年四月八日　幸田へ行くのに駐車場へ行くと、私の車の斜め前の通路部分に、三河ｘｘりｘｘｘの白のクラウンが、エンジン切った状態で堂々と停めてあり、車内で若い女性がタバコふかしながら、じっとこちらを睨んでいた。

その日の帰りに、マンションの近くで、以前の職場の経理だったT子が、メガネをかけて、助手席に乗っているのを見た。彼女は人前でメガネをかけるのが極端に嫌いで、運転時と、仕事中ですら、他に誰もいなくなってしか、絶対かけなかったのに、変わったものだ。実家や岡崎のマンションの近くで見かけることは、正月以来四～五回あったが、毎回違う車に乗っていた。彼女自身の車でもないようだった。しかし毎回見かける度に帽子被ったり（まあ、彼女は帽子が好きなようだったが）、サングラスかけたり（日の向きに見事に逆だったけど、ファッションかな）していた正月から二ヶ月位は全く見なかったのに、最近立て続けに、幸田からの帰りに見かける。三時半頃帰ることが多かったが、一、三時間ずれる時にも、偶然見かけた。ちょくちょく見るようになったのは、やはり帰りに、建築現場の近くのコンビニの前を、右折しようと、一旦停止していると、髪の毛真ん中分けの若い男が運転する、白の高級セダンが、助手席に彼女そっくりの女を乗せて、右側から走って来た。この時はメガネも帽子も無かったので、間違いないと思う。運転手は、別に私が飛び出した訳でもないのに、私に気付くと、ギョっとして、前傾姿勢になると、慌ててスピードをあげた。私の前を通り過ぎようとした時、助手席の彼女は、彼の方に向かって、「なんでうろたえるのか。堂々としていればいい。」と言ってでもいるかのように、怒っていたが、私の真ん前を通過する時には、進行方向を向いて、平静な顔をしていた。ほんの一瞬前には九十度横を向いて、すごい形相で怒鳴りつけていた口の形と、その後も速度を落とさずにコンビニの向こうの細道を右折していったことからも、スピードの出し過ぎを窘めたわけではないようだった。真ん前を通り過ぎるまで見ていて、やはり彼女だと確信した。主人に話したが、やはり、「偶然だろ。」の一言で終わった。

○平成十一年四月九日　主人と主人の両親と四人で、花見に出掛けた。車のラジオから、突然携帯電話のベルの音がして、その後、「ん、うん。」と、咳払いがして、何も聞こえなくなった。四人共、携帯持ってなかった。２４８号線を北に向かっていると、中岡崎駅の手前の橋で、運送会社のミニワゴンが併走しているのを見て、「土、日休みじゃないんだね。」などと話していたが、荷物の出し入れをする唯一の、左後部のドアが変形したまま錆び付いて開かない状態になっているのを見て、「何だろ？　あれ。修理に出しに行くのかな。」と、三人で変だ変だと言い合った。運送会社の事故車なんか走らせたら、荷物を預けるのをやめようと思う人だっているだろうが。これが私の考えた通り、『警察』の仕事ぶりなら、あまりにも配慮を欠いた、大雑把な感覚で、警察に不信感を持った。以前の職場に勤めていたときは、警察署の人達は、交通局の人は勿論、皆親切で大好きだったのに…。

○平成十一年四月十二日　神社の隣の、交差点のガードレールの中に、三河ｘｘてｘｘ－ｘｘの紺の軽自動車が駐車していた。

○平成十一年四月十四日　Ｔ銀行のＣＤコーナーに行くと、三台共、振り込みなら出来るのに、私が一番右端の機械に行くと、一台間を置いた左端の機械にいたショートヘアの女性が、ぶつぶつ言いながら真ん中の機械に移動して、でも、機械操作するフリをして、私が出て行くまで、ぐずぐずしていた。声も姿も、ストレッチ教室でインストラクターに話しかけてた女性にとてもよく似ていた。車に戻ると、駐車場の奥以外はがらがらで、私の車と隣にある、さっきまで無かった白のバンの二台だけで、助手席はリクライニングを倒していて、顔ははっきり見えなかったが、髪の長い、Ｔ子と似た女が横になっていて、運転席にはいつもの髪の毛真ん中分けの若い男がいて、ＣＤコーナーにはもうさっきの女性一人しかいなかったので、その人を待っているのかと思ったが、やっと出て来た女はやはり総合体育館にいた女に間違いないと思った。が、こっちを見ると、ニヤッと笑って安心したかのように、駐車場の奥へ行ってしまった。じゃあこのバンは一体何をしているのか。なんでも前にあった（ヘンな）ことや、前見かけた（ヘンなことをやる）人と、関連付けて考えちゃうせいなのかもしれないと、気を付けて見たが、やはり以前から、何回か見かけた顔触れと同じだと、思えた。でも、私を見張っているのが、「警察」で、本当にいるなら、これで、裏で細工している人間にも気が付くだろう。ただ少し気になるのは、妙に、こう、目をかい潜っているというような、格段に巧妙だけど、行動パターンが似ていることも気になって、友人に、「元警察官のお家に出入りしても不思議でない人間って、限られるんじゃない？　次に何をやるか。何がどの程度必要かも、分かるだろうし。」などと言って、戸惑わせた。

○平成十一年四月十七日　買い物から帰ってくる時、前を走っている車を運転しているのが、車は違っていたけど、以前の職場で、経理のT子さんと一番仲の良かったKさんだった。でも、国道1号線のあたりで、どこかへ行ってしまったので、またまた偶然だよな。他の人が辞めた後も、この人だけは会社に残ったって聞いたっけ。そういえば、あそこの会社の社長は、冗談かもしれないけど、警察とのパイプが欲しくて娘さんを、いっとき警察官にしたと、娘さん自身に聞いたことがあったな。そんなことを思い出しながら、A社に行くと、駐車場に停まっている車の中に、崩れた雰囲気の若い女の子が二人、にやにやして、こっちを見ていて、そこから初めて行った中島町まで、ずっと携帯で話しながらニヤついて尾いてきた。このパターンは今まで散々あったので、主人にも、「あの車ずっと一緒だね。」「偶然だろ。」「うん、偶然だろうけどぉ、一応見るだけでも、見て確認してみたら？」「あっ、ほんとだ。」

駐車場に入ると、その車も入ってきて、そう広くない駐車場を、一周して、店の入り口の階段の前の通路に、他に駐車スペースが二、三台空いているのに、平然と停めて、一端切った携帯を、私達が車を停め、店内に入っていくのを、にやにや笑いながら電話のボタンを押していた。この頃は、なるべく買い物は一人で行かずに、主人と一緒に行くようにしていた。一人で行くと必ず変わったことをやったり、言ったりする人がいるなんて、話しても、何を言っているんだで終わってしまうし…。店の中のドラッグストアに行くと、店長が困った顔をして、飛び出し来てきょろきょろと、当たりを見回していた。これって以前にも、同様のことがあって、まぁた同じことをやっているなと、ウンザリしながら思ったけど、彼女達の後ろの車に居たニット帽被った男もずっと尾いてきていたし、私の前の車に乗ったスーツ姿の年配の女性に会釈して挨拶していたのも同じでちょっとガッカリはしていたけど、ニット帽の男は駐車場一周して出て行ったから、あの人達が、もし、そうなら、これで完全に、誤解していた警察？　も今までの状況や手口が分かってもらえただろう。仮に、デマを吹聴する人がいて、証拠？　を捏造して、それを信じて動いたにせよ、かなり矛盾が多い筈なんだから今のでもう一目了然。前々から、二月中には、三月になればいくらなんでも、三月末には、四月の何週目には、と、期待していたが、これでやっと、四月末の健康診断までには、気付いて、スーパーとかにも、こういうデマを飛ばしているか、もしくはその可能性があるとか連絡して、回りでいろいろ小細工している人間がいるなら、その裏をかいてくれるに違いない。不自然なことも解決する筈。

○平成十一年四月二十二日　午後七時三十分　0xxx-xx-xxx1「はい。」「あっ…？　あれっ？.」「もしもし？.」「Y工業さんですか。」「違いますよ。」

私が出たことに、とにかく非常に驚いていて、あまりにも意外なことのようで、不思議だった。工業か興業会社か知らないけど、一応会社にかけたなら、たとえ電話に出る相手が決まっているような少数の所でも、「はい。」と言っただけで、何をそんなに、驚くことがあるのか。

「xx-xxxxじゃないですか?」とも、言っていたが、この番号は聞き覚えがある。ヘンなイタズラ電話に悩まされて、ナンバーディスプレイに替えた頃、ピタッと無くなっていたのに、「へへっ。へへっ。へへっ、へへっ。」と割りと長く、低い小さい笑い声だけ留守電の録音に残ってて、xx局は、マンションの辺りの局番だったので、念のため管理人さんに、恥を忍んで、マンションの住人の電話番号かどうか、聞きに行ったっけ。

七時四十分　0xxx-xx-xxx5「Y工業さんですか?」「いいえ。」「xx-xxxxじゃないですか?」

おい…。間違い電話なんだから、切ろうとすると、粘るというか、ごねるというか、それも何回か、かけてならわかるケドっていうのが多かったが、これは特に、食ってかかるというか、何か、そんなバカな事があるものかというような、こう今の状況を受け入れることが出来ないといった様子で、とにかくタダの間違い電話なら、大袈裟すぎた。

七時四十五分　0xxx-xx-xxx5「Y工業さんですか?」「違いますよ。」「xx-xxxxじゃないですか?」

意地になってかけてるといった感じで、私が、「番号案内で確認されてはいかがですか。」と言っているのに、「なんでおるだぁ！　おらんかったらキマリの筈だったのにぃー。」と声高にブツブツ、本人が納得してないのは勿論、でも他の人の手前もあってキマリの筈のパターンなんだと強調しているかのようだった。何だかんだと文句言って切らせないし、私の言う提案とか、忠告とかには、「ほう？　そうですか。」とでも言わんばかりの調子で、私の言葉をからかうように繰り返して、標準語なんだけど関西のイントネーションのあるこの声の大きい中年男性は、自分が間違えて人に迷惑をかけているのに、私に当たって文句を言っていた。さっきの電話の様子から、もしかしたら、何かあって、それを私がやったと思い込んで（思い込まされた）不在を確認する為にかけてきたんじゃないだろうか。それなら、あの驚きぶりとか、しつこさとか、たかが間違い電話に納得しかねる様子も理解できる。XX-XXXXは管理人さんに聞いたのかもしれない。いやそれとも、本当にその番号は、Ｙ工業という所の番号で、XX-XXXXのうちの番号と間違えてかけてきただけで？　なら、うちの留守電に残っていた、あの笑い声だけのヘンタイ電話みたいのが、Ｙ工業からかけられただけ？で??

　尚もえらっそうに文句言うこの人の声を聞いてて、以前駐車場で、雨の中スクーター停めて「あの人か？」って言ってた人の声じゃないかと、思えたので「まさかね」と理性で否定しつつ、努めて親切に、「ＮＴＴに問い合わせをされてみては？」とか、思惑が外れて、いらいらしているこの人に、説得でもしているような気分になりつつ、「もう一度、もう一度だけ、確認してみては如何ですか。」と、提案してみた。なんでこっちがこんなこと言わなきゃいかんのかと思いつつも、それもまだ分かればいいけど、この人の様子では多分、「何をえらっそーなこと言っとるだ。」と思うかもしれない。

○平成十一年四月二十五日　岡崎のK書店で主人を待っていると、二十歳位の一見、純朴そうな男の人が、私の方を指し示しながら店員さんと長々と話していた。店員さんは、上半身をねじってこっちを向いて、例によってこちらには、私しかいなかった。私とその人達の距離は二メートルと離れてなかったけど、話し声は一切聞こえなかった。この男の人は以前、T銀行K支店のCDコーナーで、足音を全くさせずに、私の後ろに張り付いて、私の鞄とポケットの中を覗き込んだ人にとても良く似ていた。何かこう、普通の人なら、ためらって絶対やらないようなことを、堂々と、集団でやるので、ものすごく浮くというか、強烈に印象付けられる。

やって来た主人と本屋を出て、交差点の方に向かうと、前から来た、以前店員さんに「おい。どうなっただー。」と責められて半べそかかんばかりだった二十代前半から後半の男の人と同年代の男の人二人にすれ違い様、「信者だってー。○○○だってー。」「うっそぉー。」その二人はワザワザこっちを振り返って、立ち止まり、もう片方の人がこちらをはばかりながら、「何かの間違いじゃ？」「証拠もあるっ。電話がある。電話履歴の証拠もあるっ。間違いない。」と、言っていた。無論回りには誰もいなかったし、主人も信号を見て走りだした状態だった。

『信者』って何の？　誰が？　私が？　何で？　私は宗教関係の団体には一切属したこと

が無い。宗教に名を借りたものが、あまりにも多いのと、団体に属さなければいけないとか、お金を収めなきゃいけないとか、神仏が日本円を要求する訳ないから、お金を収めないと拝めない神や仏って一体何？　って思うし、まさかあの世で両替されることもないだろうし。

○平成十一年四月二十六日　T銀行K支店CDコーナーに行くと、がっしりした中年男性が入り口の横でヤンキー座りしていて、通りかかると上目遣いに睨んできた。

日付は分からないが、主人と実家へ行く途中、前をずっとゆっくり走っていた白のセダン、見かけたことのある二人連れがバックミラー見ながらにっこにっこして運転していた。T銀行K支店CDコーナーへ入ろうと左のウィンカーを出したので、追い越そうとした途端、あせって直進に変えて来た。主人と危ないなぁと文句言い合った。保育園の近くで、車を停めて、車内で大きな無線を持って、横を通る私達の方を残念そうに見ている、今までに何度も見かけた「あの人か？」の中年男がいたことと、前日妙に外が騒がしかったこととと併せて、こりゃなんかあったな。しかも、金がらみの事件で、それで、私が銀行に行くと思い込んだわけ？　まさかね。だって入金が給料以外一件も無い。あの中年男は白のバンに乗っているのを、一日に何度も見かけることがあって、私は笑いかけたこともあった。もし警察が動いているなら、これでやっと分かって貰えると嬉しかったくらいだったから。

流石にもう、見間違えは無いと思うし、前、岡崎竜美ヶ丘の古本屋に主人と行く途中、公園から警官が出て来て、私達の後ろにいた車を停めた時、「わぁ。ネズミ捕りだぁ。ゆっくり走って良かったね。」主人とそう話していて、でっかい無線持って何か話している中年男性が電柱の陰に隠れているのを見て、隠れてはいるけど、却って目立つというか、でも警察はでっかい無線持って動くんだなと。ヘンな連中は携帯だけど。あれっ？では、髪の毛真ん中分けの顔立ち整った若い男は？　あいつ、女子更衣室の入り口全開にして立つなんて、普通じゃ痴漢とされるようなことを平然とやっていたし、もしあいつとT子が身内かなんかなら、実際兄が警察官で、「この道は、絶対取り締まりしないから、酒飲んで帰って来る時はこの道走って帰れ。」と教えてもらっているそうで、それで堤防沿いの道で帰るとか。でも彼女が言う前に会社の人にはもろばれで、「おまえ、酒飲んで帰る時はいっつもあの道通るな。」そう言われていたっけ。もし経理だった彼女が私の財布から金を盗んだのなら、二回目の被害にあった時、私は外で作業している人達全員に出入りした人の有無を確認していた。いくつか出入り口はあったが、その間入った人は一人もいなくて、屋内にいたのが私以外経理の彼女一人、出て行ったのも当然彼女一人。そういえば、前の職場の美容院でも盗難が多かったと話していたな。岡崎の有名なケーキ屋に主人と一緒に行った時、以前の職場の元の同僚がそこでアルバイトをしていて、客でもう一人店に来ている子がいて、その彼氏がわざわざ私達の所まで黙ってまじまじ見に来て、「何だ。この男」と思ったたって友人の一人に話したっけ。その友人は、友達がそこでアルバイトをしているから、すごく心配していたけど、現職警察官の身内がそんな泥棒ではまずいからそれで、私の信用を失くして、あと人に話したりしないように孤立化させようとしているんじゃないか？　あの子、上の者に取り入るのだけは、抜群に巧かったからな。浅い付き合いなら、気の利く社交的な良い子で済んじゃうだろうし、私も隣で仕事してみるまで、いつもバタバタ走り回っていたから、大変だなと、その子に仕事を教えている高齢の男の人が、「仕事教えようとすると、いっつもどっか行っちまう。」と、こぼした時も、「T子さんは忙しいんですから。」って庇ったくらいだったけど、チェックする人がいないと、一日まるまる私用電話ばっかりで、それも他の人は、仕事こなしながらおしゃべりとかするのに、この人の場合は、専務と社長がいなければ、一冊の帳簿すらつけなかった。ある時など、初めて新入社員の子と一緒にR事務所に行くのに、二十二万円持って行かなければいけないので、経理のその子に頼むと、いつもならただ封筒に入れるだけで、封筒に金額を記入して渡してくれ、それを私が確認してから、封筒から飛び出したりしないよう、クリップで止めるというのが常なのに、いつもより慌ただしいその日に限って、既にクリップで止めた状態で渡された。私が数えようとクリップを外すと、慌てて、「もう、数えてあるから。」と、手を伸ばして止めてきたが、「ええ。でもすぐですから。」そう答えて数えると、二十一万円しかなかった。

「あれっ。一万円足りない。二十一万円しかないです。」確認し直してもらう為に彼女に渡すと、彼女はものすごい顔をして、金庫からでなく、自分の引き出しから、T銀行の封筒を出して、そこから一万円よこした。すぐ出掛けるので特に何も考えなかったが、よく考えてみれば、私も帳簿をつけるのを手伝ったことがあるから知ってるが、確かこの会社では、信用金庫の方と、もう一行、地方銀行と取引してて、T銀行は以前どうしてもここでなければ嫌だと言う顧客がいたとかで、その為に口座開設したものの、もうずっと使ってなかったし、事実私が請求書を打ち出していたが、T銀行の口座番号を載せてもいなかった。口座があることすらお客様に言わなかった。彼女は外出した際、ついでにお金をおろしたりすると、T銀行の封筒を見せて、「これは私用の分です。」とか言ってたっけ。それに、こんなこともあった。ロビーでお茶出しをして、流しに戻ると隣の机にいた二人のうちの片方の女の子が、そこの冷蔵庫に、営業マンが置いておいた私物のチョコレートの箱からいくつか持っていくのを見たが、彼女達はその人と仲良しなので特に気にしなかった。そして暫くしてから又お茶出しして戻ると、今度はもう一人の女の子がチョコをたくさん持って奥のKさんとT子さんの所に渡しに行くところだった。おそらく、T子さんがもっと持って来るよう頼んだのだろう。そして、片付けをしにロビーへ行って戻ると当の営業マンがチョコの箱を片手に怒ったような顔をして、彼女達に何か言ってて、彼女達は下を向いたまま、「さっき○○（私の旧姓）さんが…。」

その途端、営業マンはキッと私を睨みつけ、何が起きたか分からなかった私は、目が合ったことで少し笑いかけたが、ムッとしてソッポ向くとそのままどこかに行ってしまった。何がさっき○○さんなのか？　暫くしてお茶出ししてから、お茶っ葉を捨てようとゴミ箱開けた瞬間、そこにさっきまで無かった大量にまとめて捨てられたチョコの個別包装のゴミを見て、やっと分かってゲンナリした。つまり彼女達は親しいことの気安さからか少し位ならと、無断で他人の物を食べて、それだけならまだ笑って済む量だったんだろうけど、隠れボスのT子さんが、もっと食べたがって持って来るよう頼んだのだろう。いつも彼女は人にやらせるっていうか、割りと単純な人のいい人を味方につけ利用する（酒飲みながら涙ながらに訴え、横でKさんが後押しするというパターン。そういう意味ではこの二人は良いコンビ）というか、自分自身でその類いのことをする時は、Kさんを除いて他に誰もいない時に限られる。そしてご丁寧に奥の分までゴミを回収して、改めて流しのゴミ箱に捨てさせて証拠隠滅を計ったのだろう。ようやるわ。Kさんは彼女と違って仕事は出来るし、美人でもあるし、お酒の席とかでノリがいいのはいいけど、こんなことまでノリが良くなくても…。もし私が一人で盗み食いしたとしたら、こんなまとめてゴミ出ないよ。でも、次の日から営業の人達の態度が一変したことで、こんな幼稚な手が通用したことが分かったので、話の分かる人に、「一個も食べとらん。」と、わざわざ言いに行かなきゃいけないはめになった。その後営業マンが呆れたように当のT子さんに話しているのを目にして、あなたが話している相手が、多分指示した張本人だろうに、なのに尤もらしく、庇うようなことを答えている彼女自身がやらせたことだろうに、私も隣で見てなきゃずっといい人だと思ってたからな。やれやれ。細かいことだが、保険屋さんが良く持って来る手土産のお菓子も、全員に配ったって十個以上余るのに、配らずに四人で二日がかりで食べちゃったり、会社の人達はKさんが個人で加入しているので、その為に挨拶に来ていると長いこと思い込まされていたが、個人に挨拶に来るのに箱菓子二箱も三箱も持って来ないでしょう。

十年会社にいる人ですら彼女達が喫煙することすら、知らなかった。別に禁止されている訳でもないいんだから、隠さなくてもと思うが、宴会の時など、お酒が入ると吸いたくなるらしく、そういう時でも、お手洗いに二人一組で行って、一人が入り口で見張りをし、もう一人が窓を開けてタバコをふかすという念の入れようだった。

経理の彼女は、お客様からの代金の入金を確認すると、元の入金台帳と代金専用の台帳に記入し、専用の台帳の金額を基に私が請求書を打ち出すという流れのなか、上司がチェックするのは元の台帳だけであり、専用の台帳はノーチェックであることから一週間から二十日以上記入しなかったり、営業の人が、「◎◎さん、〇日付で百五十万円入金です。」と、間違えないように、言いに行っているのに、未記入の台帳を基に、私が請求書を打ち出してから、専用台帳に記入するとか、私が確か営業の人がこのお客様一部入金してあると彼女に言ってたよなと、直接営業の担当者に確認した後、彼女に入金確認を頼んで台帳に記入されるのを待っていると、自分が帰る直前に記入するということをやる人で、自分が勤めている会社の信用とか、私だけでなく営業やお客様にまで及ぶ迷惑とか、誰も見ている人（Kさんを除く）がいなければ、平気なようだった。そりゃ裏表は誰でもあるけど、彼女の場合は、何でそんなことやるんだというような、やっていることと口では正反対のことを言うのが徹底していた。

まあでも、何でも前あったことに繋げて考えるのは、それこそ思い込みになるからな。マンションで以前ヘンなことがあった時も、コロッと騙されちゃったし、そのことがあったから、今回は相談も行きづらいし、警察の対応はガッカリだったたし、尤もそれがあったから車のナンバーと人の顔を見る癖がついてたんだけど…。

マンションの駐車場で、私の車の両隣だけ、ポッカリなくなることがちょくちょく起きた。右隣のオデッセイは、ご主人しか運転しないらしく、しかも土、日とお盆、年末しかそんなことなかったのに…。

だいぶ前から、駐車場に88ナンバーの車が何台か停められるようになっていた頃から、置かれていても、紺色のオデッセイなのに、全く色違いのエンジ色の、当然ナンバーも違うのが、どーんと置いてあったりした。何日も停められていることから見ても、知り合いが泊まりに来ている訳でもなさそうだったたし、前面にこすった跡があったので、修理かと思えばまた、キズがそのままの紺色のに戻っていた。私の車の斜め前のアストロは色は同じだが、ナンバーが88ナンバーの物に替わっていた。以前は絶対88ナンバーではなかった。マンションの通路から駐車場への出入り口はいくつかあるのだが、私が出入りする所のすぐ近くの33ナンバーのRV車なぞは、色は紺で、同じ色とも言えるけど、車種も大きさも違っていた。車種によっての色の濃淡は、ロングタイプに替わって駐車スペースからはみ出て、前を真っすぐ通れないことから、余計違いが気になった。駐車場の車の出入り口へ向かう通路沿いの角と、満車でも私の車が斜めから見える位置に、アストロを含めて

88ナンバーの、前は無かった車に替わっていた。ちょうど私が出入りするのをチェックしやすいとでもいうような位置で、何れも明るい照明の下の目に付く箇所にあるのを見て不安になった。マンションの中の犯人になら見た瞬間「回れ右」をするだろう。事実関係無いかもしれないけど、配置されてすぐの朝六時五十分、カーチェイスでもしてるのかと思う程、大きな音を立てて走っていく車があったし、マンションの住人が88ナンバーの車の前で、新しく替わった管理人さんに向かって不安げに、「おい。何かあったのかぁ?」と、尋ねて、管理人さんは、通りかかった私を横目で見て、通り過ぎてから小声で応えていた。新しく替わった管理人さんは、私が帰って来るのを、屋外ら旋階段の段の間からじっと見てたり、でも近付くと後ろを向くか、挨拶しても知らんぷりして行ってしまうかのどちらかが多かったが、でもこれは私に対してだけのようだった。

遊んでいた子供達の姿も全く見なくなった。たまに見かけるのは、駐車場でのローラーブレードやら、出入り口付近でのボール遊びとかのマンション内で禁止されていることを、ニヤニヤほくそ笑みながらやっている子供らしくない子供ばっかりで、「ワーイ」とか無邪気を装って、人の顔色は窺うくせに、ろくに挨拶もせず、このマンションは、そういうことにとても厳しく、通路でローラーブレードをする子供がいても即禁止されていたのが、駐車場で「ワーイ」? それもこちらが来る直前にたまたま偶然? 私の知る限りでは見知らぬ人にも挨拶を欠かさない、訪ねて来る人がびっくりするくらい良い雰囲気だったのに、殺伐としたイヤなものに変わってしまった。前の管理人さん夫妻は、私の言ってることが、気のせいや思い込みだけで無いことが分かってくれていたようだったのに、そういうことを知らない？　又はおかしな話だけ鵜呑みにした管理人さんに代わった途端、一気に変わった。

　変わったといえば、私の両隣の住人も、お向かいの方が休みの日に荷物を一階に停めたトラックに積み込んでいるのを、主人と通りかかって見たので、お引っ越しされるのかと思ったら、その後も変わらずにいらっしゃるようだったので、あの一部屋分はありそうな家具を移しては、生活不便じゃないのかなあと話していた。その後奥の部屋の方は、平日に一言も言わずに引っ越しされてしまった。でも不可解なことに、このマンションのベランダは鋸状の形をしており、覗き込まなくてもいやでも目に入るのだが、引っ越しされた筈の奥のベランダ側の真っ暗な部屋の中で、夜になると、床から三十センチくらいの高さにルームスタンドの灯が一カ所だけ点くのだ。新しく入居された？　かと思うには、洗濯物とかは一切干されてないのに、ごくたまーに布団が干してあって、それは派手な柄の新しい安っぽい物で、高校の時に見かけたことのある貸布団屋さんから借りた物のように思えた。そうして、反対側の駐車場側の部屋やその他の部屋に灯が点くことは絶対無かった。お向かいの部屋は表札はそのままだったが、ベランダに置いてあった物干し台や植木が無くなっていて、カーテンも外されていた。が、ベランダから食べかけのコンビニ弁当のゴミを捨てたり、暗がりの中、仕切りで姿は見えないが、ベランダで火を隠してタバコをふかす人がいた。火を隠せば分からないとでも思っているらしい？　無人を装って??

どうやら一日中外出せずにいるようだった。奥の部屋の表札は名前が消えていたが、回覧板の名前は以前の方のままになっていたので、一つ飛ばして回した方が良いのかと、五階の代表の方の部屋に確認に行くと、「引っ越されましたよ。」と言って、ドアを閉めようとするので、布団の話をすると、最初にｘｘｘ号室の桜木だと二回も名乗ったのに、また、「お宅、何号室の方？」答えると、「そのまま回していいです。」

部屋に帰って暫くすると、奥の部屋に越して来たという若い男の人がタオルを持って挨拶に来た。その後は、干される布団は、長年使い込まれた物に変わった。でも洗濯物は、私が六月に引っ越すまで干してあるのを見たのは二回だけで、代表の方から彼女と暮らしていると聞いたが、女性の姿は一度しか見かけなかった。灯は相変わらずで変化なしだった。この方は、深夜でも帰宅時に、マンションの出入り口の所でちょうど会うことが殆どだった。そうして、朝、駐車場側のカーテンを開けると、駐車場からクラクションが大きく、「ブー。」、反対側の寝室のカーテンを開けると、道路に停めた車がやはり、クラクションを「ブー。」、外にゴミ出しに行くと、新しく増えた88ナンバーのエンジ色のRV車が、待ってましたとばかりに、タイミング良くエンジンをかけ、五階の通路を歩く私に併走するかのように、駐車場内を、こちらを見上げながらゆっくりのろのろ出て行くことが何回かあって、歩行者だけが通れる出入り口のある北角と、私が停めてある車との中間地点でもあった。また、燃えるゴミの日二回と、燃えないゴミの日の十一時〜十二時の間に必ず「ブー、ブッブッブッブー。」という特徴のあるクラクションが聞こえるようになった。ある日ゴミ出しをしなかったら、その音がしなかったので、試しにランダムに出して様子をみると、これまた完全に一致した。

今度は、朝、ゴミ出しに行く時に、五階の住人ではない見たことの無い人が、代わる代わる手ぶらで尾いてきて、ゴミ置き場の近くまで行くだけ行って、またマンションの中に戻るのだが、でも、五階には戻らない。朝八時半までに出す決まりだったので、この人達は朝の忙しい時間帯に一体何をやっているんだと思った。そんなことが暫く続いて、今日は通路にも、エレベーターにも、ヘンな行動取る人達がいないなと思いながらゴミ置き場に行くと、以前、福岡町のT銀行のCDコーナーで見かけた小太りのおばさんに酷似した人がいて、ゴミ袋の山を左から右へと積み直していた。管理人さんが休みの日には、管理会社の人が来て、後片付けをすることはあるけれど、回収後にホースで水洗いするので、蛇口のある右側に積むことは決してない。そのままゴミを持ち帰るのも変だし、その人が帰ってから出そうと、わざと不安定な端に一旦置いて、またちょこっと位置を変えるなんてことをやったが、殆ど時間稼ぎにはならなかった。そうこうするうちに、他の人がやって来たので、やっと出してゆっくりゆっくり歩いて戻った。エレベーターホールで、やっと来たエレベーターに乗り込むと、そのおばさんがやって来るのが見えたので、開ボタンを押して待っていると、その人はホールの前を横切った後、一歩後ろに戻って顔だけこちらに戻して、「へっ！」と笑ってみせた。そして、駐車場へ出て、南の出入り口の方へ行ってしまった。そちらに向かうのなら、なにもエレベーターホールの前を通らなくても、ていうかマンション内にわざわざ入らなくても、ゴミ置き場から真っすぐ、直に行った方が早いのに。

でも、もし私を、警察がマークしているのなら、今日人がいなかったのは、きっと今までの方法では、私に勘付かれるってんで、それで遠くから望遠とか使って見ているに違いない。だから、もしそのおばさんが何かやっても、もう騙されることは無いだろう。が、その日のクラクションは、いつもの調子と違う、長く尾を引く、やたらうるさい仰々しい感じの音で、しかも何台も呼応するかのようだった。

前後ははっきりしないのだが、住宅ローンの借り入れの際、主人は勤務先、収入、勤続年数等、何の問題も無い筈なのに、銀行からなかなか許可が下りなかった。四月一日から保険料が上がるというのでやきもきしていたら、三月二十四日にやっと電話がきて、用紙を送ってくれた。今までは同じ人でも、イヤな応対だったのに、この時はとても丁寧で親切な説明で面食らった。

○平成十一年四月三十日　前を走る三河５００そｘｘ-ｘｘの白い車、運転席の若い男性はバックミラーで、停まる度に、髪を直していたが、髪の毛真ん中わけの顔立ち整った若い男が以前、ちょうど、町役場の手前までしか88ナンバーの車が来なかった時に、それまでいた車がいなくなって、で、それと入れ替わるかのように、細い道から現れることがままあったけど、そいつも後ろを見る時は必ずそうしていたのを思い出した。さりげなさを装っているのかもしれないけど、それにしては、くどいというか、なんか妙にパターン化されているような同じ動作、それこそ、運転の仕方はもちろん、歩く時の姿勢から、鞄の持ち方、掛け方までが、寸分違わないなんて、いくらなんでも普通ならありえない。

○**平成十一年五月二日~四日**　R旅行会社『博多どんたく海遊館二泊三日』に参加。当初は日光に行くつもりで、パンフレットを集めていたのだが、その頃、マンションと平行した住宅街の道路を、近くに救急病院も消防署も無いのに、毎朝十時半頃決まって救急車がサイレン鳴らして走って行くようになっていた。その先は、小さいスーパーの横の一台やっと通り抜けできるくらい細くなっているのだが、なぜそんな道をわざわざ毎日毎日、それも来る時だけサイレン鳴らして、その後音が遠ざかるのではなかったので、切るようだった。それが二週間続いた。

夜、JRの駅へ主人を迎えに行くと、後ろには二台、車がいたのだが、二台目は救急車だった。サイレンは鳴らしてないので、そのまま北へ向かって走り続け、駅のロータリーに入ると、後ろにいた二台共入って来て、救急車の方はロータリーを一周して、また北に向かって走って行った。主人を待っている間、次々と車が入って来て、離れた所で停まっていた。主人を乗せて、ロータリーから出ようとすると、私の前後にいた車と、ちょうど入って来た車二台とパッシングしたり、クラクション鳴らして挨拶を交わしていた。何かあまりにも、一般人の感覚と掛け離れていて、もう溜め息の連続だった。この頃、それまで一度も、旅行会社のチラシなんか新聞の折り込み広告に入ってきたことなかったのに、ましてや、西尾市のすぐ近くのここで、岡崎市内の物ですら、滅多に入らないというのに、刈谷の旅行会社から、私が駅からの車内で、運転中に主人に話したとおりの、細かい点まで見事に一致した内容の旅行案内が、黄色の地に黒の単色刷りで、しかも手書きのチラシが入っていた。「ホラッ、エサに飛びつけ。」そう言わんばかりのようで、気にし過ぎなんだろうけど、でも、この人達なら有り得るか。勿論そんなこと他人に話したりしなかったけど、予定変更して、何度も参加したことのある、R旅行会社のツアーに決めた。

集合場所の名古屋駅から、もう緊迫した雰囲気で、皆、ああそうだ、顔の表情まで一緒なんだ。口元は笑って、目だけ笑ってないこの表情、今まで散々見たな。私もあまり表情に出さない方だけど、ここまで画一化されているとは…。バスの座席は、右側のほぼ真ん中、前列の中年男性（何度か見かけたことのある、マンションの駐車場で合羽着て立っていた若い方）は、隣の窓側の細身の中年男性に、「お一人ですか。ああそうなんですか。自分も一人で参加なので、よろしくお願いします。」「こちらこそよろしく。」と、うれしくてたまらない様子で、にぎやかにしていた。私が挨拶をした時は返事もせず、目だけ見据えてニタついてたのと、エライ違いだ。次々と、挨拶をしながら乗り込んで来る人達は、全員見事に私達だけ飛ばした。

自称、Yさんという、この男性は、窓側の男性に、「二十二年営業マンをしている。」と、大声で楽しげに言いつつも、名刺一枚出さなかった。名刺とか必要の無い営業なのかなと思った。確かその数日前にも、マンションの駐車場に入ろうとした時、ちょうど白い車に、雨の中突っ立っていたもう一人の年配の人と同乗してすれ違ったっけ…。年配の人の方は無線で何か指示しているようだった。で、車停めようとすると、横のオデッデイが元に戻っていたのは良いのだが、運転席の後ろにあったチャイルドシートが助手席に移され、やっとお座りが出来るようになったばかりの赤ん坊を座らせて、運転席の男性が真っ黒なサングラスをかけたまま、大袈裟な身振りであやしていた。確か車の所有者のお子さんはもう少し大きくて、年子にしては期間が短すぎるし、ご主人の方も何回か見たことあるが、顔の輪郭からして、似ても似つかない。この丸顔でエラの大きく張った男性がご主人の役なら、無理があり過ぎる。しかも、一番安全な席から、一番危険な席へわざわざ移さなくても…。前々から、後部座席の真ん中に立って、シートベルトもせずに、前列の大人達の方に身を乗り出している子供達を乗せた車が、それまで滅多に見かけなかったのに、前後や、対向車にやたらたくさん見るようになっていた。危ないなあと思っていたが、ルールとかいうのに、ホント無頓着というか、自分達だけ特別扱いなのか、良くわからないが、違う友人（二人子供がいてサイズの違うチャイルドシートを後部座席に着けている）に話しても、「導入直後というならともかく、こんな何年も経ってて、子供を持つ親がそんなことするか？」実際に見るまで懐疑的なぐらいだった。他にも、白のアストロで、でっかい無線持って、得意げに何か話して（指示して？）いるYさんを、対向車線で見かけたこともあったね。携帯で最初のうちは、聞こえっこないのに、こちらを窺ってかけてた連中も、その頃は、いかにも楽しげに笑ってかけてるのと、対照的だった。向こうは様々に、どんどん新しい物を取り入れて、巧妙になっているのに、こちらは、何度車内で言っても、紺のスーツでビシッと決めた中年女性が前を走っている時も、対向車のレゲエ風のニット帽に、砕けた格好の男性が、すれ違い様、丁寧に会釈していった。おい…。他にも何組かが、必ず会釈するところを見ると、ああこの人は地位高い人なのかなと拝察しつつ、「ねぇ、一体何やってんの。」と、怒鳴りつけたくなるようなことが毎日あって、かと思えば管理人さんから、直通電話が夜にかかってくることが二度ばかりあった後、でっかいアンテナを付けた車が前後だけでなく、対向車の場合は、わざわざ減速するし、渋滞で停まっていると、その手の車が、横切って休日の会社に入っていったり、前を名古屋〇〇センターという車が、やはりでっかいアンテナ付けて走ってて、物陰にやはり無線持って残念そうな顔をした人が、車の横にいるのを見かけたりもした。マンションの出入り口には、入り口を塞ぐかのように、でっかい88ナンバーの車が、夜中から朝、ゴミ出しの時間帯まで置かれるようになった。その他の出入り口には、やっぱり88ナンバーの車が移動せず、ずっと置かれていた。横を通ってスーパーに行くと、中から中年男性が怒って出て来て、スーパーの中に入るのだが、カゴすら下げずに手ぶらで、何も買わず、棚の間をじっとこちらを見ながら尾いてくるのだった。福岡町のCDコーナーへ行った時も、前を走っているのは、初めて見る、いかにもベテランといった感じの中年女性で、もう最近はどこかに行くのに一々口に出して、「さあ、お金おろしに行くかな。」とか、「郵便局へ行くか。」とか独り言、言ってから行くようにしていたが、どうも、前から思ってたんだけど、連中は、この人達が調べて間違いだったと気付き、行動するのが下火になる頃、タイミング良く何かやって？（何かコトが起きたらしい時は、外で救急車のサイレンだの、クラクションだの、とにかくやたら煩い。）しかも、次の日から、「この野郎！」といった敵意むき出し、ムキになってることもあって、そう勝手に思ってたから、果たして、その車も駐車場へ入ったが、でも駐車スペースは、全部空いているのに、後続の私も入ろうとウィンカー出して、車を斜めにしているのに、ど真ん中に車停めて、B５の大きさのボードを出して、時計を見ながら何か記入しだしたのにはマイッタ。この所作は、毎日、前を走っている車が、よく信号で停止している時にやってるのと同じだった。でも、ここはその位置に車を停めると、入ろうとする車で、一軒西にある信号交差点の右折車線まで塞いで、その結果、直進車線まで渋滞させてしまうのに、それをこんなキャリアウーマン風の年配の女性が、気配りの気の字も見せずに平然としてるのを見て、我慢できずに、「すみませんけど、駐車スペースが空いてるんですから、ちゃんと停めてもらえません？」怒ってそう言うと、「ああ、初めて気付いた」って様子で、車を移動した。頼むから少しは、まわりに配慮とかしてくれ。どうしてこう、世間一般の感覚とズレまくって、しかも、どれだけメンバーが替わっても、パターン化された行動を集団でとるんだ。頭から爪先までドップリ上下関係にだけ厳しい世界にいると、こうなってしまうんだろうか。

集合場所からずっと同じツアーの人達の動作を見るにつけ、そんなことを思い出していた。Ｙサンが、バスの中を取り仕切っていて、まあ、そういう人はいるもんだけど、全員この人だけは挨拶を欠かさない所を見ると、もしかして、このツアーの責任者なのかな。

このツアーの客は、老若男女、家族連れ、ご夫婦、二人連れに単独参加、一見バラバラなようで、妙な一体感があった。二人連れの若い女性達に、Yサンが、「どこから来たの？」「浜松です。」「ああっ！　ハママツかー。」一字一句、上半身を弾ませるように、大きな声で、かなりわざとらしく、「浜松さんね？」そういう言い方が、支店とか事業所とかを、内部の者同士が言う時にする言い方に聞こえて、「浜松署ね。」まるで、そう言っていて、私達外部の者には分からない、内部の者のみ通用する用語でも使って、得意になっているように感じられた。でも、まさかね。

そこへ運転手が、出口の道（トンネル）を左右間違えて、バックすると、Yサンが、慌てて立ち上がり、すぐ後ろに座っている私達の方を振り返って、やや下を見て、運転手に、「勘づかれるじゃないか。」とでも言わんばかりに、チッと舌打ちした。決して親切で、バックする為に後方を確認した訳でもなかった。四月に入社したばかりだというガイドさんは、道路の両側に見える、地元の人しか知らないような地味な神社とか、名所旧跡の説明を、場所がズレてから説明してくれた。

主人が（本当は自分のことを言ったのだが）記憶力のことで軽口をたたくと、ガイドさんを非難されたと勘違いしたYサンが、こちらをチラッと見た後、困ったような表情で、庇った。あのバスガイドさんとお知り合いなんですか？　それからYサンは、隣の人に、「アメリカの警官が、犯人の取り扱い（射殺）について、非難されるのはおかしい。もっとドンドンやればいい。」とか、「家宅捜査すればいいっ。家宅捜査の許可が出れば一発だわ。何も出んかったらどうするだ？　だとさっ！」だの、あまりにも最近の話題と掛け離れた事柄を、いちいち、こちらを振り返りながら話していた。その上、親指を反らして後ろ（つまり私達）を指しながら、こちらが〇〇〇信者で、もうじき田舎に引っ込むのだとも話していた。

はっ？　私が〇〇〇？　そりゃ知りませんでしたね。と、心の中で毒づきながら、郵便受けに入れられていた、宗教関係の本だの、留守電などにも、ナンバーを残しているのに、メッセージを入れる前に切る、つまり着信記録だけ残している電話だの、以前本屋の横で聞かされた「信者だってぇー。」の会話だのから、もしかして、今度はそういう話をでっちあげてるんじゃないかと、心配はしてたんだけど、だってそれなら、マンションの両隣の人がいなくなった理由が、ものすごく納得出来るから。しかし、今まで散々、騙されて振り回されただろうに、まんだ、わからんのか。しかもそんな話をべらべら聞こえよがしに言って得意になっているから、人がなるべく言葉を選んで忠告してるつもりなのに、全く届いてないわけだ。それどころか、悪い方にしか、言い訳をして、混乱させているとしか、受け止めてないな。いい加減目を覚ませ。あんた達も利用されていることに気付けよ。今まで何回でも調べる機会はあっただろうに、その時点でさえあれば、全容がすぐ分かっただろうに。もうっ。

私達の左隣は、定年退職後の老夫婦といった感じで、ご主人の方は多分、幸田からの帰りにすれ違った白の車に四人乗ってたうちの一人じゃないかな。その後、幸田の幼稚園近くの道路で一人で軽トラを運転してた時もすれ違ったっけ。高速道路の左端に、乗用車と、パトカーが、一台ずつ縦に並んで停まっているのが目に入った。すると、そのご主人と、Yサンとその右隣の人がいっせいに立ち上がって、通路に飛び出してまで、見ていた。そこまでして見るようなものでもなかったので、やはり条件反射とか職業病とでもいうものじゃないかと、思った。でもさっき運転手さんの間違いに舌打ちしてたくせに、あのね、自分だけは別格かい？　この人だけじゃないけど、自分が聞こえるなら、相手も当然聞こえるし、自分が見えるなら、勿論相手も見える。こんな当たり前のことが、どうも意識から欠落してるようだ。右車線には、常に88ナンバーの大型乗用車が（京都では、京都ナンバーのアストロ、大阪では大阪ナンバーのアストロ、年度毎に何台かまとめて購入してるのかな）、つかず離れず併走していて、そのはるか後方に、見覚えのある車がちらほら見えた。でも、車のナンバーまで確認した訳ではないので、違うかもしれない。同じ型、同じ色なんて山ほどあるから。

トイレ休憩の度に、一人残らず、トイレにも売店にも見当たらなくて、行方不明。なのに、十五分前には皆必ず集合済みで、私達がドンジリだった。Yサンが、大阪ナンバーで88ナンバーの併走していたアストロに乗った人達と話をしていた休憩場所の時だけ、全員揃っているのを見た。アストロを運転していた人は、ちょっと離れた所にいる私を、顔をこちらに横向けにして見て、「コンピューター並の頭脳だってぇ？」面白そうにそう言っていた。あーあ。

フェリーに乗るのに、あまりにも時間が余ってしまったので、神戸のショッピングモールの遊園地、神戸ハーバーランドに寄って、時間調整することになった。一応平日にも拘わらず、なぜか私達のバス一台だけ、臨時駐車場に誘導され、そこに係の男女二名が待っていて、先に降りた添乗員さんに何か一言聞くと、添乗員さんが、「全然！　全然！」とでも言うように、左腕を大きく振った。すると、係の人はニッコリ笑って、もう一人に何か言い、二人とも安心したというよりは、「なぁんだ。」と言った感じだった。この前の休憩の時に、バスに戻って来た人達が、Yサン以外全員ムッとした表情で、Yサンだけは困っているような顔で、「だって、マチガイナイと思ったも～ん。」

そう言っていたことと、遊園地の中は全くといっていいほど、監視無しだったので、〇〇とやらがデマだと分かったのだと思った。この前後して、サービスエリアのトイレで歯磨き済ませて出ようとすると、そこの責任者か、警備員と思われる中高年の男性が、女子トイレに怒って入って来て、すれ違い様、上から下まで、ジロジロ見られたのではなく、睨まれた。その後主人と売店に行くと、棚の陰から頭だけ出して、その男の人がこちらをじっと見ていて、私達がそれから紙コップのお茶を飲みに行くと、やっぱりこっちを見ながら、一定の間隔を空けて尾いてきた。これって、初めて行った本屋とか、ドラッグストアとかで、同じことがあったけど。あの見え隠れしてた車はやっぱりそうなのかな。駐車場の離れた所で、バスの位置がよく見える、でも車のナンバーまでは、はっきり見えない場所にゆっくり停められたあの車はそうじゃないのかな？　しかもその後は身障者用の駐車場に停めて、全体を見ていたようだったし。でも、今までだってこのパターンで散々振り回されているだろうから、一人ぐらいちゃんと見てるよね。今度こそは。

船は二等船室の雑魚寝だったので、自衛の為、一番奥へ行った。船内の風呂の水は、あまり、キレイなのを使ってないと聞いたことがあったので、主人に、「こういう所のお風呂はちょっと…。」などと話していると、主人の隣の、Yサンが、「そんなことはないっ。」と、慌てたように言ってきた。その後も、バスで並んでいた男の人と、代わる代わる、何かにつけ、お風呂に行くよう勧められた。悪臭がしてるとかいうわけでもないのに、Yサンの右隣の人は、元自衛隊にいたそうで、主人と三人で雑談したが、「早く子供を作れ！」と、言われ、内心、今時そんなことを言ったら、セクハラになるよと考えながら、なるほど、閉鎖された男社会にいたのだと、納得した。説明するのもメンドクサイので、それ以上、突っ込みがないよう、「出来ないんです。」と、答えといた。また少し話していると、何の脈絡もなく唐突に、「いっぺん死んだら？」そう言われ、流石に顔色が変わる私に、「いや。そういうこと言っちゃいかんな。」

おそらくこの人にしてみれば、善意で、自分達が犯人達に利用されてるなんて、夢にも思わず、そんなバカなこと（犯罪？）やってないで、早く子供を作って落ち着けといった、忠告のつもりだろうとは察する。でも違うっ。ってことは、サービスエリアで又何かあったことになっているんじゃないでしょうね？　又、騙されたんじゃないでしょうね。こんなに大勢いるんだから大丈夫だよね。

十時半に、風呂の支度をしているると、主人が先に行こうとするので、リップクリームやコンパクトタイプの歯ブラシを手に持ったまま出ると、階段の所で、後ろから急いでやって来た中年男性が、私が手にしている物を見て顔色を変えた。でもすぐに少し笑って、嬉しそうな感じで、いそいそと戻って行った。何なんだ。

風呂まで行くと、結局時間切れで戸が閉まって入れなかった。風呂の前の自販機コーナーの椅子に若い男が、誰か待っている訳でもなく、ただ一人で、何か飲む訳でもなく、座っていた。風呂は三十分以上も前に閉まっていた。仕方ないので、トイレに行って体を拭こうとすると、中年の女性が険しい顔で入って来た。聞かれた訳でもないけど、こちらから、「従業員用のお風呂とかないですかね？　もう一般用は閉まってて入れなかったので。」結局無いことが分かったので、個室に入って体を拭いて出てきたが、ずっとこちらを伺っているようだった。

風呂の前の夕食の時も、ビュッフェ式だったが、前（隣）にいた年配の男が耳にイヤホンを着けていて、胸ポケットの黒い箱状の機械と繋っているのが、白いシャツのため見えた。ラジオや補聴器ではなさそうだった。無性に腹が立って、もたもたしている、そいつのトレイにぶつけて謝った。でも二回ぶつけた。これだけ大勢いて、そんな分かりやすいことやっているから、犯人達に利用されるんだっ！

翌朝、元自衛官が起きて、洗顔？　をしに出て行った。暫くすると、港に入る船の振動で、壁にかけてあったその人の上着が落ちてきた。直して上げようかとチラッと思ったが、下手に触らない方が良いし、手前に寝ている主人を起こすのもなんなので、そのままにしておいた。その間、私は布団でずっと横になったままで動かなかった。元自衛官が戻って来て、落ちた上着を手に、寝たままの私の方を見て、「チックショー。」と、語気だけは、吐き捨てるように強い調子で呟やいた後、隣のYサンを連れて怒って出て行った。すぐに添乗員さんと俯いたYサンの三人で得意げに戻って来た。完全に誤解しているようだ。Yサンは事実を知っているくせに、黙って俯き加減のまま誤解を解かない。事実よりも、自分の面子を気にする人のよーだ。ずーとYサンを睨んでいたら、バスで私達の隣に居た七十代位の男性が、Yサンに「何かあったのか？」

Yサンは、「来る途中でもやっとるだ。」と、少し元気を取り戻したかのように答えていた。これだからだ。これだから、自分達の間違いを絶対認めようとしないから、次から次へと（タイミング良く）出てくる、デマや捏造された証拠に、ホイホイ飛びつく訳が分かった。ほれっ、やっぱり今度こそと、カッカさせられて、私の言葉を素直に聞けないように、冷静な判断なんか出来ないように、いろんな所に応援頼んで、益々引っ込みがつかなくなるようさせられていることが分からないらしい。

行きのバスの中では、初めのうち元気いっぱいで、指示を出せるのが、嬉しくてしょうがないっていう態度を見て、今回のツアーに潜り込んだ責任者はこの人かと考えたけど、その責任者？　たる者が、いっちいちこっちを見ながら、当て擦りを言うのを、ホントに自分達が正しいことをやっていると思い込んでいる人って、全く周りを気にしないんだと、思い知らされてたから、「聞こえてますよ。（聞こえるように話してるかもしれないけど。）少しは気を付けた方が良いのでは？」っていうつもりで、前の座席にくっついている足乗せ台を、軽く蹴ったけど、本人は全然意に介さず（右隣の人は気付いた。）私が車の中や、家の中で話した話と同じ話をして、元自衛官に、「こうやって言うんだわ。よく言うよなあ。」って調子で話していたね。だから、「おい。こいつ黙らせろ。」という代わりに、今度は元自衛官の席の足乗せ台に、床に踵くっつけて、爪先浮かせてから、「トンッ。」と下ろすと、元自衛官は、「ヒエッ。」そう言って飛び上がっていた。きっとこの人も、陣頭指揮を執るYサンの言動にやきもきしていたのだろう。「これだっ。」て思ったら、もう他のものの見方って出来ないんだろうか。でも、私が見たって気付く矛盾とかかなりあると思うけど、もしかしたら、こういう人だから、あんなチャチな手口でも騙されて思い通りに動くとふんで、彼女達はやったんじゃないだろうか。

　正月に見かける前の顔触れを見ても、中年女性に、高齢女性、若い真面目そうな女の子に、ゲーム感覚で悪さとかしそうな崩れた雰囲気の女の子や男の子、危なそうな中年男性に、水商売風の男性と、いったいどういう交友関係なんだろうか。お酒飲む所とかで集めてきたのかなア。それに年齢的にもいったい何の仕事をしているんだろうと訝しんでいて、それで、気のせいかもしれないと、自分に言い聞かせていたのだが、でも同じ白のバンに乗っていたことからも、やっぱり、髪の毛真ん中分けの顔立ち整った若いあの男は、絶対、警察関係者だ。だから、いつも裏をかいて動けるんだ。警察官なら、捜査の名目さえあれば、何をやっても個人的に責任を問われることは無い。それが分かっているから、常に疑惑だけ持たせて、デマを鵜呑みにするよう、ぎりぎりの証拠？　や、証言？　を作っていたんだ。いくら何でもそんなことに協力する為に普通に、人がそこまでやるのかとも思ったけど、警察は連帯責任だから、それなら、やるかもしれない。その他大勢の人が信じ込んで動けば、自分は高みの見物して、でも、こういう人達が仕上げをしてくれることが分かっているからこそ、出来たんだ。何回も何回も同じようなことがあれば、益々いい加減になるし、矛盾だらけでも、デマにでも縋りつきたくなるわ。それで「すごくズル賢い奴なんだ。」とでも言ってれば、プライドは保てるっていう寸法か。

博多着。太宰府で参拝に向かう途中、鳥の人形『うそ』が売られていて、こちらは間違いなくプロと思われる、ガイドさんが、名前の説明をした時、前に居るYサンに聞こえよがしに、「うそだってぇー。」大きめの声で言うと、少しして浜松さんにYサンが、「何で子供が出来んか調べてみるか。」「そこまでしなくても…。」と、やや咎めるように、でも私が聞いているのに気が付くと、前を向き直し、やや下向き加減で答えていた。理由があるなら、こっちが教えてもらいたいもんだ。私は、中絶、流産どちらも経験無しだし、子宮ガン、子宮筋腫の検査も毎年異状無し、酒もタバコも無しの健康状態良好だ。ええっおい。たく『うそ』の当て擦りだけは分かったみたいだね。彼女の方が年は若いけど、ずっと大人だ。

参拝後、博多どんたく見物まで、地下街で演芸を見ていると、四十代のおじさんがやたら張り付いて来たが、気にしないようにしていた。その後、道路のブロックの上に座って待っていると、右隣の子供連れの母親との間に、年配の女性と二十代の女の人の二人連れが割り込んできたが、どうしても一人しか入れないので、「○×さん、あなたはここに座りなさい。」そう年配の方は、若い方に勧めて（指示して）自分は私の後ろにあった電柱を、背もたれにして横向きに座った。二十代の女性はミニスカートに中ヒールのサンダルで、ルイ・ヴィトンのショルダーバッグを、何と地べたに直接、股の下に置いて、「前は、博多どんたくの○○がこうでしたね。その前の時はああでしたね。」

そう話しているのを、聞くともなしに、耳にして、私もミニのプリーツスカートで来て、しまったなと考えている最中だったので、以前にも何回か来たことがあるのなら、そんなミニで来なくてもと思った。

パレードが始まる前も、始まってからも、反対側にいる人達の中で、何人か、こちらを睨んでいる人がいた。家族連れの人もいたが、家族連れての祭り見物で、人を睨みつけて、どうするんだぁと苦々しく思った。ちょうど均等に配置されてて、こっちも睨み返すと、目を伏せた。どうせ、Yサンが、鬱憤晴らしの意味もあってここぞとばかりに自分の意見が正しいと思わせる為に、都合のイイ話だけを吹き込んで、先入観を持たせたんだろうが。風が吹いて、少しスカートが浮いたので、押さえようとしたら、私の手の動きを、右隣の女の子が露骨にじぃっと目で追う（見張る）ので、押さえるに押さえられず、そのままにしていた。その後、大きな傘の下を回ると良いというのが、やって来たら、その子は年配の人に、意気込んで、「ちょっと回って来ます。」「あれは、子供が回るもので…。」と、ぶつぶつ言うのも構わず、「いえっ。行って来ます。」軽く目配せして、タッタカ走って行った。膝の上にハンカチを置いていたのに、立ち上がってそのまんま行くもんだから、こっちにハンカチが飛んできたが、こんな色眼鏡で、おまけに横に居るのに、こんな若い女性がスカートが浮いてきたことは目にも止めず、気が付きもせず、目標物しか目に入らない。ここまで視野がすっかり狭くなっていては、悪意にしか取られないので、触らずにそのままにしといたら、更に飛んで、主人の左隣の人が拾って、戻って来たその子に渡した。まさかと思うけど、まさかと思いたいケド、もしやスキを作っているつもりじゃあないよね？　完全に決めつけてて、あっまりにもあからさまで、わっかりやすい態度に、ものすごぅく不安になった。

主人がトイレに行きたいからと、帰りにデパートに行くと、一番近かったのが、婦人服売り場の奥の階段の所だったので、手前で待っていると、少し太り目の二十代後半の若い男性が、一人で婦人服売り場にうろうろした後、突っ立っていた。体型の為に少し浮いたスーツの上着の内側に黒い箱（つい最近見た。）が入っていて、そこからコードが耳のイヤホンまで伸びていた。主人が戻って一緒にエスカレーターを降りて行くと、その間ずっと階下から下を見上げて、こちらを睨みつける中年男性が、エスカレーターの真下にいたので、こっちも同じようにすると、そそくさと背中向けた。

バスに向かう途中も何人かご同様の方がいて、中には面白がって試すかのようにやってみて、「ああっ。バレちゃったぁ。」と言わんばかりの大袈裟な態度を取る人もいた。呆れはてて、バスに戻ると、どこかの無線を聞いているらしく、「やはり、近付くと分かるようです。」

走っている間も、「〇〇―〇〇、〇×方面向かいます。」と次から次へと流れていて、隣の車線で、ｘｘ-ｘｘに合致する88ナンバーの車や、パトカーを見て、どうりで岡崎でも、どう見ても普通の一般車にしか見えない車の後ろを、でっかい無線のアンテナを付けた車がぴったり張り付いていて、それを運転している連中が、すれ違う際、私の方（真横）を向いて、「ふふん。」と笑ったりする訳が分かった。ご丁寧に車のナンバーを放送していたんじゃ、無理もない。至極当然だわ。そうして、船に乗り込む為、停車した時には、無線から、「桜木さん関係頑張って下さい。」船のなかでも、相変わらず全く知らない人達に、睨まれたり、あからさまに尾いてこられたり、新聞広げて横から見ていたり、もう少しさりげなく出来ないものかと、いらいらした。

夜、寝ていると、人の話し声と動く物音で、目が覚めた。真っ暗じゃないので、元自衛官が、壁にかけてある私のバッグと服を調べていて、「ないっ。」Ｙサンが、「ポケットは？」「………。」「ないっ！」ポケットは布だけの、飾りポケットだ。ずっと前から、ポケットのない服を外出する時に選んでいたのに、やはり気付いてなかったのか。

今回のツアーだって、プライド傷つけられて却って怒るだろうけど、年甲斐もなく派手な黄色のミニキュロットスーツという目立つ分かりやすい（見張りやすい）格好をしていて、これ以上騙される機会がないようにしているのにー。そんなことにすら、かけらも気にせず、まだそんなことをやっているのか。まだ分からないのか。調べて納得してくれるなら、（今度こそ）いいやと、そのままにしておいた。行きの船でも、朝、「もう、お風呂入れるよ。」とかわざわざ言いに来て、前の晩入れなかった時も、入っている間も、荷物調べたでしょうが。きちんと戻してあったけど、あんまり「入れ。入れ。」ウルサイから、服の間に挟んでおいた細い髪の毛が失くなってたぞ。念の為、全部出して鞄の中も調べたけど、やっぱ無かったぞ。まあ、調べて困るような物はないから知らんふりしてたけど……。今回は汚れた下着とかあるし大概にしろっ！　風呂場でも、私の棚の下に、小銭落として、あれで確かめたつもり？　私ってそんなにバカだと思ってるわけ？　十円なんか誰が欲しがると思ってるの？

寝る前に、通路はさんだ向かい側の部屋の、あっかるい中年女性達に、頭の良さそうな男の人が手に紙を持って、「おい！　マジでやばいぞ！」暫くすると、女性達が、憤慨した様子で、「ハッアー?.」「エエッ?.」驚きの声の後、ちょっと小バカにしたような、間違いを詰る代わりに、当て擦って笑うような感じで、「〇〇〇だってえぇぇ?.」と、大きめの声で言ってて、私の左隣で休んでいた、行きのバスでも左に居た年配の男の人が、いたたまれないように、注意しに行って、そこの女性達は、素直に聞きはしたけど、憤懣やるかたないという風だったから、もう分かっている筈なのに、間違いを認めるのは、そんなに恥か？　認めようとしないから、これだけ大勢の人を巻き込んで、もっと大恥かいたじゃないか。

頭の良さそうな男の人が紙を持って向かい側に行く数時間前に、「いっぺん、ちょっと調べてみるか。」そう言ってから、ホンの数時間で分かることだったんじゃないの？　それも、船に連絡してすぐに分かるような、全然複雑じゃない、穴だらけの話だったんじゃないの？　ただ言い張ってるだけって分かったんじゃないの？

朝、老夫婦と少し話をした。何か私に、少し申し訳なさそうな感じだったけど、私もかなり依怙地になってて、一応失礼のない態度を取るのが精一杯だった。元自衛官の人の話を話題にしたとき、特に自衛隊云々は言ったか言わないかは記憶にないけど、「ああ。あの自衛隊あがりかぁ。」その言葉を聞いて、少し排他的な感じと、（やっぱりと言うべきか）お知り合いなのかなって思った。この人も頼まれてやっているだけだとは分かるんだけど、船を降りる時も、何か言ってみえたんだけど、私ムッとしてしまっていた。きっと真面目で仕事に忠実な人なんだろうけど…。

大阪の海遊館に入る時、前を歩いていた、すぐ後ろの席だった中年の夫婦が、「無線とか、会議出さないと…。」と、前向いたまま顔を動かさず、小声で話していたので、聞こえるように、「ホントッ！　ずさん！」と、言ったらビクッとして、無言で顔見合わせていた。主人は何のことやら分からんという風で、きょとんとしていたけど、前見てて、後ろの私達を見てた訳でもないんだから、私と主人の会話かもしれないんだし、顔見合わせなくても（驚かなくても）いいじゃない。

Yサンは以前大阪で仕事をしていたそうだ。四月にあった関西のイントネーションの残る電話を思い出して、一人で納得していた。

ゴールデンウィークで、大混雑なのにも拘わらず、角の所や、カーブになった壁の前に、水槽も見ずに、仏頂面で仁王立ちしている男の人が必ずいた。離れた所にあったガラスケースの中に居る猿を探して、「どこだ。どこだ。」と、隣の若いカップルが話していたので、「あそこ。」そう教えてあげたら、二人とも顔見合わせて苦笑して、何故かイヤミを言われた。

大きな鞄をかついだ、ごっつい体型の仏頂面で若い男がその後、ずっと尾いてきて、その人とちょっと距離を置いて、やっぱり尾いて来ていた細身の若い男と、無言のまま行動を共にしていた。こういうなし崩し的なイイかげんな行動が無性に腹立たしかった。そのくせ、すぐに、鞄かついだ方が、私の前を、もう一人の若い方が私の後ろに尾いて、今の今まで、二人で無言ではあるけれど、目配せやら仕合って一緒に行動していたのに、今度はそれぞれ無関係を装う。どういう神経してるんだか。何か昔からこれが正しいと言われた通りの行動を、周りのことを一切気にせず、黙々ととっているというか、南北戦争の時、メキシコ戦争の銃で、北軍の新型ライフルと対峙した南軍の紳士の話とか、明治時代に大国ロシアに勝てたので、昭和になってからも、三八式銃を使っていたという話を、チラッと思い出した。自分が見えるなら相手にも見られるという、当たり前の、当たり前のことが、分からない？　で、前に居る鞄かついだ方との距離が一メートル程離れた時に少し追いかけて、「ねぇ、いっそのこと警備員の格好したら？　そしたら仏頂面でも不自然じゃないでしょう？」

するると、案の定、前の男ではなく、後ろからタッタカ小走りで尾いて来た男の方がムッとして、鞄かついだ方の男に寄っていって、「こうやって言ってたで。」と告げていた。すると、鞄かついだ方が、怒って振り返って益々睨みつけてきた。あのねー。

そりゃ二人はそれまで終始無言でしたよ。だけど、途中でペアだと露にするなら、挨拶するとかの演技くらいしろっつーの。それかいっそのこと最初から友達同士で来ましたっていう風を装えばいいのに！　尤も行楽に来ていて？　仏頂面！　水族館で魚を全く見ずに、無言でタッタか尾いて来るとか、人混みや家族サービスに疲れた訳でもなく、一応壁になっている所にだけど、水槽側に背中向けて、まるで立ち番のように仁王立ちしていて、周囲から浮きまくっているのに、なんで分かるか分からないらしい。この感覚のズレ！

トイレに行っても同様で、やたら無遠慮にはり付いてくるかと思えば「何でこんなとこ置く？」っていう不自然なことをやって、本人はさりげないつもりでいるらしい。結構分かるように、「気が付いとるわ。ばかじゃない？」って怒って態度に示したら、そそくさと出て行った。細身の中年女性。センス良く、綺麗にお化粧していて、おそらく『ベテラン』といわれる人で、それなりの自信とか、風格を兼ね備えているのに、この感覚のズレは理解しがたい。本当にこれで通っているんだ。柔軟な筈の若い人も、女性も…。本当に特殊な閉鎖社会なのだと思い知らされた。

バスツアーの人達は、殆どの人が、元々マチガイであることが分かってきたらしく、Yサンが話しかけても、黙って行ってしまうようになってきていて、ツアーの中で浮いていた。観光している時、Yサンは元自衛官に、「奥サンは冷感症だ。」「スタイル良さそうなのに…。」こっちを振り返って、元自衛官が答えると、「ご主人が短小で、奥サンが満足出来ないので、自分でしとる。」と、これまた、わざわざこちらをご丁寧に振り返って話していた。しかし、それから少しして、元自衛官だった人も、Yサンがニコニコ寄って行っても、怒ったふうな様子で無言で行ってしまった。

帰りのドライブインで、私がYサンに、「名刺。頂けますかっ。」「名刺…。持って…ない！」「二十二年も営業やってらして名刺もお持ちじゃないんですかぁ？」と、驚いたふうに言って、「じゃあ、お名前とご住所、書いて下さい。」「はいっ。はい。いいですよ。別にやましいことは…。」ぶつぶつ小さい声になって、フェリー会社のチケットの裏に、〈〒xxx-xxxx　名古屋市○○……　Y　TEL0xx-xxx-xxxx〉と、奇麗な字で電話番号まで書いてくれた。有名人と一字違いなので、もしかしたら偽名かもしれないなと思いつつ、礼を言ってその場を離れた。すると、主人が何で、書いてもらう必要があるのかと聞くので、同じツアーの人に住所氏名を聞くのはよくあることだと突っぱねた。

帰りのバスの中でもやはり、私達の前にいるYサンに、隣の元自衛官だった人が、意を決したように、「もう片方のほうも調べてみたらどうだっ？〈こっちを振り返って、見つっ…。）こっちは…そのままにして…。」

思わず我が意を得たりと、顔が綻ぶ私は、次の瞬間、Yサンが困ったような笑いを浮かべて、静かに大きくかぶりを振るのを目にして、内心、「なんだとぉ。」また怒りの表情に変わった。元自衛官も、人が折角親切で忠告してやってるのにっと、顔も声も怒って、「なんでだっ？」「だって、決まっとるもん。」絶句した元自衛官に、Yサンは気を取り直したかのように、「無線については、会議ださなあかんな。」撫然としつつ、「だがっ！無かったんだろっ？」元自衛官が、強い、言い聞かせるような調子で言うのに、「わぁからんようにやっとるだぁ。」

○平成十一年五月十日　買い物の帰り、前のワゴン車の運転手は、マイクロバスに付いているような逆三角形型のマイクを口に当てて話をしているようだった。後方の私に気取られないよう？　さりげなく？　バックミラーやドアミラーを見ながらアンテナをそろそろと伸ばしていた。橋の手前で、またもや運転手のおじさんがマイクを口に付けると、対向車のでっかいアンテナを付けた紺色のバンを運転していた若い女性がワゴンとすれ違った後、ほぼ真横のこちらを見ながら「くくくっ」と笑っていた。ワゴン車の運転手はそのことに全く気付いてなかった。この女性は四月八日に、マンションの駐車場の駐車スペースじゃない所に車を停め車内でタバコをふかしていた人だと思う。幸田に行く途中にある電機屋さんの駐車場で一、二度そのバンが大きく旋回してたり、前後に出したりしているのを見かけた。（舗装されてない土の駐車場で駐車スペースの区切りも無いのに。）その後もそこでやはり一、二度見かけた。
○**平成十一年五月十一日**　てｘｘ－ｘｘ紺の軽に乗った太めの女性、銀行の支店の駐車場に停めていて私を追うようにＣＤコーナーに入って来たくせに三台のうち二台があいていてもソファに座って、こちらをじっと見ているだけだった。
○**平成十一年五月十二日**　ゴミ出しに行くと、来客者用の駐車場に三河３３りｘｘｘ白のクラウンが駐車していた。0xxx-xx-xxx4　三回未着信
○**平成十一年五月十四日**　0xxx-xx-xxx4「○テッコウさんですか？」うちの電話番号は以前○テッコウさんが使っていた。
○**平成十一年五月十九日**　幸田から帰って、マンションの駐車場に車を停め入り口に向かうと、その時駐車場の入り口からすごいスピードで走ってきた白のマジェスタｘｘ－ｘｘにあやうく轢かれそうになった。（その後、うちの並びの一列だけ奥の駐車場に停めてあるのを何度か見かけるようになった。）
○**平成十一年五月二十五日**　十六時三十分頃　マンションの駐車場に入る手前の道路で白のマジェスタの車内に、両手でハンドルを掴みながら顔を伏せ、肩を震わせて笑いをこらえている男を見かけた。
○**平成十一年五月下旬**
二度目にカーテン屋さんに行った時、一階の入り口の近くのカーテンを見ていたら、若いご主人がケータイで電話をして「来ましたけど…」と話してすぐ切った。奥さんが「何

やったの？」「〇〇〇〇」（小さくて聞き取れない）「何かのマチガイじゃないの？」「証拠がある。」と話していた。

○**平成十一年六月上旬**

　カーテン屋さんの若いご主人が、一人で、新居のカーテンレールを取り付けていた。二階の真ん中の部屋で一人でいる筈なのに、「ハア？　何？　どこっ？」誰かと話している様子で二階に行くと慌てていた。隣の部屋に行くと、ムッとしてすぐ追って来た。帰りに玄関で挨拶した際、ご主人の胸ポケットにタバコより一回り小さい位の黒い箱が入っているのに目を留め、指差しながら「それ、何ですか？」と聞くと、手のひらに乗せて「ラジオ！　高性能のっ…。」と　答えたが、ダイヤルもつまみも周波数等の表示がどこにも無い物だった。

○**平成十一年六月二十二日**　S屋さんに家具を移して貰う。ここで家具を購入する度に「自分で動かすと家具に傷が付くから、動かす時は言ってくれれば、動かしてあげる。有料だけど。」と常々言っていたので、新しいベッドの注文に行った時、他の家具の移動をお願いすると、店長さんは、かなり投げやりな感じで苦り切った顔をしていた。今日は年配の人と若い人の二人だけで、手際が悪く、コンテナタイプのトラックに敷物の一枚も敷かず直に家具を積んでいた。新居は主人の両親が古い毛布の類を敷き詰めてくれたので、床はかろうじて無事だった。小雨の中での作業に感謝して予め決めていた時給×時間を払った。後で気付いたが、座卓の足は擦れて傷だらけ、食器棚の下段に乗ったらしく、ゴム底の模様付きの靴跡型に凹んでいた。桐の和ダンスの背面にも踏んで歩いた跡が付いて、何度拭いてもとれなかった。

転居後も、やはりと言うべきか火曜と金曜に、例のブーブッブッブッブーというクラクションの音が、ゴミ出した日に聞こえる。マンションの時は水曜と土曜、あと燃えないゴミの日の金曜だったが、時間が幸田の方は、十時半から十一時前位で少し早い。ここでも出した日だけっ。

○平成十一年六月下旬

最近やたらと犬を連れた人を多く見かけるようになった。

日曜日の朝、スーパーDに買い物に行くと、スーツ姿の中年男性が、若い男性と二人連れで、手にケータイだけ持って買い物？　していた。

ツナギの作業服のH設備さんが、水回りの確認に、三十代のフリルのブラウスにミニキュロットのショートヘアの女性と来た。私は、家電製品を移した際、洗濯機にマンションの付属部分も付けたまま移動したので、引っ越し日の大掃除の前にキレイにしとこうと洗濯機のマンション用の付属部品を歯ブラシで洗っていた。開けっ放しの洗面所の西側の窓から、隣の敷地に、お洒落な服装の若い男の人が突っ立っているのが見えた。こちらを見ながらケータイで話していた。暫くすると外で、「おい、M子」とか呼んでいるのが聞こえた。床に置いてあったH設備さんの荷物からケータイのベルが鳴ったので、外にいたH設備さんに洗いかけの部品を持ったまま呼びに行った。H設備さんは私の泡だらけの手を見て少し笑った。帰り際M子さんは、バリアフリーの床や玄関の手摺りを指さしながら「お年寄りがいるのか」とちょっとキツメの口調で聞いた。H設備さんはさっき八年程前に家を建てたと話していて、その話の流れのままM子さんは小学生の子供がいるからと言っていたし、同じ頃マンションを買った友人の所が既にバリアフリーだったし、こういう水回りの仕事をしてらして今時『バリアフリーイコール年寄り』の発想に驚いた。「バリアフリーでないと住宅ローンの融資枠が狭くなる」と私とH設備さんが話した。M子さんは妙にイラついて「うちなんか子供部屋も無いのに！」（八年前に建てて小学生の子供がいるなら、何で造らなかったのか？）玄関の壁が白いのを見て「まあ、いいわねえ」とイヤミったらしく言った後「子供がベタベタベタ～」と手型をつけるマネをしてやや憤然と先に出て行った。私は「うちが家を建てたことで何かあの人に迷惑かけましたか？」ってH設備さんに聞きたかったけど、お互い苦笑するようなヘンな空気を一掃するように礼儀正しく帰られた。電話で話したことのある奥様の声とは全然違うし、態度も奥様は腰が低くて丁寧。

○**平成十一年六月二十六日**　町役場に転入届を出す。義母に「防災無線を貰えなかったのか？」と聞かれた。無料で貸し出されるそうだが、そんなこと一言も聞かなかった。

○**平成十一年六月下旬**　新居に引っ越してから、義母が来た時や友人が遊びに来た時、和室の壁やリビングのちょうどエアコンの配線近くの壁の中から電子音が聞こえてくることがあって、「なんの音？」と聞かれたが、「わからん。」としか答えようがなかった。寝室では、ベッドの真上の天井からボリュームのつまみを回した時のような「キーン」という音がして、主人に私が「なんの音?」と聞いたこともあった。和室に面した南側のお宅の窓が十センチだけ開けられるようになった。義母に言わせると「十年来、開いているのを見たことが無い。」とのこと。レースのカーテンはかけてあるが、窓枠のぎりぎりの高さに五百円玉位の大きさの円筒形? にコンビニのビニール袋がカバーのようにかけてあって、急に朝六時に主人を送って行く時にもう開いているかと思えば、夜中一時に迎えに行った時も帰って来た時も同様だった。驚いたことに雨の日でも開いていて、主人が帰宅してから、もしやと思って障子を開けて見ると、窓は閉まっていた。偶然かもしれないと、確認すること十数回、確立百パーセント。でもそのうち、早朝に出掛ける時は閉まっていて、帰ってくると開いているというように変わった。窓が閉まっている時は、コンビニの袋がヨレた状態でカーテンとの間の窓ガラスの真ん中に張り付いていてすごく妙だった。この状態はかなり長く何カ月も続いた。元新聞社に勤めていた友人が来た時にビデオに撮ったのを見せた。

○**平成十一年七月十日**　岡崎の家電量販店で注文して取り付けて貰った外灯が点かない。違う作業で来ていたK電機さんについでにみてもらったら、配線は繋いであるのに点かないのは電灯自体が壊れていると言うので外して戴いた。成る程一応メーカーの物なのに中は、黒のビニールテープでぐるぐる巻きにしてあり、防水の為でもないそうだし、今時夜店の品でもこんなのはないよなーと思った。新しい外灯を持って来てくれた家電量販店の人は見るなり、「外したのか！」強い口調で言った。箱に入った状態で持ってきてくれた今回の品は、ビニールテープなど全く無いままで取り付けてくれた。だが折角持って来て貰った今回の品も明るさ調整が出来なくて又、取り寄せて取り替えて貰うことになった。結局三回目でやっと注文通りになった。

神社のお祭りに行くと、社殿で参拝した後、暗がりの中で、前に揃えた私の手に、肩掛け鞄をワザワザ両手で持ち上げて押し付けてくる若い女の子がいた。

○平成十一年七月十一日　スーパーSのパン屋さんに入り、パンを選んでいる主人の横で後ろ手にしていた私の手に、思いっきりリュックサックをぶつけてくるちょっと太めの四十代中頃から後半位の中年女性が、そのまま店内一周してレジの前を通過して出て行った。リュックサックはちょうど子育て中のお母さんが持つような大きめの黒い布製の物で、口の上の取っ手を両手で胸の前にやや突き出して持っていて私にぶつかる為だけにパン屋に入って出て行ったかのようだった。パン屋は十分広い通路の横に面していて、入り口付近は狭くても、ぶつからなければ通れない所でもなかった。

○平成十一年七月二十八日　元新聞社勤めの友人と金山のメトロポリタン美術館に行った。前にやったらとろとろ動く大学生のリュックは、パン屋でのおばさんのデザインとは全く違うけど、思い出して警戒していたら、別に手を伸ばした訳でも触った訳でもないのに、ネクタイまで揃いのスーツ姿のオジサンが二人、手に説明用の機械？　を持ったまま勇んで割り込んで来た。オイオイ…。機械の説明に従ってなら順番メチャクチャ。デマ鵜呑みなら現行犯のチャンスだろうに…。

土産屋さんの入り口の横に立ち番のように突っ立っていた警備員の男は、海遊館で私がイヤミ言った人に瓜二つで私を見てニヤついた。私も笑えた。友人を送った後、23号線（六十キロ高中）で、前を走る車はずっと時速四十キロ以下でゆっくり走るので、車間距離を思いっきり開けて走った。その車は出口の近くの安全地帯付近でのろのろしたので、スピードを上げて横を通ろうとすると猛スピードで前に入りサイドブレーキを数回踏んだ後、紙コップ入りのコーヒーを運転席の窓から放ってきたのでフロントガラスがぶちまけられたコーヒーで見えなくなった。後日その日会っていた友人に話すと、友人は違う日にご主人と車で出掛けた時、中身の入った缶ジュースがフロントガラスにとんできたことがあったと言っていた。

昨年十一月に総合体育館の駐車場の車内にいた髪の毛真ん中分けのガッシリした男は、笑いながら、どこかに、「あんまり頭の良くない犬だから…。」（大丈夫。まあったく心配無い。）そんな感じでケータイで話し、せせら笑っていたけれど…。

他にも、引っ越す前の話だが、小柄な若い真面目そうな男に、「証拠ツクルのはカンタン。証人ツクルのはムズカしい。でも、ソウダト思い込んだ人間、ツクレバイイ。」笑いながら、冗談めかして言質を取られないように話していたよな。なんか、ちょっと…。かなり、すごく心配…。

信者だの○○○だの聞いて、「電話がある。」「証拠がある。」って言ってたから、心配になって、電話会社の電話履歴が来るなり調べてみたら、一方的にかかってきたマチガイ電話が三本。「(おかけ先が)違いますよ。」の会話すらしてない。これっ? これのこと? こんだけでイイノ?

○平成十一年七月下旬

二度ばかり直して貰ったロール式網戸が又壊れ修理を頼むと二度も壊れているのでこれは、名古屋の工場の者でなくてはダメだとのことで、T会社名古屋から来たというスーツ姿の若い男性と作業着姿の仏頂面の更に若い男性がやって来た。スーツ姿の方は紹介だけして失礼しますと言い帰った。この男はマンションで見かけたことがある。駐車場で雨の中突っ立っていた二人組みの年配の方に「全部話して協力要請したらどうですか?」と言っていた人だ。転職したのか。若い(といっても三十代)作業着姿の方は、ずっと仏頂面でずっとぶつぶつ文句を言いながら、ワザワザ名古屋の工場の者でなくてはということでやって来たにしては、おそろしく手際が悪かった。立て繋ぎにしても二畳にも充たない洗面所の床に一×二メートル程の布を敷いてその上に脚立を置き、脚立の上から「くそっ暑いなあ」とか文句を言いながら工具をポイポイ後ろ向きに放るので、再度要るのがあると「ああっ」とまた文句を言って怒って拾うといった具合だった。何でこんなことしなけりゃいけないんだと言わんばかりの態度で、更に工具の殆どを母屋との境目のコンクリートの所に並べて置いていたので、何度かそこにも行っていた。キャッツのチケットのことで元新聞社勤めの友人に電話すると、九十度の直角に開けた窓の後ろに平行に、背中向けて張り付いていかにも立ち聞きしてますという風に聞き耳を立てているようだった。窓は開いているので、そんなことしなくてもイヤデモ聞こえたと思う…。

おやつにタコ焼きとお茶を盆に載せ、弟が作った四角い四本足の椅子をテーブル代わりにして出した。母屋にもタコ焼きを持って行くと、慌てて尾いてきた。

ようやっと作業が終わっての帰り際、何か捜しているのか洗面所の入り口まで床にはいつくばってキョロキョロばたばたしていた。まとめて工具を置いた境目のコンクリートまで走っていっていた。帰った後、椅子の上の盆を片付けると、水色の足拭きマットの上、椅子の脚の横に黄色い十五センチ程のドライバーが転がっているのを見つけ、走って追っかけた。家の前でなく、離れた田圃の横に置いてあったのか、走っていく車が見えた。がこちらには気が付かなかったのか。お陰で会社に電話するハメになった。うちは一任しただけみたいな要領を得ないので、結局岡崎と名古屋の両方に電話した。名前を名乗ると「何かありましたか!!」心配そうに、気色ばんだ声で聞かれた。いやコレコレコウと話すと、大分安心したらしかった。そのうち取りにいくから置いておいてくれと言われたが、正直、汚れた工具なんか目の付く所に置いておきたくないし、といって仕舞って忘れてしまっても双方困るし、もともと窓の修理をお願いしていた別の店に電話すると、すぐ取りに来てくれた。

○平成十一年八月四日　ヘリコプターが家の真上を低空飛行して行った。南側のベランダで見ていると、北から南へ直進して行ったのに、大きく右旋回してこちらに戻って来た。

が、再度Uターンして又南に行った。夜、主人に変わった飛び方だと話した。
○平成十一年八月五日　今日もヘリコプターが家の真上を低空飛行していたが、今日は北から南に真っすぐ飛んで行った。夜、主人に「聞いているみたいだね。」と笑った。
○平成十一年八月八日　インター近くの家電量販店に行った。レジで前の客が百円忘れていったので、店員に言うと、たった今レジから離れた客が行った方向とは逆へ走った。ここは駐車場がとても広いのに、帰りに店の横を通ると白のアストロとRV車三台が路駐していて全部88ナンバー（大阪）だった。博多どんたく行った時に高速道路を並走していた車？
○平成十一年八月十七日　朝、ゴミ出しの行き帰りゴミ置き場の向かい側のアパートの横を通ると犬に吠えられた。こんなとこで犬飼ってたっけ？
　豊田の友人とプールに行く。駅に迎えに行くまで、周りの車がやっきになっているように思える。今までのパターンだと、捏造証拠掴まされて『やっぱり』って思い込まされた時か、深く考えない担当が替わったばっかかの時かな？　駅のロータリーで停車中の車内に中年女性が居て、ずっとこっちを睨みつけていた。（またかよ！）友人に遅刻したことを謝った。友人は私が来ない間、駅のロータリーを子供連れでアッチコッチ捜していたそうだが、その人にやっぱり睨まれたと言っていた。電車の中でも、彼女をずっと睨んでいた別の中年女性が、さっきからずっと停まっていたその車に乗り込んで行った。同じ電車だったのに、その停車中の車は、一番近くの一番目立つ場所に陣取っていたのに、私が遅刻した時間分、今乗り込んでいた人は何やっていたのかしら？

　幸田のプールでも全く同じ状態で、帰りに彼女を知立まで送っていった。後ろの車のケータイ片手で運転している男の人が、彼女の言葉に反応したかのように離れていった。次に細身で右耳にイヤホンを付けた中年女性が右折斜線にいた私達の後ろについた。「おう、今度は女になったぞ。」と友人が言った途端、ちょっと下向いて、右折専用車線なのに、直進して行った。午後四時半頃で、株式ニュースでも聞いていたにしろ、もう市場閉まっているのでは？

○**平成十一年八月二十七日**　夜、主人を会社に迎えに行った帰り、神社の横のコンビニの前に路線バス（回送車）が停まっていて、そのまま真っすぐ南に走っていった。路線でもないのに…。

○**平成十一年八月二十八日**　昼間、路線バスが昨日と同じ道をクラクションを鳴らしながら走って行った。路線変わったのかしら？　道路の工事等はしていない。

○**平成十一年八月二十九日**　観光農園に行くと停めた私達の車の前に、少し離れた駐車スペースに停めていた８００　ｘｘ-ｘｘのハリアーが出て来て、横から塞ぐ形に停め、私と主人を睨みつけた。角張ったメガネをかけた、そんなに痩せている訳でもないけど、ヒョロっとした髪の薄い男の人だった。

○**平成十一年八月三十日**　ガソリン入れた帰りに町役場の前を通ると、屋根にNO.39とでっかく書かれて、多色ランプを屋根に付け、複数のドアミラーも付いた教習用の無線車が前を走っていた。浜松ナンバーだった。この車が一般道走っていいとは知らなかった。尤も前にも、248号線をモータースの交差点で右折してスーパーDの前を走るNO.39とでっかく書かれた同じ色、同じ車種の教習用の無線車で豊橋ナンバーのが、わざと減速させようとヘンな走り方をしていた。しかしナンバー変更してきたなら、なんで豊橋？　なんで浜松？　蒲郡なら豊橋ナンバーだけどここも、自動車学校のある岡崎も西尾も三河ナンバーだ。

○平成十一年九月一日　朝、主人を会社に送って行くとき、前を走っていた車が何度もブレーキを踏むので結局時速二十キロで走らざるを得なかった。

午後七時十分頃　0xxx-xx-xxx5「エダさんのお宅ですか。」

午後八時二十分頃　幸田駅西口行の路線バスが神社の横の交差点から右折してきて、コンビニの前ですれ違った。勿論路線ではないし、ちなみにこちらは駅の東側だ。

○平成十一年九月二日　今朝も主人を送って行く時、前を走っているこのあいだと違う車が何も無い所でやたらブレーキを踏んで減速させようとするので、時速三十キロで走った。

午後五時頃　ヘリコプターが四回家の上を通って行った。「低空飛行でうるさい。」と庭で舅に話したら遠くなった。パソコンショップの仕切りも無い広い駐車場で車を前後に動かしていた女の行動にやっと合点がいった。ありもしない無線を《有る》と思わせる為か。ヘリコプターって地上の無線拾うからな…。

○**平成十一年九月三日**　西尾の友人が遊びに来た。レストランでお昼を済ませて出てくると彼女が、「あっ、ヘリコプター。随分低く飛んでるのね。」「この辺多いんだわ。」

午後八時頃　0-xx-xxxx6「イワセさんのお宅ですか。」

○**平成十一年九月五日**　スーパーDに行く。豆腐屋の車が搬入口から出て来て一般車用の駐車場に停め直した。主人と通路の真ん中に置いてある二つくっつけた大きな長方形の冷蔵庫の中の商品を選んでいたら、他には誰もいないのに、おばさんが私が下げたスーパーのカゴの上に身を乗り出して商品を選んで持っていった。ここ以外でもよく買い物の時など、全く足音をさせずにすぐ真後ろに人が張り付いていることがよくあったが、この人もそうだった。年齢性別関係無しだ。そういう訓練でもしてるらしい。

午後五時四十分　２４８号線を熊谷ナンバーのディアマンテ、ふうかんの上にピンクのシールが貼ってあって、運転手がずっと右耳押さえながら体傾けて運転していた。それ違反だろ。

○**平成十一年九月八日**　豊橋５６-ｘｘ-ｘｘ　青のコルサ、赤信号なのに全く気にせず突っ込んでぶっ放して行った。

○**平成十一年九月十四日**　ゴミ出しに行くと、三河３４とｘｘ-ｘｘ緑のデリカ、ケータイで話しながら必死の形相でこちらを見ながら運転していた。

○**平成十一年九月十五日**　主人の会社の元同僚の女性と安城のコロナに映画を見に行く。行きは普通小型車が前をゆっくりゆっくりゆっくり走るのを見て、彼女は「やに、ゆっくり走る車ね。」帰りは駐車場から出た途端、前の出入り口から出て来た緑のマーチを見て私が、「あの車の後を尾いていけばいいわ。」と言うと、果たして行きに私達が走って来た通りの道を走っていくので、「ご近所の車なの？」少し慌てたように聞いてきた。近所で一度も見かけたことは無い。家に帰って暫く話をして、彼女はマンガをいっぱい入れた紙袋を下げて、少し離れた道に停めた車に戻る途中、二軒北のキダさんの車庫の塀に背中を張り付けるようにして立っていた中年女性が、ひょいと彼女の後ろにピッタリくっついて、露骨に紙袋の中を覗き込むと、気が付いた彼女がチラっと見たのに全く気にせず、へんに自信ありげに笑ってそのまま斜め後ろについたまま彼女が停めた車の隣に停めた小型車に乗り込んで、一緒に出て行った。勿論キダさんちの住人ではないし、キダさんの駐車場は、あの車がラクに停められるくらい空いていた。他人の駐車場で何やってるんだか。結局、彼女は本を返したいとの電話はあったが、それ以来一度も来なくなった。

○**平成十一年九月十六日**　交差点を左折してきた車、私の後ろの車に会釈して目礼。後続車の軽トラはパッシングしてご挨拶。曲がってすぐで、よく知り合いだと判別できたものだ。

○**平成十一年九月十七日**　オレンジとグレーのツートンカラーのヘリコプターが家の上を北から南に飛んでいったが、南側のベフンダに出ていると、必ず旋回してくる。数度試した。

午前十時三十六分　ブーブッブッブー　クラクション。最近は、近くの元警察署長の家に毎週金曜日に来る魚屋さんのクラクションだそうだが、火曜日にも同じ鳴らし方をするクラクションが大体十時半以降に聞こえる。たまに水曜日にも聞こえる。ちょうど水曜日は燃えないゴミの日だが、ゴミ出しした時だけ聞こえていた。火曜と金曜も同様。岡崎では水、土、(金)だったけど、すごい偶然だと、友人に話した。

○**平成十一年九月二十三日**　夜、主人を迎えにいくと、○○会社への坂道を幸田駅西口行の路線バスが走っていた。○○会社行の筈だが…。

○**平成十一年九月二十四日**　朝、主人を会社に送った帰り、会社への坂道を幸田駅西口行の路線バスが走ってきて、私の車とすれ違う直前、運転手が慌てて○○会社行きに変えていた。

○**平成十一年九月二十五日**　○○会社から、○○会社行きの路線バスが来た。三河11ｘｘ-ｘｘ○○○号、帰りに昨日も尾いていた800ナンバーのハリアー、今日も一緒。運転手はヒョロっとしたそんなに痩せている訳でもない、髪の薄い眼鏡かけた男で同じ人。

○**平成十一年九月二十九日**　スーパーDのATMにお金をおろしに行った。開店前なので、駐車場はガラガラ。コーナーから出ると、中年の太めの女性が一人あせってこちらに向かって来た。さっきまで無かった車が一台ずつ、車停めに向かって頭から突っ込んだ私の車の両側を挟んで八の字型に停められていた。こんなに斜めに停めるなんて余程急いでいるのか。もう一台の運転手は見当たらなかった。以前にも二、三回、こんなふうに進行方向を塞ぐ形で車が停められていることがあったなと、はったと気付いた。行く手を阻んでいるつもりなんだ！　車停めがあるのに…。４ＷＤでもない普通乗用車の私の車では、意味が無いどころか、逆効果にしかならない…。教ワッタトオリ…。

郵便局に切手を買いに行った。黒っぽい車が駅の方から走って来て、郵便局の向かいの喫茶店の駐車場に入れると、そのまま郵便局の駐車場にバックして入り、また、駅の方に戻って行った。

午後四時二十八分　駅に、本社出張の主人を迎えに行く。ｘｘ-ｘｘ銀メタのオデッセイもいた。車中に二人乗っているのが見えた。だが、誰も乗せずに行ってしまった。前の電車は三十分も前だった。

午後七時三十分頃　〇〇会社から〇〇会社行きの路線バス。

〇平成十一年九月三十日　夜、再度主人を迎えに会社に行った時、路線バスが車内の電気と、ヘッドライトまで消したまま、走っていた。

夜中に外で女の子二人の声がしていた。

〇平成十一年十月一日　午前十時頃　西側の荷物のカゲにワゴン車が隠れるように停めてあった。しっかりハミ出ていた。

〇平成十一年十月二日　午後二時四十分頃　路線バスがコンビニの前の道を、南から北に走って行った。路線変更は無い。

〇平成十一年十月六日　警察署（ナンバーディスプレイの番号も間違いない）交通課の人

からＴＥＬ。普段は変な間違い電話が多いので名乗らないこともあるがこの時は安心して、「はい、桜木です。」「エダさんのお宅ですか。」「違います。」

また、間違い電話かと切ろうとすると、怒ったように、「じゃあ、どちらなんですかっ！」「桜木ですケド…」「Ｄマンションを所有してますよね。」「ハア？　いいえ。」（おい、どこにかけてるの？）「芦谷のＤマンション〇〇〇号室。」「うちは一応一軒家ですが。」そう答えると、畳み込むように、「電話がxx-xxxxですよね」

結構、この番号も間違い電話が多かったので、何回か説明しているのと同じことを、もう一度ゆっくり、「確かにその番号はうちの番号ですが、うちは十一年の六月に転入してきて、それからこの番号を使ってます。」言外に登記の日付見りゃ分かるだろうがと臭わせたつもりが、勝ち誇ったかのように、「確かにxx-xxxxなんですね！」「以前は違いますけどね。」「じゃあ以前はどこに居たんですかっ。」「以前は岡崎で、そこはマンションでしたが、賃貸でしたよ。」（だから、芦谷のマンションに居てこちらに引っ越した訳じゃないのよ。）

「ハア、岡崎。じゃあそのマンションを所有してたんですね。」（おめっ、何聞いとんだ。今、賃貸だって言っただろーが！）「いえ、賃貸ですけど。」「その番号に登記がなっている。なっている。」「賃貸マンションでしたよ。」「xx-xxxxになっている。なっている。」（そんなこと知るかっ。）「どうしたらいいですかねぇ。」（知るかっ!!）何回か堂々巡りを繰り返して、何分？　何十分？「失礼しますっ。」怒って切った。

そんなもん、法務局なんか、警察署の交差点の向かい側、斜めに入ってすぐの所にあるんだし、登記簿の日付と、NTTの電話登録（変更）を問い合わせすればすぐ分かるだろーが。頭に来て実家にTEL。義父母にも話す。すると、十年近く前に出たきりの町の電話帳には、XX-XXXXの電話番号はエダ貿易の番号として載っており、そこは借金の為に電話回線を一回線手放したものの、引っ越しなどはしていないこと。それに娘さんが近くのマンションに住んでみえること。などが五分もしないで分かった。登記内容を変更するとお金がかかるからそのままにしとるだけだろーが。

〇平成十一年十月七日　五、六、七と三日連続〇〇会社から〇〇会社行き路線バス。バスの発着場所は正門前一カ所のみで、第二製作所がある訳でも無い。

〇平成十一年十月八日　〇〇会社に向かう路線バスの行先表示が真っ白。

午前十時頃　救急車のサイレンが聞こえて家のすぐ近くで停まった。でもそれっきり音はしなかった。『不出動』というやつか。

午後十時三十分頃　救急車のサイレンがまた、近くでしていた。

〇平成十一年十月十三日　午後二時十三分　五時二十八分　救急車サイレン。

午後八時四分　主人を迎えに行くとき、〇〇会社N工場行きと幸田駅行きの路線バスとすれ違った。これがマトモ。が、神社横のコンビニ前に、N小学校行きの路線バス。

〇平成十一年十月十四日　午前九時十四分　午後五時二十八分　救急車サイレン。多いな。

○**平成十一年十月十五日**　朝、会社に送って行く時、99ナンバーの重機を、ノーヘルで白のワイシャツで運転している人とすれ違った。
○**平成十一年十月十七日**　２４８号線を岡崎方面に向かって走っていると、路線用の赤いバス（乗降口二つ）が、フロントガラスの左側に旅行用プレートを付けていて、『○○運動会行』と書かれていて、見間違いかと驚いて再度確認した。ちなみに２４８号線のこの辺りはバスの路線だ。
○**平成十一年十月十八日**　午前九時三十分　ヘリコプターが家の周りを左回りに大きく回って、一周した後、左側で百八十度反転して、右へ回り、しばらくして家の真上を北から南へ通って行った。
　午前九時三十分　十時二十分　救急車サイレン。
○**平成十一年十月十九日**　路線バス、行き先表示が『名鉄』。
　午前九時五十八分　0xxx-xx-xxx9「オオタケさんですか。オオタカさん…。オオクサさんですか。」
○**平成十一年十月二十三日**　午前七時　救急車サイレン。
　駅前を北へ、安城に向かう途中、後部座席にお客さんを乗せて、ケータイ片手に運転するタクシーとすれ違った。とっくの昔にハンズフリーになったとニュースで聞いていたが。この運転手は、最近、会社に送り迎えに行くとき何度か見かけたことがある。でも、その時は別の会社のタクシーを運転していた。平日と土日でかけもちバイトかしら。二種の免許を持っている者は少ないらしい。

○**平成十一年十月二十八日**　知立駅に大阪の友人を迎えにいく。23号線で、窓にレースのカーテン掛けた三河ｘｘにｘｘ-ｘｘ紺のランクルが前をずっと走っていた。昼食はイタリアン。隣の席にはスーツ姿の男性二人が一メートルしか離れてないのに、聞こえてないと思うのか、聞こえてても構わないと思うのか、よく喋ってウルサイ。三時近くまでいたのに、帰りの23号線で幸田方向へ戻るとき、横に同じランクルが走っていて、車内で友人にそのことを言うと、聞こえたかのようなタイミングで離れて行った。

『キャッツ』の公演を見に名古屋へ向かう。ホテルの駐車場に車を停め、割り引きが受けられるカフェに入る。マネージャーの男性は、入店時はとても丁寧な対応だったのに、隣の席に読書中の若い女の子が一人と後ろの席にスーツ姿のゴツイおじさんが数人座ってからは、すぐに食器とかミルクやフレッシュとか下げてしまうし、レジでチケットを提示したら、シゲシゲ透かして見たり妙に丁寧に調べられて、友人と苦笑した。お茶を飲んでいる間、最近問題になっていた（表沙汰になった）警察官の不祥事を引き合いにあれこれ警察に対する怒りを、場所が場所だけに声だけは大きくならないよう話していたのだが、レジに向かうと、ずっと読書していた筈の隣の女の子が下を向いて泣き出して、無関係な筈の後ろのおじさん達が全員、彼女の席まで来て慰めているのが、長引いたレジのお陰で見えた。

彼女を送った帰りの23号線で60高中を時速三十キロ台で走るｘｘ-ｘｘのエンジのバン

が前を走っていて、パッシングしたらコーヒーの入った紙コップ（運転時の必需品か？）を運転席から投げてきた。追っかけたら、サイドブレーキを何度も踏んで嫌がらせをしてきた。散々繰り返した後、インター出口の斜線部分に車を停めた。（どいつもこいつもおんなじことばっか。）追い越しざま見ると、背中丸めて無線だかケータイだかでどこかに連絡をしているようだった。時速六十キロピッタリで走った。するとすぐに、路肩に一台車が停まっているのが見えた。（こういうことだけ進化？　する。）次の日車を見てみると、前よりコーヒーの量が多かったらしくフロントガラスだけでなく、ドアミラーや運転席の右側の窓ガラスまでコーヒーの跡が付いていた。

○**平成十一年十月三十日**　路線バスがバス路線でもない所でクラクションを二回鳴らしながら走っていた。

○**平成十一年十一月二日**　午前十時五十五分　救急車サイレン。ヘリコプターが飛んでいたが文化祭用の航空写真の撮影の為らしく、小学校の上空でホバリングしていた。以前何度も見かけたヘリコプターと全然違っていた。

○**平成十一年十一月五日**　午後八時三十五分頃　ＪＲガードレール北側の道に、東側を向いた幸田駅行きの路線バスが停止していた。路線でもないし、駅は反対の西側にある。○会社行きの路線バスがいたが、坂道の途中で回送車になった。

○**平成十一年十一月八日、九日、十日**　会社から○○会社行きの路線バスが下りてきた。

○**平成十一年十一月十二日**　午前十時四十七分頃　プープップップップップァン。ゴミ出した日は必ずしていたが、今日のクラクションは少し違った。マンションに居る時も、今日の鳴らし方とは違うが、たまに違ったクラクションが聞こえる日があったケド。
○平成十一年十一月十三日　主人を送って家に帰る途中、小学校の方から女性が二人、道の真ん中をこちらに向かって歩いて来た。車が真っ正面に来てるのに全く除けもしない。こちらを見ているのに全く気にせず結局こちらが停止するまで向かってきた。
○平成十一年十一月十六日　午前十一時　いつものクラクションに戻った。
　午後八時三十分頃　駅に同僚の方を送った帰り、芦谷の交差点の手前でS交通のバスのすぐ後ろに、顔を下向けにし隠れるようにして走っている車を見て「この車、はりついとる。」と私がボソっと言った瞬間、ニヤッと笑ってこっち向いた。私は指さしもしなかったし、正面を向いていてそっちに顔も向けなかった。窓は閉めていたし、まるで聞こえて反応したかのようだった。
○平成十一年十一月十七日　午前九時二十分　主人送った帰り、小学校に向かう道の真ん中にバックミラーを二つ付けたバイクが走っていて、後ろからふかしたのに、チラとも見ない。ミラーすら見ない。ひたすらゆっくり走っていた。若い男の人だが耳が遠いのか、それとも後ろから車が来るのが分かっていて角で曲がって行くことが分かっているということかしら？
　午前十時五十五分　救急車サイレン。
○平成十一年十一月十八日　午後八時三十分頃　匿名電話。出たらいきなり「もしもしヨシモトさん、いらっしゃいますか。」

○**平成十一年十一月十九日**　午前七時五十分　プー、クラクション。

午前十時三十七分　プープップップップー、クラクション。

今週は火、水、木、金と毎日救急車のサイレンが聞こえていたが、今日は午後十二時二十分、三時、四時五十四分の三回あった。マンションの時と同じように、行き帰り聞こえることが殆ど無い。

0xxx-xx-xxx6「クリーニング業界の者です。オープン記念で布団、毛布、絨毯、四点で千円です。」「うち戴いた物がまだ新しいのでけっこうです。」「いただいたあああぁー?」大声で、不審声で言われた。ヘンなこと気にする人だな。「主人の両親に戴いた物ですケド…。」黙って切れた。

○**平成十一年十一月二十日**　神社横の信号交差点を南から北に抜ける時、後続のｘｘ－ｘｘの紺のバンが対向車とパッシングして挨拶を交わしていた。どちらも直進だった。スーパーDの駐車場内でも挨拶し合う車がいた。

○**平成十一年十一月二十一日**　２４８号線を幸田に向かって走っていると、すぐ前の豊橋ナンバーの車が、決められているかのような蛇行と十回程ブレーキを踏むので、車内で窓を閉めたまま指摘すると止んだ。指でリズムを取っていたが私が聞いていたカセットの曲とピッタリ合っていた。

○**平成十一年十一月二十四日**　午前九時二十分頃　会社へ送っていった帰り、坂道が平らになった所で、銀メタのムーブ？『赤ちゃん、乗っています』の札付けていて、近づくまで殆ど停まっていて、近寄るとブレーキを踏むので、距離を開けると、一～二メートルゆっくり進む。又近付くと又ブレーキを踏む、の繰り返しでブレーキを踏む際、必ず、バックミラーを見ながらやっているのでナニか意図があるらしい。２４８号線の交差点の手前で他の車と一緒になったら一切無くなったので、故障という訳でもなさそうだった。

○平成十一年十一月二十五日　午前九時二十五分頃　今朝も２４８号線の交差点で昨日の『赤ちゃん、乗っています』の車？　が前にいて、ケータイで話しながら運転していた。芦谷の交差点で停まると、前後に一台ずついる状態で、対向車が後ろの車の人達に会釈していった。

うちに帰ると姑が郵便受けに郵便物が入っていたと手渡してくれた。「夕べ見た時は無かったのに…。」夕刊を取りに郵便受け見た時は無かったそうだ。郵便屋さんは午後来るので、今日はまだ来ていない。（午後いつもの時間にちゃんと来た。）

午前十時五十五分　ヘリコプター。
午前十一時四十三分　救急車サイレン。
午後一時三十五分　ヘリコプター、オレンジ色のツートンカラー。

○平成十一年十一月二十六日　午前九時十分頃、主人を送って行く途中２４８号線の手前の二車線に別れる所で、前を走っていた二台は、ずっと車線の右側ギリギリを走っていたのに、並んで停止する時は二台とも車線の左側ギリギリに停まった。車内で主人に「さっきまで、右寄りに走っていたのに、停まる時は左寄りなのね。」と話すと、私の前の車の運転手がビクッとして振り返って睨んだ。夜、迎えに行く時、前の紺の車が交差点から会社までずっとジグザグ走行していた。主人乗せて248号線の交差点で停止すると前に停まっていたツートンのワゴンは昨日の朝、前を走っていた車と同じだったので、「あれっ、これ昨日も前を走ってなかった?」「違うだろ。」主人が否定するので、「じゃあ、近寄って見てみるか?」そう私が言ったら、赤信号なのにすごいスピードで行ってしまった。

○平成十一年十一月二十七日　名古屋に出掛け夜七時二十分頃、19号線を熱田神宮から稲熊の手前までずっと後ろを路線バスが走っていた。ナンバーが三河22うxx-xxだったので、「なんで、こんなとこに三河ナンバーが走っとる?」と言うと、左車線に移って行った。

○平成十一年十一月二十八日　主人の両親と四人でスーパーJに行った。屋上駐車場から248号線と逆方向へ二車線に分かれる手前で、一台、置いた後ろの二台目の車に乗った男女四人はずっとニヤニヤしているのが気になったので、その車が248号線方向に入ったのを確認して、248号線へ行くと車内で話していたけれど、逆方向の車線に入った。すると、その車はムリに車線変更して来たので、車のナンバーを読んでそのことを指摘すると、運転していた意地悪そうな若い女も、助手席の左耳に二つピアスした目深に帽子被った男も顔を伏せた。私達のすぐ後ろの車が「よっしゃあぁ」といったカンジでやはり無理にその（男女四人の）車に尾いて行った。

○平成十一年十一月二十九日　足助に紅葉狩りに行った。行きは三河10　xx-xxの大型トラックが前をずっと蛇行運転。帰りに八百屋に寄って、商品を見ていると、左脇下から覗き込む客のおばあさんがいて、アイスを二個買う時も真後ろに張り付く。
どうやら蛇行運転やら徐行運転の際に、ありもしない無線をあるとカクニンした気になったようだ。その上で、都合の良い情報だけ与えられて真に受けた人達にたらい回ししているようだ。
○平成十一年十一月三十日　豊橋55ぬxx-xx紺のアストラ？　幸田町の指定ゴミ袋で二つここにゴミを出して行った。引っ越ししたばかりなのかな。
十二月に入ったが、救急車サイレンは毎日必ず一回。ゴミ捨てた日のクラクションも同じ。
○平成十一年十二月五日　西尾に向かう途中、エメラルドグリーンの改造車、ナンバープレートがボンネットの上に付いていた。平坂付近でxx-xx青の2000GTは、先週も違う場所で見かけた。
○平成十一年十二月六日　オレンジとホワイトのツートンカラーのヘリコプターは、電線の下に見えるくらい低空飛行していた。
午後九時三十分頃　迎えに行った帰り幸田駅西口行三河22　xx-xx路線バス、おかしくはないか。
○平成十一年十二月七日　午前十時四十七分　ブーブッブッブッブー、クラクション。べランダに出る度、玄関から外に出る度にクラクションが一回鳴る。岡崎のマンションの時と同じ。

○平成十一年十二月十二日　二車線の道路で、左車線を走っていると、右車線の車の助手席の中年女性が、たれ耳の茶色のゴールデンリトリバーを窓から、体半分以上押し出すようにして、こちらの車に突き出したまま暫く併走していた。併走がずれたら車内に引き戻していたので車酔いとかではなさそうだった。この日じゃなかったかもしれないが、他にも、248号線で幸田に入った所で（日本料理屋T付近）、右側車線を走っていると、左車線の車が左側の後部座席の窓から、茶色のゴールデンリトリバーをやっぱり上半身出させていて、私達の前を走っていた800ナンバーのRV車の後部座席から子供達が、左側（犬側）の窓から二人、それぞれ上半身を出し、更に両手を突き出していた。表情は固く、まるで人に言われてポーズを取っているようにしかみえなかった。右側の窓からも（中央分離帯側）二人、同じようにしていた。この後RV車は右折していった。子供達が四人ずっと同じポーズを取ったままで…！

○平成十一年十二月十三日　0xxx-xx-xxx6「エダさんのお宅ですか。」

○平成十一年十二月十四日　午後二時頃、町役場のCDコーナーでお金をおろしていると、T銀行の行員がやって来て、ATMの裏側に入って、「桜木さんみえました。」と電話しているのが聞こえた。二メートルと離れていない後ろの入り口付近で男が二人、身を乗り出して覗き込みながら、「性格が悪い。」「これ以上もう絞れん。」そう話していた。

午後四時十五分　0xxx-xx-xxx4「エダさんのお宅ですか。」
○平成十一年十二月十六日　午前十時二十分　救急車サイレン。
午後十二時五十三分　0xxx-xx-xxx5「エダさんのお宅ですか。」
○平成十一年十二月十八日　デパートに注文したコートが届いたとの電話があった為、23号線を名古屋に向かう。前後を走っている車の運転手は、ここ何日か見たことある人達だった。しょっ中交代しているようだ。高架している所の手前のインターで妙にオドオドした感じの人が運転するヘンな動きをしていた車が降りて行った。オナカマなのか？　高架した場所でフロントガラスがどういう訳かミョウな震動した。すると、前後の車がキッとこちらを睨みつけた。すぐもう一回震動した。すると前の車の運転手は『やっぱりな』といった感じで首を振ると、確認出来たとばかりにさっさとバイパスを降りて行った。その後は名古屋に入ると前後左右を四台で囲まれながら走った。スペースが空いていても、消防署の前の駐車禁止スペースでも、上から見たら十文字型のまま走った。こちらの前の車には子供が乗っていた。赤信号で停まる時も十文字型だった。
デパートでは、取り寄せてもらったコートを取りに行っただけなのに、今日取りに行くことは伝えてあったのに、一階の売場に着くと年配の眼鏡をかけた人と、若い背の高いショートヘアの女性と二人いたのに、若い方は私達を睨みつけながらデパートの入り口の所へ行って、植木の陰からこちらを伺っていた。年配の方は、お金と駐車券を渡す私達に、「清算はここでは出来ない。」「おつりがないので、三階に行って替えてくるので、それまでここで待っていて下さい。」「その間、店番してて下さい。」？？？（ホントに言った。）いっくらやっすい品でも一応客ですが。そこに店員さんいるじゃないと言おうと植木の所を見ると、さっきまで居た彼女がいない。

「駐車券が上の階の店本体でなければ出せない。」と、さらに言うので、「なら、私達がそこへ行きます。でっ、レシート貰って来たらコートを渡して下さい。」で、そうした。

折角貰ってきた駐車券は停めた駐車場では使えなかったので現金を入れると、清算係の男がもう一人の男に、「千円札を入れました。」と、わざわざ言っていた。少し離れた所に突っ立っていた中年の男はずっと、こちらを睨んでいた。帰りの248号線でもやっぱり四台で囲んで十文字型で走ってくれた。名古屋でもそうだったが、前を走っている車には子供が乗っていた。行きもそうだったがシートベルト、チャイルドシートはやってないようだった。
○平成十一年十二月十九日　スーパーJへ義父の車で出掛ける。248号線で、右側のドアがベコベコでガムテープで止めてある紺の軽自動車がずっと横を走っていた。スーパーJでは警備員が見張るようにぞろぞろ出てきた。帰ってからリサイクル店に主人と行った。店の入り口の外でオレンジ色のショルダーバッグを斜め掛けした派手な若い二十歳ぐらいの女の子がこちらの車と店内を見ながらケータイをかけていたが、店には入らずそのまま行った。買い物を済ませ、隣にある古本屋に寄ると暫くして中学生くらいの男の子が二人入って来た。本棚の横に立っていた私とすれ違うとき、私は本棚の方、向かって右側に除けたのに、お尻の右側部分にこぶしで握った何かをぶつけてその後レジに行った。何で右側のお尻？　狭いけど手を伸ばした状態でなければ絶対ムリ！　私達も清算を済ませて外に出ると、私達の車の横に停められた車内の運転席の若い男は、丸坊主だったが総合体育館の駐車場と女子更衣室で見かけた男と瓜二つだった。ずっとこちらを睨みつけていて、助手席のショートヘアの若い女もわざわざこちらに向きを変えて睨んでいた。中学生達は後部座席に乗り込んでいた。こちらは何か面白がっているような雰囲気だった。睨みつけている二人は二十代くらいで中学生の親とも思えなかった。

○平成十一年十二月二十日　朝、主人を送って行った帰り郵便局へ行く。華道の看板を家元に郵送するのに料金を尋ねると、係りの女性はサイズと重量をちゃんと計って、小包みではなく簡易書留の普通郵便で送った方が料金が安くなると教えて下さった。お金が少し足らなかったのでATMにお金をおろしに行って、再度郵便局へ行って、もう一度確認してから発送してもらった。

午後四時四十三分　郵便局から電話。簡易書留の普通郵便で送った看板を書留の小包みにし直して送った。料金は三十円オーバーすると言うので、こちらが払いに行くと言うのにいいと言う。うちの電話番号が分からなくて連絡が取れなかったが、急いだ方が良いと思ったので既に（無断で、連絡、確認もせずに）送ったとのこと。ずっと家に居たのに…。母屋に電話してうちの電話番号を教えて貰ったからこうして掛けているということだったが、私は郵便局に母屋のことなど一言も言ってないし、まだ届けた転送願いがあるのでは？　母屋からうちに問い合わせも無かったので、聞いてみると、「郵便局から電話があったけど、（うちの）電話番号を聞かれもしなかったし、内容の許可も求められたり、説明等は一切無かった」そう言われた。まあ小包みならば、局員が勝手に開封も出来るケド…。後日、係りの女性からお詫びの手紙がきた。

○平成十一年十二月二十一日　午前九時三十分頃　西側の窓を開けたらベージュのセダンが車を停めようとしてたのに、何故か慌てて出て行った。そこは広いのに…。

午前十時四十二分　ブーブッブッブッブー、クラクション。わざわざ書かないけどゴミ捨てた日は絶対ある。

午前十一時十五分　ヘリコプター。旋回はしなかった。

○平成十一年十二月二十四日　幸田のパン屋に義母と行った。豊橋88ナンバーの黒っぽいプラドと白の軽自動車は二台つるんで走っていた。

○平成十一年十二月二十五日　午前十時三十分　0xxx-xx-xxx0　通知しているのに、電話の呼び出し音が鳴らなかった。

午前十一時五十三分　救急車サイレン。

午後二時三十五分　救急車サイレン。南西にあるアパートに来たようだったが、来る時は鳴らさずに帰る時だけ鳴らしていった。子供達が昼間、アパートの通路にしゃがんでうちのドアを見ながら、「救急車のおじさんはねぇ、本当はねぇ、救急車のおじさんじゃなくて警察のおじさんなんだよ。」と、話していた。

主人は朝から大須へ出掛けたが、家電量販店で棚の品を見ていたら、大学生風の若い知らない男が肩から鞄を斜めに下げた状態でぶつかってそのまま無言で行ってしまったそうだが、すぐにUターンして今度は鞄を左右逆に下げ直してもう一回ぶつかって（鞄をぶつけて）きたそうだ。勿論ぶつからなければ通れない程狭くはない。

○**平成十一年十二月二十七日**　年賀状が年内に、年賀転送の封筒に入れられて送られてきた。B5サイズより一回り小さい封筒で、転送のラベルはいつもは印字されたものなのに、今回は手書きでおまけに宛て名は○○（旧姓）ゆりか様、住所は私が独身の時の住所で、しかも丸文字で私が昔書いていた字にそっくりだった。後日友人に見せたが、似てると驚いていた。住所変更と改姓の届けを出しており、本籍地も賃貸マンションだったのに新姓で移して、それからまた変更したというのに、三年前までの旧姓がどこから出て来たのか。私も主人も郵便局に口座は持ってないし、簡保の加入は結婚してからだし、よくこれで届いたなと感心した。

○**平成十一年十二月二十七日**　午前十時　Wホールで叔父の葬儀。主人と一緒に参列。親、姉妹、親戚が妙によそよそしかった。主人が頭痛がするというので、駐車場に停めた車の中で休んでいた。車内にいる間、隣のグラウンドで、犬を散歩させている人が二組ずつ入れ入れ替わり立ち代わりしていた。焼き場から皆が戻る頃なので、ホール内に入ろうとしたら、ガラッガラの駐車場なのに、休む前には無かった伊豆ナンバーの車が、私達の車の真後ろに、行く手？　を阻むように？　逃がさないように？　感づかれないように？

一台だけ停めてあって、車内で、若い男が眠りこけていた。こいつともう三人は、私達の席の真ん前と、側面の司会の横と、最後尾の両サイドに座っていて、私が御焼香とかで立ち上がる度に、〝ガタン!〟と大きく音を立てて立ち上がっていた。ものすごくヘンだった。中に入ると、姉達が固まって話している所に、従兄弟のソノさんが苦り切った表情で何か話しているようだったが、私達に気付くと皆黙り込んでしまった。

式の後、貰った花をトランクに入れようと開けると、例の四人組の一番年配の男がニコヤカに話しかけてきて中を覗いた。若い方の二人は意地悪くニヤケタまま駐車場の真ん中で着替えをしていた。真っ赤なチェックのカジュアルシャツに…。中に部屋があるのに…。どうやら先程車内で眠りこけていた者だけが中の更衣室で着替えラレルようだ。ガー ガー昼寝していたのに…。

○平成十二年一月一日~三日　丁度うちの二階の窓の真下の位置に、名古屋ナンバーのバンが置いてあって、この車かどうかは分からないが、朝、カーテンを開けると、クラクションが鳴る。が、それだけでなく、ベッドの中で身じろぎせずに目を開けた時に、やっぱり救急車のサイレンが鳴るのが気になった。六時三十分に目を覚ますと聞こえてきて、七時三十分の時も同様で、十時三十分の時もやっぱり聞こえてきた。往復で聞こえたのはひとつも無かった。三日の間起床時間は三~四時間、開きがあって一定じゃなかった。試しに、起きても目を開けずに五分程じっとしていた時も含めて三日とも鳴るのが一致していた。

○**平成十二年一月七日**　朝は、東岡崎行の路線バスが来る。ヘンじゃあない。
午後四時頃　救急車サイレン。
午後五時四十分　○○会社から○○会社行きの路線バスが来る。
○**平成十二年一月九日**　スーパーDのカート置き場の横のゴミ箱に立て掛けるかのようにして地べたにマヨネーズとか食物が入った買い物袋が置いてあった。ゴミ箱に入り切らずに置いてある訳ではなく、ゴミ箱は空っぽに近い。食品をこんな所に置くか？　マンションのエレベーターの前の地べたに置いてあったやはり食品入りの買い物袋やら鞄やら、スーパーJの店内でも床に同じようなことがあったなぁと、フツーまずやらないようなことをやる人達が次から次へと、人だけ入れ替わっても、やることだけは必ず一緒！（だから、あんまり頭の良くない犬って笑っていたのか…。）ただ、ちょっと人（民間人）にもやらせているのが少しひっかかる。
○**平成十二年一月十日**　朝、主人を送って行くとき、芦谷の交差点で前に停まっていた豊橋ｘｘ　ｘｘ-ｘｘの軽自動車は左折してから、ずっと対向車線を走り続け、五、六分後今度は片側一車線なのに、車線跨いで走って右折するまでずっと真ん中を走っていた。
午後二時四十分　救急車サイレン。
○**平成十二年一月十一日**　早朝、年賀状が届いていたそうだ。いつもの配達時間にも配達があり、一日に二度、普通郵便だが、配達があった。前にもあったな。それとも誤配分を誰かが届けてくれたのかな。

〇平成十二年一月十四日　午後一時二十五分　0xxx-xx-xxx3「アン〇コさんですか。」

〇平成十二年一月十五日　午後二時一分　救急車サイレン。

〇平成十二年一月十七日　午前九時四十分　救急車サイレン。会社へ送って行った帰りに、スーパーのCDコーナーに寄る。駐車場はガラガラなのに、すぐ南西側の歩道に頭から突っ込んで停めようと四苦八苦している車がいた。

〇平成十二年一月十八日　早朝と午前七時五十分　救急車サイレン。

ゴミ出しに行くとゴミ置き場で女性が三人、寒い中立ち話をしていた。初めて見た。この辺の人達ってお互い良く知っていて家に直接行き来するみたいだったケド…。朝、会社に送って行く時、芦谷の交差点を左折すると対向車線に停まっていた88ナンバーのRV車には、二、三回見たことがある男の人が乗っていた。〇〇会社の駐車場の入り口でタクシーから降りてくるカジュアルウエアの若い女の子がいた。生産部門なら、随分遅いというか半端な時間だし、そうじゃないならフレックスだろうから、遅刻しそうでタクシーっていうのでもないだろうし、業者さんなら正門だろうし、なんにしろ初めて見た。

午前十時四十一分　ブーブップブップブークラクション。でも久々だった。

〇平成十二年一月十九日　昨年、警察署からの電話以来、姑に、特に今年に入ってから再三電話番号を変えるよう言われてきたが、住所変更の葉書も出し、ましてや年賀状も出した後で、こんな時に電話番号を変えたりしたら、それこそ妙な話にでもつなげて考えられそうだし、問題があるみたいに口実を作られるのも困るので、ずっとはぐらかしてきていた。姑は知り合いの人達に、「えー、そんな所の電話番号にしておくの？」とか、「私、イヤだわ。そんな借金のある所の番号なんか。」だの、「よりによってあんな人の電話番号なんて…。」とか散々言われたそうだ。でも、間違い電話の原因（一因）も分かったし特に変える必要性も感じないと私達が言ったので、暫く沈静化していたのだが、今朝、急に、主人を送った後うちにいると二人揃ってやって来て、「さあ、今から番号を変えに行きましょう！　一緒に行ってあげるから。」「すぐ支度して！」「私が掛かる費用を払ってあげるから！」「エダ貿易の本人は転居してないので、間違い電話はこれからもあるだろうから。」等々、まくしたてられ、「〇〇さん（夫）に連絡して聞いてみますから。」と答えて一旦引き上げて貰い、すぐに会社に電話すると、「まあ、いいんじゃない？」と言うので、支度して三人で出掛けた。

行きも帰りも、前か、斜め前に変わった運転する人がいて、姑が、「（運転の仕方から）年寄りかと思ったら若い子だったわ。」と言っていた。NTTの駐車場に入ると、建物の近くに停めていた車の中にいた中年女性が、こちらが車停めて建物に向かうのをじっと見ていたが、私達より一足早く建物に入っていった。でも、私達が店内に入った時、その人は見当たらなかった。窓を背にして、カウンターと平行の向きで座っていて、じっとこちらを見ている中年女性ならいた。さっきの人かもしれないが、もう少し年配にみえた。他にも子供を遊ばせている人やら数人いた。順番待ちをしているかと思ったら、すぐ私達の番だった。二組か三組なら同時に応対できるカウンターで社員の人も複数居て、なのに結局、私達が受付、手続きが済むまで、他のお客さんが応対されることは無かった。

姑は出掛ける前にも、来る途中車内でも、一度もまだ使われていない番号にして貰えばいいと話していた。こちらもそれなら、間違い電話も減るかもしれないし、もしそれでも変わらないなら私が常々言っているヘンな事をしている人達がいるっていう証明、はムリでも、少しは気付いて貰えるかもしれないなどと考えたりもした。

窓口でその旨告げると、「一度も使われていない番号はこれだけです。」と、0XXX-XX-XXXXの番号を出してくれた。今の番号にする時は三本出して、どれにしますかって選ばせてくれたし、主人は覚えやすいことに拘ってそれにしたので、このXXXXはそれに比べると大分覚えづらそうだ。これしか無いと言われつつも、他の番号で未使用のものは無いか再度確認して貰った上で、尚且つXXXXは全く使われたことが無いかもう一度確認して変更手続きを頼んだ。本来なら有料だが、「迷惑電話防止ということで無料でいいです。」嬉しかった。

ついでに、うちの住所がなぜかしら母屋と同じ番地になっていたので、訂正も頼んで来た。「あっ。やっときますからぁ。」簡単そうだった。
○**平成十二年一月二十一日**　午前五時二十五分　主人送って行く時、夜勤の交替時間とも合わないのに、十台くらい車が往復くっついて来た。犯人を助けてやるつもりかと腹が立った。
午前十時三十五分　ブーブッブッブッブーいつものクラクション。七日と十四日はゴミ出さなかったら何の音もしなかった。
○平成十二年一月二十二日　寺で法事。姉達に新しい電話番号のカードを渡すと、皆、気色ばんで「何で番号変えるの？」と聞かれた。
　見慣れない男達四人が一台の車に乗って、食事の直前にやって来て駐車スペースとは違う所？　に停め、四人共、勧められると、「あっ、すいません。」とコップを持った手を伸ばして、ビールの接待を受けていた。
○平成十二年一月二十四日　いつもバスが路線無視して停まっていた高架下の線路脇で、バスはいなかったが、工事の相談？　をしている人達がいた。
○平成十二年一月二十五日　午前十時四十七分　いつものクラクション。
○平成十二年一月二十六日　午後〇時三十五分　救急車サイレン。帰りはしなかった。
○平成十二年一月二十七日　午前七時三十分　南西のアパートの二階の部屋に中年女性が二名、「おはようございます。」と、挨拶して交替しているのが聞こえてくるようになった。
　午前八時二十分　新聞取り込んだ途端、消防車？　のサイレン。
　午前八時四十分頃　会社へ送って行く途中、高架下の手前で、めちゃくちゃ古いタイプの消防車とすれ違った。町内に火事は無かった。火事だと町内放送が入る。近隣都市から出動要請があったのかもしれない。でも何十年前の型だ？
○平成十二年一月二十九日　午前〇時二十五分　午後十一時四十三分　救急車サイレン。

○**平成十二年一月三十日**　午後六時二十分頃　救急車サイレン。救急車も消防車も無線が付いているものな。タクシーもバスもな。
○**平成十二年一月三十一日**　午前九時三十分　午後○時　救急車サイレン。
　税務署に申告する為の残高証明がまだ届いてないので、ローン業務センターの人に電話する。十一月にもう送ったとのことだが、届いていない。二月一日付で再発送すると言う。心配なので簡易書留で頼んだが、断られたので今回は普通郵便で、もし着かなかったら、その時は簡易書留でと頼んだ。
○**平成十二年二月四日**　ゴミ出ししなかった。クラクションその他、しなかった。
　両サイドにプロペラの付いた変わった形のヘリコプターが低空飛行していた。
　午前九時三十分頃　郵便局に、残高証明が届けられなかったことで苦情を入れ、今日の配達分に残高証明が入っているか問い合わせをした。調べて貰ったが無かった。センターにも再度、再々発送を依頼した。
○**平成十二年二月五日**　午前九時三十分　救急車サイレン。
　朝、郵便局員が、「今日、配達分の中にあった。」と持参してくれた。一月三十一日に依頼した分だった。一日からなら五日もかかった。
○**平成十二年二月七日**　午前十時三十九分　救急車サイレン。
　税務署に行く途中、開催中に駅からの送迎をやる為の観光バス。２４８号線を蒲郡競艇開催中のゼッケン付けた花火柄のバスが前に一台、後ろに一台置いてもう一台、計二台走っていた。ちなみに開催期間は十一日～十四日までだった。もう随分前からやっているのに、まだそんなトロイことやっているんだと呆れた。マンションの駐車場にいた二人のうちの高齢な方は四月までいたくせに、海遊館に行った時には抜けていた。こっちが車の中で「犬って言ってたよ。」と話した時には、部下達は〝それがどうした〟と、こちらの言うことには騙されないぞとでも言わんばかりの態度だったくせに、自分も駐車場で報告受けて笑っていたくせに、飲み屋さんでのT子が、何やら指示を出して〝苦しめてやる〟と話していたと報告受けた時には顔色が変わって、黙り込んで下向いていたじゃない。その同じ部下かどうかは分からないけど、背の高い人が「全部話して協力要請したら、どうでしょうか？」と提案した時には、「そんなバカなことがある訳がないっ！」って怒鳴っていたくせに、マチガイを認めて責任取らされるのがイヤさに、タライ回しをして、「そんなこと言っている人一人もいなかった。」じゃなく「これだけ大勢の人が言っている。」に自分達が引っ掛かった手口そのままやらせて、変えたい訳だ。

○平成十二年二月八日　午前十時〇分　ブー。クラクション。

午前十時五十分　ブーブッブッブッブー。クラクション。

○平成十二年二月十一日　午前九時三十分　午前十時十分頃　救急車サイレン。

午前十時〇分　ブー。クラクション。ゴミ出さなかった。

○平成十二年二月十五日　午前八時五分　救急車サイレン。玄関出た時ちょうど。

八時七分　救急車サイレン。門出た時ちょうど。ゴミ捨て場に行くと白のシーマｘｘ－

ｘｘの車が、私がゴミ捨てるのを窓から身を乗り出して覗き込んでいった。
午前八時二十一分　救急車サイレン。いつものクラクションはしなかった。また交代したようだ。
○平成十二年二月十七日　午後二時五十分　ヘリコプターが西から東へ真っすぐ向かっていたのに、西へ戻ってから家の上を通って北へ向かった。
午後二時五十五分　今度は家の真上をヘリコプターがまた飛んで行った。ビデオに撮った。夜、会社に迎えに行き、駐車場で待っていると、白のワゴンｘｘ－ｘｘが二台連なって入って来て、後ろに二台ともくっついていたが、誰も乗り降りせずすぐ行って、でも、駐車場内を一周して出て行った。
午後十時十八分頃　駅へ課長さん達を送って行く途中、屋外灯を消したタクシーを見かけた。営業終了かな。
○平成十二年二月十八日　午後二時五十分　スーパーＤにお金をおろしに行った。駐車場に入ると、88ナンバーのハリアーがクラクションを鳴らして出て行った。道を譲ってもらった訳でも、誰か飛び出した訳でもないのに…。ＣＤコーナーの前の歩道部分にｘｘ－ｘｘの車が乗り上げて停まっていたが、運転手は突っ立ったまま、中は空いているのに入らなかった。なのに私が入る直前に入って先にお金をおろして出て行った。私は並び直して二回お金をおろしたのだが、私が車出すまでずっとそのままで、その後出て行った。
○平成十二年二月十九日　Ｉ屋さんに掃除機の修理をして貰った。かなり前から車の中で窓を閉めている状態でゲップでもすると、前を走っている車の運転手が、同じく窓を閉めて走っているのに、イヤそうに振り返ったり等、車中の音に反応することや、車の座席の下に点検出してから十センチ四方位の黒っぽい箱が前は無かったのに付いていたり、家元から送られてきた看板の包装が明らかに包み直してあったことを現物を見せて話した。昨年七月に通信販売で盗聴器を発見する機械というのを買って調べてみたが、反応は無かったことや、その時届けてくれた宅配業者さんは私服で、片手にぶらぶらさせながら持って来て、後にも先にもその人が来たのは一回だけだったことや、南側のシダさんのお宅の窓が十センチだけ開いていて、レースのカーテンがかけてあるけどコンビニの丸めた袋が下に挟んであったりとか話した。盗聴の可能性が高いので調べて下さるが、「いいですよ。」と言われた。但し僕が見つけたことは内緒にして下さい。自分が見つけたことにして下さい。と言われた。主人が私の車で会社に行ってしまったので、箱とか、その日は調べて貰えなかった。ホントは会社まで行って調べて貰いたかったが、「水曜日の七時以降ならいるから電話下さい。」と、言われたのと、母屋の方でまだ用があり、そのまま送って行くからというとだったので諦めた。だが、もうすぐ点検の期限の二月二十六日なので、その前にどうしても一度調べて貰いたい。

○平成十二年二月二十三日　午後三時二十分頃　0xxx-xx-xxx4「ナノさんのお宅ですか。」「違います。」「あのっ、番号の確認をさせて下さい。xx-xxxx」「その番号はうちのですけど、うちは未使用のものを使ってますので、それはナノさんのでは無い筈です。一度ＮＴ

Tさんに問い合わせされたら如何ですか?」

夜、指定された時間と、三十分、一時間、二時間程後に電話したが、Iさんは出なかった。

○平成十二年二月二十四日　午前十時五十五分　DDIに電話するとエコーがかかっていた。夜、母屋で食事をし、先に戻ってIさんに電話した。何度かけても出ない。

○平成十二年二月二十五日　朝、主人を送って行く時いたxx-xxの白の軽自動車、名古屋で前を走っていた。88ナンバーの白のアストロの後部にカメラ状の物が付いていた。ビデオに撮ろうとして、そのことを口にすると右折を繰り返して、逃げようとでもするようだったが追っかけて信号で停まった時撮った。名古屋弁護士会館の駐車場で後から慌てて入って来た車の男が、受付でこちらが用紙に記入している間に、すごい速さで書き上げて先に受付をした。私は受付時に一応冤罪事件とかに詳しい弁護士さんを頼んだが、どの弁護士がどの事件を担当したかは分からないので、それは出来ないと言われた。確か紹介もしてくれるということだったのに…。二~三人番を跳ばされた気がしたが順番を待っている間、私の前の若い男が警備員を連れて入り口に立って、椅子に掛けずに自販機の横に一人立っていた私の方を指さして何か話していた。受付時とても親切だった受付の女性二人は、順番が来たと告げる時には態度が一変していた。一人は下を向いて完全無視。もう一人は怒ったようにつっけんどん。Aさんという細身の五十代位の弁護士さんは、マンションに居た時ヘンな嫌がらせをされたことや以前の職場の時のことなど話して、主人と話し合って警察に相談に行ったことを話すと、「ほう。前は警察に行って今回は行かない。」とか、何か最初から私の言うことを信用してない様子で、そんなこと言っててやってるんだろうといった調子でまともに取り合わないし、そのくせ一言も本に関することなど言ってないのに、「本屋とかよく行くでしょう。」とか妙に私の事情に詳しいし、盗聴器発見器の『ご用心』を見せると、大袈裟に感心して見せるし（感心することか？）、もしもこの人が入れ替わっているにしても、私が何か悪事を働いているとの根拠はどこから出ているのか？　今までもメンバーチェンジをかなりしているようなのに、皆その一点だけは疑ってもいないのがずっと気になっていたのだが、そう思わせる何かを、犯人達だけでなく、自分達が騙されて利用されたことを認めたくない警察内部の人間達も捏造しているのではないかという疑惑を深めた。後で思い出したが、隣室で相談している人の様子も聞こえたのだが、何かこちらの話に聞き耳を立てているというか、ひどくこちらの様子が心配そうなカンジで、私の言うことを真に受けると困るような風で、どうやら都合の良い情報のみを吹き込んで思惑通りにいくか用心しているかの様子からAさんは本物の弁護士のようだ。本当は名古屋で突然行ってもすぐ調べてくれる盗聴バスターを紹介して欲しかったが、Aさんは経理専門なので全く知らないと言うし、その割りには、Iさんのことを根掘り葉掘り聞くし、このノートやビデオや郵便物を見せてしまったけど大丈夫だろうか。

午後六時十分　救急車サイレン。

夜、Iさんと連絡が取れる。「なぜ電話してこないのか。待っていたのに。」と、怒られた。何度電話を掛けても出なかったことを言うと、最初に聞いた日時と違った日にちを言ったと言われた。では明日でも良いかと聞くとうちまで来る足が無いので自宅まで迎えに来てくれるなら良いと言うので頼んだ。

○平成十二年二月二十六日　指定された時間に自宅に車で迎えに行くと、車も調べて欲しいと言ってあるのに、車に乗り込むや否や、「これが、盗聴を調べる周波数のリストです。」と、紙を見せられ、「ハハッ。もしこの車に盗聴器が付いていたらこの会話みんな聞かれちゃいますね。」と笑った。笑うしかなかった。

　自宅に着いて、車を調べて貰う。座席を動かすと、ザーザーザーとものすごい音が、Iさんが手にしている黒いトランシーバーの様な機械からした。「あっ、今、反応がありましたけどっ！」「この辺に、電波がいっぱい飛んでいて、それが反応しただけです。」「えっ？　この辺に飛んでいるんですか？」「はい。」

　購入時には絶対無かった座席下の黒い箱を見て、「開けますか？」と聞かれたが、つるんとして蓋なんかどこにもないように見えたので、「開けられるんですか？　だって何にも、蓋とかなさそうだし」「開けられますよ。」「はい、お願いします。」

　蓋にドライバーをあてた途端、またもやザーザーザーと音がして、「また反応してますけどっ！」「いや、この辺の電波を拾っただけで、これでは無いです。」「あっ。そうですか。」蓋が開いた。ザザザザーと今までで一番大きな音がした。覗くと、まるではめ込み式の様な上蓋と、それより機械部品が詰まっているような下部の上下で開いている間ずーっと音が大きかった。

「これも、この辺に飛んでいる電波のせいなんですか。」「はい。この辺多いんですよ。」「あっ。そうなんですか。」結局、蓋を閉めるまで音は大きく、座席を戻すまで音は止まなかった。「家の中は、どうしますか?」「あっ、一応お願いします。」

家に入ると、今度はさっきの機械ではなく、ガラス窓の付いた手くらいの大きさの薄型の直方体の機械を出して、「家の中はこっちで調べます。反応があると、この針が右に振れます。」また覗き込んで、扇形に表示のあるガラスの中を指さして、「この針が振れれば、あるということですか?」「はい。そういうことです。」

寝室で、針が右に振れた。「あっ、針振れましたけどっ。」「これは、この部屋じゃなく隣のアパートです。」南西にアパートがある。二階の真ん中の部屋では、(カーテン屋さんが『はあ? なに? どこ?』と一人で作業中に騒いでいた部屋だ)大きく針が振り切れた。「あのアパートの部屋に(盗聴器が)付けられていて、それに反応してしまうんです。」「あのアパートに付いているんですか? じゃあ、教えて差し上げたら如何ですか?」「いや、それは出来ません。自分はこういうのを職業にしている訳ではないので、逆に疑われてしまいます。」「はあ。そういうもんなんですか。」「そういうもんです。」(さようでございますか。)

ひと通りシラベて戴いて送っていく車内で、「聞いてもいいですか?」「はい。」「どうして、車に(盗聴器が)付いてないって分かったんですか? だって、乗り込んだ時に付いてないって分かってなければムリ（な言動をとっていた）ですよね？」「いや。自分には何の後ろ盾も無いし、公安に目を付けられると困りますから。自分には知識があるので逆に疑われてしまいます。」「はあ。そうですか。」（ハア？　公安？　コウアン？　こうあん？）

送り届けて、家に帰った。公安って集団で犯罪をやっている所を対象にしているところだよね？　キャリア組とはまた違ったエリートとかいう。あのマンションで、無人を装ってカーテンも無い部屋の内の床に三十センチのルームスタンド立ててなんかやってたり、貸布団屋の布団みたいなのを干したり、表札がないのに、回覧板をとばして回すのか聞きに行ったら、タオル持って来た。夜遅く帰っても、出掛けても必ず駐車場からの入り口で行き会ったあの人が？　反対側の部屋なんか、表札そのままで、その部屋はお子さんが二人いて、ベランダの高さの物干し場では乾かないと、別の物干し台を使っていたのに無くなっていて、火を隠してはいてもベランダでタバコ吸ってたり、食べかけのコンビニ弁当をベランダから捨ててた人達があぁ？　気分が暗くなった。

○**平成十二年二月二十七日**　午後二時三十五分　午後二時四十分　匿名二件。

○**平成十二年二月二十九日**　午前七時五十分　午前七時五十七分　午後〇時五十七分　救急車サイレン。

○**平成十二年三月一日**　友人と会う。

午後三時十五分　名古屋市内で、ツートンカラーのヘリコプターが超低空飛行していて、友人と車内で話題にした。
○**平成十二年三月二日**　ツートンのワゴン、グリーンナンバーで豊橋ｘｘ？　ｘｘｘ。
○**平成十二年三月三日**　午後二時頃　0xxx-xx-xxx1「ナノさんのお宅ですか？」
○**平成十二年三月四日**　天気予報では雨、こういう時は必ず新聞にビニールカバーが付いているのに今日は無し。曇りだった。
○**平成十二年三月六日**　午後八時五十分　xxx-xxx0「衛星放送のキャンペーン中で無料取り付け致します。」こんなキャンペーンで、こんな時間帯に電話するのか？　営業時間外だと思うが…。
○**平成十二年三月七日**　午前十時四十二分　ブーブッブッブッブー、クラクション。同時刻に上が赤、下が白のツートンカラーのヘリコプター。名古屋市内で超低空飛行していたのと同じ？
○**平成十二年三月八日**　午前九時五十分　救急車サイレン。
○**平成十二年三月九日**　スーパーDのCDコーナーにお金をおろしに行った。豊橋なｘ-ｘｘエンジのレガシィはCDコーナーに一番近い駐車スペースに停めていてこちらを見るだけで、私がコーナーから出て来たら、出てった。スーパーの開店時間前で、CDコーナーもコインランドリーも行かず、何しにわざわざ来たのやら。ホント、ロコツ！
○**平成十二年三月十一日**　0xxx-xx-xxx4
午前九時三十分頃　石焼きいも屋さん、アクセントがすごく変わっていた。

○**平成十二年三月十三日**　午後〇時十二分　救急車サイレン。
○**平成十二年三月十四日**　午前九時二十分　ヘリコプター、長いサイズ。
　午前九時三十五分　ブーブッブッブッブー、クラクション。
○**平成十二年三月十五日**　午後八時五十五分　幸田駅から幸田駅前行きの路線バスが来る。
○**平成十二年三月十六日**　午前六時三十五分　0xxx-xx-xxx8「あの、今日新聞までですか？」ちなみにこの町では、新聞店は一店のみで、電話番号はxx-xxx6だ。
　午後十一時二十五分　主人迎えに行った帰宅時に、向かいの女の人が犬の散歩をさせていた。街灯はあるけれど…。何だかビミョーに「この人達がやった。」に変えられているような…？
○**平成十二年三月十七日**　午前十時三十五分　ブーッブッブッブッブー、クラクション。うちはゴミ出さなかった。母屋は出していた。
○**平成十二年三月十八日**　竜美ヶ丘会館へデパートのフェアで義父母と出掛ける。見た目普通サイズのRV車で三河11？　xx-xx、大型特殊？　になるのがあるのか？
○**平成十二年三月十九日**　午後三時　豊橋ナンバーの白のクラウン。交差点手前から前に割り込んで来て、こちらがクラクション鳴らした訳でも、ボッた訳でも無いのに、いっせいに四人がバックミラーを覗く。Sドラッグで買い物、見知らぬ若い細身の男が私のカゴの中を露骨にのぞき込む。その後睨みつけられた。（またメンバーチェンジしたらしい。）

しかしどうしてこう…。動作が…。常識が…。

○**平成十二年三月二十一日**　午前六時四十五分　午前九時頃　救急車サイレン。

午前十一時　ブーブー、クラクション。泥棒に入られた元署長さんちに来てる軽自動車。

○**平成十二年三月二十二日**　午前九時三十五分　消防車サイレン、火災の際必ず入る有線放送無し。

午前九時四十分　清掃会社からＴＥＬ。

午後五時三十五分　救急車サイレン。

午後五時四十五分　0xxx-xx-xxx3　デパートからＴＥＬ。

朝の消防車のサイレンと、夕方の救急車のサイレンが聞こえた時の間隔がちょうど八時間ぴったり。

○**平成十二年三月二十五日**　スーパーSに義父母と出掛けた。２４８号線に入る所で、前のワゴン車の封緘部分にカエルの人形がはめてあった。違反の筈だが。（もしナンバープレートを勝手に変えようとすると、封緘を潰さないと外せないケド…。）

0xxx-xx-xxx5　留守電、メッセージ無し。知り合いの該当者無し。

○**平成十二年三月二十七日**　午前九時二十五分　0xxx-xx-xxx0「ナノ様のお宅ですか？」

午前九時三十六分、午前十時五分　救急車サイレン。

午前十時十八分　南西にあるアパートで引っ越し中の五～六歳の女の子が、「救急車のおじさんは警察のおじさん。消防車のおじさんねっ！　犯人のおうちね。」玄関から外へ出ると、アパートの二階の通路に子供が二人、しゃがんで柵を掴んでこちらを見下ろしていたが、慌てて走っていった。姑に話すと、「そんなバカなことはないっ！」

午後十一時四十五分　主人迎えにいった帰り、犬の散歩している人がいた。主人の迎えは深夜になることも多いが、以前は全く見かけなかったのに、急に増えた。

○**平成十二年三月二十九日**　ベージュのアストロに乗った男性が、パトカーとすれ違いざま挨拶していった。

夜、駅に迎えに行くと、黒のサングラスかけてバイク乗った太った男が、私達の前を走っている車に会釈していった。挨拶はダイジだよね…。

○**平成十二年三月三十日**　午前九時三十分頃　主人を会社に送っていく途中の２４８号線の交差点の手前で、○○会社行きの路線バスがこちらに来るのを見た。行き先表示も路線も目茶苦茶。会社への路線なら公園の横の道だし、もちろん会社は逆方向だし…。

午前十時十八分　ヘリコプターがちょこぉっと上空を飛んでいた。

○**平成十二年三月三十一日**　午前八時二十五分　救急車サイレン。

午前十時三十五分　ブーブー、クラクション。ゴミ出さなかった。

二月十一日から飲料メーカーに宅配に来て貰っていたが、見たことないメガネかけた人と交代に来た。今日も午後、ヘリコプターが飛んでいった。

○**平成十二年四月二日**　白のステップワゴン、封緘部分にシールが貼ってあった。

○平成十二年四月四日　午前十時　プープー、クラクション。ゴミ出しした。
　午後一時五十四分　0xxx-xx-xxx1「0xxx-xx-xxx1ですか？　イワイ（タ）さんのお宅ですか？　バスの中に忘れ物しましたか？」「うち、バス乗りませんけど…。」実際、毎日会社に車で送り迎えしてるし、出張の時も駅までそうしてるし、休日出掛けるのも車だ。
○平成十二年四月五日　午前十一時四十一分　救急車サイレン。
○平成十二年四月八日　前を走っている車の封緘部分にペットボトルの青い木の葉の絵のシールが張られて（隠して？）いた。隠すのも勿論、違反の筈だが。
○平成十二年四月九日　町立図書館で、ピンクのセーター着た四、五十代の女性が、やたら横にくっついてきて、本棚の方に顔を向けてはいるが、肘に掛けた手提げカバンをこちらに寄せて、顔と目の動きは本の題名を読んでいるとは、とても思えない横向きで固定されていた。離れると忙しなくくっついて来るを繰り返して、なに？　この人？　と怪訝な顔で見ると、慌てて逃げ、逃げながらカバンに手を入れ、その途端ビデオのモーター音がした。（スイッチ切るとするのよね。）追うと逃げて、入り口近くの棚の陰にいた同年代の男性（夫？）の所に行ってしまった。男は「やっぱりバレたか。」とか何とか言っていた？　主人にその二人を教えて、今あったことを話した。入り口付近の総記の本棚で、今度は違う男が真後ろに張り付いて来た。
○平成十二年四月十日　町役場の横の道で雨天なのにサンシェードを下ろして運転している女性が前を走っていた。見るとサンシェードにバニティミラーを付けていて見ながら運転していたが、サンシェードにそんな物付けたら、晴天の時、後続者が迷惑になることもあるんじゃあ…。

午後十一時四十六分　救急車サイレン。

○平成十二年四月十一日　午前十時五分　ブー。プー。二台の違う車が一回ずつ、けれど長くクラクション鳴らした。病院に行った。大きそうに見えないのに三河９０ナンバーのＲＶ車見かけた。

○平成十二年四月十二日　午前七時十五分頃　午前七時四十分頃　午前八時二十五分頃　午後五時　救急車サイレン。

○平成十二年四月十四日　実家に行ってうちに戻った午後〇時五十分に、救急車サイレン。

○平成十二年四月十六日　緑化センターに花見に行く前に岡崎の雑貨店でマットと義父への誕生日プレゼントのバギーを買った。午前十一時三十三分、カードで精算。無料包装してくれると言うことで若い女の子に頼んだ。十五分後店内でその子を見かけた。こちらが声をかける前に、「もう暫くお待ち下さい。」三十分経過した頃、レジの男の人に、「まだ、かかりますか?」もう一人の男の人にレジを頼んで確認しに行ってくれたが、そのまま戻らず、更に二十分程経った十二時二十分頃、「あのっ。十一時三十分位に精算したんですけど、まだでしょうか?」すると、店の人間では無い? 少し離れた棚の所にいた中年男が、どこにも確認せずに、「リボンかけとる。」即座に、レジの男の人も全く確認せずに、

「リボンかけてます。」この中年男はずっとこの棚の所に突っ立っていて、こちらが包装頼んでから奥へは全く行ってない。尚も待たされ、「一時間もかかるんだったら、お願いしませんでしたよ。」と怒ると十二時三十五分、やっと持って来た。出来上がったラッピングは、私でも五分で出来そうな、庭仕事用の平たい直方体に大きなタイヤが四つ付いた、そんな包みにくい形でもない物に特に工夫も無さそうな物だった。
○**平成十二年四月十七日**　午後七時　午後十時　090-XXXX-XXXX
○**平成十二年四月十八日**　午前十時四十四分　救急車サイレン。
午前十時四十五分　ブーブッブッブッブー。クラクション。ゴミ出しした。
○**平成十二年四月二十一日**　クラクション無し。私も義母もゴミ出ししなかった。
○**平成十二年四月二十二日**　蒲郡にケーキを買いに行った。行く途中松本11ナンバーのRV車見かけた。駐車場に車停めて、買った後戻ると、さっきまでカラだった隣の自転車のカゴの中にデパートの紙袋が置いてあった。車に乗り込むと、お店の女の子が駐車場の中を恐い顔して歩いて行った。
○**平成十二年四月二十三日**　午前十時十五分頃　○時八分頃　救急車サイレン。
午後○時五十分　観光農園に行くと、三河11のRV車がいた。
○**平成十二年四月二十四日**　午前十一時十分　午前十一時二十四分　救急車サイレン。匿名電話一本。
○**平成十二年四月二十五日**　午前九時四十分　プープープー、クラクション。

午前十時二十五分　ブーブッブッブッブー、クラクション。
午後十時二十四分　救急車サイレン。匿名電話二本。
帰りに主人の同僚を駅まで送る時、車中でケータイメール受信音。
○平成十二年四月二十七日　午前九時二十分　○○会社から○○会社行き路線バス。
午後　救急車サイレン。
午後四時六分　消防車サイレン。町内放送無し。
○平成十二年四月二十八日　午前八時三十分　ブーブー、クラクション。いつも金曜日は軽自動車だが、今日は普通車だった。
午前八時十分　ゴミ捨てから家に帰ると消防車サイレン。町内放送やはり無し。珍しくゴミ捨て場の横に車無かった。
○平成十二年五月一日　三河つｘｘｘを運転していた人、スーパーＤ内でケータイだけ持って、スーツ姿でうろうろしていた。他にも、こっちの顔を見て引っ込む人やら、遠くからこちらの動きをじっと見る人やら、近くの冷蔵庫のへりを拭いていて、遠くに移動したのに、また戻って来て、同じ所を拭く人やら変な人が多かった。外のＣＤコーナーでは、呼び出しボタンを押して、「入金が出来ん。さっきも店（支店？）でピーピー鳴って入金が出来ん。」そう騒いで文句言っている人がいた。普通の営業日の営業時間内なんだから、支店に行ったのなら、そこで行員に話せばイイのに…。
○平成十二年五月四日　藤を見に岡崎公園に四人で行った。帰りにＤスーパーに寄る。うちのトイレマットと同じ柄のタオルが催事場みたいな開けた棚にあったので、見ていた。棚の前は広場みたいでレジまで十畳位何も無かった。隣に少し離れて四歳くらいの女の子と手を繋いだ中年女性がいた。うちに似たのがもうあるから、帰ろうと出口方向に向かった。前をさっきまで隣にいた女の子連れの女性が歩いていた。途中でやっぱり買おうと棚に戻って、レジに向かうと、中年女性が大急ぎで喜んで？　走って戻って来て、何も持たずにレジまで子供引きずって来た。引っ張られた子供カワイソ。

○**平成十二年五月五日**　午後○時十分　救急車サイレン。

西に白のバンが停まっていた。年末と正月の時も窓のすぐ下の位置に名古屋ナンバーの白のバンが置いてあって、ダンナに、「ここの会社、名古屋にも支社とかあるの？」と聞いて、「知らん。」と言われたっけ。営業車みたいな白のバンだけど、これで泊まりに来てるのかな？

○**平成十二年五月七日**　スーパーDの駐車場に停められた、三河11　ｘｘ-ｘｘ？　のRV車を初めとして一台置きに計五台、列として九台、車中に人がいる状態だった。図書館の帰りに前を走っていた足立11ナンバーの車の車体に『○○○○』と社名と電話番号が入っていたが、電話番号は044の番号が書かれていた。本社？　川崎？

○**平成十二年五月八日**　スーパーDのCDコーナーにお金をおろしに行く。誰もいないのに、店も開いてないのに、コーナーの真ん前に、三河40てｘｘ-ｘｘ黒っぽい軽自動車が停まっていた。

午後二時十八分　救急車サイレン。

○平成十二年五月十一日　午前八時二十五分　0xxx-xx-xxx1　マチガイ電話。

午前九時一分　この時間見かけたことが無い幼稚園バスを中年女性が運転していた。

午前九時二分　○○会社から○○会社行き路線バス。どれっだけメンバーが替わっても必ず、同じバカな真似を必ずやらせるのは一体どういうことなのか。表向き『自分達（騙された警察）じゃない。こいつがやったんだ。』を用意して、わざわざ『自分だけじゃない。こいつもやったんだ。』を増やしているとしか思えない。

○平成十二年五月十二日　ゴミ出しに行くと、三河５４　ｘｘ－ｘｘ　銀メタセダンに乗った中年女性が、私がゴミ出ししている間、ずっと見ていた。

午前十時四十四分　ブーブッブッブッブー、クラクション。

○平成十二年五月十四日　四人でカキツバタ見に無量寿寺に行った。赤枠ナンバーを付けた車が前を走っていた。陸軍事務所は今日休みの筈だが…。帰りは封緘にピンクのシールを貼った車。しかも必ず違法行為をやらせるのも一緒。自称Ｙサンもそうやって、皆の前で引っ込みがつかないようにさせられたっけ…。せせら笑われながら…。笑っている奴の思惑通りに…。自分だけは見抜けるんだと…。自分に好意的な人間が、自分の為に無理をして情報を集めてくれたんだと…。他の奴は騙されても、自分だけは特別にオシエテ貰ったからシッてるんだぞ。と…。『あんまりアタマのヨクナイ犬』って笑われながら…。

○平成十二年五月十五日　○○会社駐車場の出張者用、夜勤用に停めてるｘｘ－ｘｘのピンクのヴィッツと三河９９　ｘｘ-ｘｘ銀のアストロ、定位置のようだ。

午前九時十分　高架下に○○会社行きの路線バスが芦谷方向に、停車していた。例によって逆方向で路線ですら無い。スーパーＤのＣＤコーナーにお金をおろしに行った。駐車場に三河９９てｘｘ-ｘｘの白のスポーツカーを停め、車内で読書をする太めの男の人がいた。私の車に戻った時、車体にキズがあるのに気が付いた。本を読んでいるその人に聞いてみたが、要領を得ない。コインランドリーで洗濯が終わるのを待っているのではないようだった。待ち合わせでもしているのか？

午前十時四十分　ヘリコプターが北からうちの上を通り、南東のベランダの角の上を通過していった。

午前十時四十二分　ブーブッブッブー、クラクション。月曜なのにクラクション。

○**平成十二年五月十六日**　○○会社駐車場内のいつもアストロが停まっている所に、豊橋５０てｘｘ-ｘｘの紺の軽自動車が停まっていた。出張者用・夜勤用の駐車場には、ピンクのヴィッツが三台停まっていた。思わず車内で、「ヴィッツが三台おる。」

○**平成十二年五月十七日**　天気予報では雨、朝から予報当たって小雨なのに新聞にカバー無し。ヴィッツの話を昨日主人に話したが、今日は一台も無かった。匿名電話一件。

○**平成十二年五月十八日**　正門前で○○会社からちょうど出る？　ところの○○会社行きの路線バスがいた。○○会社行きなら、正門の向かって左側から入るのだが…。

この頃、義母からやたら不妊の検査に行くようしつこく勧められ困った。別に健康体だし、中絶もしたことないし、主人と一緒に行かなきゃ意味が無いし、正直そこまでして欲しいと思う程、子供好きでも無いし（別にキライでも無いが）、強引に決められたが、結局、主人も忙しいし、私もメンドクテ行かなかった。自然が一番。

○平成十二年五月十九日　天気予報は曇り。曇っていたが新聞カバー無し。

午前九時二十分　救急車サイレン。

８８　ｘｘ‐ｘｘの銀メタ、アストロが道沿いに停まっていた。

午前十一時二分　ヘリコプター。

○平成十二年五月二十日　旅館へ金婚式の祝いのために一泊二日潮干狩り付きで主人と行く。宴会の後、私達二人用の部屋で休んでいると、旅館の男の人がノックもせずに勝手に合鍵で入って来た。「あっ、宴会場にいるかと思った。」ぞんざいな調子で、「エアコンの調子を見に来ました。」と言って、出入り口の上の吹き出し口を見ていた。「動いてますけど…。」ちょっと詰るように言うと、独り言みたいに、「今年初めて使うもんですから。」

風呂は、私だけ内風呂、トイレは部屋の外の真向かいにある共同のを使った。○時以降、奥の隣の部屋に人の出入りが多くあるようだった。酒盛りでもしているのか大声で、「便所のビデオが！　便所のビデオっ！」と喚いていてうるさかった。朝食の時に、ワザと仲居さんに聞こえるように、隣に座った長姉にそのことを話すと、長姉は、「ふうん。」と言っただけだったが、仲居さんは思わず、「おおっおおっ。」ってすぐ横を向いて震えていた。

潮干狩りの船を待って並んでいると、前の四～五人の中年男性のグループが騒いでいた。その中の四十代中頃の目を赤くした（お酒が残っている？）男の人が唐突に、こちらを振り返って、「帽子がいるよ。この帽子三百円。あそこの店で売ってるよ。」と話してきた。言われたとおり主人と買いに行くと、その中年男性と一緒にいた比較的若そうな男が店の外で店内（私達しかいなかった）を伺っていた。戻ると姪っこがYスーパーとか言ってすごく冷たい態度だった。

　潮干狩りを終えて旅館に戻ると、幹事をやっていた二番目の姉と行動を共にしようとしたのに、姉は一人でたったか小走りで行ってしまった。旅館のマネージャーみたいな人がわざわざ私に、前に姉たちがいるのに、そちらには何も言わずに、私の前に来て、「お風呂どうぞ！　入って下さい。」荷物は宴会場の隣の小部屋に集めてあり、既に幹事の姉は風呂から戻っていた。皆、貴重品はそこに置いて、着替えだけ持って風呂場に行く。身内以外の者がいるといやなので姉たちと入りたかったのだが、どういうわけか小学生の姪達と母が入っていたのだが、ある程度の中学生以上の年齢の姪は私がいるのを見ると戻って行った。三番目の姉が四番目の姉に何事か言って引き留めているようだった。脱衣室には幼児二人を連れた女の人がいたが、服を着ており、私が入るとしばらく何するでもなくふらふらしていたが出て行った。私が風呂から出た時、脱衣室の外の椅子にケータイ持って座っていた。幼児二人はいなかった。旅館の周りには、駐車場も含めて青森とか遠くの他府県ナンバーの車ばかり停まっていた。

○**平成十二年五月二十二日**　朝、主人を会社に送って行く時と帰り、両方とも○○会社行き路線バス三河ｘｘうｘｘ-ｘｘが真ん前を走っていた。ふｘｘｘ紺の車、封緘の所にぬいぐるみが付いていていた。スーパーDの駐車場に、開店前だが三河ｘｘ　ｘｘ-ｘｘ　RV車が停まっていた。
○**平成十二年五月二十三日**　午前八時二十五分　消防車サイレン、町内放送無し。交代？
　午前九時四十六分　救急車サイレン。
○**平成十二年五月二十四日**　午後八時二十五分　救急車サイレン、ちょうど義父母が食事の為にうちに来た時。
　午後十一時三十五分　消防車サイレン、ちょうど主人が帰宅した時。
　午前一時六分　消防車サイレン、二度とも町内放送は無し。
○**平成十二年五月二十五日**　午前九時二十五分　主人を会社に送って行く時、○○会社行きの路線バスが来たが、こちらの百メートル程前にも○○会社行きのバスが走っていた。幸田駅からこの時間そんなに立て続きに出ない。
○**平成十二年五月二十七日**　午前九時～九時三十分　午前十一時～十一時三十分　匿名電話一件。
　午前九時三十分前　0xxx-xx-xxx4　T運輸から、「はい、桜木でございます。」「おはようございます。T運輸でございます。今日通販さんから荷物がありますが、十時から十一時の間にお届けに行ってもいいですか。」「はい。十時頃ですね。お待ちしてます。」代引きでも、不在とかで再届けでもない。大型荷物でもない。宅配便の荷物届ける為の時間確認は初めて。

○平成十二年五月二十八日　図書館でおじさんと、二十代後半のショートヘアの女性と三十代半ばくらいのボブのロングヘアーの女性、計三人に思いっきり睨みつけられた。騒いだ訳でもなく、こちらの言動が原因では無い。

Ｔ銀行Ｋ支店のＣＤコーナーで、ケータイで話し中の女性がいた。ＡＴＭ操作はしてなかった。

○平成十二年五月二十九日　朝、会社に送って行く時、芦谷の交差点を左折すると、杖をついて腰の曲がった作業着を着たおじいさんが、私達の車の前をこちらも見ずに渡っていった。減速していたので全然構わなかったが…。帰る時、テニスコートとかによく使われている金網フェンスに、隠れて？（どうやったら隠れられるのか不思議だ？）ケータイ掛ける中年男性がいた。銀行に行くとメチャクチャ警戒された。

○平成十二年五月三十日　午前九時四十分　ブーブー、クラクション。

午前九時五十分　カエルの鳴き声が聞こえた（マンションでも渇いた駐輪場から五階まで聞こえることがあったが！）と思ったら、アパートの二階東端の部屋から二十歳位の女性がゴミ出しに出てった。この家の家族構成はホントどうなっているのか。小学生の女の子とその母親の中年女性がいるのだが、二十代の女性は、彼らしい男性と帰って来てカギ開けて入ったりするし、一緒に買い物や、ゴミ出しに行ったりするし、二世帯同居？　かと思えば違う部屋でもカギ開けて入っていったりするし…。
○**平成十二年五月三十一日**　白イプサム三河5　xx－xxと白の軽で競輪指導車が、248の交差点を右折して南に向かった。どこの競輪？　豊橋？　○○会社の駐車場では、今日も金網越しに隠れて？　ケータイかける中年男性がいた。聞き取りにくくて顔を背けているのでもなく、場所を移動した訳でもなく、建物の横に行くのでもなく（そこなら隠れることが可能だ）、隠れるようにしていた。帰りに車中で主人に話した。デパートの店員さんが植木の陰に隠れて？　いたのや竜美ヶ丘の古本屋に行った時、電柱の陰にいた中年男性を連想させる。何となく〝こいつらがやっているんですよ。〟に変えているようなカンジ。〝こいつだけじゃない。こいつもこいつもやってるんですよ。〟自分たちが（騙されて）やっていたのと同じように…。
○**平成十二年六月一日**　午前○時三十三分　救急車サイレン。○○会社に向かう路線バスの行先表示が回送。
　午後五時二十六分　救急車サイレン。
○**平成十二年六月二日**　午前八時二十五分　救急車サイレン。○○会社の駐車場では、金網越しに堂々とケータイかける中年男性がいた。
　午前七時四十四分頃　芦谷の交差点を幸田駅に向かう路線バスがいた。路線ではない。変更の案内表示もバス停にはなし。
○**平成十二年六月三日**　前日の天気予報どおり雨、なのに新聞にカバー無し。

午後十時三十五分　救急車サイレン。

○平成十二年六月五日　路線バスの回送バスが路線以外の道を走っていた。ATMに行くと、真ん前の駐車スペースじゃない所にエンジンかけっぱなしで停めてる女性と、中にはタバコを吸いながらの男性がいた。

家の車庫で洗車してると、「この地区の担当の○○車のセールスマンです。」と、五十代位の細面の背の高い男性が名刺を出して、洗車中の車のボンネットに二十センチ位まで顔を近付け、しげしげと見た後、顔を上げ自信たっぷりに、「○○○ですね。」「×××ですけど…。」「あっ。よく似たデザインなので間違えちゃった。」「はあ。」（○○○と×××が似てたことなんてあったっけ？）

透明なビニール袋に入ったチラシをワンセットくれて、隣にも寄らずに帰っていった。隣のお宅の車も同じメーカーなのに…。透明なビニール袋は、よく郵便受けとかに、そのまま入れておくようなカンジの物で、数枚入った中を見てみると、二枚目に紙面の四分の一のサイズで顔写真のコピーの印刷された挨拶状が入っていて、先程戴いた名刺の名前と同じ名前が、写真の下に入っているのに、どう見ても、何年か前の若い時のだとしても、映りのいい物を使ったにしても、顔の骨格からして違う、別人だった。どう解釈したらいいのか？　多忙な本人に代わって、この人の名刺を持って、この並びには同じメーカーの車保有している人は他にもいるのに、うちだけ挨拶しにきてくれたのか？　同じメーカーでも、販売会社は違うけれど、でもうちもその営業所では購入してない。後日、友人に話をすると、「今は知らないけど、ディーラーの人に聞いた話だと、そのメーカーではシルエットを見て車種を当てるテストがあるって言ってたけど…。」

　他人の名前を騙って何やってるんだ。人に渡す物の中をチェックすらしないなんて…。ピラッと見れば二枚目にこんなに大きく載ってるのに！
○**平成十二年六月七日**　大阪の友人に会う。彼女が元勤めていた新聞社の新聞の購入を来月一日から頼んだ。
○**平成十二年六月十日**　岡崎竜美ケ丘の古本屋で、以前名古屋の古本屋で店員さんに尋ねた、いしいひさいちの本があったので、手に取ると金額のラベルが無い。探していると、右隣、六十センチ離れた所に突っ立っていた若い男が、そいつの更に八十センチ離れて、やっぱりただ突っ立っているだけの、本も読まずに、手にも取らずに、棚の本を捜している様子も無い男に、正面向いたまま嬉しそうに、「あたりですね。」
○**平成十二年六月十二日**　午前九時三十分　○○会社から○○会社行き路線バス。
○**平成十二年六月十三日**　午前八時二分　ゴミ出しに行くと、ゴミ捨て場の隣に路駐、豊橋ｘｘぬｘｘ-ｘｘ。
　午前八時二十分　消防車サイレン。
　午前九時十分　救急車サイレン。
　午前十時三十八分　ブーブッブッブッブー、クラクション。
○**平成十二年六月十五日**　午前九時十二分　○○会社から○○会社行き路線バス。「このバスはいつも同じ運転手?」気が付いて確認しようとすると、若い女性の運転する100ナンバーの大型車が、確認させまいとでもするように、いやそれしか目的無いよなって感じの強引さで道ふさぐ。

隣のシダさんの北面の西側の窓が十センチ開いていた。

午後十時二十分頃　母屋に目薬を届けに行く時も、灯りはついてないのに、開いたまま。

午後十一時二十分頃　大きな、カエルの鳴き声がすると、窓が閉められた。カンカン照りの日とか、何日も晴天の続いたこんな日にこんな場所でとか、マンションの五階でもはっきり聞こえて不思議だったけど、それ位の音量だった。

○平成十二年六月十六日　午前九時七分　○○会社へ○○会社行き路線バス、ナンバーxx-xx。

午前九時十分　○○会社から○○会社行き路線バス、ナンバーxx-xx、昨日（いつも）と同じ運転手。

午前十時一分　M旅行会社にTEL。R旅行会社で懲りたので、二人でもツアーを組んでくれるか確認、OKと言う。要望をいろいろ出してまとまる。見積もりを頼む。すると同僚か上司にか電話中なのに呼び出され中断。BGMも流さなかったので他の女性スタッフが、「そんな変なお客さん、もしうちでやるとしたら、どうするー?」最初の担当者戻って見積もりを送ると言う。これは送った、送らない、受け取ってない、でもめるとイヤなので速達で頼んだ。

午後三時二分　救急車サイレン。

午後十時一分　非通知なのに鳴った電話。「もしもし。」「はい。」「アンドウですけど、ユウキさんおみえになりますか。」「どちらにおかけですか。」「ナノさんのお宅じゃないんですか。」切れた。

○平成十二年六月十七日　午前六時五十分　救急車サイレン。

○平成十二年六月十八日　午前四時○分　救急車サイレン。

午前八時○分　愛知県警交通ルールの飛行機。

○平成十二年六月十九日　午前七時四十分　午後四時四十五分　消防車サイレン。

主人、会社に送って行く時、芦谷の交差点で、三方向からの三台が、うちのすぐ後ろの後続車に三台共、クラクションを鳴らして（合図して？）行った。右からの一台がブー。対向車がブー。左方向の車がブッブッ。四台はお知り合いらしい。

午前十時五十分　再度、M旅行会社にTEL。「見積もりを、金曜日に速達でお願いしたのに、まだ着かないので、もう一度（頼んだ郵便物がなかなか来ないのが当たり前のようになっていたので）、今度は簡易書留の速達でお願いします。」「少しお待ち下さい。」割りとすぐに、「愛知県のサクラギ様ですね。お送りします。どうしても簡易書留でなければいけませんか？」「もし、着かなかったら、又お願いしていいですか？」「今夕の集配に必ず乗せますから、愛知県でしたら明日中には…。」「午前中には着きますね。」

○**平成十二年六月二十日**　葬式に私一人で参列。行く途中、コンビニで口紅とストッキングを購入。店の人に店内の奥ではき替えて良いと言われたが、車中で替えた。指定の駐車場に駐めて、寺に向かう道ではとこを見かけた。こちらに気が付くとイヤそうな顔をして、話しかけられまいとするように、たったか足を速めて行ってしまった。何年も会ってないし、勿論こーゆー扱いをされる謂れも無いし、そもそも行き来すら無い。

初七日の碧南の和食レストランの二階で、「こっち空いてる。こっち空いてる。」やたら大声で言う、見慣れぬ中年男性がいた。座敷の入り口で仁王立ちする奴もいた。私の後ろの席二つは空いていたが、途中で、先程のはとこが自分の子ではない（まだ子供はいない子。行き来は無くてもそれくらいは知っている。）赤ん坊を抱いて、多分その子の祖母と一緒に座って、大袈裟にあやしていた。中年（初老）男性が二人、一言も話さずにジーとこちらの様子を伺い、私と姉の話に聞き耳を立てていた。立って窓から外を眺めている実直そうな初老男性二人は、自分はこんなことに関わりたくない。長年真面目にやってきたのにと無理に連れてこられたようだった。

午前九時四十分頃　郵便屋さんがM旅行会社の速達を母屋に届ける。

午後八時五分　姑から受け取る。姑「速達って気付かなくて。」？　舅「速達だから○○（夫）の会社に電話しないといけないかも。」？？？　私「ここはいつも速達なんです！速達でお願いしたんです！」

M旅行会社の明細書は全体の金額しか書いてない明細というには程遠い物で、こちらが電話でパレンケに行ったらいくらとか、ひとつずつ金額明細の分かる物をと再三お願いしたことは一切守られていなかった。何を入れての総金額なのか全く分からない物だった。もう一度、電話でその旨、伝えたのにも拘わらず結局二通送って貰って、一通は食事付、もう一通は食事無しの差しかない総金額のみのどこの観光をするのかすら一切記入が無かった。

〇**平成十二年六月二十二日**　午後十一時十分　駅に主人を迎えに行く。駅から出るのに、タクシーが左折車線から直進車線のうちの車の前に強引に割り込んで前を走っていった。客は乗っていなかった。

〇**平成十二年六月二十三日**　国鉄の車に乗った、帽子を被った中年女性を二回見かけた。国鉄…。

午前九時十七分　〇〇会社から〇〇会社行き路線バス。

〇**平成十二年六月二十五日**　午前九時四十分　午後〇時五十分　救急車サイレン。

Dスーパーに義父母と四人で行く。前を走行する四十代の中年男性二人に挨拶していく対向車に、姑一台、私四台気が付いた。建物の横で、小さい娘連れたピンクと黄の花の絵のTシャツ着た中年女性、こちら見ながらケータイで話してて建物の陰で一人しゃがみこんだ。子供は少し離れて行っているのに…。Dスーパー内の百円ショップで野球帽に眼鏡かけた七十歳位のおじいさん、耳にイヤホン付けてて、私と目が合うと向こうへ行く。繰り返し繰り返し。

○**平成十二年六月二十六日**　午前八時十七分　午前八時三十分　消防車サイレン。但し二回だけ。

午前九時十分　救急車サイレン。

スーパーＤの開店前にＡＴＭに行くもｘｘ-ｘｘワゴン車の車内で新聞読む中年男性がいた。コインランドリーの乾燥機は一台動いていた。

午前十時五十五分　0xxx-xx-xxx2「コガデンキさんですか。」岡崎のマンションに居た時も同じセリフの間違い電話あった。当時はxx-xxxx。コガデンキさんは最初に勤めた会社の同期の実家と同じ名前。

○**平成十二年六月二十七日**　昨日に続いて雨だが、二日とも新聞にカバー無し。定時に会社に迎えに行くと、ワンパターンの訳分からない動きを忠実に（言われた通り）する車が大量にいた。

○**平成十二年六月二十八日**　午前○時九分　救急車サイレン。雨、今日は新聞にカバー有り。新聞屋さんのＫさんから新聞は（七月）十日からしか出来ないとＴＥＬ。大阪の方が、十日からしか出来ないと言ったとのこと。

午前十時四十分　友人にＴＥＬ。「なんで十日からになったの？」「一日から頼んだ。」

新聞屋のＫさんにＴＥＬ。「十日からしか出来ないとお電話いただきましたが、大阪でお願いした友人は一日から頼んだと言っておりますが。」「担当者が戻って来たら電話させます。」Ｋさんが担当者ではないらしい。「何時ですか？　あと、一体どなたが十日からとおっしゃったのですか。」「一時頃です。」

午前十一時二十分頃　中年女性からTEL。「一日からにします。」「ですからこちらがお聞きしたいのは、大阪の誰が十日からと言ったのかってことです。」「担当者でないと分からないので、又お電話させます。」

午後二時三十分頃　電話がなかったのでこちらからかける。返事は、「そんな電話した人はいません。」切れた。

○平成十二年六月三十日　法多山にお参りに行く。高速で、ダンナが、「ずっと尾いてくる車がいる。」浜名湖サービスエリア、ゴールデンリトリバーを二匹連れた人が、駐車場で横を行ったり来たりして、展望台に行くと又、周りをぐるぐる、側をウロウロしていた。結構広い所なのに。駐車場で、パトカーがやっぱり行ったり来たりしていた。見回っているのではない。

○平成十二年七月一日　雨の予報の曇り、新聞カバー無し。シダさんちの窓十センチだけ開いていたのも無し。歯医者と本屋と岡崎の雑貨店に行った。どこの駐車場でも、車に戻ると、雨が降っていても窓全開でエンジン掛けっ放しの無人の車が、隣にあった。

午後八時三十分　救急車サイレン。

○平成十二年七月二日　午前六時十分　午前六時三十分　午前十一時三十分　救急車サイレン。

○平成十二年七月三日　午後二時五分　0xxx-xx-xxx0　FAX（風呂入ってたのに…）

午後四時二十八分　救急車サイレン。
午後四時五十分　ブー、クラクション。
午後五時三分　ブーブッブッブッブー、クラクション。
○平成十二年七月四日　午前九時七分　○○会社から○○会社行き路線バス。
午前九時四十分　ブーブッブッブッブー、クラクション。
○平成十二年七月六日　午後六時五十七分　午後七時三分　救急車サイレン。
夜、ダンナ迎えに行く時、２４８号線の交差点で○○会社方向へ幸田駅前行き路線バス。やっぱり逆方向。
○平成十二年七月七日　午前八時十五分　会社で時々見かけた水玉模様のバス（確か豊橋のバスだったと思うケド？）芦谷の交差点で左（南）から右（北）へ走っていたのを、ゴミ置き場から見た。ここは路線じゃない筈だ。
○平成十二年七月八日　注文した旅行用シェーバー取りに行く。受け取って袋に入れ袋の口縛った。ダンナが見たい物があると言うので、サービスカウンターの前の一番目に付く所のパソコンやプリンターの大きい物しか無い所（ココならヘンな誤解されることはないだろう。）に私は移動。五十～六十代位のヒョロっとした男が棚から半身乗り出してこっちを覗いていた。ポップのミニTシャツの柄が見えなかったので、手に摘まんで持ち上げた途端、『待ってました。』とばかりにくっついて来た。あの、こっちは例によってポケットの一つも無いワンピースを着ていて、バッグも持たず、手にしたビニール袋は十センチ

×六センチの箱用の一番小さいサイズの袋の口をセロテープで留めてもらった上に、更に取っ手を私が縛った状態で持っていて、ポップは二十五センチ以上あるの！　金属だから曲げらんないの！　どうやったって入らんだろうが!!　この人達はどうやらそういったまともな判断が出来ないらしい。こっちがこれだけ気を遣っても、ムダでしか無いと毎日思い知らされる。与えられた情報を鵜呑みにし過ぎというかバカ？

○**平成十二年七月九日**　朝、隣の敷地に、いつものダンプがうちの窓に張り付くように停められていた。その後、道路側の入り口の所にいつものように、こちらを見張るかのように移動。

午後　090-XXXX-XXXX　着信履歴。

午後九時十四分　救急車サイレン。

○**平成十二年七月十日**　午前七時二十五分　090-XXXX-XXXX　着信履歴。

○**平成十二年七月十一日**　○○会社行き路線バスｘｘ-ｘｘ、ナンバー変えたのか、違うのを一台移動させたのか。すれ違う際、わざわざ減速して窓際のおっさん達が全員睨みつけていった。（こーゆーの引っ越す前にあったな。N工場の前ですれ違う時とか。）こちらは標準速度でカーブではみ出したりも一切してない。匿名一件。

○**平成十二年七月十四日**　午前十時四十二分　ブーブッブッブッブー、クラクション。

○**平成十二年七月十五日**　朝から出掛けた。そのせいか窓（十センチ）開かなかった。ドラッグストアで店から出て駐車場にいたら、斜め停めした中年男性に睨みつけられた。

（駐車場はガラガラ。）

お中元届けにお仲人さんちへ行き、帰りにスーパーYへ籐製マットを購入。配達を渋られたので、車に積んでみて、無理だったら再度お願いするということで、やってみると、なかなか入らない。四苦八苦していると、中年女性と若い女性の二人連れが、駆け寄って手伝ってくれた。お礼を言って家に帰ると、中元を届けた際、包んでいた白地に花柄の風呂敷が車内から無くなっているのに気が付いた。翌日明るくなってから、車内をもう一度探して、念の為、お仲人さんにも電話で確認。「その風呂敷に包んで持ってきたのは覚えてる。たたんで持って帰られたと思うけど。ここには無いですよ。」マットを入れる時には確かに後部座席にたたんで置いてあったのに。

○**平成十二年七月十七日**　午前八時〇分　交通安全の車。

午後四時三分　救急車サイレン。

午後八時台　『名鉄』行き路線バス。

○**平成十二年七月二十日**　スーパーJに義父母と行く。ケーキ購入時、数の確認の為に義父の所に戻ったら、店員？　にものすごいヘンな顔された。

○**平成十二年七月十八日**　午前十時四十二分　ブーブッブッブッブー、クラクション。

友人と一緒に行先表示が真っ白の路線バスを見た。友人はケータイで話した。私も途中で替わって話した。

○**平成十二年七月二十一日**　午前八時二十五分　消防車サイレン。

スーパーDの駐車場で前の道路側に向けて駐車している若い女性がケータイ掛けてた。午前十時三十六分　ブーブッブッブッブー、クラクション。

○**平成十二年七月二十二日**　中畑で法事。行く途中も訳分からない運転をする車がいつものようにいたので、車内で窓は閉めたまま隣に停まらないと聞こえない程度の大きさの声で、新川のお寺での法事で、見たことの無いガッチリした中年男性数名が、従兄弟達が勧めるまま嬉しそうに、運転して来た人も含めて全員がビール飲んでいたことを話して、嫌みっぽく、「飲食の機会が増えるねー。」と言ってやった。すると、法要後、和食レストランのバスに乗り込む際、喪主が勧めているのに、四メートル程離れた所に突っ立っていた見たことの無い、六十近い細身の実直そうな男性がわざわざ私の方を（九十度ずれてる）見ながら、「じゃっ、私はこれで。」と帰っていった。

○**平成十二年七月二十四日**　社員用駐車場の出入り口横に（出張者用）、いつも停まっているピンクのヴィッツｘｘ-ｘｘ、N工場に行く途中すれ違った。

○**平成十二年七月二十五日**　豊田市の友人の家に行く。ランサーのトランク内にいつのまにか取り付けられた電気コードを見てもらって、ビデオ録る。（自宅では下手にやれない。）以前座席の下に知らないうちに取り付けられていた黒い箱は無くなっていた。帰りに248号線を、豊田、岡崎、幸田をずっと抜かせないようにしながら、ちんたら走る豊橋ナンバーの白のバン。中年男性が運転していた。車の窓閉めた状態で怒鳴りつけると、その度に、耳に指突っ込んでいた。距離を空けても、同じだった。ぼってやったら、ケータイ出して運転しながらＴＥＬ。幸田町内に入ると、パトカーが一台、二車線のうちの一車線に停まって、横に警官が二人突っ立っていた。前を走る運転手がそれを見て何度か満足そうに頷いていたので、これを呼び出していたのかぁと思った。

○**平成十二年七月二十六日**　午前十時台　午後二時十分　午後二時三十分、救急車サイレン。

○**平成十二年七月二十七日**　社員用駐車場の出入り口横に、（出張者用の駐車スペース）ガソリンスタンドの給油車が停めてあって、作業服着た中年男性が、何故か得意気にしていた。（その時は帽子を被っていたけれど、見たことがある人だった。）ｘｘ－ｘｘのヴィッツも停めてあった。いつもの所に88ナンバーのアストロｘｘ－ｘｘも停めてあった。

○**平成十二年七月二十八日**　幸田郵便局で私の少し前に来ていた、見たことのある中年女性は、ハガキを手に持って、郵便物の受け取りに来たと言った。荷物が無いと何度も応えているにも拘わらず、ずっとゴネテて、局員さんもいい加減イヤそうに、「キダさん？刈谷市の看護婦さん？　大草郵便局から連絡きてますよ。」何だろ？　と思いながら切手とハガキ買って（いつも通りのテキパキして感じ良かった。）帰ろうとした私の前をキダさん？　は憤然として、わざわざ無理に横切って帰って行った。

○**平成十二年七月三十日**　午前中か午後かは分からないが、旅行会社の請求書と通販の普通郵便が、日曜日なのに配達されていた。

○**平成十二年八月一日**　主人会社へ送っての行き帰り、行先表示の無い路線バス。

午前十時三十五分　ブーブッブッブー、クラクション。

〇**平成十二年八月二日**　主人会社に送って行く。行きはマトモな路線バスだった。

午前十時二十八分　救急車サイレン。

〇**平成十二年八月三日**　午後十二時十五分　午後十二時三十分　救急車サイレン。

〇**平成十二年八月四日**　午前九時五分　白のカローラｘｘ-ｘｘと路線バスの運転手（ヘンな表示にして運転していた、いつもの運転手と違う人。）は二人共、体を斜めにして運転していた。

午前十時三十分　ヘリコプター。

午前十時四十二分　ブーブッブッブー、クラクション。

午前十時四十四分　救急車サイレン。

〇**平成十二年八月五日**　ドラッグストアで、精算して、確かに袋詰めして店の真ん前に停めた車内に入れた袋の中から、風邪薬が、スーパーDで買い物している間に失くなっていた。翌朝、車内の床も見てみたがやっぱり無かった。レシートにはちゃんと打たれているし、最後に袋に入れたので覚えている。

午後五時四十二分　0xxx-xx-xxx7　留守電に無言。メッセージ無し。

午後七時十分　0xxx-xx-xxx1　無言。

〇**平成十二年八月六日**　午前九時四十分　090-xxxx-xxxx

〇**平成十二年八月八日**　尾張小牧ナンバーｘｘｘ水色のプリウス、駐車許可証無いのに、駐車場の奥に行った。（送り迎えの人は、入り口入ったすぐのロータリーで帰る。）送った帰り、すぐ前を走るご近所の水色のワゴンの後部座席に、立って小学校中学年〜高学年の子供が片時もじっとしてないので、「落ち着きの無い子ねぇ。けっこう大きいのに。」と呟くと、左側の席に座っておとなしくなった。

午前十時三十八分　ブーブッブッブッブー、クラクション。

○平成十二年八月十一日　午前八時十七分　救急車サイレン。

午前九時三十分　警察署会計課落とし物係に、スーパーYで失くなった風呂敷が届いてないかTEL。遺失物届け出す。

○平成十二年八月十二日　メキシコに旅行。成田空港に行く途中の駅でもやたら張り付いて来たり、前を歩いていたのにこちらが立ち止まると戻って来たり少し離れた所でこちらを窺う人達が、多かった。空港で一度、ツアー客全員で集まって添乗員さんが皆いることを確認すると搭乗は各自でするよう指示を受けすぐ解散。航空会社の搭乗口には、こちらが気が付いた時点で同じツアーの人達が四十分以上前から十名程、ずっと立って待っていた。ファーストクラスの搭乗開始アナウンスが入ったので、そこへ行くと、さっきまで並んでいた人達は一人もいなくなっていた。私達が並ぶと、ファーストが終わったばかりなのにすぐ同じツアーの人五〜六人が並んだ。少し離れた所に並ぶビジネスクラスが終わり、エコノミーの放送と同時に主人と一番に通路に入った。後ろの五〜六人は見当たらず、前にも後ろにも誰もいない状態で機内に入るとFAは、こちらが挨拶しているのに、一言も挨拶しなかった。

席は最後部のFAの休憩場所の近く、私達の席の後ろ二列と前一列、私達の席の横の席の人まで皆、既に座って、にゃついていた。同じツアーの人も多いが全員そうでもない。後部四列が、私達を除いて全員優先搭乗？　添乗員さん同行なのに、近くにはいなくて姿は全く見えなかった。私達の席は真ん中の列の進行方向に向かって左側通路寄りで通路挟んで、斜め前には老夫婦。斜め後ろには二十代のカップル？　で、男の方は大声で得意になって話していた。トイレに行くのに用心して、最初から座っていた人達以外の誰か来たら、一緒に行こうと待っていた。トイレは後方左右二か所で、真ん中にFAの控室があるので、左後方しか行きづらい。左側の通路を、前方から若い女の子が来るのが見えたので、その人の前に通路に出た。すると斜め前の老夫婦の夫が、棚から荷物の出し入れを始めた。女の子は足止めされていた。トイレは使用中で、一人並んでいた。カーテンの掛かったFAの控え室がすぐ隣にあるというのに、トイレのドアの真向かいの壁にFAの制服のジャケットが掛けてあった。どうして部屋の中に掛けないのか。最初に使用していた人が出たのに、さっきの女の子はなかなかやって来ないので、空くのを待つ間、デンタルフロスをかけていた。（これを使うと手が汚れるので、何も触れない。）結局、三人がトイレ済ませて、私なんか歯磨きまでしたのに、誰も来なかった。席に戻ると、件の老人がずっと荷物の上げ下ろしをして、通路を塞いでいたのを、ようやっとやめた。若い女の子はかなりムッとしていた。恐らく、トイレから戻って来た人がいても、入れ違いに通ることの無いようにジャマをしていたのだろう。若い女の子はムッとしたままトイレに向かった、ず〜っとこうやって人が来るのを阻止していた訳だ。

暫くすると、斜め後ろのカップル？　の単純そうな男が、待ち切れないといった風で窓側にいたのに通路側の彼女をどかせて、やはり後部へ向かった。十分程？　して嬉しそうに戻って来て、女性に向かってやはり嬉しそうに、「イヤリングが無いそうです。」と言った。（カップルなのに敬語で話していた。）女性の方は、「そんな…、見た訳でも無いのに、決めつけてはいけない。」と、静かに答えた。「そんなん。荷物検査すれば一発だわー！」と、今度はぞんざいに言った。このセリフを、さっきも大声で得意になって言っていた。「じゃあ、仮にそうだとして、動機は？」と、彼女が尋ねると、急に勢いが無くなって、「そりゃーーーーー、……。精神的なもんじゃん。」もごもごと、段々声が小さくなっていった。（荷物検査して貰えるならありがたい。）そこからは、下手な口実をツクラレないように、トイレにも一切行かず席から立たなかった。六十センチと離れていない、先程の彼女の席の横の通路にしゃがみこんで、年配の男の人が、何やら小声で注意していた。彼女が、「あっ、どうもすみません。でも決めつけちゃいけないと思って…。」と正しい意見をはっきり割りと普通の声で言っていた。

ダラスでトランジットの後再び機内に入るのに手荷物検査があるかと、トランジットの間も、なるべく人のいる所、特に添乗員さんの近くにいた。検査は無く、そのまま機内に入った。入り口でもこれ又、ＦＡの挨拶は無く、入り口付近の溜まり場で、下を向いて書き物をしていたFAともう一人に、「HELLO!」と言ったが、じろりと上目使いに見て、自分の片側にいたFAの方を顔だけ向いて、私を指さした。もう片方のFAは私を見て、戸惑ったように、指さしたあと又下向いたFAの顔を見た。今度の席は真後ろにFAが座るという席だったので安心したが、不愉快だった。その後の応対も、後でダンナが、「この航空会社は最低だ。」と怒るくらいひどかった。

機内でトイレから出ると、（制服は掛けて無かった。）真っ正面にFAの中年女性が靴を横に置いて、離着陸用の椅子に座っていた。座席の一つに靴、一つには中年女性で、こちらからドアを開けた時、まず靴、次にFAの人が目に入る位置だった。後でその中年女性は男の人達に、その時の様子を教えているようだった。（カクニンしたつもりの人もいるようだった。）

メキシコに着いて、入管の列に並んで待っている時、ふと見るとすぐ後ろに、最初の飛行機で斜め後ろの席にいたカップルが、どこで着替えたのか、さっきと違う派手なワンピースで、いや二人共着替えて並んでいた。驚いて見たら、どういう訳か、そのまま無言で列から離れて、今来た通路を戻って奥へ行ってしまった。どの列も二〜三組しか並んでないのに！　違う列に並び直す訳でも無く、どうして戻る？　スーツケースを受け取って、荷物検査をしている列に並んだ。係官が靴を開けてチェックしている割りには、二列あるせいか回転が早く、次が私の番という時に出口から中年の男（日本人）がやって来て、順番を待っている私達二人を荷物検査を受けさせずに出口に出した。

出口には、別の中年男性が立っていて、私達のバスはこちらだと案内してくれた。同じツアー名のバスが何と二台並んでいた。ツアー名の表示は一言一句同じで、日数も同じだった。キャンセル待ちの一、二番だった筈だが、結局二台分催行したのか。でも、成田ではバス一台分で十分みたいだったのに…。集合場所が分けてあったのか。それに二台あるのに、私達の名前すら確認せずに、こちらのバスだと言った。私達が乗り込んだ後も暫くそこで、隣のバスに乗り込む人を待っていたし…。同じバスの乗客は、成田で見かけた、飛行機の後方四列に居た人達が殆どだった。

ホテルでは何とスイートルームが割り当てられた。添乗員さんは、ベッドが一つしか無いが大丈夫かと聞いたので、「大丈夫。細いから。」ダンナが細いからと言ったつもりだったが、添乗員さんは、私が自慢したと思ったのか、ムッとしていた。部屋にスーツケースが届けられると、空港では気が付かなかったが、カギ付きのスーツケースベルトのカギが開いた状態でかけられており、ダイヤル錠も左右共メチャクチャいじった跡があった。スーツケースのカギはかかっていた。添乗員さんに連絡して、「後でもめるのもイヤなので、スーツケース開けるのに立ち会っていただけないでしょうか。」部屋まで来て貰って、中身の確認を一緒にしてもらった。いやがりもせず感じ良くして下さった。その時点では、失くなった物も入れられた物もなかった。（今回、親が旅行先の外国で購入した物だったので、どうやら開け方が分からなかったらしい。）

夕食は皆に勧めていたガイドブックに必ず載っている、ラグーンの上のレストランに添乗員さんが行かれるとのこと、ＴＥＬして、「うちもお願いします。」「いやあ。桜木さんはダメですよ。」と、ちょっと固い声で冗談めかして言われた。でもすぐにプロ意識でか、「うそですよ。冗談ですよ。」明るく言われた。（なるべく添乗員さんと一緒にいないと…。）南国風の堅苦しくはないが、日本語のメニューもある、値段からみると割りと高いレストランにタクシーで行った。皆割りとラフな服装で、ワザワザ着替えた私は身の置き所が無かった。やっとアクセサリーの類いを着けた人が一人だけいたのでホッとした。アクセサリーを見たのをどう判断したのか、添乗員さんが、「明日はピラミッドに登るのですが、とてもキツくて這うようにして手と足で登るので、カジュアルな動きやすい服装を。」と注意されたのにも拘わらず、次の日から私達を除く全員が大ぶりの宝石付きの胸元まで下がるペンダントや一つ石の指輪にブレスレットをじゃらじゃら着けてきた。

○平成十二年八月十四日　チェチェンイッツア。動きやすい服と靴で、遺跡巡りをする時に邪魔な大振りのアクセサリーを着けるなら、タクシーでわざわざ出掛けたディナーでもそうすれば良いのに…。駐車場やら、バスを降りる時やら、遺跡まで歩いている最中を、同じツアーの人達にビデオで撮られる。バスを降りる時は、主人と私の前後のみ録画して、自分の同行者を撮るのでもなく、全員撮るのでもない。遺跡では、遺跡本体や、同行者、家族同士撮り合うのに、ガイドさんの説明を聞いている時は、ガイドさんではなく、私達を撮る。ガイドさんは日本人でずっと同行してくれるそうだ。説明を聞くためにも、必ず一番か二番目にはバスを降りてガイドさんにくっついていた。全員必ず十五分前には集合していた。一人参加の若い三十代半ばの太めのがっしりした男性は、ビデオにカメラに、デジカメと三台を、取っ替え引っ替えして撮っていた。ここはビデオ、ここはデジカメとかでなく、ビデオに撮った後カメラでも撮るとか、かといって一通り全部写すという訳でもないようだった。この男性以外は全員サングラスをかけている時以外、カメラを向けると顔を隠した。遺跡見学中も食事中もそうだった。一人参加の無表情な二十代の若い女性は、普段から鍛えているらしく、ピラミッドの頂上まで登っても、全く息を乱さず背中を伸ばして、途中で一度も休むこと無く、無表情のまま登って降りた。集合場所に集合時間の五分前に行ったのに、誰もいなかった。添乗員さんがバスの中で人数数えて気が付いたそうで、迎えに来てくれた。夕食の時に参加者の紹介をするということだった。

夕食前、少し時間があったので隣接したプラザに買い物に行く。ホテルのエレベーターを降りた所で同じツアーの人二人と会った。買い物をした店の前の広場に四～五人の地元のメキシコ人が座っていた。その人達から見えない場所には、全く行かなかった。買い物は結局一つの店でしかせず、隣を覗いて、時間になったので戻った。戻ると、全員食堂で待ってみえて、私が時間を勘違いした為に、全員待たせて、添乗員さんが捜しに行かれたというので慌てて、エレベーターホールやロビーを捜して迎えに行った。部屋まで捜しに行きたかったが、又ツクラレルと困るのでやめた。結局会えなくて、レストランに戻るとすぐに添乗員さんが戻ってみえたので、アセリまくって謝った。時間を三十分間違えて、二十分も他の人達を待たせ、更に捜しに来てくれた添乗員さんを捜しに行って、結局三十分の遅刻をして迷惑をかけてしまった。本当に悪いと思って、他の人達にも真剣に謝った。ダンナは堂々と、「時間のことは全部、家内まかせだったので…。」と笑顔で、きっぱり責任回避した。添乗員さんが、「まあ。ひどい。」と、笑ってはいたが、呆れていた。

隣の席のガイドさんと話した。話弾んで、和やかなムードだった。夕食が終わる頃、その向こうの席にいた一人参加の太めのがっしりした三十代半ばの男性は慌てたように、ガイドさんを自分の部屋に誘っていた。ガイドさんは、「誘って下さるんですか。ありがとうございます。」喜んで応じていた。こう、普通か、感じ良い対応をして下さる方が、いる度に、止メが入ルというか、必ずオシエテクレルというか、デタラメ吹き込んで、まもな応対をしないように、こちらの話をまともに聞かないようにさせて、その人が私に対して、そういう応対をしたのは、こちらに問題があるからだと、本人自身に言わせて、本人がその人の周りの人に、そういう言動をしたことを知られるカタチで引っ込みが付かないように仕向けて、私と敵対関係にならせ、本人に言い張らせる立場に立たせるっていう、例のパターンじゃなければイイケド…。行きの機内でそうだったように…。ツクラレルのが分かっていたから、ツクラレナイように、個人ツアーにしようと思って、旅行会社に見積もり頼んだのに、なんで、『そんなヘンなお客さん』、もしも聞かされた話が事実だったら、一つでもあったら、こういった団体旅行より個人ツアーの方が、『見張りやすい。』筈なのに、言われた方も少しは考えろよ。それにバス二台の筈なのに、見事に会わない。二台揃うことが一度も無い。入国の日に空港で見かけて以来、観光場所でも、レストランでもホテルでも、ただの一度も無い。一体どういう日程なのやら？　旅行申し込み者が多くて、二台になることはあるだろうし、実際そういうツアーに参加したこともあったが、添乗員さんが、旗にそれぞれ目印を付けて、「何号車の方こちらです。」って間違えないように、バスのフロントガラスにでっかい番号付けたり（国内のバス旅行でも同じだったけど。）同じ所を廻るので、遺跡観光の時とか、レストランで二十分位ズレはあっても、どこかで見かけるのに…。今回は、結構大きいレストランや大きなホテルで、しかもレストランなんかガラガラだったし、遺跡観光もすいた時間帯狙って行ったのか、すいていたし、ホテルも食事の時のレストランで見る限りでは、空きがあるようだけど…。きちんと、事実を見られるとマズイわけだ。完全にツクルのに専念しているというか、ツクル方にまわったわけだ。それも表向きは、必ず、『警察が騙されたんじゃない。こいつらがやったんだ。こいつらが言ったんだ。』に変えているわけだ。『Yスーパーに勤めている人がオシエテくれて、（私の行く先々に広げたデマを、こちらの動きを、下手に動けない状態にして封じた後）これだけ大勢の実在の人物が口を揃えて言っているので、マチガイない。』筈が、〃そんな奴実在しなかった。〃〃そんなこと実も無かった。〃念の為、〃私が行った店全部調べて、防犯ビデオまで全部調べて無いことが分かっている。〃私の周りの人達に聞いて、〃そんなこと言う奴一人もいなかった。〃あったのは、私が警察に何度も相談に行った内容が事実だったことを裏付けしかねないことだけではマズイらしい。しかも、警察が騙されて、有りもしない手柄話に飛びついて、エリートの公安まで、〇〇〇とか、公安ならこのエサに必ず飛びつくことと、一方的に掛かってきたマチガイ電話三本で、「電話履歴の証拠もある。間違いない。」その程度でカクニンした気になるか、分かっていて、自分達が（自分よりも下だと思っている。）おナカマに、『自分に好意的な人間が、自分の為にムリをして、情報集めてくれたんだ。（ムリをして情報漏らしてくれたんだ。）」と言い張って、カゲで、「あんまり、頭のヨクない犬だから大丈夫っ。」って実際は笑われていたのを、『自分達じゃない。』に変えた後、区別もつかないのにカクニンさせた気にさせて、有りもしない手柄話に飛びついたのも、『こいつらです。』に変えている訳だ。でも、〝騙されたんじゃない。〟なら〝承知の上でやった。〟ことで、つまり、こっちの財布から金盗んだ奴に騙されたんじゃなく、承知の上でやることは結局、前やった奴の分をしょい込んで、その上で尚且つ自分達がツクッテ増やすんだから、いくら〝こいつらがやった。〟に変えても、これからやる人達の分までしょいこまされるだけで、自分で自分のしょい込む分を増やすだけじゃん。それも騙されたんじゃなく、承知の上で一緒にやって、わざわざ無かった筈の問題をツクッて自分の問題にしたうえで、『こいつらが一緒にやった。自分じゃ無い。こいつらがやった。これだけ大勢の実在の人物が、それも私の周りの人間が言っているので大丈夫。』な訳ないじゃない。キケンを増やしているだけだ。

○平成十二年八月十五日　四十～五十代位の細身の優しそうな女性は、二日程前に、私と普通に話した後、「何っ。ちょっといいこじゃなーい。なんか違ってるんじゃない？」と他の人達に、自分が気が付いた皆の間違いを訂正してあげようと、言いにいってから、それまで明るかったのが、何か悩んでいる風で、早朝、一人でプールで泳いでいたと話していた。一旦仕事を辞めたけど、最近お呼びがかかったというような意味合いのことを言っていた。それから後その人と同じテーブルになったり、話したりする機会は一度も無くなった。ウシュマル遺跡で、具合が悪いと訴える私に、ガイドさんは昨日と打って変わって冷たかった。でも、離れたら何ツクラレルか分からないので、吐くのを我慢して付いていった。

○平成十二年八月十六日　パレンケの売店、添乗員さんとガイドさんが二人して、ハラハラしながら、私を見張っていた。（却って助かったケド…。）そういう態度を取るよう、オシエテくれた？　トクベツな任務に付いている？　コマッテナヤンデいる？　ハズノ人達は、一人も出て来ず、皆バスの中で楽しげに騒いでいた。添乗員さんなんかワザワザバスから降りて来たのに…。ハイアットリージェンシービヤエルモーサで、六〜七歳位のメキシコ人の男の子が、下を向いたまま、ホテルの入り口からロビーの私の所まで、中年のガッシリしたメキシコ人男性に手を引かれて、やって来た。この男性はロビーの入り口で、私の方を指さして、それからまっすぐこちらに向かって来たのだが、男の子の方は何かイヤイヤ来ているような感じで、ずっと下向きっぱなしで、といって怯えているとかいうよりも悪戯を見つかったかのような感じだった。そのまますれ違ったが、ガッシリした中年男性に何か促されて、男の子は下向いたまま、首を振っていた。その後、ロビーの奥で、その中年男性の所に二〜三人メキシコ人男性がバラバラと集まって、何か聞いているようだった。レストランでは、全く知らない人に何かイヤミを言われた。よく同席になる中年夫妻は、奥さんがあかぬけた感じの人で、二人揃って海外旅行が趣味だそうだが、周りが皆同じ会社の人達が住んでいる所なので、スーツケースを宅急便で送ってから、気が付かれないよう出掛けるそうだ。何もそこまでしなくてもと言うと、「どんなんなるか分からないっ。」と怒って言われた。

○**平成十二年八月十七日**　朝は、一人参加の若い男性のみと同席だった。「今までに行ったことがある。」と三カ所地名を挙げた。その中で私達が行ったことが無い敦煌の話をし始めた。ダンナの会社の同僚の女性から、敦煌旅行の話を聞いていたので、現地についてこうなんですって？　と尋ねた途端、「じゃっ！　失礼。」自分が話し始めた話題なのに、てっきり旅の自慢話が続くかと思いきや、まるでボロが出るのを恐れるかのように、本当に唐突に席を立って行ってしまった。時間はまだ十分早かったのに…。飛行機で移動の際、空港でガイドさんに嫌そうに避けられた。勘違いかと思ってもう一度、近寄るとやはりそそくさと距離を置いた。

○**平成十二年八月十八日**　テオティワカン。集合写真の類いは一切無し。ガイドさん態度戻った。

○**平成十二年八月十九日**　帰国の為、早朝、空港に向かうバスの中で、ガイドさんが、地元の警察のパトカーを見て、「駐車違反の取り締まりですかね。」（とてもそうには見えなかった。）「あんなことやって、金でも巻き上げるつもりですかね。」と、割りと唐突に言った途端、バスの中の人達が、うちを除いて全員顔を伏せた。まるで、狂言や、又は地元の人達に嘘を言わせた上での、でっち上げの目的は金でも巻き上げるつもりなのかと、怒って、呆れているかの様だった。別れ際、お世話になったお礼を言うと、とてもにこやかに、「是非また来て下さい。」と握手して下さったので、あながち希望的観測でも無いなと思った。

ダラス経由で成田に向かう機内に乗り込むと、今まで、行きも日本からの出発時さえ、機内アナウンスは必ず英語からだったのが、初めて日本語のが一番最初に流れた。曰く、「ボランティアを募集します。」(はぁ？) ダブルブッキングの為に二名分席を譲ってくれと、ホテル宿泊費を含む一週間分の滞在費用を負担するからと。それとは別に千ドル払うからといった内容だった。いかにも、気のありそうなことを私が口にすると(ホントは絶対しないけど。)、もう一押しとばかりに、隣の席の無表情な一人参加の若い女性が、ここぞとばかりにワザとらしく、「えー。えー。十万円も貰えるの？　えー。えー。」と大声を出した。今回は割りと近くの席にいた添乗員さんが、心配そうに、「皆さんはなさらないで下さいね。」と止めていた。その後の英語のアナウンスでは、私が英語が分からないと知っているからだろうが、同じ内容と思われるような単語も、センテンスも無く、単なる機長の挨拶のとても短いものだった。大抵は英語の方が長くなるのに…。隣の彼女は私が、千ドルでは分からないと思って分かりやすく十万円と言ってくれたようだった。

食事が済んで、そろそろトイレに行こうかと考えていると、この人とその隣の席の女性が連れ立ってトイレに行って、四人掛けの座席に、私とダンナだけの状態を造ってくれた。いない間に無くなったとかツクラレそうだったので、私も反対側のトイレに、前から人が来るのを見定めて行った。今度は添乗員さんも、すぐに（反対側だったけど。）来て下さったので助かった。二回目は、二人が席に着いていたので、ダンナと一人ずつ交代で行った。通路を塞ぐ人はいなくて大丈夫だった。帰宅して、姑に貰ったシルクジョーゼットのスカーフが失くなっているのに気が付いた。

○**平成十二年八月二十二日**　午前十時三十三分　ブーブッブッブー、クラクション。

○**平成十二年八月二十三日**　0xxx-xx-xxx0　空港内の落とし物係に、遺失物届け出す。

○**平成十二年八月二十八日**　午前九時十分　社員専用駐車場へ別の会社の営業車が入って行った。運転している人はワイシャツ姿だった。路線バスが、神社の前の旅行会社の前にバスを路駐して、コンビニでジュース買って戻って来た。

午後八時○分　歯科医院の患者用の駐車スペースへ、車が入っていった。とっくに閉まっていた。

○**平成十二年八月二十九日**　午前十時三十分　ブーブッブッブー、クラクション。

○**平成十二年九月三日**　三河たｘｘ-ｘｘ白、軽、魚屋さんの車がTさんちに来ていた。姑が言うには毎週金曜日（燃えるゴミの日）に来ていて、その車があの、特徴のあるクラクションを鳴らすのだそうだ。今日は日曜日だし、じゃ火曜日は？

○**平成十二年九月五日**　午前十時四十分　ブーブッブッブー、クラクション。

○平成十二年九月七日　ちｘｘ－ｘｘエンジの軽ワゴン、トッポ？　完全に赤信号なのに、無視して行っちゃう。学校前の道路を塞ぐ形で、少しの間通れなかった。西尾の友人が遊びに来るケド話が半分も出来なかった。ショッピングモールで話す間、隣の席の二人が、話もせずにずっと次から次へと食べ続けているのを西尾の友人が驚いていた。ダンナが、名古屋に野球見に行った時にテレカとハイウェイカードを落として来たらしいことに気付く。「財布の中から消えていた。」そうだ。

○平成十二年九月八日　ゴミ出しに行くと、ゴミ捨て場の隣に停めて、無線で話しているセダンがいた。

○平成十二年九月九日　岡崎の歯科医（いつも午前の一番最後の番に予約入れていた。食事休憩に入るので、看護師さんも歯科助手さんも皆、私の診療が終わるのをこちらを見ながら待つ。）椅子に横になって目を瞑っていると、歯科医が「寝てるから今のうちに。」何故か椅子がバイブレーションでも付いているかのように、三回振動した。助手が奥の小部屋に入ってすぐ出て来て、「反応があったそうです。」歯科医が、「ハア？　一体どこに持っとるんだ？」（持つ？　私はいつも荷物を財布を含めて主人に渡し、ハンカチだけ持って診療室に入る。服装は、ポケットの一切無い、ノースリーブのグリーンの薄いワンピースに白のシースルーカーディガン、どちらも割りと体にピッタリした服だった。）暫くしてから、先程の助手が、「捜査願いは出しますか？」（ソウサクと言ったのかもしれない。）歯科医が、「いや。まだ分からんから、いい。」ちょっと間を置いて、「だってねぇー。今頃目撃者が現れたって言ったってねぇ?」帰宅してから、実家とH子さんにTELして歯科医での話をすると、父は、「そんなこと言ってもね！　信用せんから！」警察署に電話でハイカの遺失物届け出す。

○平成十二年九月十一日　東海豪雨。夜中に寝室で横になっていると、ベランダが引っ張られるような感じがした。東側のベランダと一階外の北東で中年男性と若い男性の話し声。修理でもしているのか。

○平成十二年九月十二日　転入してからも何度か、うちが出したゴミ袋にゴミを突っ込む人を見かけることが多く、ゴミ袋に、『ヒトのゴミ袋にゴミを入れないで下さい。』と黒マジックで記入。ゴミを写真に撮ってから、『今日出すゴミは全部録ってありますから。』と紙に書いて、ゴミ袋の中に入れ、袋の口を閉じて出した。

午前七時二十分　ゴミ出しの時にクラクション。（今日は火曜日。）

○平成十二年九月十四日　西尾の友人からTEL。うちに来ると言ったが、一宮の友人の先約があり断った。一宮の友人は、ご主人が会社で訳の分からない嫌がらせをされて、会社を辞めたとやって来た。もともとご主人は、趣味が熱帯魚という温和な腕の良いエンジニアで、それが岡崎に行くように言われて通っていたそうだが、そこで最初からずっとその状態だったそうだ。だからご主人が原因でとかでは決して無い。彼女が会社に置いておいた荷物を片付けた帰りに寄ったそうだ。お子さんも一緒だったので、窓を閉めてエアコンを入れ、あれこれ家の話とあったことを話した。彼女の家は、近くに高速が走っている田圃の中の住宅地で、それも昔からの方々ばかりの場所で、「家の近くにRV車が停まっていて、こんな所に何で近所の人でもないのに、ずっと車停めているのか。見張っているみたいだった。」と話した。「出掛けると、追って来た。」とも話していた。彼女が帰った後、姑が、「私、ずっと聞いてたけど、もっと役に立つ人に話さなきゃダメよ。」ハア？どこで？　姑は庭先にさえ出て無かったし、以前窓閉めた状態で、庭に義父母と三人で居た時、洗濯機のピーピー音が聞こえなくて、私しか気が付かなかったぐらいなのに…。

○平成十二年九月十五日　これまでにも散々母屋に、戸締まりをするように頼んだ。何しろダンナが帰って来るまではと、夜中の一時を回っても庭の開き戸は開けておくし、物置も鍵はかけないと言うし、母屋の玄関ドアは日中九十度に全開していて、それで二階にいたりするらしいので、「どうも、ヘンなことをやっている人がいるようで、気のせいかと思ったんですが、気のせいにしても、それにしても、どう考えてもヘンですから、ご近所の人は、開き戸を勝手に開けて入って来るというのなら、泥棒とかに入られてもいけないので閉めて戴けませんか。」

姑は、「そんな変なことやる人いる訳ないじゃないの！　気のせいよ！」「でも、私だけなら気のせいかもしれませんけど、私の友人達もヘンだと言うのです。昨日来た友人も、家の近くにRV車が停まっていて、ずっと停まっていて、出掛けた時には後を尾いて来たって。」「知ってるわ！」（どうやって？）その子がおかしいと言わんばかりなので、「他にも、そうだと言っている友人がいます。」「じゃあ、そのお友達を連れていらっしゃい。

話聞いてあげるからっ。」と今日来てくれると、子供達には聞かせたくない話だからと、岡崎の友人に子守役を頼んで二人で十一時頃来てくれた。岡崎の友人にうちで子守をまかせて、母屋に義父母と四人で話した。豊田の友人は、実際にあって、気が付いたことをいくつか挙げて、「全部が全部、気のせいとは、とても思えませんけど。」ダンナにやりとりを後で聞かせる為に録音もした。

以前、マンションに居た時に、私の友達だと言って私の住所を聞いてきた人がいたと義父母が言ったので、管理人さんにワザワザ話さないで下さいねと頼みに行ったのに、最近、「住所を聞いてきた人がいるんですよね。『いいです。自分で調べますから。』と言って切ったとか。」と聞いたとおりの話をした時、「そんなことないっ!! そんなこと言わんかったっ！『友達ですけど住所教えて下さい。』と言って、『マンションにいますけど。』と答えたら、『そうですか。はい。』と言って切れただけだ。」義父は怒って否定するし、姑は、「ふふふ。なんでそんな風に思っちゃったぁ？」とか言い出して笑っとったくせに、豊田の友人には、「そりゃあ。家にも以前『桜木ゆりかさんの住所教えて下さい。』名前聞いても、『トモダチですけど。』と言って名乗らず、あげくに断ると、『いいですっ。自分で調べますからっ！』って切ったヘンな電話があったから、心配するのはわかるけど…。そういうコがいたから…。」と姑が最初に聞いた話をしだすのに呆れた。横に居た義父が慌てて止めるしぐさをした。怒って否定して笑ってたくせに、やっぱあったじゃん。なんであったことを、しかもそんな話に変えて、ウソついてまで否定するわけ？

　橋目のYスーパーまで、友人を送って行く途中、「あれだけ言っても分かって貰えないのだから、言ってもムダ。ムダっていうか話しても却っておかしいと思われちゃうから言わん方がいいよ。」「私もそれは思っていた。」以後は一切憶測を挟まずに、ただ事実のみを、こういうことがあったとかだけ話すことにした。「特にお義父さんの方…。」義父は、人当たりが良く、けっこう分かったようなことを言うので、私はその地点では逆ではないかと思った。（が彼女の観察眼が正しかった。）
○平成十二年九月十七日　観光農園で買い物を済ませて車に戻ると、右側に窓を全開にした、のｘｘ‐ｘｘ白、セダンが停まっていた。自宅の隣の敷地では青いトラックは、夕方停めて翌朝動かすを、最近繰り返して、毎日移動していたが、一日中停められていた。一日中停めてあるのは土日でも、久しぶりだ。買い物に行く時、前を下手くそな運転を得意になってやる車が走っていた。（又、メンバーチェンジしたのかと思った、メンバーが変わる度に必ず同じ、マネをさせるから…。同じ事を繰り返させるから…。）
○平成十二年九月十九日　つｘｘ‐ｘｘ水色っぽい青色セダン、豊橋ｘｘけｘｘ‐ｘｘ軽、ヘンな車。
　午前十時三十二分　ブーブッブッブッブー。クラクション。火曜日だ。
○平成十二年九月二十日　午後二時五分　消防車サイレン。
　午後二時三十七分　救急車サイレン。

○**平成十二年九月二十一日**　大阪の友人と高浜の美術館に行く。館内のレストランで食事。少し前からよく見かけた中肉中背で顔は整っている三十そこそこ位の若い男が楕円形の大テーブルのお誕生席に掛けて、向かって左側のそれも一つ下がった席に座った、その男よりは年長であろうガッシリした男二人から交互に報告を受けているようだが、小声で話す二人に向かって、「そんなもん、こうしとけっ！」の一言で済ますことが多し。仕事に精通しての即断即決でないことは、ぎょっとして下向いて黙り込む二人と、遠慮がちに窘める五十代後半と思われる男のやりとりを見てとれた。バカ殿と守役の爺、御付きの人々といったところか。若い男と五十代後半の二人だけは食事をしていて、一つ下がった席の二人はコーヒーのみだった。若い男が、フォーク持ったまま、顎をしゃくって、指を一本だけ動かしながら、言い放った。「おい。誰か。判事と検事と弁護士に手を回しとけ。」

○**平成十二年九月二十二日**　午前十時三十九分　ブーブッブッブッブー、クラクション。うちゴミ出さなかった。（母屋は出した。）

○**平成十二年九月二十四日**　午前九時二十四分　救急車サイレン。

○**平成十二年九月二十五日**　午後八時五十三分　主人迎えに行く時、家を出ると同時に救急車サイレン。帰りには前を走っている車はまるで酔っ払い運転かと思う程危なく、蛇行していた。

○**平成十二年九月二十六日**　午前八時十分　ゴミ出しに行くと、ゴミ置き場の隣に、たx

x－xxベージュっぽい白のワゴン（かなり大型）が停まっていて、車内に、背の低い小太りの金髪角刈りの、四十～五十代の男が運転席にいた。

午前八時十九分　消防車サイレン。

午前十時三十七分　ブーブッブッブー、クラクション。火曜日だが。

○平成十二年九月二十七日　探偵事務所に車の分解調査を依頼する為、町役場駐車場の公衆電話を掛けに行く。駐車場はがらがらなのに、ボックスの前だけ、白の営業車が一台停まっていた。運転席に中年の男がいた。（別に休んでいるふうでもない。）電話の内容を聞いているみたいだったが、既に二十一日に美術館から掛けていることを知っているだろうから、そのまま掛けた。碧南だと聞いていたのに安城だと言うので案内して貰って、1号線からすぐの、普通の一軒家にしか見えなかったのですごく迷った。到着して、三十代前半位の男性に依頼内容と今まであったことを話す。「○○○なら公安が動く。」「公安が間違えたりすることとって、あるんでしょうか?」「今までいっぺんも無い。」（人間がやることが、一度もミスが無い？　無かったことにしている訳ではないだろうな?）

分解調査を始めて貰った。道路に面した駐車場内で、屋根のみの駐車場なので、どこからでも丸見え状態だった。渋っていたが、後部座席も外して貰った。ずっとその様子を立って見ていたが、痰が出たので、バッグからティッシュを出そうとすると、その男はじいっと斜め下から見上げるように、こちらを注視していた。拭いたティッシュをバッグにしまうと、又、下を向いて作業を続けた。（何っ?）車にもっと近づいて背中越しに見る形になった。助手席側の、ドライバーで傷つけられた所の下の上張りに指を入れて何かを自分の胸ポケットに入れた。黒の線のある五センチ位の黒の直方体を握りこんだように見えた。私が見ていることは承知しているのにそうした。丁度、マンションの駐車場に停めていた時に、それも丁度点検の後、マイナスドライバーで傷つけられた箇所だ。ディーラーの人はマイナスドライバーは使わないって言ってたけど、カバー毎取り替えて貰った箇所だ。こっちを向いたので、胸ポケットを見てみたが、特に膨らんだ様子は無く、(以前、カーテン屋さんが胸ポケットに入れていた〝最新のラジオ〟が入っているかと思ったが。)ポケット下部分が一・五センチ×五センチ弱位撓んでいただけだった。暫くそのまま見ていると、何かを捜す様子で、私に向かって、「ミニドライバーが無い。知らないか?」「えっ！　いいえ。」手に小さいドライバー持ってキョロキョロしているので、「それっ。違うんですか？」私が指さすと、「これと同じ奴！　もう一本あった。」(あなたが、運転席から助手席に移って作業している間、私はさっきまで、助手席側の車の外っ！　に立ってたんだし、今だって背中越しに見てるんですケド…。)その辺を見てみたが無かった。その人も自分の周辺をめくったり、いろいろ捜した後、家の中に捜しに行った。

(ちょっと冗談じゃねーぜ。)と、車の反対側に回ったら、あった。運転席側の外の地面の上に置いたつくねたマットの上に、隠れている訳でもなく置いてあった。タイヤの横の高さ二十センチ程の高さにつくねたマットの上に、そのまま乗っていた。(何なんだ〜。)自分が乗り込む時に、乗り込む前に置いて、ドアを自分で閉めたので、自分から見えなくなっていただけじゃないか。で、反対側のドアから出たもんで気付かんかっただけじゃないか。車の周り位見てから屋内に捜しにいけよー。ガックリした。ここに頼んでも、あまりアテにならないだろう。家に捜しに行く前に、車の周りを一周するだけで見つけられるじゃないか。戻って来た男に、「それ。違うんですか？」

「ああ、これだ。」と言って、手にしたが、どう見ても、『やっぱりね。』というカンジで、以前、やっぱり自分でポイポイ後ろ向きに工具放っておいて、水色のマットの上に転がっていた黄色のドライバーがみつけられずに人のせいにした奴がいたけど、どうも、オナジに見える。この人も自分でどこに置いたか忘れたくせに、安直に人を疑う。それも簡単に、呆れる位カンタンに見つけられるのに！　うちの家を建築中に大工さんが、「あっちこっちの建築現場を兼ねているので、工具どこにやったか忘れちゃう。」とか言ってたし、母屋の義父母も、「誰か出入りするといけないから、カギかって帰るよう頼んだほうがいいよ。」とか言ってたから、多分、建築中に工具が亡くなったんだろう。〝なぜ知っている。〟公安がいっぺんもミスが無い〝ことも、正直どこでどういうふうに使われたか分からない、触りたくもない工具について、〟なぜ知っている？〝私はやってないのに、やってないから知る筈のない、ありもしない筈のことを、〟どうして知っている？〟その先入観を持たせた人がいたのか？　それにしてもオソマツ過ぎる。家の中で一応話をした（『やっぱり』何も付いてないっていうことだ。）が、この人がここの代表者で、元警察官のようだった。先入観にどっぷり遣って、上の者（ムノーな頭が1ッコ）の意向通りに動く手足、いつでも簡単に切り捨てられるトカゲの尻尾。年齢からみると、十年以上はケイサツカンで、民間人になっても、未だにそのまんま。しみついた〝このやり方が正しい〟ですか？　さっき痰がからんだ時、ティッシュに包むのをじっと見ていたのも、バカ過ぎる。車庫の中でブッと吐き捨ててやればよかった。四万円ムダ！

○平成十二年九月二十八日　午前七時十五分　午後一時○分　消防車、救急車サイレン。

主人の会社の上司の奥様からお土産の礼状が届く。封筒は一度開封したらしく、ズレていた。「開封されているみたい。」と私が言うと、姑が、「私もそう思った。」

○平成十二年九月二十九日　バイク黒５１０、三河ｘｘのｘｘ－ｘｘ軽ワゴン銀白、ヘン。クノさんの家に、毎週来ていた飲料の配達員さん（四十代位の痩せた女性）にうちも今年からお願いして来て貰っていたが、お願いした翌週には担当が代わって、今来て貰っている人になった。三十代～四十代のふっくらした女性が、二の腕から手首まで両腕に包帯を巻いて来た。「手。どうされたんですか。」「あせも。痒くて…。掻いたらひどくなっちゃって…。子供達も…。」驚いた。

○平成十二年十月三日　すｘｘ－ｘｘ紺の軽、助手席の男性、左耳にイヤホン。黒ＲＶ車ナンバープレートの数字が消えかかっていたけど、９００か８００だった。ｘｘ－ｘｘ白カローラ、ｘｘ－ｘｘ茶ワゴン、ヘン。

午前九時五十分　ブー、クラクション。

午前十時三十分　ブーブッブッブッブー、クラクション。火曜日だ。

午前十時五十五分、午前十一時十分　救急車サイレン。知らない女の子

○平成十二年十月四日　郵便局に当たったかもめーる切手貰いに行った。知らない女の子（二十代？）に睨まれた。

午前九時四十八分　救急車サイレン。

二階の北側の外の窓枠にドライバーでこじたようなキズ発見。夜、ダンナに話したが、キズ自体は暗くて見えなかったので、土日の昼に見直すことにした。北側が夜こんなに暗いとは知らなかった。これでは、もし屋根の上に人が乗っていても、見えないじゃないかと不安になった。

○平成十二年十月五日　義父母に相談。少しして、キズが見たいと言うので、上がって見て貰った。姑は、「あっ。ホントだ！」義父はメガネ無しでは、テレビの文字も見えない状態なのにチラッと見て、「見えん。無いじゃないか。」私が、「もう少し近づかれたほうが…。」

「あっ、あるある。」が、すぐに、「キズとも言えんような小さなキズだ。キズのうちにも入らん。」私が、「警察に言った方がいいですかね？」と言うと、「そんなもん、もしマチガイだったら、○○（夫）の会社に迷惑がかかる。」（？？？　別にうちのダンナ、防犯グッズを取り扱っている訳でもないし、窓枠造っている訳でもないデスケド…。）「警察は忙しいんだから、そんなキズとも言えんようなもの。最初から付いとっただわ。気が付かんかっただけだわ。」

今年の春、私の実家の親兄弟が、うちを見に来ていたので、「あっ。でも私五月と八月に窓拭きした時には、キズ無かったですよ。」「そんな、二階になんか上がる訳が無い。他に、一階にいっくらでも入りやすい所がいっぱいあるのに、ワザワザ二階になんか、どうやって上がるんだ。」（知ーるーか！）義父は、「この辺は大丈夫だから。」（この辺ってどの辺？　確かうち建ててる最中に、ご近所のキダさんちに泥棒が入ったというので、うち警報装置を姑の親戚の人に頼んでワザワザ付けてもらったのに…。）

義父は、「最初からメーカーがキズを付けたんだろう。」私もまた、「ですから、窓ガラス拭いた時、窓枠も拭いてますから、傷があれば気が付きます。」義父は、「そんなら、Tさん（うち建てた大工さん）に聞いてみろっ。」今度は姑が、「最初からメーカーがキズを付けてて、目立たない所に窓を取り付けたんで、誰も気が付かんかったんだわ。」義父は、そうだそうだと、「Tさんが、取り付けの時、キズを付けてちょちょっと直してゴマカシテあったのが、剥がれてきただわ。」（見た訳？　Tさんがそうしたのを見たの？　私が東海豪雨の夜中に聞いた中年男と若い男の話し声。あれがこうしていた時のなら、ダンナだってうちに居たんだから、入ってこられたら、ダンナだって、危なかったのに…。）

義父はイライラとして、「警察なんかいっちゃいかん。」（言っちゃ？　行っちゃ？）姑は重ねて、「ちょちょっと直してあったのが、台風や掃除で剥がれただわ。メーカーの人に聞いてみん。」義父も、「意見を聞いてみろっ。」姑はもう一度、「メーカーの人に聞けば分かるって。」

○**平成十二年十月六日**　朝、姑がうちにやって来て、私が気が付いてなかった一階の風呂場の窓枠と台所の窓枠にも同じようなキズがあるのを教えてくれた。（台所は丁度、東海豪雨の日に声が聞こえた場所だ。）念の為に、Tさんに電話して確認。Tさんは、「キズなんか無かった。」（ですよね。）実際に窓枠取り付けた人にも聞く。「無かったと思うが、見に行く。」九十度開閉式の同じサイズの窓で、ガラスが透明なのと、磨りガラスなのを、私の指示で最初の指定と入れ替えて取り付けてもらったが、窓ガラスだけ入れ替えてもらったのではなく、窓枠ごと入れ替えだったのでそれが原因とかいう訳でもないし。

午前十時五分　救急車サイレン。

○**平成十二年十月七日**　歯科医院に行く途中、２４８号線走る間ずっとパトカーと一緒に走った。

○**平成十二年十月八日**　スーパーDに主人と一緒に行く。六十代位？　のおばあさん（姿勢良くて、きびきびしているのに、見た目はおばあさん）が、カゴに少しだけど品物入れて、普通に歩いていた。売り場で何回かすれ違った。通路の真ん中にある一・五×四m位の冷凍庫のモモ肉を選んでいると周りには誰もいないのに、私の肩の所からおばあさんが覗き込んでいて驚いた。足音とか一切しなかった。レジで精算していると、私達の詰め終わった袋の横を、さっきまで片手にカゴ提げて買い物してたくせに急に伝い歩き（横歩き）をしていった。カートに袋乗せて店の出口に行くと、直前に店内に入って来た三十〜四十代位の細身の中年女性が、九十度近く体を横曲げにしてオオゲサにカートを覗き込むと、ワアッて嬉しそうな顔をした。駐車場でカートから荷物を移そうとしたら、カートに赤い歯ブラシ（新品）が入っていた。歯ブラシ売り場には今日は近寄ってもないのに…。いつもは安いドラッグストアで買っていて、先週だけは買い置きが切れたのでここのスーパーDで買ったけど、先週買ったばかりだから当分要らないし、歯ブラシ売り場には、先週以外全く行かないし、大体少し離れた棚だし、赤色のなんか買わないし、主人はそれをつまみ上げて、ポイッとカートに戻すと、「最初から入ってたんだろっ。」私が、「お店の人に言った方が良くない？」「なんでーー？」「でもっ。」「いらんいらん。せんでいいわ。」怒って言った。結局カート置き場にそのままカートを戻して帰った。

午後十時二十分　友人にＴＥＬ、窓枠のキズのことも尋ねたら、キズなんか無かったと思うけどと言った。

○平成十二年十月十日　午前九時五十五分　ブーーー、クラクション。

午後二時五十二分　十時七分　救急車サイレン。

○平成十二年十月十四日　町立図書館　ＣＤの棚の下に手提げ鞄が放置されていた。以前鞄に入れたビデオで盗み撮りされたことを思い出したので、図書館の人に、「大分前のことなんですけど…。」と話した。「スカートの中ですか？」「いえ。違います。それに女の人だったから気にしてなかったけど、最近盗み撮りの事件とかニュースで聞いて、女の人に撮らせることがあるらしいので、ちょっと気になって…。四月九日なんですが。」と、日付を言った途端、背中向けて、私に冷淡だったパートの中年女性が文字通り飛び上がっていた。四月九日という日にちに何か心当たりがあるのだろうか。少し前に入ったヤノさんという若い女の子、何かヘンな感じする。

○**平成十二年十月十五日**　スーパーD、店員さんは誰一人「いらっしゃいませ。」言わない。袋の口を縛って何も入れられないようにした。

○**平成十二年十月十八日**　朝、主人を送っていくと、後ろをずっと走っていた車が出張者用の駐車スペースに停めた。主人はいつも出勤が遅いので、ここに停める人を初めて見た。主人も初めて見たと言っていた。

○**平成十二年十月十九日**　午前十時二十三分　救急車サイレン。

三河ｘｘ　ｘｘ-ｘｘ白の軽トラ　従業員用の駐車場に入って来て駐車？　通勤用？　許可シール見当たらなかった。今日は会社への行きと帰りに、確かに同じ車が三台立て続けに見た。乗っている人に変化は無かった。

○**平成十二年十月二十二日**　スーパーDで精算して袋詰めしていると、後ろにいた細身の中年女性が笑いながらニジリ寄って来たので、主人に「袋っ！」と小さく怒鳴る。「済んだなら、袋の口縛ってよ。」主人がやってくれないので、手前の手の届く袋の口だけ縛って出口に向かうと、床に品物が入ったカゴが置いてあって、洋服売り場の棚のカゲに店員がしゃがんで、顔半分出して覗いていた。

午後五時　救急車サイレン。

○**平成十二年十月二十三日**　友人の勧めで相談に乗ってくれるというYさんから電話。話し始めるとすぐに、Uさんがサッシ見に来たので、電話切る。（かけ直して下さると言っていたが、結局無かった。）

傷を見て、「こりゃ、泥棒だわ！」家の電話使って製造元へ連絡。一階の傷を見ていると、舅がやって来て、「こんなん、最初からあったよねー。」「いや、無かったと思います。この傷はマイナスドライバーでこじた跡ですね。」「そんなん最初から付いとったじゃないのか。」「いや。取り付けの時、マイナスドライバーは使いませんし、取り付けの時は、ボードで見えなくなってますが、窓枠の十センチ位外側で打つので、窓枠にドライバーを差すなんてことは無いです。」「最初から傷が付いとって表面ちょちょっと直しとったのが雨とかではがれてきただけだがね。」「それは無いです。直した跡なんか全然無いですし、泥棒が窓枠の中枠ごと外そうとしたんだろう。」「泥棒がそんなバカなことする訳が無い。泥棒でホントに入ろうとするんならガラス切るだろう。」義父にも、対応を決める為に私が、「でも、ペアガラスはあんまり手を出さないっていうことを聞きますけど…。」「じゃあ、玄関をねらうだろう。とにかく二階になんかどうやって上がったって言うんだ。一階にもっと入りやすい所がいっぱいあるのに、なんでワザワザ二階になんか上がる訳が無い。警察は忙しいんだから。笑われるだけだ。メーカーの人間がウソを言ってて（Uさんの前で言った。）それが分かったら○○（夫）の会社にも迷惑がかる。」（？　主人の会社防犯グッズ扱っている訳じゃない。）「この樹脂サッシは寒冷地仕様の物だから、ここでは一軒しか使ってないし、この地区でも数える程しか無いから、泥棒もそれを知らずに簡単に外せると思ったんじゃないか。傷が割れたモノならつるっとしてるのに、これは盛り上がってて、マイナスドライバーをあててる。刺して持ち上げてるっていうか、こじたモノだ。警察の人に見てもらえば分かる。ハッキリ断言できる。」って説明してるのに、「どうやって二階になんか上がったか、言ってみろ！　責任取れるのか。もっと偉い人連れて来い。大工さんに話を聞け！」私が、「なんでそこまで何も無かったことにしたがるんですか？」「警察に言っても何もしてくれないことが分かっとるからだ。この辺は大丈夫だから。」確か我が家を建築中に元警察署長のTさんちに泥棒が入ったことがあったので、勧められても迷っていた警報装置付けたのにっ。この辺ってどの辺のこと？　そういえばTさんのおばあさん、私が「狂言じゃないか。」って車の中で言った独り言を、どうやってか、誰からかは知らないけど、「そんなこと言っとるのかっ。」ってワンブロック先まで聞こえるような大声で言ってたよね。そうして、私が毎日お茶とお茶菓子持って通った建築現場から帰る時、今から私が帰ると教えてくれる人がいたのかと思える程の、絶妙のタイミングで表へ出て、睨みつけてくれたよね。何回も。盗聴法が施行される三カ月も前だから、警察がやる訳ないよね。じゃあTさんが単独でやったのかな。それともやっている人と一緒にやったのか。やっている人に教えてもらったのかな。

その後も暫くしてから、母屋に呼ばれて行くとTさんが、私が今母屋に居るって教えてもらったのか、意気揚々とやって来て主人の母が庭先で応対してたけど「証拠の品がみつかった。」ハガキがどうのこうのと、大声でイヤミ言って喜んでるような、そんな口調で、私が庭に出て行くと、「あら、いたの。」得意になって言っていた。でも、証拠のハガキの品なんてある訳無かった。私がやってないのは勿論だけど、以前ゴミ置き場から、タバコふかした男の人にゴミ持っていかれてから、シュレッダー買って、それまではポイポイそのまま捨てていたダイレクメールやハガキも、それからはシュレッダーかけてから捨てていたし、当時は管理棟のメールボックスに一日一回は見に降りて行ってたけど、出掛ける時に持って出掛けるなんてことやったことがなかった。請求書の振り込み用紙とか予定がある時は、行きに見に行くことはあっても、帰りに持って部屋に上がるっていう習慣だったので、だからTさんちにヘンな泥棒が入った時点で証拠のハガキの品なんてそれ以前に捨てたゴミ袋の中から持っていかれたハガキ以外、存在する筈がない。元警察署長夫人が、泥棒に入られて面子丸つぶれのうえ、『狂言』と言われて頭に血が上った挙げ句、捏造証拠つかまされて得意になってたなんて、ナイよね。でも、この方六月に外のインターホン鳴らして、私が出たら「あら、いたの。電気が消えてるからいないかと思ったわ。」ってそのまま帰って、なんなんだってあったし、(在宅を確認しても納得しないって…。引っ越す前にもあったな…。やっぱり言動が重なる。)

Uさんは、「また何かあるのでしたら、今度は工場の人間連れて来ます。製造元の人を連れて来ます。」帰って行った。私は別に警察に期待している訳ではないけど、東海豪雨の時、夜中の一時過ぎにベランダで聞こえた足音、その時はどっかの音が反響してるんだろうと、その後一階の外の母屋との境目で中年男性と若い男の人の話し声が聞こえても、なんか壊れて修理でもしているのかなとか気にしなかったけど、もしかして、その時付けられたものなら、主人も家にいたんだし、その場で鉢合わせしてたら無事じゃなかったかもしれないのに…。

○**平成十二年十月二十四日**　松本ｘｘ－ｘｘ白ワゴンとｘｘ－ｘｘの紺色の軽自動車、ゴミ捨てに行くといつも同じ柱の所に駐車。

午前九時三十分　Uさんが材質表と強度の実験結果の写しを持って来てくれた。義父がUさんの前で、「最初から傷がついてて、ちょちょっと直してあったのが、台風や掃除をしてはがれたんだろう。メーカーの人が傷を付けてて、それを知ってて目立たない所に取り付けたんで、誰も気が付かんかっただけだ。メーカーの人間はそれくらいやるっ！　うちも傷だらけだ。」（うちと違う所で建ててますよね。）「大工さんに話を聞け。もっと偉い人連れて来い。」Uさんは「もっと偉い人連れて来ます。」

午前十一時七分　ブーブッブッブッブー、クラクション。

○**平成十二年十月二十五日**　午後二時十七分　救急車サイレン。

大工のTさんに電話して、窓枠に最初から傷があったのか念の為に聞いてみる。「無かったと思う。」

○**平成十二年十月二十六日**　午後一時半少し前　岩手県からT会社品質保証課のSさんがUさんと一緒にみえた。何時に出たのやら。前の夜、主人に警察に届けるよう私が言ったら、主人は警察の人に「何か勘違いじゃないかと言われても困るので、誰がなんて言っているか書いてもらえ。」と言うので、それぞれ書いてもらった。製造元では工程内でマイナスドライバーは使用しないし、外したりもしないので製造段階では発生しないとの判断。私だってこれだけ傷だらけだったら、今まで四回窓拭きした時に気が付くわ。Sさんは東北なまりも全く無いし、厳美峡の話したら一言、「あまり詳しくない。」

○平成十二年十月二十七日　ゴミ出しから帰ると、玄関の所で消防車の短いサイレンが聞こえたが、消防署の式の時のとは違う。

○平成十二年十月二十八日　午後九時四十五分　警察署受付の人に相談。「二階の窓枠に傷が付いているのですが、どうしたらいいでしょうか。」「二階に登れる所あるんですか。」（無いから相談してる。）結局予想通り「また何かありましたら防犯協会か生活安全課に心配でしたら相談して下さい。」散々あれを用意しとけ、これを確認しとけと、準備してノートに書いてもらったりなんか全然必要無かった。（以前相談に行った時も持っていった物なんか見もしなかったケド。）

○平成十二年十月三十一日　銀行に住宅金融公庫の繰り上げ返済のことで係の人に電話する。「お名前は？」「桜木です。」さも嫌そうに、「モリに替わります。」「モリさんですか。」「お宅元会社員の方でしょう？」「はい、そうですけど。」「だったら今忙しい時間帯だってことも分かるでしょっ！」「ですから昼休みの終わった時間にかけたんですけど。」「住宅金融公庫のそういう計算はやってない。住宅金融公庫の方に聞いたら？」「じゃあ住宅金融公庫の電話番号教えて下さい。」「住宅金融公庫に言ってもどのみち銀行に戻ってくるで

「……いいですよ。」？　ここでは桜木という名前は結構多いのに、その支店では住宅金融公庫を借りているのは、うち一件しかないのか？　第一借りているのは主人で、私が勤めていたのは八年も前のことで、知っている人もいなかったし、私は現在無職と書類記入した筈でそんなことすら話してなかった。結局コピーを撮るからと返済表を取りにうちに来た。

○平成十二年十一月一日　スーパーDにあるATMに行くと三河ｘｘりｘｘ-ｘｘ紺ヴィータ。車内の運転席で女性が缶ジュース飲んでいたが、連れを待っている訳ではなさそう。銀メタワゴンの女性に会釈してご挨拶、でも言葉交わすでもなく後は知らんぷり。

○平成十二年十一月二日　午前七時四十分　090-XXXX-XXXX　間違い電話で起こされた。

バスの行先表示が白地になった。白地表示のバスを追って駅前に行ってみた。左折したのを見届けて、一本手前の道で左折して先に駅に行った。結局バスは来なかった。バス停にはルート変更の案内はやっぱり無かった。

○平成十二年十一月三日　バスの行先表示は《名鉄》になった。

○平成十二年十一月五日　スーパーDの歯ブラシ売り場が、真ん中の通路に替わっていた。住宅金融公庫にローンの年末残高証明書が来なかったので、再発行再郵送してもらった。ここんとこ、本当に一回ですんなりいったためしが無い。

○平成十二年十一月六日　午後十二時　音楽流す車、宣伝カーではない。

午後二時　救急車クラクション。

窓開けっ放しのお隣のシダさんち、珍しく三時前に閉まっていた。

○**平成十二年十一月七日**　ゴミ捨てに行くと、豊橋40てxx-xx白の軽が停まっていた。

午前十時二十分　有線放送が入ると、シダさんちの開いた窓からガタタタッと物音がした。

○**平成十二年十一月八日**　午前九時十分　救急車サイレンがすると、まるで合図かのようにアパートの住民が出てきてクラクションが鳴った。

午前十時三十六分　ブーブッブッブッブー、クラクション。

○**平成十二年十一月九日**　午前八時二十分　消防車サイレン。

午前八時五十分　目覚まし時計が寝室で鳴ると、外でクラクションが二回ブーブー。夜匿名電話一件。仕事終えて主人と同僚を駅まで送る時、248交差点で前に名古屋71ふxxxワインレッドのアリステがいた。

○**平成十二年十一月十日**　昨夜前を走っていた全く同じアリステが朝、隣の車線を走っていた。時間全然違うのにすごい偶然。

午後三時三十分　救急車サイレン。

○**平成十二年十一月十二日**　スーパーDでダークカラーのバンに中年夫婦が緑色のスーパーで使うようなカゴに、荷物入れたまま積み込んでいた。マイカゴがあるとは知らなかった。

たらいなくなった。

○平成十二年十一月十三日　午後十二時八分　音楽流す銀メタミニワゴン、他の車が通っ

○平成十二年十一月十四日　主人の会社で、夜勤者用の駐車場、ピンクのヴィッツが、久しぶりに又停めてあった。ｘｘ-ｘｘに緑のデミオも、いつもアストロｘｘ-ｘｘの置いてある場所にあった。昨日は隣にあった。主人を送る時間は、夜勤の人達はとっくに帰っている。

午前九時十分　行き先が白地の路線バス。

午前十時三十四分　ブーブッブッブッブー、ブーブッブッブー、いつもと違うクラクション。

午後十一時四十分頃　主人迎えに行くと、岡山にｘｘ-ｘｘ白黒ツートンのレヴィン、従業員用駐車場の入り口の横線を一段一段停まって降りてゆく。

○平成十二年十一月十四日　テレビの修理に来た人が、うちの電話使って0xxx-xx-xxx7にかけてすぐ、車に戻り、又うちに来るとちょうどそこから電話が入った。すごいいいタイミング。

○平成十二年十一月二十日　主人会社に送って行く時、前を走っている白の軽自動車、ずっと体を左に傾けたまま走行。ハンドルが右半分見えるくらいで、バイクじゃあるまいし、体重移動して曲がる訳でも無いだろうに。こういうの散々見た。その都度言った。後部右側ライトが消えていた。

午後四時十五分　救急車サイレン。

○平成十二年十一月二十一日　主人会社に送っていった帰り、前を走る路線バスはずっと車線をはみ出して走行。障害物など無い。

午後十一時三十分　救急車サイレン。

○平成十二年十一月二十三日　ベランダに出るとクラクションが鳴った。朝、従業員用駐車場内の夜勤者用駐車場で台車に荷物運んでいる若い男が、中年男性に挨拶して、中年男性は工具を忘れて置いたまま工場内にＩＤの表示もせずに入っていった。一周して帰る時、夜勤者用駐車場から極端な斜め横断をするので驚いた。横断歩道があるのに…。横断歩道の建物側に立っていた別の男の人は、立ってるだけで結局渡らなかった。見ているだけ？

午後十二時三十分　救急車サイレン。

○平成十二年十一月二十四日　町役場に行くと、近い所がガラガラなのに、まるで行く手を阻むかのように、通路含めてヘンな停め方をする車が五台あった。でも、役場に来た人は、車内も含めていなかった。役場の入り口は一つ。裏口はあるだろうけど、そちらは又別の駐車場がある。

○平成十二年十一月二十五日　午後十二時　ブブッ、ブブッ、違うクラクション。

午後一時　救急車サイレン。

図書館の西側にある一番近い駐車場に車停めて戻ると、車二台でフタをされてしまった。

○平成十二年十一月二十七日　銀行のK支店に改帳に行く。駐車場には運転席でパソコンやケータイかける車が数台いて、銀行って防犯上そういうの気にするみたいなのに、（きっと気にしなくてもいい人達だって分かってるのね。）店内には客が数人だけだし、改帳だけなのにすっごく時間かかって、後から来た人が二人、同じ改帳でとっくに帰ってしまった。最初のうち長椅子に一人座っていたこともあって、フロント係のおじいさんのすぐ近くで立っていたが、丸々空いたので、おじいさんの真横に座った。するとCDコーナーにいた六十代の女性がやって来て座った。一人分空いてることと、急に席を立つのもためらわれて、立とうと思ったがフロント係の実直そうなおじいさんもいるし、そのまま座っていた。そしたら届けの用紙を記入中の若い女性が呼ぶので二メートル程奥へ行ってしまった。ここは防犯カメラもあるから妙な小細工してもすぐ分かるしなと思っていると、案の定、そのおばさんが私を睨みつけ、さも私が何かやったかのように突然ササッと鞄を抱え込んで、こちらを避けるかのように長椅子の端っこに張り付いて、こちらを睨み続けた。私は指一本動かしてない状態で、この人一人で一体何やっているのかと店頭を見れば何と行員が一人も居らず、フロント係のおじいさんはこっちを振り返って、おばあさんの動きだけ見て、「やっぱりやりやがった。」みたいなイヤな笑い方をした。すぐに、その若い女性が「すみません。」と自分に注意を引き付けるように呼んだ。そこへ、やや小柄だけどがっしりした中年男性が入店して来た。するとフロント係の人はいそいそと「これはこれはよくぞ来て下さった。今ちょうど…。」と言わんばかりに出迎えていた。この光景は総合体育館の茶番と一緒だと思った。人目を遠ざけ狂言を演じ、確認したつもりの人を通して訴えさせ、こういう《事実》があったと思い込ませる。成る程、「証拠造るのはカンタン！　証人造るのはムズカシイ。でもそうだと思い込んだ人間を造ればイイ。」と言っていた通りだ。行員も一人くらい機転利かして物陰から確認するとかしてるよね？私が防犯カメラをものともせず、アホなことやるんだったら、現行犯で対処できるチャンスじゃないのか？　こんなチャチな手にまんまと素直に従うなんて、おいおい！　しかもまだ改帳終わらん。ざーとらしすぎるよ～。結局改帳一冊五十分掛かった。

昼、通販会社に注文の電話。0xxx-xx-xxxxの電話番号はK町のナノさんで既に登録済みと言う。うちは初めての注文だし、今年の一月に義父母の勧めで番号を替えた際、今まで一度も使われてない番号ということで、替えてもらった番号なのだから、NTTの人の話が本当ならあり得ない。登録ミスだろうと思った。NTTに再度確認すると、「十年使われてないものは未使用と同じだ。」と言われ、ナノさんは現在転居されていることも分かったので、改めてうちで登録、注文出来た。

○**平成十二年十二月一日**　自宅に届けてもらった飲料が中身漏れてベタベタ。一緒に買った別の飲料もふたがフカフカ。元々お向かいのクノさんちに出入りしていた配達員さんに声かけてうちにも届けてもらってたが、定期購入とほぼ同時に担当が変更とかで来てもらっていた人だ。

○**平成十二年十二月二日**　午後十二時三十分　ベランダで洗濯物いじっていると焼き芋屋

さんが家の周りを一周して行った。
午後三時五十分　救急車サイレン。
午後四時頃　洗車していると、又、焼き芋屋さんが家の前を通過。
○平成十二年十二月三日　実家の両親が突然来た。父が来た午後五時二十分とちょうど一時間後に帰った六時二十分のぴったり同時刻にそれぞれ救急車サイレン。
○平成十二年十二月四日　午前七時五十分　パトカーサイレン。
午前九時二十分　白地のバス。
午前十一時二十分　救急車サイレン。
銀行に定期の件で電話、あきらかに様子がヘン。期待した《機転を利かした物陰で》は無かったようだ。年末に義父がロビーで陶芸教室の作品を展示すると聞いていたので、これ以上、私がやっているかのように演出された事件を実際に起こされてはかなわない。（本当にTさんの所は狂言ではなく泥棒の被害にあったようだし。）取り敢えず、頭がおかしいと思われることも覚悟して、私はこの異常事態をずっと前から察知していることを知らせることにした。（ダンナも義父母も未だにとぼけるから。）家の中で他に誰も居ないのに、口に出して言っている訳でもないのに、妙にタイミング良く邪魔が入るので、かなり苦心して手紙を出した。
○平成十二年十二月五日　午前八時三十分　パンの袋が以前買った物は、接着されていたのに、まるでピンキング鋏で切ったようにギザギザでおまけに斜めに未接着になっていた為、一応会社に電話。ちょうど接着と未接着との移行時期なので製造された工場によって差があるとのこと。電話終えた後、その前に買った袋を見ると同じ工場で、製造年月日は今回買った物の方が新しい。

午前八時五十分　製造された福岡へ電話。東京へ転送された。商品固有番号と賞味期限で、接着されている筈の商品と確認。袋の背部分も完全にはくっついてなかった。送るよう言われた。

午前十時頃　公衆電話から電話が入る。袋を調べたいので伺いたいと言うので、名前と住所を告げる。昼の二時頃来るとのこと。

午後一時三十分頃来た。ラフな服装でがっしりした四十代位のやや太めの男性、名乗らず名刺も出さず、「袋の背部分がくっついてないかと思った。袋の口は元々くっついてない。」と言う。袋の背部分も接着されてないし、東京に、接着されている筈の物であると確認したことを言うと、ケータイ出して、フリーダイヤルにかけゴニョゴニョ言葉を濁した。そしてここだけは、はっきりと「イノウエさんおる？　いないから確認できない。」電話切って、「この袋は大丈夫。」と言って持って帰らず、白いコンビニで使うような袋に入ったパン四個置いていった。

午後三時三十分～四時頃　浄化槽の掃除。

午後十時　室内に、窓閉めているのに、下水道のような臭いが漂う。

○平成十二年十二月六日　家電量販店の人が三人で冷蔵庫届けに来た。おしりに付けたケータイ入れが珍しいなと思って見た。十秒と見てない。その後冷蔵庫設置して「説明しますので来て下さい。」と呼ばれたので後ろに行くと飛び上がって左に避けた。場所なかったし、ケータイだろ？ 触ったわけでも、手を伸ばした訳でもないのに、なんなんだ。だったら場所空けてよ。突然でお金用意してなかったので、役場のＡＴＭに同行してもらってロビーで支払った。

午後三時五十分　地元のホームニュースの方にパンの話を美談のようにして話した。大分トンチンカンに話したのにカンが良い。

○平成十二年十二月八日　午前七時五十分　救急車サイレン。

午前九時八分　白地バス。

パンの返品の為郵便局へ行く。駐車場は車がいっぱいだったので、ポストに入れて帰ろうとしたが、ポストの口が小さくて入らない。そうこうしていると車が一台出て行ったので車を駐車スペースに停めた。停まっていた車から若い母親が出て来て中に行きかけたが、戻って来て、車内の赤ん坊を抱っこして連れて行った。その母親は入り口の外に置いてある自販機で切手買っただけで帰った。局内に入ると、客は私の他一名だけで、ＡＴＭにも誰も居なかった。駐車場の数台分の車の人々はここに車停めてどこに行ったのか。今日も届いた飲料二本、ふたがフカフカに浮いていた。

○平成十二年十二月十日　午後三時二十三分　匿名電話。

母屋で義姉夫婦と一緒に夕飯をごちそうになって、義兄が、クラッチバッグを机の上から持って行くので、帰られるなら私の車をどかさないといけないなと、見ていたら、見ている私に気付いて物すごい顔で睨まれて、何が入っているかは知らないけど、大事に自分の体で隠すように抱え込んで足早に出て行った。その後も見送りに主人と出る時、義兄は義姉に「おい、バッグ。」と二度ばかり注意していた。忘れないようにではなく、(私に)気を付けろといった態度だった。その前のことを抜きにしても、夏ぐらいから、私一人だけリビングに残して様子見るというようなことをちょこちょこやられていたし、そういえばきちんと包装された箱を開けるように、目の前に出されて、私は爪が短いので、こういうものをキレイに開けるのは極端に苦手だ。そのことを十分知っている筈なので困惑して、もう包装紙は使う予定が無いことを確認して破って開けて笑われたこともあった。

○平成十二年十二月十二日　法務局人権擁護委員会A様に十二時まで電話で相談。「証拠を捏造しているように見えるんです。」

○平成十二年十二月十四日　テレビ番組の電話相談に「広げたデマをこれ幸いとツクッているように見えるんです。」と話した時、私が話しているオペレーターの人は感じ良く応対してくれていたのに、話の途中で、若い、いかに軽そうな女の子が、電話口に割り込んで「頭のおかしい人だから相手にするなって言ってるよ。」誰が？　それで逆に、私の話を更に熱心に、よく聞いてくれたっけ。私のことなんか何も知らない筈の人なのに。こちらは別にごねたり、言い張ったりして長時間粘っている訳でもなく、ホントに私がおかしいなら、「はい。はい。」て適当に聞き流して切ればいいだけじゃない。

これよりは後だったと思うが、母屋に呼ばれた年配の男の人が、帰り際に、シダさんちとイイさんちの境目でした、男の子の叫び声を聞いて、「今のがそうですかっ。」そう尋ねて、それに対して義父は黙っていた。肯定はしなかったが、否定もしなかった。もう一度同じ所で叫び声が上がって、その男の人は二回聞いて確認した気になって？　帰って行った。

一カ所ずつ一カ所ずつ、私の周りで異変が起きていることは、周りの人達の態度の変化で気が付いていたが、ただそれが、警察が間違いを認めて責任を取るよりも、たらい回しや、問題のすり替え、被害者側を悪人に仕立て上げるのは、警察官ネコババ事件とかでも実証済みだし、どうもその役を、義父母を使ってやらせようとしているように見えたので、巻き添えくわされて、しょいこまされては大変だと、しかも実際に事件まで起こしているようだし、止めなくてはと母屋に行って気を付けて下さいと忠告した。

義母は「もう我慢できないわ！　今まで息子の嫁っていうことで、我慢していたけど！あなたやっぱりおかしいわ。」「でも、少し前に高架下の手前の道に路線バスが停まっていて『なんでこんな所に停まっているのかしらって思った。』って言ってみえましたよね？」「…。」「それに、○○さん（夫）迎えに行く時、そこのアパートから車が出て来て、そのまま従業員駐車場まで一緒で、『あれ？　ここのアパートには、ここに勤めている人は居なかった筈だけど。』ってそういうことがあったのは《事実》ですよね。」「ええ！《そういうヒトのせい》だと思い込ませたかったんでしょう？」実際に以前、バスの話を義母がした時、「私も見ました。変だなあって思ったんです。」事実そういうことがあったから言ってるのに、その時義母は、「カウンセリング受けに行きましょう。」別にお追従で言った訳でもデタラメでもなかったのに「他にやっている人間がいるって思い込ませたかったんでしょう?」そう答えていた。

事実がどうとかではなく、私がそう思い込ませる為の小細工だそうだ。路線バス、どうやったら、私が小細工出来るんだろう? どう、そんなタイミング良くそんなことやる人がたまたま偶然いたのを、私が思い込ませる為に、ですか。秋に友人が義父母に話に来てくれた時から、友人の忠告に従って《事実》のみを《事実》しか話さないようにしていたのに…。

実家に連れて行かれ、「さっ! ご両親の前でさっき言ってことをもう一度言ってごらんなさい。」現実に泥棒に入られるといけないから、巻き添えをくわされるといけないから、ましてや自分達がやったにされてはいけないから、わざわざいらんこと言っていると思われても、おかしいこと言ってると思われても「玄関のドアも日中、九十度に開けっ放しにしない方がいい。」だの、「庭の開き戸も、息子が帰って来るまではと、夜中の一時過ぎまで開けっ放しにしない方がいい。」とか、ご近所の人なら、閉めておいても、開けて入ってみえると言っていたし、ご自分だって「変だ。」と思うことがあったって話された時に、そういう《事実》があったからこそ、言っているのに…。例えこっちの話がとても信じられないようなことでも、《事実》は《事実》だし…。こっちがそういうふうに思い込ませるようにワザとヘンな《事実》を話していると、そう受け止めて居た訳か。台所で母に「気を付けりんよ。あの人今までも何回か、『あんたはおかしい。』って言いに来て、はあはあと調子合わせとったら、義父はあんたの言動を書いて来て、本を何冊か調べて、『あーだと思う。こーゆー病気だと思う。』とか言って来とったし…。八月頃には『病院に予約しました。』からってお父さん連れて相談に行ったこともあったんだよ。」私父に「なんで私に言わんの。私がおかしいと言うのなら私が行かなきゃ病院だって分かる訳ないじゃない。」「おう。医者にも、『本人見ないと分からんし、そんなもんほかっとけ。自然体で接しろ。家事に支障が出てから来て下さい。』って帰された。」「そん時に話してくれれば、そんなことわざわざ言わんかったのに…。」「そんなこと言ったって、『おまえのことを心配して言っとる。』って、『おまえの為を思って言っとる』って言っとったし、『予約取ったから。』って言って、『おまえには話すな。』って『他の者（姉妹達や親せき）にも話すな。』って、一回行けば納得するするだろうと。」詳しく追求すると、なんと、「『私に感づかれるといけないから、家には来るな。』と『駅で待ち合わせをして病院に一緒に行こう。』」「この時点で気付けよー。ホントに私のことを心配してくれとるなら、ホントに私がおかしいのなら、私の姉妹達にも話して、実父母揃って私の様子を見に来て判断してから、それから病院に行くかどうか対処法を決めるもんだろうが。そんなもん《相談》された方も困るわ！」説明がつかないことや、自分が追求されるとまずい時に何でも『頭がおかしい。』の一言で済ませることはよくあったのは知ってはいたけど、やたら《事実》

を言うとカウンセリングに行こうと誘われ、冗談じゃない。《病院通い》の実績が出来たら、誰も私の話なんか信じるどころか聞こうともしなくなるじゃないかと、分かっていたから断っていたら、両親に《ご相談》に行かせて実績作りをしてくれていたとは！

うちの電話番号をムリに替えさせた時に「お友達にも『私嫌だわ。そんな人の電話番号なんて…。』とか、『替えた方がいいよ。』って言われた。」と聞かされた時にチラッと影がちらついたような気がしたのを思い出した。その病院では、義父母が予てから用意していた私の言動録（義母が以前『私最近、物覚えが悪いから、こういうことがあったとかみんな書いてるの。』と百円ショップに行った時、ちょっと得意気な様子で私に話したことがあって、義母がわざわざ私にそういった言い方をする時は必ず私に関してのことだから、こりゃ多分私の言動記録かもしれんとは考えていたとおり。）夕方、お仲人さんから電話。「うちの娘も外に出るのが嫌いで本ばっか読んでいる。買うと高いから、図書館で借りている。」お仲人さんにもその手の話をしている訳だ。私は別に外に出るのが嫌いとかではない。ただ用事も無いのに出掛けて無駄遣いするのもいやだし、出掛けりゃ出掛けたらで訳分からん行動するのがいて、それを人に話しても誰が信じるかっていう位のことだから、そのぐらいは判断がつくので、主人と一緒に出掛けているだけで、必然的に主人の休みの時のみとなるだけだ。主人に帰宅時に問い詰める。主人知らないと言う。主人の許可を得て病院に行った訳ではないと言う。主人に無断でやったなら、でも義父もそうだけど、主人も言っても、「そんなこと言ってない。一〇〇%断言出来る。」って言うし、やっても、「やってないっ。やってないっ！」って言い張るトコあるし、だが「そんな事頼んだ訳でも、許可を出したりもして無い。」と言った。

○平成十二年十二月十五日　義母から猫なで声で、「お仲人さんちに相談に行こう。」拒否。お仲人さんから実家に電話があったと母から聞く。友人に電話。

「実家にお仲人さん。『私の為を思って言ってくれる。』と言うが、私の居場所を無くさせられている気がする。」主人帰宅。義母が仲人さんちに相談に行こうと話したことを言うと、「なんで？　友人があれほど言うのだから何かあったことはあるのだろう。」だがこの後、「去年、義父母に『頭がおかしいかもしれん。』と言ったら、『そんなことは無い。おかしいのはあんたの方だ。』と言われた。」と話し出した。「やっぱり。」と思った。マンションに居た時に「尾けられた。」って言ったのはあんたじゃない。「私の為を思ってるとか言う割りには、私の実家に仲人さん、ご近所の方？　とかに《相談》されて、私の居場所を無くさせられてるような気がするけど…。」主人に言うと「そんな近所の人になんか話す訳が無い。それだけは絶対有り得ん！」と怒った。

○平成十二年十二月十六日　昼まで主人と寝てたら電話。「もしもし。もしもし。」言っているのに、無言で切れた。番号確認したら母屋からだったので、かけると、「廃品回収、年内最後だから…。もしもしって言っているのに、黙って切っちゃうんだから、お父さんは『子供じゃないからほかっとけ。』って言うけど。」「私も、もしもし、もしもしって言ったら切れたんです。」

○**平成十二年十二月二十日**　主人会社に送った帰り、回送バスが２４８交差点を右折して行った。路線じゃないし回送だけそこ走るように変わったのか？　一応写真撮った。
○**平成十二年十二月二十五日**　午後一時三十五分　救急車サイレン。
○**平成十二年十二月二十六日**　午後六時三十二分　0xxx-xx-xxx1　ワン切り。
○**平成十二年十二月二十八日**　主人送って帰る時、ちｘｘ－ｘｘの車が、正門前のロータリーから出て来る車の後に入って、ただ一周して又出て行った。方向転換とかじゃない。
　午後三時六分　午後三時四十六分　午後十一時二十六分　救急車サイレン。
○**平成十二年十二月二十九日**　午前八時二十六分　ゴミ出し時、救急車サイレン消防車サイレン。クノさんの奥さん、挨拶してるのに無視。
○**平成十二年十二月三十日**　午後十一時三十三分　救急車サイレン。
○**平成十三年一月五日**　午前八時　午前八時二十五分　午後十二時　午後五時二十六分救急車サイレン。
○**平成十三年一月七日**　午前九時　救急車サイレン。
　予約した京都の変身の店から確認の電話、一回鳴って切れ、次は出た途端切れ、三回目でやっと話す。「すみませんねぇ。かけないと言ったのに…。」「はあ、別に全然構いませんけど。」
○**平成十三年一月八日**　午前八時五十分　二階で主人と寝ていると、真ん中の部屋の手前で、ピュルルルルていう電子音がするのが聞こえた。主人も聞いたので一応「パソコンつけっ放し？」「切った。」実際切ってあった。

午後二時十分　救急車サイレン。

○平成十三年一月十一日　京都の変身の店で化粧の為座った途端、電話が鳴った。スタッフの女性が「出たら切れた。」「今日多いよね。」「朝八時から『ヤマモトさんですか？』ってやつでしょう？』着替え済んで、ボロボロの舞扇や、先の折れて無くなった茶せんやらを使って写真を撮っていた。フィルムが無くなったので、主人が鞄から荷物出して広げていると、スタッフの女性が入って来て顔色を変えた。近くの神社までその格好のまま行ってもいいというコースを選んだので、外に行こうとすると、スタッフの人が慌てて追って来て、「玄関の前だけです。」と言う。このコースにはお茶屋の方にも行って、そこで写真を撮って良いというのも入っていて、お茶屋とか行く機会もそう無いと思ったから、これにしたのに…。心配しているのが分かったから、何も言わずに玄関前だけで我慢した。でも、だったら、もっと安いコースにしとけば良かった。

南禅寺の近くの和食屋で食事。庭の散策は自由ということだったのに、一言もふれない。勝手に入る訳にも行かないので、そのまま出た。少し離れて尾いて来る目付きの悪い男が居た。景色を撮るふりをして、カメラを向けると、道を渡って反対側に向かいだした。今そっちから来たよね？　道間違えた？　夜バスの観光を終えて、京都駅でお茶飲んでホテルに着くと、駐車場側の部屋から大声が聞こえてきて、何かと思ったら、中からスタッフが出て来て、荷物持った客の私達を見ても、「いらっしゃいませ。」どころか物も言わず、勿論荷物も受け取らずにサッサと中に戻った。部屋は一番奥の部屋で、調度品の類いが片付けられていて、花瓶の跡が丸くホコリが残っていた。ホコリまみれの部屋だった。そういうものを片付ける際に掃除もしてない。

○平成十三年一月十二日　銀閣寺の近くの店で遅い昼食。他に客は居ないようだった。仲居さんが配膳しながら、とまどったように「電話がよくあるんですよ…。」「電話がよくあるんですよ…。」と唐突に二回繰り返し言った後、「だから留守電にしてあるんですけど…。」帰る時、私が手に持っていた帽子が気になるのか、「ステキな帽子ですね。」またヘンな疑いを持たれるとイヤなので「ええ、気に入ってます。」そう言ってその場で被ってみせた。

竹細工店内に居ると帽子を目深に被った目付きの悪い若い男が入って来て、女性の店長が驚いたように、「今日は何か?」顔見知りらしい。哲学の道から銀閣寺の近くの駐車場に戻って、清水寺に寄ることにした。ナビの指示通りに車走らせると、そこからなら、真っすぐ南に向かえばいいだけの筈が、なぜか三条駅までの夕方一番混雑する大通りを通って大回りも大回りをして、かなり遅くに清水寺に到着した。

この旅行の時もだったと思うけど、うちの中を私が主人を送っている十五分程の間に勝手に入り込まれて、いじられている様子だったので、タンスの鍵をかけて出掛けた。帰って来ると、冷蔵庫や食料品の棚がいじってあった。

○平成十三年一月十三日　主人が休んでいる間の仕事の状況を教えて下さる為に、わざわざ自宅に主人の上司が電話を下さったのに、こちらは気付かず電話に出て、「もしもし。」無言で切れた。階下に行って履歴の番号を主人に伝えて、「ケータイの090-XXXX-XXXX番号ってお友達?」「いや知らん。」「会社の人とかじゃない?」「違うだろ。」「じゃあ、出た途端切れたけどかけ直さなくてもいいね?」「うん。」又かかってきて、主人が一階で出た。「誰からだった?」「出たら切れた。」訳分からないので留守電にした。

又電話かかってきて、メッセージを入れたようだったので、聞いたら、主人の上司のN様で「(主人が)休み取っている間の仕事のことで伝えたいことがあるので電話下さい。」大慌てで主人が電話して謝った。「Nです。(憮然)」こちらは、話しているのに、それは相手に全く聞こえておらず、相手は「名乗った途端切られた。」平謝りに謝った。この後も、こちらは相手の話が聞こえるのに相手には聞こえてないようで、「もしもし。もしもし。」こっちは大きな声で呼びかけているのに、結局向こうが切ることもあった。

母屋でも、「電話の調子が悪くて、親機で一時間以上話していると勝手に切れちゃうから、長電話する時は子機を使う。」「修理した方が…。」「『何も異常無し。』って言われちゃうもん。」うちも十二月に義母が廃品回収のこと教えてくれる為に電話くれた時も、こっちは無言電話と勘違いして、電話機に残った番号見て慌ててかけ直して謝りまくった件もあり、修理頼むことにした。

○**平成十三年一月十五日**　午後四時四十五分　Pサービスセンター「親機で話してる途中に雑音が入るなら、機械の問題じゃなく、回線の異常だろうから、NTTの方で調べる回線があるから、そっちで調べてもらって下さい。」

○平成十三年一月十六日　ＮＴＴの方（テスト　0xxx-xx-xxx2、0xxx-xx-xxx3）回線は調べた範囲では異常無し。空中飛んでる妨害電波を拾った可能性があるとのこと。

○平成十三年一月十九日　午前九時三十五分　主人送って行った帰りにゴミを出す。消防車サイレン。

「おはようございます。」以前近所のアパートの一階の女の人（小さい男の子連れて平成十二年に入居）と一緒に二階で、私がベランダに居た時、「あの人ですか？」と聞いていた若い男性が、又アパートの二階の階段から二つ目の部屋に来て、二回呼んでいた。その後母屋に来ていたようで話し声がしていた。引っ越した当時は近所にお子さんが居る家は、そのアパートの二階の東端に小学三、四年生の女の子が一人いるだけで、日中、学校に行っているのでお子さんは一人もいない状態で、それなのに、子供の叫び声がちょくちょくすることが、それも何で、このうちお子さんいない筈で、しかもなんでこんな場所でって、所でしてたから変だと人に話していた。

その後一階の部屋に、小さい男の子連れた中年女性が十二年に越して来てから、数は増えたけど、あそこのお宅にいるからなって分かっていれば、お子さんの声がするのは当たり前だから、特にどうということもなかったが、アパートの住民に教えてもらって（唆されて）義父が、（その時はそうとは知らなかったが保健所の）年配の男性を呼んで、先入観にどっぷり浸かった帰り際、イイさんとシダさんとの境目でしていた男の子の声を聞いて、「今のがそうですか？」義父は肯定も否定もしなかった。（勘違いした方が都合がいいので黙っていた。）その後もう一回同じ所で、また叫び声があがり、その年配の男の人は二回男の子の声を聞いて、カクニンした気になって帰って行った。

それから暫くして、そういう話が（保健所内に）浸透した頃、アパート一階の中年女性が、私が洗濯物干すのにベランダに居た時、（保健所の）今度は若い男の人を、二階のアパートの通路に連れて来て「あの人がそうですか？」と聞いて顔の確認した気にさせて？いた。それも、一階の部屋から二階に移動するでなく、北から歩いて来て私が居るのに気が付いて慌てて階段を駆け登って来たでなく、南側からダイレクトに階段駆け登って来た。私は手すりを雑巾で拭いていたし、洗濯スタンドは当時東側に置いてあったので、音がする訳無いのに、見える訳無いのに、まるで見えるかのようなタイミングの良さで階段駆け昇って来た。その後、母屋に来客があったようだった。

○平成十三年一月二十日　主人が大須へ行くと言うので、「最近電話器の調子がおかしい。今のところ、土曜日の午後しか無いから、もし、駐車場から歩いて行く途中に電話があったらちゃんと掛かるか、試しにかけてみて。」と頼む。

午前十一時五十分、午後一時十五分、「異状ないねー。たまたま偶然かな？　ところで、こっち雪降っているけど、そっちはどう？　もしひどいようなら車置いて電車で帰っておいでよ。」名古屋はまだ降ってなかった。

午後二時三十分　電話切れた。やっぱりつながらないこともあるようだ。義母から「雪がひどくなっている。○○（夫）は出掛けているようだが、何か連絡はあったか？」「大須に出掛けたが、向こうはそんなでもなく、連絡というか電話は二回あったけど、それは以前から電話の調子が悪く、それが土曜日だけ起きているので、試しにかけてもらっただけで、」「そういうのを調べる物を買いに行かせたのかっ！」「いや。そうじゃなく…。」「電話の調子が悪いなら修理頼めばいいじゃないっ！」怒って切れた。だから頼んだけど、断られたって数日前に話したじゃない。電話の調子が悪いことも義母から廃品回収の電話があった時と、主人の上司からの電話の時に話したじゃない。

二、三日前から義兄の出張の為母屋に泊まりに来ていた義姉が雪の為帰れずにいた。これは一度義姉に話しておかないとまずいと思ったので、その日はちょうどうちが食事当番だったこともあり、人数の確認も兼ねて母屋に電話して義母が出たが替わってもらう。義姉は撫然として「ハイ？」「あっ、今日の夕食は六人分でいいですか？」義姉は一日交代で夕食を作りあっていることを知っている。知っていて羨ましがっていたから、これで通じると思ったのだが、「ハア？　何？　何言ってる？　もうやだっ。お母さん替わってっ！」妙に優しい機嫌の良い様子の義母が出たので、取り敢えず人数の確認をしてから、「もう一度お姉さんに替わってもらえませんか。」義母はイヤそうな感じだったが、替わって、電話器の調子が悪くてあったトラブルや、修理を頼んだが、断られたことや、そのことを義母にも話してあること等話して誤解を解いた。暫くしてから義姉から電話で先程とは打って変わって明るく「お茶いれたから来て。」

私が部屋に入るなり、義母が居間の出窓に干した洗濯物を指差して強い調子で、「ああ、やだ。こんなとこ干しとくとゆりかさんに笑われちゃうわ。」私母屋に来てから「こんにちは。」しか言ってない。「〇〇（夫）が来れるか道路の様子見て来る。」と、つっかけ履いて雪の中、外へ出ていってしまった。ご近所の家に行ったようだった。義姉はお茶を飲みながら「ご近所から苦情が来る程大きい音をたててはいけない。」とやんわり言うと、義父が姉を慌てて止めた。その後うなずいた。

うちは近所から苦情を言われたことは無いし、そりゃうちは夜型だから、夜は音が響きやすいし、主人は声が大きいから、迷惑かけているかもしれないけど、でも、だったら何で、義父母は主人にも私にも一言も注意しないのか？　うちは苦情を言われたことが無いのに、義姉がそう言うってことは義父母が義姉にそう言ったということだよね。先にこっちに話せよー。一言うちに注意すりゃ済むことじゃん。それに、最近ベランダに出ると、「ヒー。」っていう音が、ちょっと聞くと女の人の悲鳴に聞こえないこともない、機械の音がしていて、洗濯物干している間中していて、干し終わって、戸をパタンと閉めた途端止むって、「えっらい、いいタイミングだなぁ。」と、隣の敷地でキーキー、車がきしり音たてることがあって、それとは違うとは分かったけど、一応念の為、見に行って、車なんか一台も無かったことを確認して、近所で音がするような工事もやってないことを確認した上で、義父に「最近、ベランダに出ると、機械の音でヒーッていう音が二回位あったが、どこでしているんでしょう？」と聞いた時に、「北側で住宅を建てているからその音だ。」

そのせいだ。」義父が遠くの方で工事をやっているのを確認した上で、そう言っている訳ではないのは察せられた。意外とその場しのぎの无もらしいことと言うことがある。でも主人と車で買い物行く時、工事やってないか確認した。まあ行った時には終わっていたかもしれないし、車で行ってない所で、工事やっていたかもしれないし、そこまではこちらも確認してないけど、まさかその音じゃないよね。

「近くで工事とかやってないみたいですけど…。」「遠くの方で工事やっているから、

○平成十三年一月二十二日　朝、洗濯物を干すのにベランダを開けた途端、か細い叫び声のような機械の「ヒー。」という音が洗濯物干している間中響いていた。お向かいのクノさんのおばあさんが、うちとの境目の道路の真ん中に出て、ベランダに居た私を気味悪そうにじっと見上げて突っ立っていて、私がそちらに目を向けるとハアーっていう感じで下向いて行ってしまった。どういうこと？　私口開けてないし、まさか勘違いしたんじゃないよね。この日も一応お隣を見たが、やはり車は一台も無く、入れ替わりに出て行ったのなら、エンジン音がした筈だが、全く無かった。奇妙なので、保健所の精神障害とは別の方へ電話して相談した。友人にも電話した。

一日交代で食事当番みたいにしてお互いの家で食べるっていうことをやっていた時、一週間位で止めたが、こちらがずっと前、散々「どう考えても変だから気を付けた方がいいですよ。泥棒に入られるといけないから戸締まりした方がいいですよ。」と言っても、「この辺は大丈夫。」ってまともに聞いてくれなかったが、案の定母屋の冷蔵庫から魚が盗ま

れたようだった。が、「魚だけ盗む泥棒なんか居る訳無い。」

そういう時に、アパートの住民で、二階の女の人が、「見た。間違いない。」とわざわざ親切に母屋に教えに来てくれたようだった。アパートの通路からは母屋の玄関見えない。もし、本当に私がやって、その人が見たのなら、その人は、私自身が気が付く所にいなけりゃ、空中に浮いて見たことになるのだが、そういう話の矛盾に気が付かなかったようだ。その上、こうやって確認するといいと確認方法も教えてくれる人が居たらしく、その時間帯ちょうど岡崎のスーパーJの紅茶専門店が東海テレビで放送されていたから、それを見たかどうかで判断するといいと教えてもらい、「それは旨い手だ。もし違っていても、自分は知らない。関係無い。が通用する。安全圏に身を置ける。」とでも思わされたらしく、私が「いいえ。見てません。」と答えたら、「あなたいつも見てるって言ってたじゃない！」そんなこと言われても、私その時間帯二回目の洗濯物と布団干ししてたから、そこは見て無い。最初から最後まで見てなけりゃ、「いつも見てる。」って言っちゃあいけないのか？　どうやら義父母は、これで確認した気になったらしく、主人を送っている十分か十五分の間に、勝手に家に入り込んで、冷蔵庫や食料品庫やら散々探った後、魚盗まれたのが本当なら、そんなとこ置く訳が無いのに、和室のワープロで打った物が引っ繰り返っていたこともあった。そうして、証拠の品を探しているつもりで、自分達が確認の名目でマズイことをやらされているくせに気付かずに〈教えてもらっているつもり〉で、ご近所のイイさんのおばあさんを騙して「早よせないかん。早よせないかん。」とせっついて冷蔵庫の中をさばくらせた。イイさんのおばあさん、夜謝りに来た。イイさんのおばあさんも、「早よせないかん。」と言われてと、そうはっきり言わなかったので、うちでの食事当番の時、解凍に失敗したサケのホイル包み焼きを出したら、義母が「これどこにあった？」（ハア？）どこにどういう状態で置いてこうなったのかという意味かと思ったので、「お酒に浸けて置いときました。」「そう。箱に入れて？」「はい。」箱状の物ではあったのでハイと答えたが、蓋なんかないよ。取ってつけたように「こうするとすごくおいしい。」棒読みのように言われた。箱に入れて隠してたと思われたらしい。（冷蔵庫の中見たなら知ってるでしょ。）

随分後になって分かってきたのだが、おそらく義父母は、きちんと確認しないように「イイさんのおばあさんが見つけた形にした方が良い。」とでもアドバイス受けてその通りにした為に、見つけることが出来なかったのだろう。言えばレシートも見せてあげたのに。そうしてイイさんも何が何やら訳分からずに、連れて来られ、急かされてやはり見つけることが出来なかった。そうやって確認出来ないようにされていたのだと思う。義母はサケの料理を出した後、私がいない所で主人に、「先週魚買ったか？」主人「買ってない。」そりゃそうだ。先々週買ったのが残っていたのだもの。先々週のお徳用ラップに包まれたフリーザーパックに入れたサケに気が付かなかったのだろう。そうして義父母は、私にしてやられたと思ったのだろう。が、かたち的には、《散々人に知られるとマズイ事を繰り返しやったが為に、確認の名目で人に押し付けた》ことになるんだけど…。折角おかしいと思われることを承知で、でなけりゃホントはなんかやってて、それをゴマカス為にそんなこと言うのだと思われることも分かった上で、「気を付けた方が良い。」と忠告したのに。

義姉が居る時、母屋で台所の片付けをしていると、洗い物用のスポンジ入れが、それまでプラスチックのイチゴパックだったのに、義姉が来る二日前から半球形の金属ボウルに替わっていて、底が平らじゃないので、しょっちゅう流しにボウル毎落ちた。なんでこんな水切りも出来ない、しかも底が安定しない物にわざわざ替えるんだろうか。義姉が義母に目配せした後、私の後ろを通って冷蔵庫を開け「あらあ?」、その時にもボウルが落ちた。すると、義姉と義母は「やっぱりね。」という感じで頷きあった。義母は、主人の「見合い相手に会社の重役の娘が居た。」だの言った後、はっきり「若い嫁が来て孫産んでくれる。○○（夫）が若い娘と再婚すれば孫を産んでくれるかもしれない。再婚相手の若い娘なんかいくらでもいる。」義姉はさすがに、表情変えて、こちらを横目で見ながら「いや、それはちょっと分からないよ。まあでも再婚となると前より必ず悪くなるから…。」言葉を濁した。次の日スポンジ入れがまたプラスチックの四角い容器に戻った。

○平成十三年一月二十三日　午前中、母屋から義母のやや嬉しげな声、「孫が持てるかもしれない。」等々、聞こえにくかったが、でも少し後の若い男の人の声はムッとした調子で大きかったのではっきり聞こえた。「なんだ！　結局！　そういうことかっ！」義母がうろたえて「違うっ！」引き留めていたようだが、若い男の人は怒って帰られたようだった。玄関開けっ放しだったので、丸聞こえだった。
　午前十一時五十分　出張中の主人から突然電話。（はじめて。）「なに？　どうしたの？」「いやちょっと、会社に電話があったもんで。昼食をとりに家に帰りたいので用意して欲しい。」食事終えて又会社に行くとき、庭に義母が出て居たが、主人はムッとして一言も口きかないし、義母は、こうゆう時必ず話しかけるのに、申し訳なさそうに小さくなっていた。察するに「あの人ですか？」の若い男の人は保健所の人で、当人も言われた通り動いてはいても、何か変だと引っ掛かることがあって主人の会社に電話して、主人が頼んでないことを聞いたのだろう。たまたま掛けた保健所だったが、一致しとったのか。
○平成十三年一月二十四日　声もかすれ気味の義母が家にふらふらになって、私の車のカギを貸してくれとやって来た。取り敢えず渡した。夕方、義母がおしること外郎持って来た。これが、車貸したお礼とかでなく、最近は何かやってそうな後、自分の意見を受け入れてくれる（と思い込む）と、うちに何か持ってくる。以前は当然そうでは無かった。
　又何かやってくれるのかと懸念していたら、夜十時過ぎに義姉から電話があり、出ると露骨にイヤそうな声で、「あっ、○○（夫）に替わってくれる。」主人は「ハアー何言ってる？」と笑って（少々うろたえ）、流してる感じからすると、義姉が主人に何か文句言ってるっていうか厄介話のようだ。土曜日は「あっなんだ。そういうことか。」ってあんなに、にこやかだったのに…。夜中に再度義姉から電話があり、「『やっぱ別れた方がいいかもしれん。』とアドバイスがあった。」と教えてくれた。やっぱし。

○平成十三年一月二十五日　雨なのに新聞にカバーが付いてなかった。
午前八時十五分　母屋のチャイムが鳴った。
午前八時三十分　寝室のシャッター開けると、母屋の二階のエアコンの室外機が回っていた。
九時十分頃　主人送って帰宅。母屋には電気が点いていた。天気の悪い来客時には朝から電気点けている。
八時十五分にチャイムの音がしてたし、人の気配もしていて、「まあわざわざ名古屋から！」駐車場に車停めている時、東側のカーテンが揺れて、人が居るのが見えた。午後外郎の皿を庭先にいる二人に礼を言って返すと、義母が「今日寝坊しちゃった。起きたら八時十五分だった。」義父が「陶芸教室九時までに行かなならんであせった。」「そう。お父さん送ってかんといかんで。」ホントにもう。義母はすっかり元気倍増で、母屋で義父に、拳握り締めて天井見上げて、「縁の下にでも住みついてやる！」その後廊下に出てどなたかと電話で話す。義父が私の横に置いてあった新聞を取りに来た。聞かれたくない話のようだ。週末主人と母屋に一緒に行った時も「縁の下にでも住みついてやる！」やっていた。
○平成十三年一月二十七日　午後四時三十分頃　町立図書館のビデオコーナーで真ん中の棚から、一番通路側に行くと男女の二人連れが居て、珍しく他には誰もいなかったが、主人のとよく似たベージュのダウンコートを着た男性が、やおら懐を大きく開けて、ビデオを内ポケットに入れた。荷物で手が塞がっている訳でもなく、手ぶらで、しかも、隣の女性が平然と顔色一つ変えずに見ていた。まあタダで借りれる物を盗んだりとかはしないだろうけど、なんでわざわざ防犯ビデオの真ん前で、そんな紛らわしいことするのか。私は防犯カメラを見に行った。「やっぱあるよな。」〈わざわざやっている〉訳で、ビデオカメラ機能チェックか？　じゃなければ、そんなとこ仕舞わなくたって手ぶらだったし、隣の女性に持たせたっていいんだし、しかも隣に私が来てから？　わざと？　後日新聞社に一部始終電話して話す。

○平成十三年一月二十九日　午前一時一分　救急車サイレン。

○平成十三年一月三十日　午前十時四十分　午後一時「さおや－。」二回も来るなんて、初めて。

午前九時四十分～十時　テレビが映らなかった。役場に電話して工事等無いことを確認した。電波管理局の方に電話。他にも電話の異常があったことを話すと「盗聴の恐れがある。」直通電話の番号を教えて下さって、「気になるので、異常があったらそこへ電話して下さい。」ＮＴＴのタウンページに消えないようにボールペンで直接記入して、その一冊だけ別にして、台所の棚に置いておいた。それからは収まったので連絡せずにいた。義母がうちの台所でそれを見つけた時には、「油拭き用に置いてあります。」そう言っておいたが使うことは無かった。後日、そのページ毎失くなっていた。しかも切り取られた跡など無く最初からページ毎失くなっていて、ページ数のトビも無かった。

数年後友人と中欧に旅行に出掛けた時、機内でその話をすると、彼女は「おー。プロフッショナル。」と言っていた。ページの入れ替え？　するプロフェッショナルなんていても困るだけだ。その彼女がうちに来た時、ベランダから真ん中の部屋の窓枠に何日も止まりっ放しで不思議だと「テントウ虫がずっと止まっている。」「あっ、ほんとだー。」死んでいるのかと思って数日後に見たら、樹脂だった。溶けたみたいになっていた。
○平成十三年二月五日　朝、寝室のシャッターが三センチ位開いていた。夕方閉めてから動かしてない。
○平成十三年二月六日　ゴミ出しに行くと、ゴミ捨て場の横に珍しく白のセダンｘｘ－ｘｘが停まっていた。
○平成十三年二月七日　朝、玄関の上の錠だけ、半分開いて？　いた。動かしてあった。
午前十時四十分　ブーブッブッブブブー、前と違うクラクション。
○平成十三年二月八日　午後十一時四十分　救急車サイレン。
○平成十三年二月九日　午前八時五十分　主人会社へ送って行く時ちょうど町内アナウンス。
午前十時五分　ベランダに出た時、町内アナウンスがもう一度流れた。行方不明の男性のことだった。
○平成十三年二月十日　午前九時三十分　午後十二時　町内アナウンス。まだ行方不明らしい。
午後十二時五十三分　救急車サイレン。

主人の恩師の通夜に行く途中、前を走っていたマツダのサティァに乗っている男女はピッタリくっついて、助手席の女の子はシートベルトもして無かった。

「助手席の娘、可哀想。急ブレーキとかの時のこと考えてもらえないのね。」と車内で私が言った途端、のそのそ走っていた車の運転していた男はピクッと左上（ミラー）を見てブレーキを踏んだ。ブレーキを踏む要因が全く無いようだったので、聞こえていてイヤガラセかと思った。

帰りに安城のレストランへ行った。予約無しのせいかすごく待たされた。待っていたのは私達だけだったが、何組か帰っても待たされて、ようやっと駐車場側の席に案内された。他に車が無いのに、一台だけ私達の席の窓の外に張り付くように紺のバンセｘｘｘが停まっていた。私達が席に着くとほぼ同時に、次々に帰られ、一番奥の若い？　男女と私達の二組になってからは、一切こちらに案内される客は無くて、ずっとその単純そうな男がいきまいて喋っているのを聞かされた。こっちをチラチラ見ながら、私が車の中や、家の中で、電話で話した話と同じ話をして、「ってゆうんだわ〜。もうあったまおかしいの。言ってることムチクチャ。」（これ以前にも似たことあったな。年とか関係なく単細胞居るのか。）「盗み癖があって、行く先々で盗みを繰り返してくせに！」事実なら、勘付かれないよう目を離さなければ良いだけじゃん。「あったまおかしいんだわ！」なら余計簡単じゃん。「もうっ！　ムッチャクッチャなこと言っとるんだわ！　ケーサツがやっとるんだって！」じれでどうだと、流石に彼女がええっホントにと憤慨してくれるかと思いきや違っていたのと、興奮して声が大きくなっていることにちょこっと不安になったのか、私達が見ると慌てて、「背が低い女だが。」と私と違う身体的特徴を一つだけ混ぜて、それでゴマカセたと安心したらしく、より一層大声で、やはりこちらをチラチラ見ながら一人興奮して喋っていた。対する彼女は冷静で、「どうしてそんなことするの？」と、矛盾だらけの話の内容を百パーセント鵜呑みにしている男性と違って、話に付いていけないという風で静に尋ねると、「子供が出来んからだっ！」「でもそれだから、どうして？」しごく冷静にたたみかける彼女に、決定打を見せてやろうとしたのか、「いい？　見ててごらん！」と自信たっぷりに小銭を出すと、私達のいる方に手を出して、手のひらの中でチャラチャラ音を鳴らしてみせた。確かこないだ観光農園のレジに並んで待っていた間、すぐ後ろのおじいさんが同じことやって、「何っ？」って見たことあったが…。その後も中年の男がポケットの中で小銭振っていて、何やってるんだと見たことがあったが…。彼女の方はこちらを見て静かに「変わりませんけど。」男は「あっれい？　おっかしいなあ。」小銭をチャラチャラさせると目の色が変わるとでも？　情報を得て得意になっていたようだ。どんなバカでも小銭よりお札の方が好きなことも分からないくらいのバカなんだ―。言われた通りの情報に疑問点など全く持たずに警察が侮辱されたとカリカリ怒っていたんだ―。もうかなりのメンバーが入れ替わり立ち代わり同じことを試していても、まだ犯人達が作ったオハナシにしがみついて、しかもそれが、マチガッテいることなど、とっくに上の奴は分かっているくせに！　こーゆー単純な人をわざわざ選別して言い張るようにやらせているんだ。〝騙されたんじゃない。〇×暑？　の△□が言っている。〟ことにするんだ。

〇平成十三年二月十一日　図書館午後二時五十三分着。総記の所に突っ立っていた坊主頭の中学生二人、私が行くとにやにやしてお互い目配せして笑う。片方がもう一方に紙のメモを見せると頷いていた。主人と一緒にマンガの方へ行くと尾いて来て、両手をポケットに入れた。ヘンなのですぐ戻った。スーパーＤでは完全ムシ。観光農園ではレジの後ろに居た四十代後半から五十代後半位の男性が、手の中で小銭チャラチャラ鳴らしてにやつく。

〇平成十三年二月十二日　〇〇会社行きのバスの後ろを走っていた後部座席の真ん中に人乗せたバン、あｘｘ‐ｘｘ。

〇平成十三年二月十九日　車検や修理、点検の度に毎回、見慣れぬプラスチックの箱やら、コネクタやら、コードやらが付いたり外されていたりでウンザリなので、整備会社の立ち会い車検を受けた。ずっと一部始終を録画した。社長さんに受付の前のイスで中年男性が二人何か話していて、社長さんの方は困った顔をしていた。社長さんと二人で車検をやってくれたのだが、若い男の人「この車、電気くうでしょ？」（何で？）社長さんが来て、でも別に変わったことはしなかった。若い男の方が「いいのか？」社長さんは困惑していた。

　家に帰ると義姉が来ていて、母屋でお茶飲む。義姉が「郵便局のＡＴＭに並んでいると、郵便局の人じゃないおじさんが、ＡＴＭのすぐ隣に、それもこちら向きに立っていて、お金をおろす間ずっと見ていた。」と話すので、「覗き込まれるとイヤですよね。」私がそう言うと、義母が「覗き込まれたんじゃないっ!!」（その場に居た訳で見た訳でもないのに断言。）私「そうですね…。」義姉が続けて、「銀行でも、いつものように例によって気配無しで、足音忍ばせて、お金おろし終わって、ふっと、肩の所におばさんの顔があってすっごく驚いた。」私もスーパーとかで買い物してる時、同じように足音させずに、すぐ後ろにおばさんとか張り付いていることが何度かあったが、以前本で、公安時代に習い覚えた技を使って、退職後に泥棒稼業に精出した実例を読んだのを思い出した。実際習っているらしい。

○平成十三年二月二十日　午前九時五十分　ブーブッブッブッブー、クラクション。ゴミ出ししなかった。

午前十時五分　ヒィー。悲鳴のように聞こえる機械音。アパートの一階に「あの人ですか?」の男の人が「またかっ。」ていう感じの声で「こんにちはぁ。」また呼び出されたらしい。

○平成十三年二月二十三日　午前八時　救急車サイレン。（遠い。）

午前八時十二分　○○会社から○○会社行の路線バスが来る。

午前八時十八分　路線バス、公園を左折するのに、一度で出来ずに切り返して二度目でやっと曲がっていった。豊橋２０てｘｘ、黒のBbねｘｘ-ｘｘ封かんにシールがはってあった。

午前八時二十分　家に着くと、Tさんちのお嫁さんが、いつも九時過ぎに子供連れて行くのだが、今日は早出らしい。

○**平成十三年二月二十五日**　スーパーD、観光農園、図書館、入り口に向かう途中には、必ず突っ立っている人がいた。図書館はおじさん二人。義父母がケータイ買いに、昨日に続いて行くので今日も付いて行った。黄色のビートル、昨日と全く同じ所に停めてあった。店の人のか？　店員さんを四人で囲むようにして説明を聞いていると、顔くっつけるように割り込んでくるヘンなおじさんが居た。

○**平成十三年三月四日**　朝、不審火の町内放送。図書館で小学生が、私が近くに行った途端、(ざーとらしく) 席から立ち上がって階下に降りて行った。

○**平成十三年三月五日**　午前十時　救急車サイレン。

午前十一時二十分　消防車サイレン。

午後六時二十分　町内放送。

○**平成十三年三月五日**　午前二時十五分　義母に主人を迎えに行ってもらった時間、救急車サイレン。

○**平成十三年三月七日**　午前六時五十分　駐車場に見たことない車が停まっていた。朝、主人送って帰ると母屋に来客らしく電気が点いていた。と思ったら、すぐ電気消して義父が飛び出してきて、「陶芸に一緒に行くのに、遅くなった。」一緒に行く人が家の中に居るのなら電気消さなくても…。それとも、待ち合わせの意味なら電気点けなくても…。

○**平成十三年三月八日**　午後二時　チャイムが鳴ったので出ると、「ふふふふ。」ヘンな笑い方する人のすぐ後ろに義母が居て、笑っている人に何やら小声であーだこーだと訴えているようだった。チャイム鳴らしてるくせに何も言わず、静かになったので「もしもし？」聞いてみたが、応答ないまま切れた。

○**平成十三年三月九日**　午前九時三十分　路線以外を回送バスが走っていた。

午前○時三十五分頃　主人迎えに行くと、248の交差点で、赤信号で停まっていた豊橋40　ｘｘ-ｘｘ銀メタ軽ワゴン、私の車が近づくと、まだ赤なのにフラフラ248を横断して行って、対向車線に入って、カーブの手前で左車線に戻って停まった。私、青信号になったので、交差点渡ったが、その車はカーブの手前で停まったまま。追い越し禁止なので前を塞がれた形で全く動けない。クラクションを何度か鳴らして促したが全く動かない。若い女の子が乗っていたが、まっすぐ正面向いたままこちらを見ようともしない。具合が悪いとかの様子も酔っているふうでも全く無い。主人を迎えに行かないといけないので、仕方なく追い越した。カーブ曲がり切ってちょうど線路で工事をしている人が何人かいた。その車は結局カーブの手前でUターンしたらしく、走って来なかった。（まるで私の方がクラクション鳴らされた車のようだった。または私が他に何もいないのに一人でけたたましくクラクションを鳴らす傍迷惑な車のようだ。）

○**平成十三年三月十三日**　朝、ゴミ捨て場に行くと、青のｘｘ-ｘｘの車、真っ黒のサングラスかけた男の人がトランクを開けていた。が中には何も入ってないようだった。ゴミを捨てに来たのではなさそうだ。
午前十時　ブーブッブッブッブー、クラクション。軽トラだったが、Tさんちに来る魚屋さんは金曜日の筈だが。
午前十時二十五分　救急車サイレン。
洗濯物干している間中ずっと機械のキーキー音。
午前十時五十分　横に字の書かれた白のワゴンが、隣の入り口付近に停められていたが、お隣さんのではないようだ。
○**平成十三年三月十四日**　午前十時二十六分　救急車サイレン。
午後四時三十分　「コガさんのお宅ですか。」0xxx-xx-xxx9
○**平成十三年三月二十二日**　午前九時十五分頃　ヘリコプター（上オレンジ下グレー）一メートル位に見える程の低空飛行。
○**平成十三年三月二十三日**　午前九時十九分　路線バスの東岡崎行と岡崎駅前行が二台、
○○会社に入って行った。
○**平成十三年三月二十五日**　スーパーJで精算時、後ろに若い女性店員が張り付いて来た。エレベーターでも張り付いて来るので、道開けてあげたら、ムッとして行ってしまった。新築祝いにイヤーズプレートを購入して、プレゼント包装してもらった。その後ジャケットを購入。精算済ませたから包装してあるのに、「精算済ませましたか。」聞かれたので、レシート見せた。

○**平成十三年三月二十六日**　朝、福岡ナンバーの緑のターセル？　前走って会社の従業員用駐車場に入った。登録変更してないのか。駐車場の中で、同じ車種、同じ色（例　ピンクのヴィッツ）の違う車があっちでもこっちでもある。「まとめて購入？」車内で呟やく。どうも岡崎でもそうだったのだが、この年は、このメーカーで、この車種、この色っていうふうにまとめて購入して、まとめて登録しているらしく下一桁だけずれたのが二台続けて走ったり、すぐ近くで見かけたりしたので、88ナンバーでない警察車両用の公用車？
○**平成十三年三月二十七日**　白のアルテッツア１００、従業員用駐車場のいつもの所、入り口付近に停まっていた。ヘリコプターが三、四回低空飛行していてうるさかった。
○**平成十三年三月二十八日**　午前九時十九分　名古屋ｘｘ-ｘｘ白の営業車が（珍しく）○○会社行きの路線バスの後ろで、私達の前を走っていた。帰りは路線バスの回送車、その後ろを同じ営業車が前を走っていた。ぐるっと回っていたのか？　方向転換？
午後三時三十分　救急車サイレン。
四月からナイターテニス教室へ主人と行く。初めて行った日、コートで皆が集まっていると、中年の小柄な女性が、キョロキョロしながら、でも真っすぐこちらに向かって来て、「桜木○○さんと桜木ゆりかさんってどなたですか？」「はい？」「まあっ。私の知り合いのご夫婦と同姓同名、漢字もまるっきり一緒！　っなので仲良くして下さいね。」（ハッ？…？…？…）「はい。よろしくお願いします。」（展開ムリあり過ぎ）最初から別人だと分かっていてワザワザ話しかけてきた。でもそれ以降その人は二度と来なかった。

義父が食事に来た時、近くの小学校に夜間侵入した中学生達がいたと言っていた。三月まで警察と一緒に夜間の町内見回りをしていたので、教えてもらったらしい。「犯人達は分かっている。なぜかと言うと、侵入した時にカメラで記念撮影をして、しかもそのカメラを忘れていったからだ。」「ハア？　なんでそんな所で写真なんか撮るんですか？　しかもカメラって使い捨てかなんかですか？」「いや違う。ちゃんとした大きなカメラだ。」そう言いながら両手で形作った大きさは今では珍しい大きめのしかも厚みのあるもので、「そんな大きなカメラをなんでワザワザ？」「心霊写真を撮ろうと思ったそうだ。」「写真を撮ることが目的で夜間忍び込んで、そんで写真撮ったカメラを忘れてきたんですか？」なんだそりゃ。バッカじゃないのと笑っていたが、義父はずっと下向き加減で、そのくせじっとこちらを見据えていて（話し始めてからずっとだ。）深刻そうなので、他にもまだ何かあるのかと思った。

庭で義母が「それさえあればって言うんならっ…。」義父「やっちゃいかん！！！」義母は「だってTさんがっ…。」更に何かごねごねと訴えていたようだった。

主人を送って家に帰ると珍しく母屋の出窓が十センチだけ開いていて（開いているのを初めて見た。）ちょうどその前を通ると、義母がそこの私にだけ聞こえるくらいのすごく小さい声で、「ゆりかさーん、魚上げるから玄関から入って来て。」「あっ、はい。」開けっ放しの玄関に行くと、出て来ずに「そう、そのまま入って来て。」とやはり小さい声、それでも暫く待ったがなかなか出て来ないので、出てみえたらすぐ入れるようにサンダルのひもを外して待った。それでも出て来ない。「そのまま靴脱いで入って来てぇ。」と言うので「失礼します。」と言って入った。義母は台所に居て、私にくれるという魚は細長い白のトレイに入ってラップも掛けてあり、別に手が離せないという訳でもないのに、なんで出て来ないのか不思議だった。

義父が一人で夕食に来た時、来るなり「トイレ貸して。」十分経っても十五分経っても出て来ないので、以前トイレで倒れていたという話を思い出して、心配して見に行くと、ちょっとしてから慌てて出て来た。水を流す音も身仕舞いの音も一切しなかった。出て来る時も手を洗う音すらしなかった。出て来てから洗面所で手は洗ってはいた。この日を最後に義母と交代で食事の支度をすることは無くなった。

アパートの一階に入居していた男の子連れの母親、アパートで「この仕事が上手くいったら海外旅行だ。」

○平成十三年四月三日　豊橋55ひｘｘ-ｘｘ白セダン、近所にアメリカ停めで停めてあった。

午前九時二十六分　二台〇〇会社行き来る。

午前九時五十分　ブーブー、クラクション。ゴミ捨てなかった。

午後十一時五十分　松本ｘｘｘ、また同じ場所にアメリカ停めで停めてあった。

○平成十三年四月四日　三河ｘｘゆｘｘ-ｘｘ、また同じ場所にアメリカ停めで停めてあった。

午後二時五十六分　090-XXXX-XXXX「サカイさんのお宅ですか。」
　母屋に電話したら切れた。
○**平成十三年四月六日**　午前九時二十六分　○○会社行きバス来る。
○**平成十三年四月八日**　スーパーDで支払いの時、コンベアの上に並べてる最中なのに後ろから足音忍ばせた年配の女が、大抵の人は前の人が並べ終わってから並べ出すのに、やおら仕切り棒をむんずと取って並べ出した。こちらは仕切りを作られてしまって、積み上げる形になった。
○**平成十三年四月十日**　朝、会社から回送バス、M工場まで走って行った。ゴミ捨て場の横に車が停めてあった。
　午前九時五十分　ブー、クラクション。
　午前十時三十分　ブーブッブッブッブー、クラクション。
　義父に誕生日のプレゼントを買うのに、この辺の年配の人はMデパートで買うのが良いとされているが、行って良い品が無いと駐車料金だけ払って帰ることになるので、行く前に義母に「最近、Mデパートのチラシって入りますか？」と聞くと、「いや、最近入ってないけど…。」「そうですか。」うちが取っている新聞には入らないので、チラシ見せてもらって、良さそうなのがなければ、通販で見た品を注文するか決めようと思ったのだが…。「Mデパートに行きたいの？」「いや、チラシ見たかっただけです。」
○**平成十三年四月十一日**　会社送っていった帰り、公園へ寄った。テニスコートの上をオレンジのヘリコプター極端に低空飛行していた。母屋で義母が、「Mデパートに行きたいって言ったわよね？」（以前チラシ見てスーパーJへ買いに行ったが、写真と実物があまりにも違うので買わずに帰って来たという話をしたことがあったので、『チラシが見たい。』イコール『行きたい。』って思ったのね。）「いや、チラシってお勧め品とか新商品とか載ってるじゃないですか。それが見たいだけなんです。」

○平成十三年四月十二日　義母「Mデパートに行きたいって言ったわよね？」「いや、そうじゃなく、チラシが見たいだけなんです。」プレゼント買うとか、買う前じゃ言えんしなあ。

午前一時十分　一時二十分　午後五時十分　救急車サイレン。この辺には救急病院も消防署も無いので、行きと帰りの往復で、比較的短時間の間に聞こえるというのが普通の筈。

○平成十三年四月十三日　ゴミ出しの前に車庫の掃除をしていると、母屋から義母が出て来て「Mデパートに行きたいって言ったわよね？　良かったら一緒に…。」「言ってません。」

午前八時十五分　宣伝用セスナ。

午前八時三十分　救急車サイレン。

午前十時四十四分　ブー、クラクション。

午後七時　090-xxxx-xxxx「ヨシノさんのお宅ですか。」よくある名字だが、友人の名字と一緒。この頃ご実家の近くで印鑑は盗まれずに通帳だけ盗まれる盗難事件があったそうだ。彼女自身も公的機関のパート先でヘンな嫌がらせをされて辞めている。

○平成十三年四月十四日　午前〇時十四分　救急車サイレン。

午前十一時二十分　主人が会社へ出勤した時、焼き芋屋。

午後十三時五十三分　焼き芋屋。いい加減暑いのに…。マンションに居た時も暑くなった五月に焼き芋屋さんが、「ほっかほかの石焼き芋〜。」十一月にわらびもち屋さんが「冷たくて美味しいよ。」ちょうど出掛けた先に居たりすれ違ったりしていたな。

午後三時　歯科医院に行くと、新しい歯科助手の人が入っていた。純朴そうな、中肉中背よりややガッシリした女の子。その子以外の他の子が「カルテが無いそうです。」「またぁ？」「なんで…？」

以前はカルテのカの字も言ってなかった。その子が入ってきてからのことだと思う。患者を部屋に入れてイスに座らせてから、先生が来る前に、ファイルに入れて（入れた？）カルテをテーブル状の所に助手の人が置いておくという手順のようだった。歯科医から帰ると、義母が「Mデパートに行ってきたの？」

ヘリコプターがやたらうるさい一週間だった。航空写真でも撮っているのか。

○平成十三年四月十五日　昼間スーパーDの駐車場から出ると、神社の交差点の横、M工場前に自転車を横に置いて立っていた二十代〜三十代のがっしりした男が、私達の車が出て来る前からずっとカメラを構えてて、交差点で停まると、写真を撮っていた。主人は

「アパートの写真撮っているんだろ。」アパートの前に私達の車が来てから？

午後九時二十五分頃　義姉達が帰ると同時に救急車サイレン。帰る前「また、四十キロでずっと走る車とかいるのかなぁ。お陰で後ろ、ずらっと渋滞しちゃって…。」

○平成十三年四月十六日　珍しく北側のお宅、物干し場に洗濯物が干してあった。二月位からずっと外に干さないので、以前友人が来た時、「花粉症かなにかなのかな？」おまけに窓も閉めっ放しで、カーテンまで閉めているようになっていた。そういえば義母が「魚あげるから入ってらっしゃい。」の時も初めて、レースのカーテンが閉めてあったな。レースのカーテンの方は、その時以外閉まっているのを見たことが無い。北側のお宅は二月前までは、本当にあけっぴろげで、こっちが見ちゃいかんとブラインドを大急ぎでおろした位だった。

白セダン豊橋55ひxx-xx、いつもの場所にアメリカ停め。

午後九時三十七分　消防車サイレン。

○平成十三年四月十八日　朝、○○会社行きが、○○会社から来る。

母屋に留守中、庭の水撒きを頼まれてやった。

白セダン豊橋55あxx-xx、いつもの場所で今日はこれがアメリカ停めしていた。

朝も夜も停まっているけど来客？　何かこっちが不自然さとか矛盾を指摘して、それが事実だと分かる人が居ると、この人達がやったんだよみたいに数を増やしてごまかしているように見える。

○平成十三年四月十九日　○○会社行きがやって来る。ムキになって意地になってやっているようだ。しかしやっている人達は違うのに、何故そんなバカな事って思わないのか？

昨日水撒きをした母屋の鉢植えのパンジーが一晩で全部カリカリになっていた。昨日までキレイだったのに…。玄関のセンサーライトの点く場所に置かれた鉢だけは無事だった。一応、花をいろいろ植えている実家に電話かけて、パンジーというのは一晩でカリカリになるものか聞いてみた。パンジーってものすごく頑丈な花だと思ってたが、親の意見もやはり「とても丈夫な花だ。水だけでよう咲くし、よう保つし、よう増える。」と言っていた。ちゃんと水やったのに…。

○平成十三年四月二十二日　会社の健康診断を受けた。受診前、用紙が送られてきた時から、胃の検査用紙（これだけ複写式でなかった。）の裏面に既に、〈要精密検査〉と赤字で入っていた。受ける前から再検査が必要という結果を出されても信用できない。「もしこれで〈要精密検査〉になっても絶対受けない。」と話していた。結果は胃だけ、やはり要細密検査となった。ばかばかしくてすぐ検査受ける気にならなかったので、少し経ってから受診したら、（やはり）問題なし。エコー検査の時、外の廊下を鞄に鈴付けて鳴らしながら通る中年女性が居た。でもその人が来た方向には何も無い。他の検査を受ける人達も通らない廊下。すると、まるで合図のように隣に座っていた女性が立ち上がって、荷物置いたまま入り口の所にあるゴミ箱に行って鼻をかんでいたが、すごく静かな音だった。また、なんかツクラレテいるのか。それとも巧いことカクニンしたつもりなのか。

この前行った歯科医院でも、いつも診療室に入る時はハンカチ以外の荷物を全部主人に預けて行くのだが、主人は待っている間、近くのパソコンショップに行きたがるので、治療が終わるまでには戻るよう頼んでいた。でないとお金が払えない。もしパソコンショップや他の店で家計費で賄う物があれば、預けた財布から支払うよう財布も預けるのが常だった。受付を済ませると、主人が玄関に向かい、私が荷物預けるのを忘れたことに気が付いた。一瞬どうしようかと迷ったが、まだ駐車場に居るのが見えたので、受付に人はもう居なかったので、奥に数人居る助手の人達に大声で、「すいません。ちょっと行ってきます。すぐ戻りますから。」と声をかけ走っていって預けた。

戻るとすぐに診療室に呼ばれ、やれやれ間に合ったと思ったが、恐ろしく乱暴というか口引っ張られるかのようなぞんざいに扱われ、先生は明らかに怒っていて「ああっ、もうっ！」と言っては、ケガさせられるんじゃないかという位引っ張られたりした。助手の人がやって来て、「何一つ無くなった物は無いそうです。」すると急に笑顔で柔和になった。勝手に勘違いして勝手に怒ってる。で、こっちに当たるのね。ワザワザクラレないようにハンカチしか持たず、しかも監視しやすいスタッフの人が多い時間、午前中の一番最後をね、私が終われば食事休憩てことなんだから、いやでも見るでしょ。そう考えてその時間帯を指定しているのに！　が、暫くしたら、その時間帯をわざわざねらっての犯罪が他の場所で、実際に起きた。偶然か？

健診の帰り主人が新しく出来たパソコンショップに行きたいと言うので寄ったが、満車の為、スーパーIの駐車場に停めさせられた。でもスーパーIの位置が分かって良かったけど。帰宅すると義母にどこへ行ってきたか聞かれたので、健診に行って来たと答えた。後で母屋に行った時も、玄関で二人共受診して来たと思っているようだったので、主人は会社で受けているし、今日は私だけだと話した。

○平成十三年四月二十三日　主人具合が悪くて会社休む。それを知った義母「でも健診受けに行ってきたって言ったわよね。」健診受けたのは私だけだってわざわざ母屋で話したでしょうが。

　サルティンバンコの予約確認の時にも、友人の分も予約してあるので、確認したくて電話をした。受付が夕方までなのに、電話がウンともスンとも言わない。電線の工事でもやっているのか、うちには回覧板が回らないことがあるので、母屋に聞きに行った。念の為、主人の部屋にパソコンがつけっ放しになってないか見に行った。ｏｆｆになっていた、ｏｎだと電話回線を使われてしまうので、電話が使用不能となる。母屋に工事の有無を尋ねたが「聞いてない。」と言って、うちに見に来た。パソコン使っていたか聞くので、電源がｏｆｆになっていたことを話した。「変ねぇ。前も何か電話が勝手に切れちゃうとか言ってたけど。」「はい、そうなんです。」「でもあれはあなたが何かヘンなとこ押しちゃったからって言ってたわよね。」「言ってません！」（いつ誰がそんな話した？　そんなんだったらワザワザメーカーとＮＴＴに回線のテストなんかしてもらうか。勝手に話つくるなっ!!）まあこの予約確認の時は、主人が回線の切り替えを忘れて電源落としただけだったけど。

○平成十三年四月二十五日　午前八時三十分　消防車サイレン。

三河500ほｘｘ-ｘｘの黒の小型車、車線変更をしてムリに私の車の前に割り込んで、まるで自分の方が迷惑しているぞと言わんばかりにクラクション鳴らした。お礼のクラクションでは絶対無い。ゴミ捨て場には最近車が二台いつも停まっていて、いつもの場所にはアメリカ停めの車、今日は白のセダン豊橋ｘｘにｘｘ-ｘｘだった。

○平成十三年四月二十六日　税金入金しに役場に行った。Ｔ銀行のおじいさん、狂言の時のフロアー係、私見て露骨にイヤな顔。本当に私がそういう態度を取られて当然な犯罪の類いをしていたら、相手に悟られて何が良いのか？　もう少し考えて行動して欲しい。案の定、何か言われたらしく役場の人が二メートル程離れてずっと、ＡＴＭに入ればそちらを、並んでいる時は外に出て、出てく時も見ていた。何も伝わってない。そうやってカクニンした気になって、きちんと確認しないから、確認してないくせに善意で言い広めるから、自分自身がこっちがこうだと言い張らなきゃいけない立場に立たされて引っ込みがつかなくされているのに…。

○平成十三年四月二十八日　歯科医院で前は誰も待合室に居なかったが、今日は子供が数人居て、女の子共が私のおしりを触ってきた。診察が終わった男の子がイスの上に横になって愚図って「ウルトラマン（人形）の片手が無くなった。」と騒いでいた。

義父母が「魚あげるから玄関から入ってらっしゃい。」の後、母屋に男の人が、「今度こんなことやったらあなた方を訴えますから。」「ほぅ、あっちじゃなくて、自分達をー？」そう話しているのが聞こえてきたことがあった。
○平成十三年五月二日三日　三重にあるT会社の保養所に、義兄の紹介で泊まらせてもらった。とても感じ良かったのに、翌朝、食事に行くと仲居さんの態度めちゃくちゃ冷たい。部屋に向かう時フロントの背の高い二十代の男性に、四十～五十代位のやせた男性が熱心に「家族の者の話では…。」と何やらふきこんで？　いた。二人共、横目でこちらを見ながら話していた。帰ると義母が「内風呂無いんでしょう？」「はい、そうですね。」平成十一年五月から大浴場で「この人こんなとこで一体何やっとんのー？」みたいなことやる人が居てから、内風呂に入るようにしていたが、知ってるのか？
○平成十三年五月四日　知立の無量寿寺にカキツバタを見に行く。写真撮られた。○○会社N工場の前でもつつじがきれいだったが、花に背を向けた状態で、前を通った私達の車をおじさんが二人写真撮っていた。
午後七時二十四分　帰宅時救急車サイレン。
○平成十三年五月五日　朝、RV車がいつもの所にアメリカ停めしていて、午後通ると普通の停め方に変わっていた。
○平成十三年五月八日　午後十二時五十分　午後二時五十分　救急車サイレン。
三河xxのナンバーの白のバン、アメリカ停めでマノさんちの前に停まったのに、私の車の後ろに尾いて来て、口元に何かあてながら曲がって行く私の車を見ていた。平成十一年の一月に信号無視して尾いて来たT子とその兄の二人ではなく、今度は女の人。必ず同じことやる人見つけては同じことをやらせる。
○**平成十三年五月九日**　いつものマノさんちの前に、豊橋57なｘｘ-ｘｘ白のバンがアメリカ停め。義母から夕方、電話入る。「明日どこかへ行くと言ってたわよね。」「はい、言いました。」全く言ってないケド…。明日サルティンバンコ行くけど、主人の食事頼んでないし、先週母屋に行ってないし、連休中にもそんな話出てなかったのに…。なんで知ってる？　主人にも話してないのにっていう時も含めて、最近時々こうゆうことがある。
○**平成十三年五月十日**　午前九時四十分　出掛けるのに、玄関出たらブー、クラクション。サルティンバンコの会場では後ろの一列、中年のおじさん達、全く興味無いらしくともうるさかった。午後十一時四十分帰宅時、救急車サイレン。
○**平成十三年五月十三日**　今日は豊橋56なｘｘ-ｘｘの白の車が、そこの家の車のように置いてあった。無量寿寺にまた行った。帽子被った細身の中年女性に写真撮られた、振り返って、また撮って行った。
○**平成十三年五月十四日**　朝、主人送った帰り、前を走っている錆びたミニワゴン、荷物（箱）をぎっちり積んでいた。２４８号線の交差点で右折車線に停まって、サンバイザーから黒い箱状（タバコの箱大）の物を出して、ワイヤー（イヤホン？）を耳に当てていた。以前見た《高性能のラジオか？》

○**平成十三年五月十五日**　午前九時五十分　ブーブー、クラクション。
午前十時三十分　四十七分　ヘリコプター。
午前十時四十分　ブーブッブッブー、クラクション。
午後十二時三十五分　消防車サイレン。
○**平成十三年五月十七日**　午前十時三十六分　ブーブッブッブッブー、クラクション。ゴミの日ではない。
○**平成十三年五月二十二日**　午前十時四十五分　ブーブッブッブッブー、クラクション。久しぶりにゴミ出した。北側の家が外に洗濯物干してあるのと夜、電気点いているのを二十日振り位で見た。
○**平成十三年五月二十四日**　主人送った帰り、○○組の四人乗りワゴン、後部座席に若い女性が二名乗っていた。珍しいな。カーブの度に対向車線に向かって、その都度慌てて戻ってを繰り返していた。何か《(警察以外の) この人達がやっているんですよ！》みたいに、《この人達何やっとんのー？》っていう行動をとる人がいると、露骨なクラクションとかが殆どしない。まるで《うまいこと引っ掛かってくれるか、様子見している》みたいだ。
○**平成十三年五月二十五日**　今日も豊橋ナンバーの車がそこの家の車のように停まっていた。
午前九時三十分　ヘリコプター。

午前十時三十四分　ブーブッブッブッブー、クラクション。
午前十時五十四分　十一時十分　救急車サイレン。これは不出動ではないと思う。
○**平成十三年五月二十六日**　午前七時四十分　救急車サイレン。
旅行中の義父母に庭の水撒きを頼まれたので、玄関のドアを開けた途端、年長さんか小学校低学年の女の子が二人、シダさんちの敷地に勝手に入り込んで、うちのフェンスの一番上につかまって陰にしゃがみこんで、隠れるようにして、でも目だけはこちらを見据えて、思いっきり「キャアアアアアアー！」金切り声をあげていた。一人の女の子は、真ん中分けで、二本ずつ両サイドをピンで止めたロングソバージュで腰まであった。二人で交互ではないが、途切れずにずっと叫び続けていた。主人も見た。水撒きをしている間ずっと叫んでいた。

クノさんのおばあさんが見に来てすぐに、ご主人が入れ替わりに道路の近くまで出て来て、気味悪そうに見ていた。いっくら何でも子供の声位区別つくよねー。口開けてもないし。でも以前「ヒー。」って機械音がした時もクノさんのおばあさん、ベランダに居る私の方見上げていたことが二度ばかりあったし、勘違いしてるといけないので、近寄って行って「あの子達どこの子でしょうね？」と聞く為に庭先にいるクノさんのご主人の真っ正面に立った。クノさんのご主人は私の顔を凝視していた。ほんの数メートルの距離だったので、いくら目が悪くても、口詰むっていたのは分かる筈。「こんにちは。」と挨拶したが、首を振って行ってしまった。声が重なったんだし、その前は口を開いてないんだけどまさか勘違いしてないよね。「勘違いしてません？」って言うのもヘンだし。子供のしかも女の子二人の声の区別位つくよね。現職公務員のクノさんのご主人はそんなお年でもないし…。でもご主人より若い奥様も、これよりずっと前に同じ手口で引っ掛かっていた。オシエテ頂いたつもりの奥様は、うちの北側と南側と西側でした子供の金切り声を、庭先で聞いて、またオシエテ差し上げた方が複数の人を連れてやって来て、住民のそれも公務員のお宅が言っているにしたのか。そんなことが二回あった後、オシエテ差し上げた方は、「今度あったらどこそこへ連絡するといい。」奥様は庭先で突っ立って数秒後庭先で聞こえた子供の金切り声を聞いて、すぐ連絡したらしく、スクーターに乗った男の人がやって来て、その人はちゃんと調べる人だったので、「子供でしたよ。」教えてあげているのに、奥様は納得せず、「喚いとったけどねぇ。」納得しなかっただけでなく、騒音の問題で聞きに来た人がいると「このうちじゃない？　このうちじゃない？」と騙されたんじゃないにする為に自分でわざわざ騙す側に回った。そういう家が何軒か出来てから夜中に喚くという話に変わった。一人引っ掛かる人がいると、必ず全体の問題に変える。

北側の水撒きをしに行くと、子供達もうちの西側三十センチ幅のコンクリートの所を走って北側で思いっきり「キャアアアアアアー！」クノさんのおばあさんが自宅のプランターの所で下向いてにやにやしていたが声掛け辛い雰囲気だし、その位置ならいくら何でも口閉じているのは見えるだろうけど…。行ってしまった。義母も以前、私がベランダに出ていた時、母屋の南東の方角から幼女の叫び声が聞こえてきた時、なぜかしらベランダの西端、つまり声がした方向とは逆、こちらの方向にやって来て無言で両手を付いて、こっちを伺っていたことがあったり、母屋の北側から聞こえてきた時も、うちの方へ走ってきたりして、主人に「あんたのお母さん、私の声と子供の声位区別つくよね？」と恐る恐る聞いたコトあったので不安が残った。義父母が、保健所の人呼んで「なんだ！ 結局！ そういうことかっ。」と怒って帰ろうとするのを、「違う！」と言って引き止めていたみたいだったが、結局帰られたようだった後、少しして義父が門の所で肘を付くようにしてクノさんのお宅の方を様子伺いしていることがあった。私が門の所に行くと、少し慌てたようで向きを変えたが、クノさんちにどうやら、来客があるようだった。アパートの方も、あの後も何度か呼ばれているようだったが、もしかして「クノさんのお宅も言っているんだ。」にする為に、頼んで来てもらったのか？ だとしたら腑に落ちる。

義母とテレビを見ていた時、水着姿の若い女性を見て、「こんなん皆ホルモン剤打ってるんだ。」「いや、そんなこと無いですよ。私の友達にもいますけど、やせてるのに胸だけあってすごく羨ましい体型なんです。」「ホルモン剤打っとるのか？」「えっ？ いいえ。」「叶姉妹はホルモン剤打っている。」叶姉妹がホルモン剤打つトコあなた見たわけ？ それに大体叶姉妹がその通りだったとしても、なんで私の友達までそうなるの？ なんか一回思い込んじゃうと、道理とか引っ込んじゃうトコあったし、『証拠ツクルのは簡単。証人ツクルのは難しい。でもそうだと思い込んだ人を肩抱いて慰める振りして、そういう状態に追い込んだ張本人が言っていたが…。そうだと思い込んだ人間は、「必ずそんなことないっ！　そんなバカなことないっ！」って言い張る立場に立たされるから…。

外出して帰ると、留守電が三本、0xx-xx-xxx0　図書館に本の注文を出していたこともあって図書館の電話番号を調べてみたら違っていた。三回も掛けてきた割には三回とも留守電につながる前に切っていた。うちは四回コールすると留守電につながるのに全部それ以前、三回しか鳴らさずに切ったということで不思議に思った。

図書館に行くと、受付の女性が「何回掛けても通じない。出なかった。」と怒るので、「図書館からの電話は一度も無かった。今日留守電にすぐ切れた電話が残っていたが、xx-xxx0は違いますよね。」と言うと奥から若い女の人、ヤノさんを連れて来て、私達に話したことをもう一度聞いていた。うちはナンバーセレクトで、注文書にはその旨書いてあったが、カードの申し込み書には、主人がカードを作った時の実家の電話番号のままになっていると言う。実家に電話掛けたのなら、義父母が出なかったのか？　電話番号を直そうとしたら、住民票が必要だそうで出来なかった。

でも今まで何回か二人共注文出していて、不在の時は留守電にちゃんと入れてくれてたのに、何で今回だけ注文書でなくカードの番号に掛けたのかな？　そういえば、この女の子が受付に居る時に限って、鞄の中に入れたビデオで盗み撮りされたり、机の上にデジカメ？（シャッター押してるのに音がしなかった。）で撮られたりしたなと、ふと思った。土日の受付の人は結構多いのに。

帰宅してから母屋に電話が、図書館からあったのか尋ねたが、一度も無かったそうで、後日違う人に改めて、注文が入った時は、通常は、注文書を見て電話掛けるというのを確認した。XX-XXX0に掛けてみると、JAにつながった。JAは店によっては土曜日もやっている所も確かにあったが、そこはやってない店で、休みの日でも誰か出勤することはあるそうだが、その日出勤した人がいたかは分からないそうだ。また一応休業日なので、電話業務はすることは無く、大抵は顧客からの依頼で店に、例えば鍬とか景品とか取りに行って、届けた後店に帰って記録するということが殆どだと、言っていた。

○平成十三年五月二十八日　豊橋ナンバーの車はもうその家の自家用車のように停まっていた。洗濯機五回まわした。ベランダに出入りする度に、アパートの住人と、子供が必ず出たり入ったりしていた。十回以上あったのに、すごい偶然。

このアパートの住民の場合、〈すごい偶然〉がとても多い。以前、一階と二階の階段寄りの部屋二部屋と、二階の真ん中の部屋（ここは移動させられたんじゃないかもしれない。）の住民をどこかに移動させたらしく、階段寄りの部屋の住民が「まだ戻れんのか。」と言っていたことがあり、朝七時二十分になると女の人が二人「おはようございます。」と交代して、私が電話で話し終わると、そのどちらかが、どこかへ出掛けるのだ。まるで報告にでも行くかのように毎回毎回必ず、〈すごい偶然〉だったので、試しに、時報やら天気予報やらも適当に混ぜて、アトランダムに掛けてみたら、二十回以上合致した。確率百パーセント。〈すごい偶然〉！

その後、同級生で警察官になった男性が、昼休みに食事に戻りましたみたいに、一階と二階の階段寄りの部屋に出入りするのを、見かけたかと思えば、土、日曜日に首が据わったばっかの赤ん坊連れて親子三人で出掛けますみたいに、アパートの部屋から出て来るのを見かけ、その二カ月後にも、やはり首が据わったばっかりの赤ん坊をまたまた連れて親子三人で出掛けるのだ。ご親せきの方か？　それとも再婚でもされたのか？　確か数年前に交通機動隊に入るとか何とかいう話を聞いたことはあったが、交通機動隊なら岡崎にあるので、実家から通えるだろうし、なんでこんなとこに居るのか？　まあどこに居るのかは知らなかったけど。保育園から高校まで一緒だったので、見間違えも無いよなと思っていたら、おまけに主人の会社の従業員用駐車場内で車ですれ違うし、転職したのか？　その後回ってきた回覧板で、本人の名前がそのアパートに書かれているのを、はっきり確認した。乗っていたのは番号は違うけど白のバンだった。

○平成十三年五月三十一日　朝、雨。昼から晴れたり曇ったりで、午後七時は薄暗かったのに、アパートの子供達が数人、シダさんちの外で隠れんぼをしていた。一人が「もういいかい？」二、三人が「まあだだよ。」、団体で行動し、みんなまとまって団体で隠れて「もういいよ。」隠れんぼ出来ない程小さい子でもないようだが？

○平成十三年六月一日　平日だけど主人休み。主人にゴミ出しを頼んでいる会話を、隣の敷地に居たシダさんが、私だけの話し声を聞いて「おおっ。」とびびっていた。わざわざ窓の近くまで来てらしたようだが、主人が今日休みで家に居ることまではご存知ないようだった。

○平成十三年六月三日　今週三十一日と今日三日以外は毎日救急車サイレンがしていた。

午前十時三十分頃　ミァー、一声だけ。猫？　人？　スーパーDの入り口近くに車停めて、車内でニヤニヤ笑う中年男が二人。買い物終えて車に向かうと、先程にやついていた中年男に手を引かれて、五月二十六日にうちのフェンスの陰に隠れて金切り声をあげていた女の子が、ここでも金切り声を挙げながら駐車場の出入り口の方に歩いて行った。もう片方の男は居なくなっていた。ロングソバージュではなくショートカットになっていた。やっぱりな。年長さんか小学校一年位の子だったから、この年齢で腰骨までのロングソバージュはきついもの。赤ん坊の時は一年間に十二センチも伸びない。ウェービーヘアなら尚更だ。切り立てみたいなショートカットだったけど、普段の髪型ならこっちだろう。後日苦情を入れた時、相手の方は髪型を聞いて「外人さんの子ですかね。」私「違うと思いますよ。」相手の方は虐待を疑っていたようだが、私の口調でその心配は無いと判断されたようだった。

○平成十三年六月七日　朝、義父母が「午後に来てくれるから。」と言いながら、植木を片付けていた。

午後一時五十分　道路にワゴン車が停められていて母屋に来客。

午後二時二十三分　北側の部屋に行くと、例の女の子の「キァァァァア。」

午後三時頃　西面の一番北側の窓を開けた途端、アパートの男の人がお姉え言葉で何か訳分からんことを「私を見てー！　写真を撮ってー！」とか喚いていた。でも姿は全く見えなかった。

○平成十三年六月十日　図書館の受付が三人共新人になっていた。珍しい。

○平成十三年六月十一日　午後一時三十七分　三時三十九分　救急車サイレン。西側の敷地でシダさん「ここまで聞こえるくらいだからねー。」女の人がアパートに一軒一軒「こんにちはー。」とまわっていた。匿名一件。

○平成十三年六月十二日　朝、インターホン。「おはようございます。」「みそいりませんか？」「ハア？　いいえ、けっこうです。」

午後一時五十分　洗濯物仕舞っていたらアパートから作業着の男の人が出て来たが、でもドア閉めず、出て行かず、靴は長靴、でも足音もしない。いくら長靴でも足音はすると思うが…。器用だな。

○平成十三年六月十三日　朝、主人の会社の従業員用駐車場から、夜勤明けでも、早退でも、出張でもなさそうなサングラスかけた女の人が運転席でケータイ掛けて出て来た。ろｘｘ－ｘｘ白のセダン「あなたの為にやってるのよ。」私の為だと言うのなら、「その車に盗聴器付いてるよ。」って教えてくれれば、教えてくれるだけで、私はずっとそれを見つける為に苦心していたんだし、それを持って私はすぐに裁判所に証拠保全の手続きを取りに行くのに！　おまけに毎日あれだけ大名行列してた奇異な車が一台も見当たらない。私の為って言っていながら同じことをやっている、それでいながら私の為って言って下さっているあなたの動きが筒抜けってことでしょう。少し前に主人の会社の正門前に座って、望遠セットしている男の人が居た時も、ちょうど運転席の高さにカメラ？　があるみたいだった時も、うちの車の前後だけでなく、対向車すらいない状態だった。その人達がそういう行動を取ることが分かっていて、姿を消したようにみえたが。

午後三時三十分頃　一日マスクをしていたが、寝室で実家に電話する為に外した途端、近所で女の子が二人、「キヤァァァァ。」一斉に大声を出したり、交互に出し合ったりして、長く叫んでいた。階下に降りると、うちの南側のフェンスの陰に、前いた子達ともう一人同年齢位の、見たことない子を挟んで、「一声二千円貰えるんだよ。」なるほど、これ位の年齢の子なら二千円は大金だからな。そりゃ張り切って喚くわけだ。

○平成十三年六月十六日　美容室で美容師のおばさんが、トイレのタンクにペットボトルを入れた人の話をした。私が水の節約になるとテレビでやっていたのを見たことあると話したら、男の人に「タンクの中とか見た方がいいよ。」と言われた。以前義父がトイレでゴソゴソしてたことを連想させた。

○平成十三年六月十八日　実家に行く。台所で話していると、裏の家から男の人が出て来て、じっとこちらを睨んでいた。暫くするとスーツ姿の若い男性がそこへ入っていって出てくると、うちの台所の方を見上げて、それから表の電気屋さんや、文具店で、「聞こえましたか？」「えっ？　いいえ。全然。」と会話を交わしていた。帰る時、文具店のおばあさんが、引き戸を十センチだけ開けて、戸に体を隠すようにして、こちらが帰るのを、目を合わさないように、気味悪そうに見ていた。しかし戸はガラス戸で、下まで全部透明なので、奇っ怪なのはおばあさんの方だった。匿名二件。

○**平成十三年六月十九日**　メキシコ旅行の時の写真を持って急に大阪の友人の所に行った。家に行くのは遠慮して、でも楽しく過ごしての帰り道、ナビが壊れた？　高速に乗る前にも、道を行ったり来たりさせられ、インターに入った途端、出ろと指示が出るので、降りると、結局ぐるっと回って、又同じインターに入らさせられた。二回目は降りろとの指示に従わずに走っていると、違う所で降りるよう指示が出て、出るとまた大回りさせられて、さっきと違う道を通って、同じインターに入らされた。三回目はもっと大回りさせられ、又同じインターに入らさせられた。入った後も違う方面へ向かえと指示が出たので、そちらへ向かうと、直前で逆方向へ変わったので、後続車がいないのを確認して停止、そろそろとバックして戻った。ガソリンスタンドで愚痴って、道を尋ねて、結局名阪自動車道で帰った。

○**平成十三年六月二十日**　午後三時三十八分　アパート一階の男の子が、母親に背中を押されるようにして、うちの北側で弱々しく笛を吹いてからアパートに戻った。ここの母親は、町内会とかで散々「うちは小さい子も居て心配なんです。」と訴えているらしく、実際通路に呼ばれた男の人にも「うちは小さい子も居て心配なんですぅ。」と口に手を当てて顔を伏せて訴えていた。またその町内会に呼ばれて出掛けるのに、呼びに来た人に「留守にしとくと心配だから。」そう言って、中学生位の男の子を留守番させて出掛け、その男の子の所に、もう一人男の子がやって来て、「おい。どうなったぁ。」明るく聞くのに「なんも知らん人間見つけて一からやらせる。」中学生だから『一から始める。』を言い間違えたのかな。でも何でなんも知らない人間？　外で窓拭きしてたので丸聞こえだった。

○**平成十三年六月二十一日**　銀行に主人に頼まれて行った。ものすごくカンジ悪かった。

午後十一時前頃、寝室に行くと、外（アパート？）で突然、大きく低い女の人の笑い声が、笑い声だけが本当に唐突に聞こえてきた。匿名一件。

○**平成十三年六月二十二日**　主人具合悪くて病院行く。私達の前に呼ばれた人、スズキリュウスケ、スズキアイ（ケータイ掛けてた。）、スズキ某、多い名字だけど、立て続けかぁ。ご一家かな。

○**平成十三年六月二十三日**　午後十時二分　ケータイに電話。主人出たけど、内容は何も言わない。くすりを取りに行っている間にも又鳴った。それから本電話が鳴ったので私が出ると、「○○（夫）上おる？」義父母は何か気になることがあると、しょっちゅう立て続けに掛けてくる。

○**平成十三年六月二十四日**　図書館でケータイ使う中学生、明らかに様子がヘン。帰ると義父が「ナイショでケータイに直接掛けるんだな？」六時過ぎに主人のケータイ鳴っていた。

○**平成十三年六月二十五日**　午後五時十九分　XXX-XX-XXX。

夜、主人が階段を足音させて降りて行った。私、寝る前に読む本を選びに二階の真ん中の部屋に行くと、真っ暗がりの部屋の中、下へ降りて行った筈の主人が居た。「何やっとるの？」「涼んどるやん。」ハアー？

○**平成十三年六月二十六日**　午後四時三十分頃　キャー。主人が夜中に何かさばくっていた？

○**平成十三年六月二十七日**　最近ずっとあった銀メタのアストロてｘｘ－ｘｘいなくなっていた。奇声騒ぎがあってから、えん罪事件を担当したことのある弁護士さんの所に、子供等の奇声を録音したものを持って相談しに行った弁護士さんに公衆電話から電話。電話後、対向車がわざとこっちに寄って来た。それを神社の所で中年女性が見ていた。帰ると主人、お札置きっ放し。

午後四時〜五時頃　キャー。義母がわざわざ外に出て来た。

午後九時五十五分　うち（横屋）の方にも来た。でも何も言わない。

○**平成十三年六月二十八日**　朝、主人送って、コンビニの前を右折するのに停まると、ｘｘ－ｘｘの白のスターレットが集合住宅からふらふら出て来て車線はみ出て走る。十日程前から義父から毎日ケータイに電話があるらしい。

○**平成十三年六月二十九日**　陸軍局で近所で見かける車の全履歴照会をかける。キダさんの所にあった深緑の花のペイントのあるクラシックタイプのＲＶ車も含めて、存在しない筈のナンバーが数件。他は中古車屋さんの所有の物。近くのモータースのが殆ど。同級生の警察官が乗っていたのは、番号変更された同じ白のバンだった事が判明。陸軍局駐車場でにやつく若い男がケータイ掛けていた。カウンターの中で含み笑いをする、不慣れなぶしつけな男（前居なかった。）が数人。帰ってくると、キダさんの家に置いたあった深緑のRV車は違うRV車に変わっていた。素早い。「この番号は存在しません。飛ばすことになってます。」陸軍局の職員がそう言っていた番号を付けた車は、色だけは同じ深緑だけど、花のペイントも無いクラシックタイプでもない大型のに変わっていた。

○平成十三年六月三十日　歯科医院で、いつまでに治療が終わるか遠回しに聞いていた。若い女性の助手「いいんですかぁ？」歯科医は「しょうがないだろ。自信があるって言うんだから…。」歯科医私の挨拶無視。晩、母屋から赤飯届く。義父の好物。

○平成十三年七月一日　写真現像するのに、フィルム一本パーなんてこともあったので、大須の自分で現像出来る所でやることにした。しかし機械で現像すると言うので結局やってもらった。受け取る時、お店の娘さん、すごく突っけんどんでそのご両親がおろおろしながら、「やっぱりやめといた方が…。」と止めるのを、娘が私に「別に人に見せてもいい写真ですよね。」「ハアー。殆ど旅行の写真ですし。」と言うと、後ろにいる両親に振り返って、「ほらいいって。」っていう感じで黙らせていた。すると、ちょうど娘さんのケータイが鳴って、どうやらコンパのお誘いらしく、私のことはほったらかしで話に夢中だった。写真が全部付いたカードの様な物が一枚も入ってなかった。大須付近での不審な、ずっと後尾いてくる車とかの写真（アストロ）とかもあった筈なのに、無かった。しまったかな？

○**平成十三年七月二日**　午後三時頃　キャー、義母が来客の誰かに「ずっとあんな調子です。」母屋の玄関が開けっ放しで、白の軽トラが停まっていた。土曜日（二日前）から母屋の二階に何か入れているらしい。義父は庭で土いじりをしていて、運ぶのを手伝ってはいなかった。義父は私が見ているのに気付いて二、三分後には、車も義父もいなかった。

○**平成十三年七月七日**　歯科医院は回数をメモで聞かれて、「あと一日だな。」「一日で終わるな。」白のバンの男が遠くの駐車場から院内を見ていた。

午前十一時二十四分　0xxx-xx-xxx8

○**平成十三年七月八日**　親せきの法事に行った。従兄弟達が駐車場でこちらを心配そうに見ていた。

○**平成十三年七月十日**　午前八時四十五分　ブー。

午前十時二十分　ブーブッブッブッブー、クラクション。

午前十一時五十分　午後十二時　十二時三十分　十二時五十分　キャー。

午後二時四十五分　午後九時四十五分　消防車サイレン。

○**平成十三年七月十四日**　午後三時三十分頃　救急車サイレン。歯科医「今日はやたら…。」

○**平成十三年七月十五日**　お中元を仲人さんに届ける。「いつも家で何やっとる？」かなり唐突に聞かれた。

午後五時　救急車サイレン。

○**平成十三年七月十七日**　夕方、ガソリンスタンドへ行く途中、ｘｘ-ｘｘの白の普通車がアメリカ停めして、車内でタバコふかす男が居た。芦谷交差点で青信号で右折したら、反対方向から赤信号になってるのに左折して突っ込んできた女性の車があった。
○**平成十三年七月二十一日**　歯科医院から駐車場に向かう途中、植え込みにケータイ片手に隠れて？　いる女がいた。
○**平成十三年七月二十二日**　図書館でケータイ向けられた。ドラッグストアの男性店員、後ろから見張っていた。いいけど…。スーパーDの駐車場で車に向かう間に、中年男性に連れられて、ショートカットの女の子、思いっきり金切り声をあげていた。（一声二千円だもんな。）でも大口開けているその子は店内からは見えない？
　家に帰ると、義父母にぼそっと一言。「昼間だけだろっ。」そう言う男の人が居た。すると、主人が会社に用事で出掛けた後、庭先に義父母が突っ立っている時、ヒョーッと家の北側から笛の音がした。外を見たら義父母がうろうろして、「〇〇（夫）がおらんとおかしくなるなぁ。」と義父が言っていた。
○**平成十三年七月二十三日**　お休みで朝九時に出掛ける時ちょうど救急車サイレン。パソコンショップで店の奥からデジカメを三脚に乗っけて構えている男が居た。展示品では無さそうだが…。
○**平成十三年八月一日**　午後四時　友人から電話。電話時に救急車サイレン。友人のお姉さんの声「どうするのぉー？　そんなヘンな子と付き合うのやめなよ。」友人の義兄？「いや。それはおかしい。どう考えてもこれは変だ。」そうたしなめるような、力んで言ってるような声が聞こえてきた。

夕方、キャーッ。母屋の玄関先の来客黙り込む。またまたキャーッ。義母こっち（横屋）の方に来る。でも、私が居るのに、家には来ないし何も言わない。来客のある時に限て、このキャーという悲鳴も、挙がるようだ。

○平成十三年八月五日　百円ショップの駐車場に豚のキーホルダーが落ちていて、知らずにうっかり蹴ってしまった。スーパーＤで車に戻ると、停めた時には無かった箱型ティッシュの中身が濡らして、かなりの厚みになる量が（一箱の二分の一か三分の一？）タイヤの上に張り付けてあり、下にも挟まっていて、ちょうどエンジンかけて車動かすとタイヤの跡が取れるのかなみたいにあった。「こいつらがやったんですよ。」にされてるくせに、それをやれば解決してもらえると思い込んで実際にバカな真似をした人自身が「そんなバカな事ない。そんな事やる人いる訳ない。頭がおかしいだけだ。」っていう人達が出来てからここんとこ本格的に捏造しているように見える。

○平成十三年八月九日　0xxx-xx-xxx0　図書館のヤノさんから電話。以前はxxxx（ＪＡ）の番号だったが、どちらにしても図書館の代表番号じゃない。

○平成十三年八月十一日　図書館の入り口でマスクしてバンダナ巻いた子がケータイ掛けてた。職員が文庫本二冊も入力漏れ。夜、気が付いて電話したが留守電になってなかった。

○平成十三年八月十二日　図書館へまた行って訂正してもらう。

このお盆の前の大掃除で、寝室のクローゼットの中身を全部出して、ワックス掛けをして、乾くのを待つ間、納戸で洋服ダンスの中を整頓していると、母屋のベランダの戸がキュルッ、キュルッと、そーっと開いて、カメラ持った手が出て来て、シャッター押してすぐ引っ込んだ。洋服ダンスの扉の陰から（私は陰になって見えなかったらしい。）一部始終を見ていた。ノースリーブのワンピースの肩から指先までしか見えなかったので、顔は分からない。が、ノースリーブのワンピースの柄は義母の手作りワンピースと同じで、色褪せていたので、最近余り布で新しく作った物でないだろう。でも何でこんな大掃除でぐちゃぐちゃの状態を写真なんか撮るんだ。それはずっと後になって、ガスの点検の人が来た時はっきりした。うちに上がるのを渋っていたけれど、勧めるとようやっと上がり「なんだっ！　キレイじゃないかっ。」誰がうちの中ゴミだらけって、デタラメ言ったのやら…。つまり「家事に支障が出たら来て下さい。」それも誤解が解けた数年後には、今度は「一日に何回でも喚いている。」のがうちでは無いことが分かると、今度は「一日に何回でも掃除している。夜中でもやっている。雨が降っているのに、ベランダに洗濯物干している。」と、病的な話に変えてくれた。そりゃちょっと位の雨なら、ベランダに干せるように屋根付けてもらってるし、でもそういう肝心のことは言ってないようだった。一日に何回も掃除する程まめではないけど、大掃除の時夜中に、主人が帰ってくる前に机の引き出しの整頓することは夜中でもある。なんせうちは人手が無いので、ちょっとずつ時間かけてやらないと終わらないいし、でも、どうしてそれを知っている？　私、夜中に掃除機かけたりしない。机の引き出しの整頓の音が聞こえる訳でもないだろうから、戸の閉まった、カーテンが閉まった部屋の中でやっていることをどうして知っている？　私、寝室のクローゼットの掃除の時も含めて、今日どこどこの掃除するなんて言ってないよ。

○平成十三年八月十九日　西尾の友人が来るのでEスーパーに花買いに一人で行くと、建物の前を行ったり来たりうろうろしていた、小さい女の子の手を引いた中年のおばさんが、入り口に向かう私も含めて写真撮った。建物の写真を撮りたいのなら、私が来る前の方がいい筈なのに。

○平成十三年八月二十七日　朝、天気が良くなかったのと、友人と約束してあったのとで、浴室乾燥機に干してあった洗濯物を、いつもは時間に正確な子なのに、三十分以上遅れてて、待っているうちにベランダに干し直した。車を停める間、義父が出て来て誘導してくれて、そのまま母屋で相談されていたらしい。遅れたことを彼女が謝るので、その間に干し直せたことを言うと、「母屋のお義母さんは乾燥室があるのを知らないんだよね？」「はあ？」「お義母さん、怒っちゃうよ。」何を？　怒っているのはこっちだ。随分いろいろ吹き込まれたらしい。

下の男の子、二階の寝室に一緒に来ると、思いっきり金切り声挙げた。お向かいのクノさんのおばあさんが、道まで出て来て気味悪そうにこっち見ていた。男の子は小さくて、外からは私しか見えない。その後すぐ出掛ける時、彼女が母屋にご挨拶をと近付いて、

「何だっ？　いないじゃん。」どうやら、十時過ぎに洗濯物を干し直したので、こんな時間に干してる。こんな時間までやらないとか、実際、浴室乾燥機はうちの設備の中で義母が「うちも付ければ良かったぁ。」って一番うらやましがったことだし、うちが入居する前に近所の人達に私達に無断で見せた時にも一番得意になって説明した物だ。子供の声と勘違いしていることに気が付いた人が居たので、友人を騙して、親切に駐車場で誘導した後、「困ってるんです。悩んでるんです。」と、友人が子供連れていたのを利用して、またまたクノさんのおばあさんに言い張らせるようにしてくれた。ちゃんと自分達は不在だったと言い訳出来るようにして！　またかっ！　本当に引っ掛かる人が居ると必ず何回でもやるなぁ。（やらせるなぁ。）そうして善意や親切心を利用するのは、最初から一緒だ。「それぐらいだったら…。」のノリで、「自分達じゃない。こいつがやったんだ。」に簡単に変えられてしまうそんなバカなことをやるのいる訳無いもんな。トボネのキャンプ場に行った後、誤解も解けたが、でもまだ何やらされたかは分かってないようだった。ファミレスへ行った。後ろの席の男の人達、とっくに食事終えていたが、デザート一回頼んだそうだ。彼女はそういうことに気が付くので、それからも変わらず来てくれたが、他の友人と同じように、パート先やバイト先でヘンな嫌がらせをされて、辞めざるを得なかったり、尾けられたりして怖がったり、家族の誰かが急に倒れたりして、結局疎遠になった。

○平成十三年八月三十一日　午前八時三十分　家の前の細道を通る時だけ大音響で「サオダケー。」主人共々起こされた。

○**平成十三年九月三日**　郵便局へ速達出しに行くと、駐車場はいっぱいで、その中の一台の白のワゴン車から、首にカギ（何の）をぶら下げて箱をかかえた四十代位の女性がエンジンかけたまま、中に入って行くので、車停めるのを待った。
午後五時頃　洗面所へ行くと、うちの敷地内の北側で、キャー。
○**平成十三年九月八日**　午後六時頃　二階で洗濯物たたんでいたら、キャー。
午後八時十五分　真っ暗がりの中、アパートの男の子がうちの周りを笛吹いていた。なんでこんな所から笛の音がするのかと不思議に思ってカーテンめくって見てみたら、子供が笛吹いてうちの周りを一周した後、アパートの一階のドアの前に立って「お母さん…。」と、とても小さい声で言うと、中の母親が一言もモノを言わず、そーと戸を開けて、そーと中に入れると、そーと戸を閉めていた。「どこ行ってたの。」とか「早く入りなさい。」とか一切無かったし、このアパートのドアは金属製だから、開け閉めすると必ず何か音がするのに、カチッとかカチャとか全く音がしなかった。どうやって？　母親がドアノブ押さえて玄関に立っていたとしか思えなかった。子供の身長低いものな。カーテン開けて見ないと分からない。「うちは小さい子もいて心配なんですぅ。」と言いながら、やってることはこんなんばっか。そうして昼間だけじゃない、夜も喚いている方が都合がいい人達が確認もせずに又飛びつくのか。私が「ここで叫んでいた子がいたけど、どこの子供でしょう？」とか「今日北側で子供の声してましてね。」とか言っても、何も言わないくせに。
○**平成十三年九月九日**　帯広ｘｘそｘｘ-ｘｘ白のクラウン、ショッピングモールの前で右折車線に入って信号無視して直進して行った。「あれ。」「これ。」と声出した後蛇行運転。暫くして248に入ると、幸田町内（六十キロ制限）の二車線を、対向車も、後続車も四十キロジャストで平行して走る車が計四台いた為に、後ろ渋滞。私の車が一台だけ突出していて、猛スピードで走っているかのようだった。

○平成十三年九月十一日　夕方、義父母が水撒きしていると、子供が出て行って「わぁー。頭おかしい人が喚いとる。」義父母がうちに向かって走って来る。おいおい。自分達が造ったハナシに振り回されとる。

午後六時　庭で義母が何か言い、義父が「いくらだ？」義母「一九八円。」義父がタメ息交じりに「ちゃんと金払ったか？　払わなければいい。」義父「こんなバカだと思わんかった。」

○平成十三年九月十二日　友人に電話。月末にインドに行く話もした。

午後三時頃　外出から帰った義父母、うちに来て「インドに行く話をしてたけど…。」私はしてない。

夕方、隣の敷地に白の軽トラ（ロゴ入り）が入って来て、窓から見てる私と目が合うと、運転手はすぐバックさせて出て行った。その後、義父が大声で「電気屋さんに頼んだら、取れるかどうか分からんがやってみてくれると。」嬉しそうだった。実際、その月のうちに、義父は電気屋さんを母屋に呼んで、「外せるかどうかわからんけど、一応やってみてくれ。」義父は言われた通りのことをよく言う。「おーい。」ドア開けっ放しにしてるから丸聞こえだったのに、間髪入れずにうちに電気屋さん伴って来て、「うち来てもらったついでに見てもらうといいよ。」電気系統で不具合があることを言ってはいたが、電気屋さんも義父が帰るなり「トイレ貸してくれ。」その夕方六時過ぎに、外のインターホンが鳴って、「通常のお仕事でしたら受けさせて頂きます。」次の日、義母が「コガ電気さんったら！」

○**平成十三年九月十三日**　午後十二時三十分　ベランダに出ると、小学校の方向からキャー、キャー、キャー。

○**平成十三年九月十四日**　午後六時　二階の窓閉める時、アパートの方向からキャー。午後十時三十分　一階台所に来たら北側で（今日は遠く、敷地内じゃない。）小さくキャー。

○**平成十三年九月十八日**　のｘｘｘ紺マーチ、２４８の交差点で右折車線に入って直進して行った。

○**平成十三年九月十九日**　午後二時四十分　キャーーーーー！

最近いつも義父母が郵便物をうちまで持ってきてくれる。郵便物は、主人が帰宅時に一緒に共同の郵便受けを見て、持っていきますからいいと言ってるのに。今日は主人に手渡し。

○**平成十三年九月二十日**　最近車で出掛けると、クラクションを合図のようにして、自転車で飛び出してくる小学生とか、車が来ているのに、車が来ているのが後ろ振り返って分かってから、道路を横断し始めて、しかも極端な斜め横断とか、主人送って、コンビニの横を右折すると、集合住宅の（道路より少し高くなっている。）所に中学生の男女が居て、男子学生が、私の車の前を自転車で横切って、そのまま車の周りをぐるっと回って、神社の方に走って行った。だったら初めから神社に向かえばいいのに。まるでチキンレースのような危険なことをやっているのに、本人はともかく、顔色ひとつ変えずに見て居た女子中学生ともども、異様だった。女子中学生の方は、そんなことを面白がってやるようなタイプとは違う、どちらかと言えば、委員長とかやっていそうな優等生タイプに見えた。

主人の会社では、従業員用駐車場の出入り口が混んでいて、そろそろ出て行くと、自転車に乗った男の人が左側からスピードだして横切るのに、うちの車の前でこちら寄りに来るとか、危ない人が多いので、通勤用に決められた道以外を通って帰ってきたら、六〜七人が等間隔でうろうろしていた。

「こんな危ない運転している。」を造ってくれてるようだ。危険行為をする人が居たので、避けて違う道を通って帰ったのに、後日、小学校の近くの防火水槽の横の道（当時は未舗装）に曲がった途端、小学校のプールの前に、おばあさんが居たので、元々未舗装で、スピードが出せるような道ではないが、更にゆっくりゆっくり走っていたが、そのおばあさんは、いちいちこちらを振り返っては、立ち止まり睨みつけ、立ち止まっては振り返り睨みつけを繰り返して、結局、正門前まで時間掛けて移動していた。主人も一人で岡崎駅の方へ248から左折した途端、車線の真ん中を自転車に乗った中年男性が居て驚いたと言っていた。また見通しの良い農免道を走っていた時、右から単車が来るのは見えていたが、右折したら、その単車は反対車線を走って来たので、やはり慌てたとも言っていた。
○**平成十三年九月二十四日**　会社に送っていった帰り、駐車場の横断歩道の手前で渡るのを待っていた。持っていたケータイを、私の方に向けてうろうろする十代か二十代の女の子が居た。
午前十時頃　庭木の消毒の為、車動かした。洗濯物も干せない。
午前十時三十分　母屋は洗濯物も布団も干してあった。午後母屋に電話して、「もう終わったんですよね。」「あっ、教えてあげれば良かったわね。もう終わってるわよ。」
○**平成十三年九月二十五日**　インドにS旅行会社で行ったが、トイレに行っただけで、スッチーに睨まれた。米のアフガニスタン攻撃の為、機内ガラガラ、三席使って横になって行く。インド人の親子連れが、一番近くの席に居た。十歳位の男の子に「ビッチ。」とののしられた。バカっ！
インドでは、運転手、ガイド、私達四名で車一台。ほっとしていると、二泊目のホテルのレストランで、客は私達だけで、最初入った時は、二～三人スタッフが居て、支配人みたいな人が、わざわざ他の席にあったバラの一輪挿しを、私の服の色と同じだと言って飾ってくれたのに、ガイドさんは鞄置いて行ってしまうし、スタッフの人達は一人も居なくなって全然来ない。暫くしたら、一輪挿しは無言で持っていってしまうし、急によそよそしくなるし、次の日の朝食はルームサービスだと言われた。部屋はおそらく、何か家電製品（ビデオとか）が置いてあったんじゃないかと思われるホコリが四角く残った、空のテレビ台の部屋だった。京都のホテルでも花瓶の跡が丸く残った部屋に通されたことを思い出した。

次の朝、ガイドさんに、フロント近くで、ガイドさんに日本人の男（三十代）が何やら吹き込んでいるようだったので主人にビデオを貸してくれと言うと、「いやだ。絶対いやだっ！」じゃあカメラを貸せと言ってもやはりいやだと言って貸してくれない。（証拠が残せない。）アユールヴェーダもOKしたのに、無くなった。ガイドさんはアゴラ城はビデオカメラも無料で撮影OKだと車内で言っていたのに、城内で「カメラを隠せ。有料だから。」と言い出した。〔冗談だと思って同調した。ガイドブックにも無料だと書いてあったし。現地の親子連れと一緒に写真を撮った。ガイドさんが何か言った途端、今までにこやかだったのが、急によそよそしくなった。またか…。いつでもこうやって、人の口と信用を利用して、「この人が言ったから。」という形にしてくれるようだ。

電車での移動の際は、離れた所に二人、ずっとこちらを見張っていたインド人が居た。私は一度も席を立たなかった。荷物を運んでくれた人に渡すチップをガイドさんがピンハネして渡したらしく、ずっと文句を言ってついて来ていた。日本人がこれだけしか渡さなかったとウソを言って追っ払っていた。ポケットに入れたくせに…。次の日、ガイドさん反省したらしくすごく態度良かった。

車の中で、ガイドさんと運転手さん、小銭を出してチャラチャラ。インドで両替してもらって、紙幣しか見てなかった。当たり前だが、コインもあったんだ。

マハラジャホテルに踊りを見に行った。女性達はにこやかだったが、男性達は何か言われたらしく憮然としていた。

アゴラ城での受け答えで、ガイドさんは確認した気になったらしく、その後の観光地の寺院（ドライバーさんの信仰する宗教の寺）は連れて行ってもらえなかったし、ガンジー廟も、どっちも中まで見学になっていたのに、外だけ写真で、写真撮っている間もドライバーさんソッポ向いてるし。帰りに空港に行く途中、「あそこが泥棒やった人が行く刑務所です。」などと言っていた。別れ際、礼を言ってドライバーさんに水を渡そうとしたが、受け取るのを嫌がった。ガイドさんの執り成しで一応受け取った。

最初空港からはRV車で迎えに来ていたのに、次の日から小型車になった、RV車の所有車の男性は日本に来たことがあるらしく、小銭の話を聞いて不審に思ってか、ガイドさんに助言をしたようだった。でもアゴラ城でのこちらの対応で確認した気になったらしい。《証拠造るのはカンタン。証人ツクルのはむずかしい。そうだと思い込んだ人ツクレバいい。》か！

旅行前に、主人を会社に送っていって帰ると、いまだに冷蔵庫の中がいじってあったり、食料品庫がいじってあったり、和室の座卓の上に伏せてあった紙、義父に頼まれてワープロで打った物が上向きになっていたり、不在時に勝手に入っているようなので、旅行前に警報装置を買って、リビングのドアに開けたら鳴るように付けておいた。新品のをホームセンターで購入して、新品の電池を付けて、開け閉めしたら鳴るか試した後、慌てて閉めたら外れるようにギチギチにセットして、和室の戸やリビングの戸という戸を全部キチンと閉めて出掛けた。帰宅すると、リビングのドアは閉まっていたが、警報装置は外れて床に落ち、ずっと鳴りっぱなしで、新品の電池が無くなりかけてて、音もピピッともそのすごく弱々しくなっていた。試しに電池を替えてみたら、音も大音響に戻ったので故障では無い。見れば和室の戸も三十~四十センチ位開いていた。義父母にそのこと「戸、閉めていったのに、開いてたんですよ。」義父「毎日、頼まれたから、様子を外から見に来たけど、音なんか聞こえなかったし、大きい地震があったから…。」新聞で確認したが確かに震度4の地震があった。義母「それで戸は開いたのだろう。」和室の戸は引き戸だ。ちなみに、大分経ってから震度4の地震が起きた時、全く動かなかった。まあこれは、震源地の違いや、揺れ方の違いで一概には言えないことではあるけど…。主人も分かったようだった。

○平成十三年十月二日　電話で業者さんに玄関の鍵を替えてくれるよう、主人の了解を得て頼んだ。

アパートの住人で、二階の東側の部屋は小学生の女の子と、そのお母さんが住んでいたのだが、お母さんと同じ位の中年女性が、ゴミ出しに、部屋の鍵を開け閉めして出入りしていた。二回あったが二回とも違う人だった。十代か二十代前半のカップルがコンビニの袋下げて部屋の鍵開けて入っていった。これも二回あったが、違う人達だった。その都度、女の子の親子は引っ越したのかと思ったが違っていた。女の子の所に中学生の女の子が二人遊びに？　来ていた。一体どういう家族構成なのか？　そういう部屋が三部屋あった。

○平成十三年十月十二日　Uさん鍵持って来てくれた。アパートの住民の話をした。

○平成十三年十月十五日　アパートの二階、東側から二つ目引っ越し？

○平成十三年十月十九日　夕方から母屋にずっと来客？　二組？　三組？　九時過ぎまで来客中のようだったが、うちに電話してきて「○○（夫）、帰ってる？」「まだですけど…。」「あっそう。まだなのぉ。」（嬉しそう）「はい。まだ帰ってません。」「いや、テレビの調子が悪いもんだから、見てもらおうと思ってぇ〜。」じゃあ何で帰ってないのをヨロコブ？　それに主人はテレビの修理なんか出来ないのを知ってるデショ。おおかた、大嘘こいて、私の「主人である息子さんはどう思っているか。」聞かれたか、したのじゃないのかな？

○平成十三年十月二十一日　図書館の入り口の木の下に居た中学生が二人、鞄の向きを気にしつつ、まるで微調整でもしているかのように、ちょこちょこ向きを変えて座っていた。受付のヤノさん、別人。同じ名字の人か。スーパーDでおでんだねの材料を見て、棚に戻している所をずっと店員に見張られていた。

帰ると、クノさんちに、前も呼ばれて来ていた三十代位の男性。前も「いや。一回も見たことないです。」その時は結構明るい感じで言っていたが、今日は声を荒げて「見たことなないって言ってるじゃないですか。」怒鳴っていた。義母がカタログが届いていると言うので、主人母屋に取りに行く。いつ届いた分？
○平成十三年十月二十二日　午前九時四十分　のｘｘｘマーチ右折して２４８へ。昨日は直進して行った。
午前十時「サオダケー。」厄除けの回覧板を持って来た。その後義母が来客にグチ「今ねー。厄除けの回覧板を…。」（聞こえなかった。）「二十八日ね！　雨天決行ね。」
○平成十三年十月二十六日　朝、主人送って行くと、ダンプがよた走っていて、土砂積んだ車が四台、２４８の交差点手前で停車していて、私の車が横通ろうと来てるのに、ドア開けた。
午前九時二十分　ベランダに手すりを拭きに出たら義母が出て来たので挨拶した。でも洗濯物は干し終わっていたし、何もせず戻って行った。
午前十時三十分頃　母屋に来客。義父「まあ中に入っとくれん。」
午前十一時二十分頃　配電線工事の為停電。義父工事をしている人達に「どうだね。」お客さんは帰ったらしい。
午前十一時三十五分　母屋に工事していた人達が、工事終了後「ありがとうございました。」挨拶に来ていた。
○平成十三年十月二十八日　町民体育大会、スポーツ委員をやっている主人が仕事の為午前中だけ私が代理で行くことになっていた。十月一日にその事を義母は確認していた。それ以降、母屋で打ち合わせ？　をしているような様子が戸を開けっ放しにしているので、聞こえてきた。スポーツ委員は主人なのに、何の打ち合わせをしているのか。朝、言われた時間に行くと、女性がもう一人居ると聞いていたのに、来ていなかった。準備を数人でしたが、普通にこなして、普通に打ち解けると誰かが呼びに来てちょっと離れた所で固まって見ている。の繰り返しだった。女性の方は、普通に接してくれた。（何も聞かされてないのか。）後で聞くと、芦谷の交差点近くに住んで居るそうだが、義父がキャベツ持って行っていたそうだ。

また集合時間も私が聞かされていた時間と十分以上違っていた。競技に出る人で、来ない人が居たら、電話するようメモを渡された。むかでレース○○○、玉入れ○○○○、力くらべ○○○○とそれぞれ電話番号が書かれていた。ケータイを主人に借りてはいたが、使い慣れてないので困ったなと思っていたが、二人はちゃんと来てくれた。日が曇ってきて、雨が降って来たら中止と言っていたこともあり、一番最後の人は掛けてなかった。（ちょっと忘れた。）「○○さんに電話した？」「あっ、まだです。」（雨大丈夫？やるのか。）「大至急来て下さい。」その直後雨で大会中止。慌てて再度電話。「申し訳ありません、雨で中止になりました。」景品が余ったので、私に「持ってって（届けて）くれ。」「えっ。（どこだか）知らないです。」「…。」うちの通りには無かったと思う。片付け終わった時、救急車サイレン。

午後三時頃　観光農園へ行く。百合（いつも大抵買う。）の値札は半分めくれていた。

レジに持って行くとレジの係の人がすっごく長い間じーっと見ていた。私がめくった訳じゃ無いんだけど…。後で気が付いたのだが、渡されたメモの字は義父の字だった。何か様子がヘンだったのは、さっき渡されたメモの人がらみで何かあったのだろうか。後日スポーツ委員の資料に載っていた地図を見たら、小学校へ行く道のいつもヘンな水色のアメ車が停めてある所の家だったので、やっぱり何かあったと思う。ちょうどうちから見えるのだが、この家の車で無いのに、この家の人に許可を得ているとのことだったので、そんなちょっとの短い間なら、許可も出せるかもしれないけど、公道の駐車の許可って何？　って思ったもんな。しかも実家に私が行く時、途中で見かけたこと二度ばかりあったし。

クノさんのご主人、最近（キャー以来）挨拶してもムシすることが多かったが、今日は普通に挨拶した。結局念押ししていた二十八日雨天決行って？

○平成十三年十月三十日　午前九時四十八分頃　小学校のチャイムが鳴って少しして小さくキャー、二回。母屋で電話の鳴る音がして、すぐ特大キャー！　隣から聞こえたかと思った。子供の声だが、学校は休み？　代休って火曜日だが。その直後小学校のチャイムが又鳴った。休み時間が終わったのね。お隣に車が来た。

午前十時三十二分　ブーブッブッブッブー。

午後三時三十分過ぎ　家の南側のすぐ近くで特大キャー！　夕方には母屋との境目で少し小さめキャー。

○**平成十三年十一月一日**　夕方、義母が「車を明日二時に使わせてほしい。」キーを渡そうとしたら、「明日でいい。」

○**平成十三年十一月二日**　キー渡した。朝、本返しに実家に行った。帰って掃除していると、母屋から電話「キー取りに来て欲しい。」「掃除がまだ途中ですから。」「ああ。実家行っとたでね。」何で知ってる？　夕方、キー返してもらって車の入れ替え。

○**平成十三年十一月三日**　午前十一時二十分頃　寝てると義母から電話。「○○（夫）おる？」「病院に二人で連れて行って欲しい。」と言うので、了解すると、「昼一時に来て。」と言う。午後十二時五十分頃連れて行く時、義父は帰っていた。帰ると食料品庫が掻きまわしてあった。

○**平成十三年十一月五日**　夕方、実家から帰ると、開けっ放しの母屋の玄関（何回言っても閉めないばかりか、最近は雨が降っていても、来客の予定がある時は開けっ放し。チャイム鳴らして来られると困るらしい。）から何かたしなめられているかのような声と、義母が「悪いのはゆりかさんの方じゃない！」どういう意味？　察しはつくけど…。だから言ってるのに…。

○**平成十三年十一月七日**　主人休む。午後三時頃窓の外でプルプルプルプ。電子音。主人に「何？」主人「またおふくろが置いたとでも言うのか。」「あんたはあんたの親がやってることに気付かん。」

○**平成十三年十一月十日**　昼、主人会社へ送る。夕方、迎えに行った。その後、主人がもう一度出掛けると義父母が二人で郵便持ってきた。その十五分後義母が薬品持って又やって来て「あんたが漢方薬とか言っとったもんで。」いつ言った？　車の中でしか言ってない。

○平成十三年十一月十一日　観光農園、百合がボロボロの三本しかない。（いつも大体三本買う。）スーパーJへ主人と行った。地下駐車場に停めエレベーターホールへ向かうと、曲の途中なのに、BGMがピタっと止んで、〝エリーゼの為に〟に変わった。スーパーDではレジの時「この人300の人だから。」と言われた。夕方四時半頃帰宅、義母挨拶してもムシ。五時頃主人と出掛けると、義母異常な様子で飛び出して来る。

○平成十三年十一月十二日　午前九時十八分　福岡ゆｘｘ－ｘｘ緑のターセル？　セダンタイプに乗っていた女、昨日は白のセダンだった。

午前十時　救急車サイレン。

午前十時十分　アパート一階の東側のおばあさん？　出掛けられた。この時間出掛けられるのを見るのは初めて。もしかして（また）別人？

午前九時二十一分　○○会社バスが前を走っていたが、時間クチャクチャ。正門入っていった。

○平成十三年十一月十六日　ゴミ捨てず。

午後三時三十分　サオダケー。

○平成十三年十一月十六日　午後十二時三十分「サオダケー。」

午後一時十分　義母がやって来て「今年最後の廃品回収だから出した方がいい。」とわざわざ来て（初めて）言うので、戸別回収は午前中だと知っていたが、今年最後の時だけ違うのかと、午後一時二十五分、義母と一緒に門の所にまとめて持って行くと、お向かいもその隣も出てない。Tさんち一軒以外出てない。わざわざ呼びに来た母屋すら出てない。

義母「あら、おかしいわね。もう持っていっちゃったのかしら。うちは神社に持ってったからないけどぉ。」なら何も呼びに来ることもないのに…。「あっ、ほら。あそこのお宅が出てるから、まだ大丈夫よ。」何かヘンだと、今年最後で、まだ未回収の状態ならもっと出てる筈なのにと思ったが、一応出した。家に入って二階から見たら、もう無かった。出すと同時に持ってってったらしい。

後で出掛ける時、Tさんちのおばあさんがスーツ姿の背の高い男性（三十代？）に、お礼を言われて？　ペコペコ恐縮していた。スーツ姿の男性は見覚えがある。確かうちにはT会社名古屋だと名乗って、名刺も出さず、うちに網戸の修理をする若い男（三十代、ややがっちり。）を連れて来た男だ。マンションの自動車用の駐車場で雨の中、スクーターを二台並べて、「あの人か？」と平成十一年の一月に、それまでの、私が言っていることが、全部が全部デタラメでも思い込みでも無いことを知っている管理人夫妻の後、そういう事実が大なり小なりあったことを知っていた人達から替わって、そんなことがあったなんてつゆ知らず、おそらく先入観にどっぷり浸かって、「このバカが！」と言わんばかりに、外階段の段と段との間の透き間から、こっちに気付かれないように見張っているつもりの管理人さんに聞いていた年配の方の男の人に、「全部話して協力要請したらどうですかね？」そう言って、「そんなバカなことある訳ないっっ！」と一喝一蹴されていた人だ。その怒鳴りつけた方の人は、「わあ！　キレイな部屋だなあ。」と褒めてくれたけど、一度もその人、うちにあがったこと無い！

○平成十三年十一月十八日　観光農園花コーナー、今日だけ照明が薄暗くしてあって、手元を照らすスポットライトみたいな灯がいくつか点いていた。レジの人が「いくつ？」店長が「四つくらい。」やられたっ！」と怒りながら歩いていた。花コーナーの隅に立ってこちらを伺っていた。なぜか今日は値札が半分めくれあがって付けられていて、値段が見づらくなっていた。デンファレを選んでいたら、店長は行ってしまった。家に帰ってから、デンファレの値札が二枚重なっていることに気が付いた。値下げをした種類に今までもあったかもしれないけど。図書館の受付の女性、私には図書カードを手渡ししなくなった。

○平成十三年十一月十九日　午前十時過ぎ　午後二時二十八分　救急車サイレン。
　ガソリンスタンドで目付きの悪い男が二人、こちらを睨みつけて？　ニヤツいて？　見ていて、小銭チャラチャラ二回させていたので、こちらも小銭振った。そしたら自分達のバカさ加減に気が付いたのか落ち込んで？　いた。

○平成十三年十一月二十日　午前七時五十分　ブー、クラクション。

午前八時二十五分　ブー。（出掛ける時）
午前九時二十分　ブー。（洗濯物干す時）
午前十時三十分　ビビービビビッビビ、クラクション。
午前十時四十五分　ヘリコプター。
午前十一時　車でアナウンス。救急車サイレン。小さい花火。体育祭なのかな？
午後十二時　飛行機がうちの真上を通ってきて、ベランダで見ていたら、大きく右に移動していたのに、左に回って最初に来た方向に戻って飛んでいった。
午後十二時四十分　救急車サイレン。あのアパートの一階の中年女性、慌てて出てった。

○**平成十三年十一月二十一日**　再度弁護士の所に行く。こちらがマンションの両隣の部屋がまるで空室のようなのに、確かに住民が荷物移しているのを両隣とも見た。床に卓上用スタンドが灯っているのが見えた。今の所（一軒家）も周りが、まるで引っ越しでもしたかのように、カーテンを閉め、雨戸まで閉まっている。でも引っ越ししている訳ではなく、洗濯物が室内に干してあるのが見えるし、たまに外の物干し場に干されることがあると言うと、「じゃあ、その様子を写真にでも撮っておけばいい。」「でも、そんなことをしたら、ますますおかしいと思われませんかね。」「そんなこと言っとったら証拠なんか用意出来ん。外から見える所なら大丈夫。」「ビデオでもですか？」「外から見える所なら全然大丈夫。」「二階の部屋からなんですけど？」「カーテン閉まってるんでしょ？」「はい。それは洗濯物干してある所もその奥はカーテンが閉まってます。」以前にこんなやりとりをして、今日はそのビデオを持って行った。前行った時は、奇声とクラクションの録音を持っていって、「(捏造証拠)ツクッテ押し付けるにしても、(犯罪やる)理由が無いので、頭がおかしいということにしたいのじゃないか。」と、禁治産者について聞いてきた。
○**平成十三年十一月二十四日**　観光農園で店長さんが、私が行ったら、いなくなってしまった。(居て欲しかったのに。)花売り場から値札を帖る機械を持って、眼鏡かけた若い男性が居た。以前見かけた時は眼鏡かけてなかった気がする。水仙の値札が上から重なって帖ってあった。それは確かに売れ残った物には値段下げた値札を帖ることはあるみたいだけど、ただ切り花は、持ち込んだ業者の人が値札を付けるって以前レジの人が言っていたのに、何で観光農園の人が値札付ける機械持ってウロウロしてんだか?
○**平成十三年十一月二十五日**　午前七時二十分　ちょうど起床時間ぴったりで、町内放送。珍しくシダさんちの窓が開いていた。庭では、義父母がざーとらしく、ほら嫁が挨拶もしないっていうパフォーマンスをやっていた。
○**平成十三年十一月二十七日**　午前六時三十分　消防車サイレン。
午後一時頃　母屋に来客。匿名電話一件。インターホン「あら?　いらしたんですね?」切れた。
○**平成十三年十二月五日**　生協さんに宅配してもらう。買い物に出掛ける度にツクラレタり不愉快な思いするので、高いけどお願いした。義母の実家から「兄ですが、約束したのにいない。」ってこちらにみえたので、ケータイに連絡した。ケータイでは「玄関に置いとくわ。」そう話し合って決めたくせに、ご近所の人には、玄関に置いてあることで、「こんなとこに置いといて！」と文句を言っていた。その後私には白菜とホウレン草持って来て「ありがとね。」

○平成十三年十二月九日　頂いた白菜とホウレン草、食べ切れないからと主人に持たせて返した。なのに主人値札外したホウレン草だけ又もらってきた。観光農園では、花の納入に来ていた業者さんが、四束買うなら半額にしてくれると言う。隣の小部屋で値札を変えると言われたが、金額変えるならレジの人の所に一緒に行ってくれるよう頼んで、レジの人に話してから、小部屋で金額変えてもらった。その際もう一度、切り花の値札は店員さんではなく、業者さんが付けることを確認した。レジも含めて、言葉は丁寧だけど、ムッとした様子だった。

午後五時十八分　主人、母屋にケータイで呼び出されて、でも私には鞄を届けてくると言って三時間。

○平成十三年十二月十一日　主人送って帰って来ると、義父が○○新聞（うちは○○新聞じゃない。）のカレンダーと、手紙を持って「ゆりかさん、おらんのかね。」と大声出しながら、うち（横屋）の前からやって来た。（居ないことくらい、車が無いこと見りゃ分かるだろうに。母屋から車庫見えるんだから。）家に入ると、玄関に飾ってあった木のクリスマスツリーの向きが変わっていた。

○**平成十三年十二月十二日**　午後二時五十分　アパートから小さい女の子が出て行ったのが見えた。その後洗濯物を取り込んでいると、「ヒィエー！　キャー！」と狂ったような声。

○**平成十三年十二月十四日**　通販の女性、インターホンで「横の開き戸から入って奥の茶色の建物です。」と私が言うと、「奥の建物の方ですかぁ？」と驚いていた。実家行って、笛の男の子のことや、義母のこと話す。アパートの人達とつるんで何かやっていることや、一緒にやっているお仲間のつもりのアパートの人達が義母のやっていることを「おい、また引っ掛かったぞ。」とせせら笑って見ていることや、私がイジメを受けて頭がおかしくなったと吹聴されているので、そういう事実を人に言えないようになっていることなどを話した。でも実家でも、どうやら、「頭おかしい人が喚いてうるさい。」とでも苦情を入れられたようだ。

午後五時十五分「焼き芋ぉー。」

○**平成十三年十二月十五日**　午前十時前、インターホンに出ると、応答なし。「もしもし、もしもし？」やっと「桜木○○さんのお宅ですか。」（インターホンに名前書いてあるけど。）違う人の声で「どうだった？」（ふざけているような、切羽詰まったような、からかうような口調。）

○**平成十三年十二月二十二日**　主人の会社の人と三人でラーメン屋さんに行こうと、電話があり、十二時十分頃、うちを出て義母が物置の所におり、通りかかったおじいさんが、険しい顔して、目配せしながらうなづいていた。

○平成十三年十二月二十四日　午前十時頃　ベランダに出ると、男の子がキャー。義母母屋から出て来る。

午後一時十分　洗車している時、Tさんちの方からキャー。義母出掛ける。

午後四時頃　ベランダ掃除中、キーキー、キャー、キィー。アパートから女の子の悲鳴、奇声。

午後十一時五十分　救急車サイレン。

○平成十三年十二月二十五日　実家に頼まれて掃除に行った。行くと妹の車があったので妹が来て居ることはわかった。時間確認して行ったのに、母は買い物に行っていた。「おらんかったらどうするつもりだったの？」「おらんかったらおらん時じゃん。（車停まってたからおることわかってたし。）」妹が工場へ何か取りに行った後、私が窓拭き用の布が見当たらないので（何も用意されてなかったので）どこかと、聞くと、整理場だと言うので、仕方なく行くと、工場から戻って来た妹が、私を見て隠れた。寒い中窓ガラス拭いているいると母が室内でテレビ見ていた。その横で妹が何か母に訴えている様子だった。あほくさ。でも母は自分が整理場に行くよう言ったことは言わないんだ。その後車が猛スピードで前の細道を走って行った。

○平成十三年十二月二十六日　「朝何時ならいるか？」母は、「出掛けても、どんなに遅くても二時までに戻る。」と、「じゃあ二時以降？　そんなんやれんよ。違う日の方がいい？」「いや、おる。」「朝おるの？　じゃあ朝十時は大丈夫なの。もっと遅い方がいい？それとも昼過ぎの方が確実？」「いや、朝でいい。」「ちゃんとおるね？　おらんと外で待っとらんといかん。時間は十時半くらい？　何時がいいの？」

　昨日散々帰る時に午前中の在宅を確認してから実家へ行ったのに、「二時に来るかと思ってた。」と言われ、まるで私がウソついて来たみたいなことを言う。「窓拭きするなら、日が照っている間に済まさないと。」ちゃんと言ったのに。今日は布が用意してあった。妹の助言を入れたらしい。こっちは昼も食べずにやっているのに、疑いの目で見られるんじゃあほくさい。チョコレート一箱もらって、電話借りてカギ屋さんに電話した後、即帰った。母が電話中何か言っていたけど知らん。こっちは何時だっているか聞いてから行っているのに。後で言っていたが実はこの数年前から、ちょこちょこ、妙なことがあったそうだ。裏木戸が閉めてあったのが朝、開いていたり、窓ガラス開けた覚えが無いのに、鍵が開いていたり、気のせいかなと思っていたそうだ。

○**平成十三年十二月三十一日**　スーパーD店員さん、一人も挨拶しない。

○**平成十四年一月十九日**　十八日と今日、主人東京出張。うちの北側で、中年女性はああああーあーと低く喚いていた。

○**平成十四年一月二十一日**　郵便局へ行くと、局員さんに「いつも使ってる深溝とか大草とかありますよね？」「はい？」（誰が？　いつも使ってる？）

○**平成十四年一月二十二日**　北側のキタノさんの庭に手入れの男の人が居た。そのせいかキャーキャー喚く子がいなくて、静かだった。
○平成十四年一月二十七日　留守電「マツハシです。帰ったら電話下さい。」間違い。
午後九時五十分　階段の電気を点けた途端、北側からすぐ壁の向こうでしたかの近さで、女の人が「あー。」と喚いていた。
○平成十四年一月二十八日　アパートの二階の男の子でいつも学校へ行く前に、玄関で喚いてから出掛けて行く子がいるが、今日はいつもより五分程早く出ていって、「今日はいいの？」全く喚かなかった。この子は土日に親と出掛ける時、「Eスーパーでお菓子買ってもらえる。」そうだ。いつも、その子が喚いている時間に、その子と違う子が、いつもよりトーンダウンして喚いていた。昼、雨が降ってきたので、洗濯物を取り込みに行くと、ベランダの戸が開けっ放しで、白のバンの人と何か話していた。
これ以前に、義父母は、私が主人を会社に送って帰って、母屋の前を通りかかると、ベランダから義母が「ゆりかさ～ん、玄関の所に郵便物があるから持ってって～。」そっちを見たが、奥の和室で義父、カメラ抱えてスタンバイ。捏造証拠第二弾ですか？　流石に入らずに「あっ、鼻がたれてきたので、後で来ます。」と言ってその場を離れた。その後母屋に来客、女の人の落ち着いた声が「入ろうとしてたんですか！」（誰が？）後日、主人が家に居る時に、郵便局の男の人がやって来て「共同の郵便受けに入れずに（うちに）直接届けた方がいいですか。」私は郵便局の人に一言も義父母がやってることは言ってない。美容室の時と同じで、「こいつらこんなバカなことやってますよ。」と教えてくれる人が居たのだろう。が、主人は「庭に入られるといやだ。」とか、折角言って、それもワザワザ主人が居る時に来て下さったのに、そんなアホなこと言うし、私も義父母がそんなことやっているのを知った人がいたのなら、それ以上バカな真似もしないだろう（全く間違いだったが。）と、配達も大変だろうし、「今まで通りでいいです。」で、それまでは主人と一緒に見ていた郵便受けも、勝手に何回も見るようになった。

○平成十四年一月二十九日　アパートの子供は、今日はいつもと同じ時間同じ場所（戸が閉まった玄関の中）で、喚いてから出掛けて行った。

午後三時二十五分　ババババババ、バババッバー、クラクション。

○平成十四年一月三十日　「早くせんといかんな。」義父が義母に玄関の鍵を開けながら、そう話していた。その後白のバンに乗った人が来て、ベランダの戸を開けっ放しにして、義父一人が、顔だけ出していた。

○平成十四年一月三十一日　ベランダに出るたび、機械に笛に子供の叫び声のオンパレード。

○平成十四年二月一日　朝から幸田町の車が居て、私がベランダに出るたびにプープー、プープー、クラクションを鳴らしていた。ベランダの北側に置いてある物干し台の近くに行くと、キタノさんの方向から子供の喚き声がした。その後、アパートのｘｘｘ号室に四十×四十×二十センチの機械の箱を持って行く男の人がいた。その前にアパートの人にいろいろ聞いている男の人がいた。「頭がおかしいと思います。」アパートの住人？　が答えていた。
○**平成十四年二月三日**　南側の部屋に行く度に、南のシダさんちよりもう少し向こうから喚いている子が居た。私が下駄箱の所に行くと、アパートの一階ぐらいから聞こえてきた。お隣に車が洗面所の正面に、停めてあった。
○**平成十四年二月四日**　午前八時十分　朝、猫のケンカ。お隣に車が、こっち向いて停めてあった。お向かいのおばあさんが、強い調子で、「朝、喚いてましたよ。」と訴えていた。
午後五時　0XXX-XX-XXX7「ナノさんのお宅ですか。カッちゃん？」間違い。（よくある名前だけどカッちゃんは妹と同じ呼び名。）
○**平成十四年二月五日**　午前一時十分　主人の部屋で「さあ、寝るかな。」寝室で本を読んでいたら、ブーン、ブーンと大きなモーター音、母屋のエアコンの三倍くらい大きな音だった。主人のパソコン部屋に行って「何かブンブン音がするけど、先生（主人の事）？」「違うから。」寝室で電気消してからも音はしていた。
○**平成十四年二月六日**　早朝、新聞配達の人が出てってから、暫くすると、母屋のベランダの戸がキュルッと一回だけ開く音がした。こんなに早く十センチ位？　だけ戸を開けたのか。何の為に？　主人送って帰ると、庭でキー。母屋の戸は開いていた。ベランダでもキー、機械音。義父「ふふっ。」嬉しそうに笑っていた。午後布団しまおうとベランダに出たら「ウウン。」子供の声。アパートの二階、二つ目の部屋から男女二人が出て行った。珍しく私服だったので、よく見たらご主人は（平日はスーツ姿、土、日は私服）とは違う背の低い頭が大きい人だった。
○**平成十四年二月七日**　朝、戸を開けようとしたら、キィヤァア。今朝は母屋に来客。電気が点いていた。最近は母屋より、お向かいのおばあさんの所に居るようだった。主人が本社に行ったが送り迎えとも、会社の人は、私に頼まなかった。
午後五時頃　台所の北側でヒー、笛の音。
午後六時二十三分　二階の電気点けた途端、アパートの子供キィー、金切り声。
○**平成十四年二月八日**　午前八時頃　義母「聞いたけどねぇー。」アパートの二階の階段から二つ目の部屋から若い男の人が出て来て鍵かって出掛けて行った。二人とも赤ん坊を抱いていた。二月六日に見かけた人は背丈が似ていたけど、頭の髪が違っていた。
午後二時四十五分　救急車サイレン。
午後十二時三十分　主人の部屋の片付けをして居たら、町内放送。但し、うちに一番近い所だけ鳴ってなかった。義父母出掛けているようなのに母屋に誰かいるようだった。
午後九時三十五分　洗面所と台所の北側でピー、笛の音。
○**平成十四年二月十日**　午前八時十五分　町内放送「前回から届けのあった混乱を鎮めます。」
午前八時三十分　ピンポンパンポン、チャイム音だけでその後の放送無し。家の中だけ聞こえるようにしたようだ。主人と大須へ行った。パソコンショップで私達の後ろの人にだけ「いらっしゃいませ。」セントラルパークの店に入ろうとしたら、店員さんに電話。

電話終わってから店に入った。

○**平成十四年二月十一日**　姉と名古屋で待ち合わせ。個室空いてるのに、ががらの大部屋。「何しろ私はイジメを受けて頭がおかしくなったと吹聴されているからね。人に話すことも出来ん。」「そうだって思って見れば、そうにしか見えん。」帰りに駅で前歩いていた中学生連れた中年女性、柱に激突。血が出ていたようだが、「親切にするな。」と言う主人の言葉を守った。悪かった。夕方、帰宅してから、リビングの二つ目の窓の外、ピーピー笛の音が二回。

○**平成十四年二月十二日**　午前六時　今日も義母が早朝、ベランダでごそごそ。今までは新聞配達の人が帰ってから、十分~十五分位でごそごそしていた。

午前十時　ベランダから家に入ると、キィー。母屋から義母が出て行った。お向かいにでも行ったのだろう。最近は私の顔が外から見えない状態で、方向だけ一致する？

○**平成十四年二月十六日**　朝からヘリコプターがうるさい。ベランダに出るとアパートの戸がキー、キー。一階のおばあさんがポリ袋をもんでクシュクシュ音をさせていた。

0XXX-XX-XXX6「エミちゃん？」間違い。

○**平成十四年二月二十日**　早朝、新聞配達の人が帰ってから、またまた義母が母屋のベランダでごそごそ。クノさんちのおばあさんが大騒ぎをしていた。

アパートに又人が来た。

○**平成十四年二月二十八日**　朝、主人送っていった帰り、「車の中で、家の中でしか聞こえん騒音か。閉じた口元が見えん所でだけするんだよね。不思議。」独り言つぶやいた。九時位から母屋に来客のよう。車が置いてあって門扉が開いていて母屋のリビングに電気が点いていた。

午前十時三十分から十一時三十分位まで、雨の中合羽をかけたバイクが門の所に停まって、また来客のようだった。こちらは銀行の人かな？　朝、最近静かになっていたアパートの子供二人が少しうるさかった。

○平成十四年三月一日　朝、義母が、私が洗濯物干すまで干さなかった。洗濯物干している時に、シダさんちで男の人のくしゃみが聞こえてきた。今日はとても静かだった。が、洗濯物取り込んでいると、すぐ真下から、アパートの男の子が、「今はやらんでいいの？」と一人なのに誰かと話をして、そのままアパートの通路の下を走って行った。ちょうどその時間午後三時、主人が出張に行くのに迎えに行く時、クノさんちにｘｘ-ｘｘの白のセダンが停まっていた。

○平成十四年三月二日　洗濯物を取り込んでいる時、ちょうど南側のキダさんちでは庭の工事をしていた。南側をしまって東側に移動するのに、アパートに背を向けると、アパートの二階の東側から二つ目の部屋の戸が二十センチだけ開いて、黄色いヘルメットの小学校低学年女の子達、三、四人がゾロゾロ一番東側の部屋に下向いて無言で移動していった。それからすぐ開いた風呂場の窓から思いっきり悲鳴、キャーーーー！　その途端工事の音が止んで車が何台も移動していった。夕食に行った。最後の料理が出るまで三十分以上待たされた。その間に歯科医院の時と同じに床がブーンと振動した。
○平成十四年三月三日　朝、洗濯物干すとき、アパートの駐車場で遊んでいた女の子が、「お父さんと上に一緒に行ってもいーい？」と二階に来て、一番東側の部屋に向かって来た。すぐ中に入って戸を閉めた。夕方、役場の横を通ったら、一番上の階に電気が点いていた。日曜でお休みじゃないのか。
○平成十四年三月四日　午前八時頃　アパートの男の子、久しぶりに出掛けに喚いて出て行った。朝から外が目一杯騒がしくて、義父が「これだけ頭がおかしいって言っている人間がいるんだから。」だの「裁判所に行く。」とか「一時間後に行く。聞こえた？」その後、「行っちゃ、あかん！」「話が変だ！」そんなふうに止めている男の人の声がした後、主人を送って行く時、この並びの一番南のチノさんちのおばあさん、お出掛けの服装で庭に出て、うちの車見ていたので、挨拶した。その後私が帰ると、うちに様子を見に来た。お化粧ばっちり、スカーフ巻いてイヤリングを着けてお出掛けの格好のまま。でもどうやら聞かされた話と違うことに気が付いたようで、加わらなかったようだ。結局行ったのは、Tさんとクノさんと、義父母の三軒のみのようだ。つまり同居の家族の許可を得ずに盗聴やった三軒ですか。
　前に弁護士の所に、子供の叫び声を録音した物を持っていって相談に行ったことや、更に逆のぼって、警察がいい加減過ぎるっていう投書が岡崎地方裁判所職員から、新聞に出ていたことがあったので、その両方を、「自分達（警察）じゃない。こいつらですよ。こいつらが言ってるんですよ。」に変えたのだろう。

○平成十四年三月五日　午前中、雑誌をヒモで縛ってたら、足音がドカドカ聞こえてきた。うちの戸の前まで来たが、ちょっとためらって？　そのまま帰って行った。それからアパートの方向から小さくキャー。うちじゃないことに気が付いて、帰っていかれたが、「そんなことある筈ないっ！」って言い張る人も居て、それに併せて、小さめのキャー？ちゃんと調べて止める人が居る度にこれだ。午後歯磨きするのに洗面所へ行くと、キャーキャーと短く二回声がして、食器棚の陰の母屋との境目を人が通っていったが、嬉しそうに振り返りながら。おい。キィキィ言ってるのは私じゃないぞ。歯磨き中で口の中泡だらけなのに！

○平成十四年三月六日　朝、アパートの女（「うちは小さい子もいて心配なんですぅ。」と通路で訴えていた人）が大声で「目的はー？」男の子は「行ってきまーす。」と明るい一言だけで出て行った。今日は朝からとても静かで、母屋も出掛けていていないようだ。お隣に白の軽トラがこちら向きに停まっていた。義父母とアパートの人が意図的にやっていることに気が付いた人が居たのかも、でもその張本人に話している人が居るのなら、しかも、「そんなことやるのがいるなら目的はー？」は、みたいに、いかにも無関係の第三者が「いる訳ないじゃん。」ってポーズ取っているようでは、まだか。

午後二時頃　洗濯物取り込みに行くと、小学校？　ですごく小さい声でキャー。

○平成十四年三月八日　午前八時十分　アパートの男の子「オオーウ！」と、二階の端の部屋の中か外で喚いてから、更にうちの近くまで来てから、又、喚いて行った。ベランダに出ると静かだったので、ホッとしたが、（近くで車の音もしていたし。）布団バサミがキィー。なんちゅうタイミング悪い。ATMでは現金振り込みが出来なくなっていて、一旦引き出ししたのに、又入金してやり直し。

○平成十四年三月九日　午前二時三十分　寝室へ行くと、アパートの一階の部屋に住んでいる筈の女の人（男の子の親）が、二階の室内で突然高笑い。「アハハハハー。」私「気色悪ー。」

○平成十四年三月十日　朝、主人警報装置鳴らしっぱなしで出掛けようとする。その後日曜日とはいえ子供がいっぱい外で遊んでいる。ベランダを拭きに行こうとしたら、一階の部屋へ子供が走って入っていったのを見て、気が付けばさっきまでいた大勢の子供達が一人も居なくなっていた。天気予報で昼から曇りでもあったので、ベランダに出るのを止めた。夕方、主人が帰って来てから、一緒にドラッグストアへ行った。店員がやたら張り付いてきたけど、まあ助かる。家に着くと、道でサッカーやっていた男の子が、こっちに来た時、もう一人の子に「やられたな。」

○平成十四年三月十一日　朝、車がキィー。夜中も子供の声なのかちょっとうるさかった。主人が居る間に布団干す。朝、台所に居ると、笛がピー。靴みがきしていると、音の無い町内放送、居間に居たら、南側のシダさんちの敷地、うちのフェンスに隠れて、子供が二人「アーアー。」声じゃなくて音をさせて、そのまま走って行った。夜、主人がテレビ見ている時、洗い物していたので、水音でテレビが聞きづらいらしくボリュームを一気に上げるので、「ワーワーうるさいよ。」「誰がワーワーうるさい？」こちとら、あんたの親のせいで、布団バサミがキーキーいっただけで、いらん注意をせにゃならんのよ。

○平成十四年三月十三日　朝、姉から電話。「アパートの男の子、いつも朝、出掛けに大声出してから、それから玄関開けて出て行くんだけど、先週の火曜日は、東端の部屋かうちの前のフェンスの陰かは知らんけど、家の近くだったもんでよけいにうるさかったー。」「あっ、ほんと？」「先々週の土曜日なんか、こっちが洗濯物取り込んでいる間に、わざわざ二階の部屋を東端の部屋に小学生が移動して、部屋入るなり、喚いとった。あれは大きかった。近所中に響きわたったわね。そっちは女の子だったけどね。」「一回こうだって思ったら、他の物の見方が出来ない人達だから。」

まあ家に帰ってから、おばさん達が大騒ぎ。Tさんとクノさんと、義母が三人、母屋の玄関前に集まって、私が盗聴されていることに気が付いていることに気が付いて、冷静になって不安感じて黙り込んだ時、間髪入れずに「ハッ！　やっぱおかしいわっ！」そう言うウエーブのかかった肩より短い髪の小柄な細身の中年女性が冷静にならないようにミスリードしていた。さかんに笑っとったけど。まるで《分かってくれる味方》のようなふりをして！

○平成十四年三月十六日　朝、うるさくて目を覚ます。洗濯物干している時、車のブレーキ音がキィー、機械の音がキー。庭に居た義母が義父に何やら聞くと、義父「違う。」義母は、私の声とブレーキ音の区別がつかないらしい。しかも外に出ていて。南側のフェンスに女の子が居て「うんこー。」この子は午後十二時十分、洗面所に私が居る時、何やらグチャグチャ叫んでいた。三月二日の子かな。夕方、うとうとしていると、南？　家の中？「やらないっ！」の声で目が覚めた。

○**平成十四年三月十七日**　午前十時頃　子供の愚図るような声で目を覚ます。最近いつも青いトラックが停まっている所、今日は銀色のツートンカラーのワゴン車が停まっていた。

午後二時三十七分　布団取り込む。アパートの二階に青い帽子被った子供達と女の人が足音立てずに来た。暫くすると、案の定キィー、金切り声。母屋の開けっ放しの玄関から義父がそそくさとこっちに笑いかけながら出て行った。ベランダに居る時、Tさんちの男の人が、バイクで出掛けすぐ戻って来た。ノーヘルで。

午後六時五分　ヒィー、笛。

○**平成十四年三月十九日**　今日はとっても静かだった。白の軽トラ、隣の敷地に停まっていた。午後三時頃、ベランダに出るとすぐ義母が戸を開けて出て来ていた。小学校？　で男の子の声がしたが、すると「子供の声…等々。」無線？　かなんかで話す男の人が外に居た。

○**平成十四年三月二十日**　朝、帰って来たらクラクション。アパートの一階の東端のおばあさんが、戸を開けっ放しにして、顔だけ出して、ドアをガタガタやっていた。洗濯物干して中に入ろうとすると、車がアパートの駐車場に入って来て、すぐ子供の声がキィー、車入ってきたばっかりなのに、すぐまた出て行った。
午後十二時十分　二階の真ん中の部屋で、セーターをしまっていたら、隣の敷地に車が入って来て、それから、女の子？　の声がキィー、キィー。北東の方角から中位の大きさで聞こえた。
午後二時頃　洗濯物しまう時、町内放送のチャイムだけ。後は静かで、家のあたりで無線で話しているような声、前日の人と一緒。
○平成十四年三月二十一日　午前二時ちょっと前、家のベランダのてすりで音がした。五分位後で、母屋のベランダの戸が閉まる音がした。
午前七時三十分頃　町内放送チャイムだけ後は静か。
午前八時三十分頃　男の子うるさい。先入観持たれると、機械の音だろうが、笛だろうが、女の子達、男の子達、おばさんだろうが、距離が離れていようが、口を開けてもおらんのに、「アッ。ホントだ。」って確認した気になって、思い込んじゃう人って多いんですね。
午前九時四十分頃　ベランダに出るとキィー、キィー、ブレーキ音。
午後三時　二回、五時三十分　やっぱりブレーキ音数回。実際、義母は第二アパートの横で自動車がブレーキ音させても、うちに飛んで来たことあるし、それからお隣の敷地から道路見る振りをしていたが、どっちも方角違い。自転車のブレーキ音の時など、第二アパートの角、交差点、コンビニの前、キタノさんの角、この四つの角を一周半、計六回ブレーキをキーと鳴らしていた人が居たこともあった。
○平成十四年四月一日　午前八時頃　ブレーキの音だけキー。アパートは静かでも、あっちこっちで子供の声がしていて、キダさんちに造園の人が居て、今日は多分うるさくなるだろうなと思っていたら、午前十時頃、キィー、キィー。子供の声。
　午前十時三十分頃　私がベランダに出る直前、アパートの二階の東端の戸がほんのちょっぴり開いた状態で、その部屋の中年女性が室内に向かって「バカっ！」と怒鳴ったが、私がベランダに出たら物すごくシーンとしてた。
　この部屋の小学校三、四年生位の女の子と、この母親は前はベランダで見かけるとお互い挨拶交わしていたのに、最近見かけないいなと思ってて、てっきり引っ越しされたかと思っていたら、怒鳴り声。室内に誰か居るのか？　お子さんなら学校行っている時間帯だし…。この女の人も、ドアを閉める音も、鍵をかける音もしなかった。妙なことがあったり、矛盾を指摘すると、必ず、『この人だけじゃない。この人もやってるんですよ。』か『この人じゃありません。この人がやって（言って）たんですよ。』と変えるか増やすか、するもんな。義父が男の人と外で、「いつおかしくなるだ？」「朝、いつも…。いや…。」オイオイ…。西尾の友人から電話、明日花見に行くことにした。
○平成十四年四月二日　主人にも、花見に行くとか言わず、日時も場所も、人に会うとも、出掛けるとも言ってないのに、花見で弁当広げていると、隣の花見グループの人が、わざわざうちの弁当覗き込んで、「作ってある。」誰？　帰り第三駐車場の入り口で、係の人と、おじさんがしゃがんで、こちらを様子伺いしていて、おじさんはビデオ置いていた。うちに帰ると、義父が車庫に居て、「きれいだった？」「あーきれいでしたよ。」何で知っとるの。

○平成十四年四月三日　午前一時十分　ブィーン、ブィーン。前聞いた大きい機械音、今日は主人も聞いていた。

午前九時四分　グゥルグゥル、アパートの二階で男の子が吠えていた。今日はベランダに出る度に何やかや、声がしていた。

○平成十四年四月二十四日　七日、八日、九日、十日、十二日、十五日、十七日、十八日、十九日、二十二日、奇声か怪音。十九日と二十三日、特徴のあるクラクション。燃えないゴミを出した後、義母が聞こえよがしに何か言っているところを見ると、又何かあったらしい。

午後七時　新聞屋さん○○スポーツ、「この辺の担当で、毎日朝来ている者から行けと言われて来た。」勧誘の割りには、二、三日後に来るからと言うので、週末は出掛けるので五日以降にして欲しいと言っといた。クノさんが、若い人がスポーツ新聞を読むからと、うちを勧めたとかで、義父母が主人にそう話していた。母屋には勧誘は無かったらしい。

○平成十四年四月二十六日〜二十八日　K旅行会社で北海道。三名除いて皆、平成十一年五月にR旅行会社でのバス旅行と同じカンジ。運転手さんとバスガイドさんも、本物のようだ。私達は最前列、運転手さんのすぐ後ろ。（後で添乗員の経験のある友人が「そこは安全上空席にする席だ。」確かに横は空いていた。）ガイドさんは口を酸っぱくして、「降りる際は、貴重品は必ず持って行って下さい。バスに置いて行かないで下さいね。」パッチワークの丘では、各方向に、まるで見張りのように外向きで立っていた。望遠でチェックされると困るかのように…。今回も皆集合時間十五分前にはバスに集合。うちが五分前に戻っても大抵ドベかドベ前。こりゃちょっと早目に戻らないといけないかと、十五分前に戻ると、まだバスの入り口に添乗員さんもバスガイドさんも待ってなくて、でもバスの中は半分以上揃っていた。席に座ると、主人が「それどけて。」見ると、黒いティッシュカバーに包まれたポケットティッシュが置いてあった。「何これ？」こんな物さっきまで無かった。

一人、小学校低学年の男の子が、その父親と一緒にツアーに参加していて、平日なのに不思議、学校休ませて旅行か。（父親は失業中と小耳に挟んだ。）その子が、バスから降りる時、ビニール袋に入れたゴミを他の乗客の席にポーンとほかって、すぐ後ろにいて顔色が変わる私を見上げ、ニッと笑った。結局後で拾い上げていた。ガイドさんは無邪気を装うこいつに気が付かないようだった。その子供の仕業？　か？　落とし物にしろ、何にしろ、すぐバスの入り口に来たガイドさんに持っていって、「座席に落ちてました。」「私のです。探してたんです。」軽く引ったくるようにして持っていった。それからガイドさんの態度が変わった。観光中に運転手さんと、ガイドさんが前に居たので、「あの席に座ってらしたんですか？」「いえ…。車庫から空港までは座ってましたが、それ以降は座ってません。」バックミラー越しに、こちらの様子を見ていた運転手さんは、妙だと気付いていたようで、その後、運転席の背もたれの所に、ガイドさんはご自分のバッグを入れて（見せて）、「あんなとこ（物が）入るようになってるのねー。」主人は、全然見てなくて「ああ、うん。」運転手さんや、ガイドさん、添乗員さんが同席しない食事の時、奥さんと娘さんにせっつかれて、長年真面目にやって来ましたっていう風の年配の男性に、何か無理強いさせて、やらせようとしているようだった。別にどうしても欲しい訳でも無かったが、店員さん呼んで、牛乳頼んで持ってきてもらった。せっつくのをやめた。メキシコ旅行の時も法事の時も、やりたくない「自分は長年まっとうにやってきたんだ。」っていう人を巻き添えにして、無理にやらせてるようだったが、ちくられると困る（困るようなことをやっている。）ので、同罪共犯ですか。最後のレストランの時、他の号車の人達も、時間差は少々あったが見かけた。普通、同じツアーなら一緒の方がどちらも経済的な筈なのに、メキシコの時は全く一度も見かけなかったもんな。

硫黄山に行く前には、中年の男が「殺されても文句言えんことやるだれなぁー。」と言葉の内容とは逆に、笑いながら、（お声がかかったのが逆に嬉しいかのように、まるで特殊任務を任されているかのように、やや得意げに）言っていた。

○**平成十四年五月三日**　一日掃除。義姉庭に佇む。子供のキャーと私の咳を聞いていた。

○**平成十四年五月四日**　名古屋科学館へ行った。女子トイレに行くと、母親らしき中年女性が、子供連れていて、子供は何か愚図っていた。個室から出て来たら、警備員がトイレの入り口に来て私を見て顔色を変えた。（あーあ。）

○平成十四年五月十二日　Eスーパーに主人と買い物に行く。主人急にトイレ行きたいと言って行ってしまった。ジャム売り場で商品を選んでいると、男の店員さんが、女性店員と得意げにやって来て、「あら、こんなところにお財布が。」イヤミ言って喜んでいるような様子だった。気が付くと主人も横に居た。何が「あらこんな所に？」つらつら考えて、もしかしてポケットティッシュ見て、こんな所にお財布がって言ったっていう話じゃないよね。でも今までもいっくらなんでもそんなバカな、の連続だったもんな。しかし北海道で、しかもバスの中で、言ってもいないセリフを教えてくれる、《こいつがそうだと教えてくれる状態で必ずやるバカ》ですか。ポケットティッシュ見て、「お財布が…。」？いっくら目が悪くても、コムサ・デ・モードとはいえ黒い布製のポケットティッシュケースカバーくらい、頭のおかしいバカでも分かることでもあるが…。

○平成十四年五月二十日　クノさんちで「そんなバカなことある訳無いじゃん。」大きく力んで言う声が聞こえた。何人かいたようだ。母屋が耐震工事を工務店に頼んだとかで、庭に作業服着た背の高い男の人が居た。この人は平成十一年の夏に、うちに「T会社名古屋です。」て、文句ばっかり言って、ドライバーを忘れて行った、専門の職人さんを連れて来た人だ。私に気が付いて？　逃げようと？　門の方に歩いて行くのを追っかけると、立ち止まってお互い挨拶した。間違いない。「全部話して協力要請した方が…。」と言って怒鳴りつけられていた人だ。転職ですか？　その後の工事が始まってからは、見かけなかった。

○**平成十四年五月二十四日**　帰宅時、義兄が車の移動。義父が車庫入れする際、主人にまかせて洗濯物を取り入れに行く。義母に「こんにちは。」義母完全無視。二、三日前から義母は全く私と口を効かない。近所の人も、私が出掛ける時、出て来るが、こちらが挨拶しても会釈だけしかしない。「あっ…。」と言って横向いて会釈。

○**平成十四年五月二十六日**　午前一時頃　ブーン、モーター音。暫くしてから「バンッ！」窓閉める音？

午前七時頃　モーター音。図書館でも妙に丁寧、なのに雰囲気悪い。どうやらもっと悪い話になったようだ。午前九時半頃、帰宅。帰宅時救急車サイレン。二十一日の火曜日（ゴミの日）にも午前八時二十五分と午後十二時四十四分にしていた。

○**平成十四年五月二十七日**　午前八時十八分　救急車サイレン。

義母、主人に「いってらっしゃい。」私の「おはようございます。」聞こえなかったようだ。主人送った帰りに、最近いつもノンストップで人が飛び出て来る。ミラーの無い道で、右から補助カーに乗ったおじいさん。左からメロン持ったおばさんといった感じで複数の人。最初は、自転車乗ったおばあさん、ベビーカーの若い女の人。いわゆる交通弱者。またか。

○**平成十四年五月二十九日**　午後十二時三十分　救急車サイレン。二十八日の午後十二時十五分もしてた。三日連続。シダさんちとの境目に男性が居た。

○平成十四年六月三日　朝、主人送って行く時、クノさんのおばあさん、上機嫌で（久々に）挨拶。車が一昨日からずっと見張っているかのように停まっていた。二回目の洗濯の時、窓開けなかった。バンバンバン、音が三回して、停まっていた車、それを待っていたかのように、エンジンかけて出て行った。

○平成十四年六月六日　キィー、キャーの後、車が二台、お隣の敷地に入って来た。お隣さんのではないようだ。

○平成十四年六月七日　朝、早目に布団干して居ると、思いっきりキャー、キャー。小学校より北側。

午後八時頃　うちの北側でヒィー、ヒィー、ヒィー、ヒィー。笛の音。

午後八時三十分、主人帰宅。

○平成十四年六月八日　ベランダで行った方向から、キィー、機械音。キャー、叫び声。アパートの駐車場に車がやって来て、二回音が聞こえて確認した気になったのか出て行こうとすると、アパートの南側でキィー、機械音。再度確認しようとした？　かのように、車そのまま。

デパートの座布団が宅配便で届く。サイズの違う伝票を何枚もくれて、言われるままに、そのうちの一枚に印鑑を押すと、その下に通常ある受取書が無い。そのことを聞くと「無いです。」その他のを見ようとすると、「あっ、それは、隣の分の不在伝票です。」そう言って、伝票みんな持っていってしまった。最初から、うちのじゃないって分かっていたんだろうに、その分まで渡さなくても…。

○平成十四年六月十日　洗濯物を干しに北側に移動すると、キィー、子供の声。それまですっごく静かだったのに、クノさんちから嬉しそうに、おばあさんともう一人の女の人が出て来た。

○平成十四年六月十四日　朝、義父の声で目が覚める。義父「インターネットの方でやるしかない。」「いいってか？」主人送って車の中で文句たらたら。西側で電線工事をやり出した。お隣に軽ワゴン。最近停まっていても、見るとすぐそそくさと移動する。

○平成十四年六月十五日　アパートの方から、男の子の声「ハーーイ！」午前十一時過ぎに洗濯物干していたら、母屋から「異常無い？」午後七時過ぎ、電子レンジ使っていたら、キーン、金属みたいな電子音。その後カエルのやたら大きい鳴き声。クラクションブーブー。午後八時過ぎに、トイレ入って出てくると、救急車サイレン。

○平成十四年六月十七日　「安易な理由造りじゃなきゃいいけど。何やってるか分からん。何しでかすか分からんキケンな頭おかしい人っていうことにしたいんだろうけど、それにしちゃ、玄関のドア九十度全開っていうことに疑問持たんのか。勿論気付いた人もいただろうけど。だから最近やっとドア閉めるようになったもんな。」独り言。洗濯物干している間、義母が得意げに話しているのが、「子供が出来んくておかしくなった。」ったく…。「やっぱ安易な理由に走ったか…。」クリーニング屋さんに行く。スモック着た男の子連れた、お腹の大きい母親、男の子がカウンターの下の入り口に土足で入ると「あっこら！」

イスの上に土足で乗っても平気。「こらっ」言っているのに止めない。全然違う子なのに北海道旅行の時、ツアーに居た男の子に雰囲気がそっくりですっごくイヤ！　無邪気を装ってこずるく立ち回る。

○**平成十四年六月十八日**　でっかい町内アナウンス。内容聞こえず。「わざと飛び出して来てひき殺されそうになったって言われてもねー。（近所で声高に言ってる人達が居た。但し個人の特定出来ない。）でもちゃんと対向車がいないことは確認して出て来るんだよね。でもこうやってぶつぶつ言ってると、又頭おかしいのの判断材料が増えちゃう。そんなことある訳ないもんなー。午後三時三十七分、主人から電話。「電話あった？」「どこから？」「いや、どこって特に…。」「何時に？」「二時半とか…。」そんな決まってないけど…。」「二時半に電話がくることになってたのね。」「いや違う。」何か「はい。決まり！」みたいなことがあったら連絡でも来ることになっていたのか。主人は人がやってくれると言うと、すぐノルしな。

○**平成十四年六月二十日**　午前五時三十分頃　母屋のベランダ？　からモーター音。午前六時三十分、主人起こした途端止んだ。早朝からやたら騒がしい。アパートの子は、ギャラリーが居る時しか騒がない。

○**平成十四年六月二十一日**　主人風邪引いて休んだ。朝、洗濯物干す時、シダさんちのおばあさん、「アイロン気をつけて！」？　を三回叫んでいて、主人も一緒に聞いていた。

午前十時　救急車サイレン。庭で義父「うっそだあ？～。」義母「ほんじゃこのままか？」
○**平成十四年六月二十二日**　朝から子供キャーキャー。昼過ぎケーブルテレビの人から電話。主人と替わる。デジタルチューナーは要らない。でも画像が乱れる。その後すぐ取り付けに来た人達と同じ三人がブースターを取り付けていった。分配器を捜して、寝室以外全部見てった。屋根裏収納のステッカーの黄色い箱忘れて行ったので、ケーブルテレビの女性に電話して連絡してもらった。《自分達がやった。》に変えてなきゃいいけど…。
○**平成十四年六月二十八日**　朝、主人から電話。「（ローン組んだ）銀行に電話したら、『自分はやった覚えが無いので、もう一回来てくれ。』と言われた。」と怒っていた。私すぐ電話して、計算書が来ていることを確認して更に金額も確認して送ってもらった。五月一日に事務手続きをしてきたのに、そいつは五月三日付で岡崎から転勤してきたそうだ。引き継ぎは？
○**平成十四年六月二十九日**　朝、主人が床屋に行く。思った通り「いっぱいだ。」と電話。一時にT会社さんが来るというのに、結局終わったのは二時でT会社さんが作業終えて帰った後。T会社さん「屋根裏収納にも換気システムがある。」と言って、勝手に開けてた。知らんかった。無かった。一緒に来た一人は新人だそうだ。
○**平成十四年七月一日**　朝、曇っていたので、窓を開けたり閉めたり二回した。で、どうも窓の開閉している間は、何かやっているのが私ではないことが分かるらしいというか、何かまた私の動きに関連付けて何事かしているということなのか、トイレに入っている間に、なにかあったらしく、窓全開にしてあったのに、それからはベランダに出ればアパートの一階の人が必ず外へ出て来るし、どうもちゃんと確認した人が多くなってきたので、また何か話を変えてるとかじゃないといいけど。それからは、《ずっと見張ってるぞ》状態で、ベランダに出れば、アパートの一階の人が必ず外に出るか、母屋から義父が出て来る。もうこっちがトイレいったり、風呂入ったり、寝てる間に何やってんだか。まあ見張ってて、どっこも行ってなければ、有りもしない無線か、やったことないインターネットか、持ってもいないケータイで、外に連絡してるってことにしなければいけないということか、許可は出ないからねー。マンションに居る時にそんなことやっている人達居たもんなー。

○平成十四年七月七日　カニ料理店、丁寧だけど、態度悪かった。駐車場のおじさん、感じいいけど、車取りに戻ったら、若い男が居て、おじさんに何か話していた。若い男は車出さなかった。夕方、主人が帰りに大須に寄りたいと言うので、店で待ち合わせをした。閉店時間が迫っても帰って来ない。警備員さんに時間確認して、閉店時間の十五分前に外出て、そこで待った。横五、六メートルの間に等間隔に私を含めて三名が立っていた。一人は、カジュアルウェアの二十代の男性と、もう一人は三十代のスーツ姿の男性で、一見お仲間には見えないけど、二人何度か顔を見合わせてニヤニヤ笑い合っていた。この人達は、お仲間なのに、なんでワザワザ離れて（二、三メートル）いるのか、不思議だった。一番近い出入り口のシャッターが閉まって、一つずつシャッターが閉まって、最後の信号交差点に近い出入り口の、中側両サイドにずらっと店員さんがお見送りをして、シャッターが閉まりだして、店員さんがお辞儀をした瞬間、間髪入れずに、その二人がまるで「突入ー！」って感じで店に飛び込んだ。すぐシャッター閉まった。すぐ開いて二人出て来るのかと思ったが、出て来なかった。少しすると、ゾロゾロ警備員さんが、交差点近くの出入り口の近くに出て来て、チラチラこちらの様子を伺っていた。閉店時間聞いた警備員さんも、下向いていたけど居た。また暫くすると増えて総勢二十二、三名程になった。私がタンがからんで「んんっ。」とせき払いすると、皆がぎょっとしてこちらを注視した。主人が戻った途端、全員いなくなった。主人の両親が言い張るので、『こいつらが言った。』『こいつらがやった。』が出来たので本格的にツクッテいるようだ。六、七月に入ってから、特徴のあるクラクションは金曜日だけになった。金曜日にTさんちに魚屋さんが来てるということだったので、魚屋さんが鳴らしているということだろう。

○平成十四年七月八日　昼頃まで静かだったのに、天気があまり良くなくて昼から日が差してきたので、ベランダに出る為、二階に行くとキャー、キィー。

○平成十四年七月九日　アパートの一階、手前から二つ目の部屋で工事をしていた。

○平成十四年七月十二日　台所に行った途端、すごく近くでキャー、多分午前十時三十分位の時、叫んでいた子だろうが、あまりにも近くででっかい声だったので、一瞬テレビかと思った。暫くしたら今度はアパートの方で小さくキャーキャー聞こえた。

○平成十四年七月十三日　午後二時二十分過ぎ、洗濯物を取り込む時、Tさんちの方向で

五、六人の子供が奇声をあげて遊んでいた。が、アパートの方のベランダに移動すると、アパートの方から思いっきりキェー。岡崎のスーパーSの近くの本屋に行く。店員が、小声でこっち見ながらヤな感じ。ここも『この人達じゃない。この人達が言ったんだ。』に変えた訳だ。

○平成十四年七月十五日　午前七時三十分　ブーブッブッブッブー、クラクション。今日は月曜日。魚屋さん来てない。

午前七時五十分　交通安全の車。

午前八時三十分　救急車サイレン。朝、主人を送って行く時、あのアパートの横通ったら、ラジオに異音、電波障害。

○平成十四年七月二十一日　午前七時　町内アナウンス。アパートの二階の手前の部屋から、今まで見たことがない若い男女が出ていった。行方不明の案件、クノさんに押し付け？　皆神社へ行った。

午後三時過ぎ、洗濯物たたんでいると、義姉夫婦と義父母が帰宅。いつもの子供がキィー。義姉と義母黙りこくって、義父と義兄に何事か言ってそそくさと移動。「あなた方の背中側で、小学校との中間地点でしてましたよ。」と言いたかった。その後、二階へこそっとやって来たようだ。前にも、義姉が来た時に、アパートの一階の部屋の中でトタン板引っ繰り返すような大きな音がしたこともあったし、コードレス電話で二階の寝室で母と話している様子を、声だけ聞かせ「あっ。ほんとだぁ。」って言わせてたもんな。後で訂正すればいいと思っていたが、その機会は無かった。
○平成十四年七月二十三日　寝室のクローゼットのワックスがけしてたら、アパートの二階の手前の部屋から小学生の男の子が出てって、〈島唄〉を大声で歌って行った。但しドアの開閉音は一切無し！　義父、誰かに聞かれて「あった。」前にもあったか聞かれただろうに。私じゃないって知ってるくせに。この週かこの前の週か、母屋に勘違いした男の人が、相談？　説得？　しているようだった。私口開けてもいないのに。
午後二時三十分　この頃いつも二時四十五分に小学校の手前で喚き声がしていたが、この日は小さめで、「ぶぶっ、だってあんな小さい声。」
○平成十四年七月二十四日　二階の真ん中の部屋のクローゼットのワックスがけをしていると、お隣に白い車が入って来て、どでかい音でキィィーー！　但しエンジンは途中で切っていた。午前中の十一時五十五分にアパートからキャー！　大声で出てった。まるで前の日の「あんな小さな音。」っていうのを否定させる為の大きい音。ただ人の声だと、どっから聞こえるかバレルとまずいからかな。
○平成十四年七月二十五日　けっこう勘違いしている人が多いことが分かっているので、間違えないよう咳してんのに、気にせんだよな。反対方向は勿論、距離も気にせず、男の子二、三人、女の子二、三人、の違いは無論、ブレーキも機械も、とにかく音がすれば、何でも「私が」と、思うらしい。勘違いしている人達に、ここぞとばかりにの気合の入れよう。情けない。

○**平成十四年七月二十六日**　お隣に車があって、思いっきりキャー叫び声。二回目は遠くで、前を違うキャー。

○**平成十四年七月二十七日**　朝、お隣で例の車、キィーっていう音はしなかった。でもそれ以外は一日とってもうるさかった。本当に区別つかない人の時には思いっきりうるさい。ちゃんと調べようとする人が居る時は静かなので、最近はどうやら区別もつかん奴のようだ。

○**平成十四年七月二十九日**　これでもかっていう位、朝からキィー、キィー。今日は犬のほえ声も加わって更ににぎやか。ブレーキ音、機械音、全部で、音がするアパートの部屋、ケンカしていた。珍しくアパートの二階の手前の部屋の風呂場の窓、平成十二年から、いつも台風以外、真冬の時も、ついでに言うなら西隣の部屋も窓開いていたのに、久しっぶりに閉まっていた。

○**平成十四年七月三十一日**　主人と出掛ける時、南のシダさんの家の中から、訳わからん子供の声がしていた。主人も聞いていた。夏休みだからかな？

○**平成十四年八月三日**　バーベキュー、義姉家族と義父母と一緒にやる。ケータイの話から、テレビのサラ金の話になり、何度も弁護士に相談した方がいいと熱心に話された。私は無職だからそうそう借金なんか出来ないし、私のセオリーとして、借金をしていいのは家と車だけ。車も勤め始めて貯金で賄えなくて、でも、交通手段として必要な時だけ。それに法定金利を越えた金利には支払い義務なんか無い。そんな話をした。今度はなんなんだ。
○平成十四年八月四日　夜、回転ずし行く。「正面の席どうぞ。」と言われたが、いつもの隅の席がいいので、「向こうの席いいかしら?」「エアコンの効きが悪いので。」「あっその方がいいんです。」もう八時まわっていたので、すいていた。店員が「もう、その席これ以上、人いれんといて。今居るお客さんはいいけど。」「エアコンの効きが悪い方がいいそうで…。」「手癖が悪いっ。」両隣空いてる席に座って、ポケットも無い服着て、バッグも持たずに来てるのに、『特別に教えてもらったつもり』の人はこういうことに気が付く人少ない。
○平成十四年八月五日　午前七時五十分　南のシダさんちの方からキァーキァー。女の子の泣き声。例によって母屋に来客。午前十一時五十分、アパートの男の子歌って帰って来る。午後三時、わらびもち屋さん、とても不慣れ。午後四時過ぎ、鞄修理頼んでいたので問い合わせ。うちの電話番号間違えていた。暫くするとお隣に車。キイー、キイー。勘違いする人がいなけりゃ気にもしなかったのに。
○平成十四年八月十日〜十三日　四国旅行。一泊目大風呂のみで、内風呂が無かったので体拭くだけで我慢した。折角の温泉なのに。私やってないのに。
○平成十四年八月十四日　姉に鞄頼まれ預かる。オイがすぐ隣に座っていたので安心した。が、実家に帰ると態度が皆ヘン!　どうやらちゃんと確認してなかったようだ。その姉の夫が、二番目の姉の夫に、その会社の少し前に報道された社員の事件を引き合いに出して株価の話をして、「事件の影響が出てますが今、三万ですね。」二番目の姉の夫「四万です。」私がお茶のおかわりを持っててても受けつけない。私ゃなんもしとらん！

〇**平成十四年八月十六日**　店員さんにバスマットのビニール袋覗き込まれた。うちに帰ったら、テープ外れて袋に穴が空いていた。いつ？　気が付かなかった。

〇**平成十四年八月十七日**　義父に聞いてた廃品回収の日なので、主人と一緒に持っていったら、やってなかった。そのまま車に入れて、ホントの回収日まで置いといた。町営ジムに主人と行ったら、受付の女の子、こっちが挨拶してるのに、完全ムシ。但し帰りは◎

〇**平成十四年八月十八日**　最近音とかすごく気を付けていた。ヘリコプターが真上を通ったので、目が覚めた。二度寝して、宅配で起こされ主人が新聞取り込んで玄関の警報装置を切った。主人が宅配の菖蒲を母屋にも持って行って、暫くすると、義父が一旦玄関の方に行ったみたいだったのに、チャイム鳴らさずに戻ってきて、掃き出し窓のガラス戸を、ミカン持ってたたいた。ガラス戸を開けて受け取った。その後主人と出掛ける時、ドア開けると警報が鳴った。外のスイッチいじったな。金属のカバーが付いているのにわざわざかよ。それ専用のキーは母屋に一個、うちに一個、しかも最初うちには「一個しか無い。」って業者さん言ったくらいだったのに、後で一応「母屋にも渡したけどいいよね？」って完全事後承諾だったんだ。

〇**平成十四年八月二十一日**　S店の人、八月三回分注文品が一切無し。二回目の注文書も無いとの電話。だってそっちは届いてる。配送係の人「廃品回収とかと一緒にしない方がいいですよ。」「八月廃品回収無かった。(違う日付教えてもらって出せなかった。)」それにS店のチラシは四週過ぎた時点で月初にS店に返してる。申し込み時にアドバイスされたとおり。

○**平成十四年八月二十二日**　S店の人、店回って品物集めて今日届けてくれた。二回目の注文書も見つかったそうだ。どの時点で無くなったのか分からないそうだ。それから、配送の人に、カレンダーに受け取りのサインしてもらうようにした。

○**平成十四年八月二十八日**　小学校の近くまで帰って来たら、小学生の女の子が二人、こっちに向かって歩いてきた。まだガソリン入れてなかったのを思い出して戻った。

○**平成十四年八月三十一日**　朝、ベランダに居ると、神社の近くあたりで中学生位の女の子の悲鳴。ホントに《悲鳴》ですごかった。どうやら、青年団の人達が、頭おかしい人が喚いていると言われ頼まれて確認する為に土曜日に集まっていたのに合わせたようだが、うちでは無く、通り隔てた西側で聞こえたことに気が付いたようだ。ちゃんと気が付く人は必ず居るのに。名古屋の防災センターに行った。トイレにペーパー無いとこばっか。公共機関なのに。帰りにやはり大須に寄る。ずっとベルヘラルドで待っていた。

○**平成十四年九月一日**　スーパーJ行った。入るとすぐに店内放送。黄色の花飾りの付いた鞄を肩にかついで歩く女の人の二人連れが、ぶつかって来てそのまま行く。

○**平成十四年九月二日**　午後八時五十五分　ベランダに出ると、最近いつもアパートでしていた笛吹ケトルのピーという音が、東側でしていた。東側から聞こえてきたのは初めて。でもって、これ以降は聞こえることは無かった。フォークリフトもキィーという音がしていた。何かこの音でも頭おかしい人の喚き声として引っ掛かるというかチェックしてるかのように、言い張る人に頼まれて確認して差し上げてるつもりの人が居ると、必ず、こんな音が、何でこんな所で、みたいにしているようだが。でも、笛吹ケトルがピーと音がするのも、フォークリフトがキーときしむのも、当たり前のことだから、こんなことを言うと、絶対《頭がおかしい》に拍車かけるだけだっていうのは、分かるしな。駅へ主人迎えに行く。タクシーがロータリーの一般車が停めるスペースに停まっていたが、電車が着く前に客も乗せず、タクシー用スペースに移動するのでもなく、そのまま出てった。

○平成十四年九月三日　朝、主人送って帰ると、Tさんちのお嫁さんが、子供を脇にあげて、道を空けてくれた。お礼を言ってすれちがうのを、クノさんのおばあさんが、ずっと隠れて（丸見えだったけど）見て居た。朝、ブブッブブッブブッブー、いつものとは違っていたので主人に話した。ゴミ捨てに行くと、Tさんが慌ててやって来て、声掛けてきた。その人とは一番遠い所にゴミ置いた。道路渡って戻ると、第二アパート二階から「○○さーん。」周りにはその人しかいなかった。その人含む四人は大抵、挨拶してもイヤそうに下向いたりしていたのに、今日は明るく対応。

午前十時四十分　ブー、クラクション、大きく一回だけ。

午前十一時　自転車のブレーキがキィィー。その後、まるでそれが合図だったかのように、クノさんちに、ご家族以外の車が、いっぱいやって来た。

午後三時三十分　いつもどおりヒィー、叫び声？
○**平成十四年九月八日**　朝、寝室のカーテン開けた途端、キィー、キィー、電動鋸の音が二回。主人部屋に来たら止まった。母屋で義父「ほらやっぱり喚いていたでしょう。」夜中、家の南側から、何か分からない音がした。電気消した途端、今度はアパートの一階の東側でまた、似たような音がしたので、結局又電気点けて点けっ放しで寝た。
○**平成十四年九月十五日**　午後から出掛ける時、母屋の前で、義父母に呼び止められた。その時ちょうど、いつもの女の子がキァー。主人は聞こえなかったと言っていた。
○**平成十四年九月二十一日**　廃品回収の日だと、義母に教えてもらった日だが、神社ではお祭りもあるのに、同じ日にわざわざ？　八月の例もあるし、広報にも載ってなかったし、出すのやめた。郵便屋さん、主人が居る時に普通郵便届けてくれて、「直接こちらにも届けた方がいいですか？」
○**平成十四年九月二十四日**　午前十時二十七分　ブーーーー。クラクション。いつも二〜三時に東側でしている子供の叫び声が今日は南側でしていた。お隣で車のドア開けっ放しでエンジンかけっぱなしの西側の窓の正面に停めて、こちらを見て何かしていた。紺の軽自動車。
○**平成十四年九月二十五日**　午前八時五十五分　西側で子供のでっかい金切り声。
○**平成十四年九月二十六日**　朝、小学校の前の道路に、体育祭の時、最後に電話掛けるよう言われた家に人が来ていた。ここのおばあさんに、少し前ウソをつくよう頼んでいる人がいた。

○平成十四年九月三十日　午前八時前、アパートの親子とてもうるさかった。Tさんちの前を車で通った時、ラジオに雑音が混ざらなくなった。

○平成十四年十月二日　今日もうるさくなりそうだなと思っていたら、昼過ぎずっと笛の音。

○平成十四年十月三日　午前八時頃　男の子うるさかった。

午前十一時五分　二階に掃除に行くと、お隣にものを積んだ車が入ってきて十〜十五分そのまま。主人の部屋に行くと、ドンガラガラガラ、ものを置く音。寝室に行くと、開き戸の所に義父と若い眼鏡の男の人が居て、東側の窓から、私の顔を見て、その男の人は、義父に「でもこれは、こういうことだって聞いてますけど。」義父「違う。」そう答えた瞬間、キタノさんの温室で男の子の叫び声があがった。義父「聞こえたね。」「はい。聞こえました。」（そりゃ聞こえたでしょうね。私も聞こえましたよ。あれだけ大きい声だったし、姿もベランダからでも、北側の窓からでも見えましたからね。見たこと無い、アパートの男の子じゃない体の大きい男の子でしたね。）義父「じゃ、掛けて。」「はい。」（「あ、ここまで聞こえて迷惑ですね、じゃあ止めに行きましょう。」そう言って庭に入ってくれれば、その人自身が、温室に入り込んだ男の子に気が付いたでしょうに。又《言われた通り『確認』の名目で、言われた通りの場所で、言われた通りの方法で、『確認』した気になって《子供の声と区別もつかんバカ》か。）早速電話して「はい、聞こえました。場所ですか？　場所はですね…。」義父笑いながら、母屋の中へ入った。今のうちにと布団取り込むと、義母がベランダで大きくハアーア、ため息。毎回同じことの繰り返し。しかも『この人が言っている。』が出来ると、『この人だけじゃない。この人も言っている。』を必ず増やす毎回同じパターンの繰り返しと、そこまで気が付いた人が居て、ちゃんと調べた人も居た。後日『この人も言っている。』を増やしている時、温室に入り込んだ中年の体の大きい男の人が居て、男の子逃げてった。それから、クノさんのおばあさんの所に、きちんと調べた、多分公務員の人だと思うけど、小柄な男の人が、「子供でしたよ。」そうワザワザ自宅まで報告に行ってあげてるのに、クノさんのおばあさんは「そんなバカなこと無い！」玄関先で怒鳴って追い返していた。声がするので、私、一分始終を東側の窓から見ていた。

それから数日後、クノさんのおばあさんが、それまで一度も見たことが無いオカッパ頭の三十代前半の細身の女の人と庭先に立っている時、これまた一度も聞こえたことの無い、中年女性の叫び声がTさんちの方角から聞こえた。クノさんのおばあさんが「子供じゃなかったよね。」「うん、うん。違っていたよ。」（ほら、このお若い方も言っている。年のせいで勘違いしたなんてある訳無い。）ってか。そういうふうに、『騙された人が、騙されたんじゃない。』と言い張るように、『そうであって欲しい。』モノが『そうであって欲しい。』時に、タイミング良く現れる。そのタイミングの良さを疑えば、自分がカモだって気が付くんだけど、タイミングの良さを疑いもせず、そこでまだきちんと『確認』

すればいいんだけど、『確認』すらせず飛びついて、『ほらみろ。自分はそんなバカと違う。自分だけは見抜けたんだぁ。』と言い張る立場に立つように、必ず教えてくれた人が（複数）居たでしょうに。そんなバカなことをやれって言う人の言う通りに動いているから、『そんなバカなことある訳ないっ！（こっちが）悪いんだ。』って言い張って、バカなことやり続けるように、もっとバカなことやるように振り回されるのよ。

○**平成十四年十月四日**　午前八時三十分　救急車サイレン。

午前八時四十分頃　窓開けたらキィィー、ブレーキ音。朝、主人が居る時に布団干したら、お隣で、重機がキィーキィー、でも主人は聞いてないと言う。西側の窓のすぐ前なのに、それでも「聞こえない。」って？

0xxx-xx-xxx6「ナノさんのお宅ですか。」おめー、前も引っ越したって教えてあげたのにー。

午後一時頃　キェエー、ブレーキの音。午後三時過ぎにも救急車サイレン。十分後、洗面所に行くと、西側の窓の外あたりで、けっこうでっかい声？　音？

0xxx-xx-xxx6「ナガセですけど、アキラ君いますか？」「違いますよ、うちは。」

午後八時　匿名電話二件。

○**平成十四年十月六日**　図書館の帰り、中年女性と、紺の線の入った白のヘルメット被った男の子は自転車に乗って、T字路を右T部分から、思いっきり縦部分まで斜めに突っ切り、反対側に停まった車の所で一旦降りて、向きを変えて、又今渡って来た方へ行こうとするので、こっちは停車して、「先に行け。」と手で示すと、向きを変えて、横断歩道をノンストップで走って行った。役場の前では中学生の女の子が道半分埋めて、自転車で走っていたが、一人の女の子が一台避けてくれたので、ようやっと抜いた。ちょうど下校時間。キタノさんの家の角から、シルバーカー押したおばあさんウロウロ。重なるわね。

○平成十四年十月七日　昼十二時近く、重機の音が間を空けて、キィィー、二回。

午後十二時四十五分　匿名二件。Uさん、今日来ると言っていたのに、明日火曜日に変更。午後一時五十分頃、「頭がおかしいだでね！」緑の車の中年男性にそう言って、母屋から出て来て、そのままその車で出掛けた。洗濯物しまっていると、紺の線の入った白のヘルメット被った小学生の男の子が、クノさんちから猛ダッシュして、窓を閉めていると、自転車で何か叫びながら、移動していった。子供用の自転車小さいから、窓の下サイズになっちゃう。クノさんちのお子さんではない。結局、クノさんのおばあさんも『騙されたんじゃない。』にする為に『騙す側』にまわった。それもクノさんのご主人が引っ掛かった手口そっくりそのまんま。見える姿は私の姿で、聞こえるのは子供の声でも、『確認』の名目で区別のつかないバカが『確認』したつもりになって言い張ればいいという手口。それもツクってでも、騙してでも。

○平成十四年十月十五日　主人が階段降りて行く時、お隣で重機がキィィー。

午前九時頃　子供キィィー。主人に「外の音、気を付けて。」ピロピロピロー、聞こえんらしく、「ウソー？」午前十時三十分頃、ゴミ出さなかったけど、ブーブッブッブッブー、クラクション。夕方、風呂掃除している時も、重機がキィー。
○**平成十四年十月十八日**　午前五時三十分　ゴミ出し。
午前七時三十分　ブッブッブッ、ブッブッブッ、二回。
昼十二時頃、起きた。自転車乗って、角で必ずブレーキ音をキー、計八回、何ぐるぐる二回、回ってるんだか。ホントに同じことばっか。
○**平成十四年十月十九日**　午前九時五十四分　救急車サイレン。
「廃品回収の日だが、メモしとくと良い。」とわざわざB４の紙にワープロでうたれて回覧状の紙を、一枚、ひものない回覧板で前持って来とるくせに、義父は「覚えが無い。」ときた！　結局今日もやってない。おまけに義母は、「四月から九時に変わったのよ。前教えたようと思ったけど、用も無いし、まだ寝とるって思ってぇ。」
○**平成十四年十月二十二日**　朝、主人送って行く時、義父タバコやめた筈なのに、物置の前に居た。最近帰宅時にやたらそこに居ることが多いが、朝は珍しい。
○**平成十四年十月二十三日**　早朝、母屋のベランダから？　ものすごい大きいモーター音。朝、主人送って行く時、アンテナいっぱい付けた○○会社の営業車が前をずっと走っていた。いつもの通りには車が一台も停まってなかった。紺の軽が一台だけ、学校の近くにあった。今朝は義父タバコ吸ったらしい。夜、主人迎えに行った帰り、三河ナンバーのバンと豊橋ナンバーのセダンが停まっていた。
○**平成十四年十月二十四日**　スーパーDにお金おろしに行く。白のバン浜松ｘｘ-ｘｘの車内でケータイ持った目付き悪いおじさんが居た。
○**平成十四年十月二十五日**　ニコニコしながら若い男の人が二名、アパートの二階に入っていった。洗濯物しまう時、アパートの方向から子供の大きい声がして、クノさんのお宅から、「やっぱ、…。」大きな声で話しながら、義父母が母屋に入って行った。夕方、残った洗濯物取り込むと、「ごはん、ごはん。」とさっきとは違う子供の大きい声。子供が声出すのなんか当たり前だろうに。
○**平成十四年十月二十七日**　チャイムだけの放送数回。図書館で、図書館の係の女性がイヤな顔をして、棚に居たが、整頓している訳ではない。くちゃくちゃ音を立ててガムをかむおばさんが側に張りついて来て、うっとおしかった。
○**平成十四年十月二十八日**　午前十時五分　チャイムの音。
　午前十時十分　クノさんちの西側から、クノさんちの庭に女の人が居て、私がベランダの北側に移動した時に、電動ドリルの音三回した。
○**平成十四年十月三十日**　「貴重な証人だもんで、もう離してもらえんわ。やっぱおかしい、やっぱやっとった、で、ずっと引っ張ってもらえるわ。」家の中で独り言。母屋に女性が泣きながら？　何か喚いて入っていった。数時間後、主人から、私の切り替える自動車保険の料金が今より三十%以上アップになるとの電話。何で？　団体扱いになるのに？
○**平成十四年十月三十一日**　布団干している時、Tさんの方向からヒィィー、女の人の叫び声。子供じゃなかった。お隣に白のセダンがすぐやって来た。

午後三時五十分、アパート一階から、おばあさんが大声。

○**平成十四年十一月二日**　洋服屋でワゴンセールのカシミアのセーターで、一番上のを持ち上げたら、セーターに挟んであった値引きの札（未記入）がバラバラ落ちた。

○**平成十四年十一月三日**　昼、ジムに行った。トレッスーパードミールの真ん中がひもが外れて使えないらしい。一番右のプールの監視員の真っ正面、四つ折りにした固そうなタオルを持っていた。何か固い物を挟んでいるようだった。

○**平成十四年十一月五日**　最近午前○時三十分から二時三十分頃キィィーと叫ぶ男の子の声が東側から続いていたが、今日は北側からしていた。西側のお隣の敷地から車のエンジン音、でも車はいなかった。二、三回そんなの。

○**平成十四年十一月六日**　D社から電話。「これって主人のセカンドカー契約をしてから、私の名前に名義変更ってことですよね？」「そ〜ですねー。出来ますねー。」あなたがそうしろって書類送ってきたくせに！　こんな短期間にもう話が変わっている。

○**平成十四年十一月七日**　五日から七日まで続いてエンジン音だけ、車見当たらず。どうやら私の言っていることがデタラメで無いことが分かってくれた人がいたらしく、勘違いとか被害妄想とでもいうことにしたいらしい？「突然喚く。」だの「突然おかしくなる。」だの「ストレスがたまるとやる。」だの、気が付いた人にそう言っているのが、ちょくちょく居た。ご都合主義もいいとこ。

朝、主人会社に送って行く時、南側のシダさんちの前の道路に車が停まって道ふさいでいた。で、どいてもらえるかチラッと見たけど、動く様子無いので、義父の車も無かったので、Uターンして出てく。うちがコンビニの前の道を左折すると同時に、すぐ後ろに来ていた車が、以前からよく車が停まっていたお宅の駐車場に入ってUターンしてまた、南に出て行った。最初から道路左折して行けばいいだけでは？

午後十二時三十五分に郵便局に年賀状取りに行くのに二階の北側の部屋と西側の窓の三カ所開けたまま出掛けた。午後二時三十七分、戸締まりに行くと二階の西側の網戸だけ開いていた。主人の部屋は異常無し。

◯平成十四年十一月十一日　昼前、二台の車がお隣に停めてあった。

◯平成十四年十一月十二日　葬式参列。姉達、完全無視。姉の一人に二月に頼まれたチョコ一応持っていった、どうせいらないと言うだろうけど、聞いてみると、やっぱり「もういらない。」従兄弟達、露骨に睨みつけてくれる。

◯平成十四年十一月十三日　午前九時十五分　主人の会社の駐車場で、小太りの姿勢の良い中年男性が歩いていて、主人に「この人知ってる?」「なんで??」歩き方に特徴があって、何回か会社以外で見かけてる。やっぱ覚えてないか。午前九時二十分、帰宅。義父母とクノさんが居て、「食器棚にシール帖るのを頼んだのか?」「はい。」「もう、帰られたよ。うちに言ってかないから、いかん。」「えっ、十時って言ってましたけど。昨日留守電にも十時に行くって言ってましたけど…。」職人さん来たの九時。

◯平成十四年十一月十四日　Uサッシさん、「アクリルボード届けに明日十時に行く。」

「なら、その時支払いもすればいいですか。」「自分が集金に行くから、十時に行く人には渡さないで下さい。」「ほんとに届けてくれるだけなら、一緒でもいいですよ。」「どうしようかな？」「じゃあ、いらっしゃる前に電話下さい。」「はい明日十時に。」「十時って決まっているなら、電話いいですよ。」

○**平成十四年十一月十五日**　Uサッシさんの方、アクリルボード届けずに集金のみいらした。渡していいかUさんに電話して確認。アクリルボード届けにUさんが後から来た。職人さんの連絡したサイズが違ってて合わなかった。本当に一度で物事が運ばない。夜、給湯器の故障、給湯器メーカーへ電話、「ヒューズがとんだ。」

○**平成十四年十一月十六日**　昼、ガラス屋さんが、アクリルボード持って来た。

○**平成十四年十一月十七日**　0xxx-xx-xxx1　給湯器メーカーの方、090-xxxx-xxxx　無料で修理して下さった。が、白地の紙に印鑑押すよう言われたので、百均で買った印鑑押しておいたが、なんで？　この前後で銀行の印鑑変えた。簡単な印鑑にしたのだが、また複雑なのにした。

○**平成十四年十一月十八日**　大阪の友人と一緒に蒲郡と岡崎に行った。蒲郡で、信号無視するヘンな車居た。

○**平成十四年十一月十九日**　午前一時頃　ベランダの屋根の上で、百舌鳥がキー、アパートの一階で物音。

午後三時三十分頃　洗濯物取り込む。アパートの方向からキィー、キィー。鳥でもなければ、ドアの開閉音でも、人の声でもない。なんか何でも引っ掛かる人が居ると、必ず便乗してやってる？

○平成十四年十一月二十三日　和紙の里に行く。お店で、さくらアイスを買う。中年と若い女性店員、二人共、あからさまに態度悪かった。本当に行くとこ、行くとこ、ここも初めて来る所なのに、しかも突然主人に言って出掛けたのに、必ずオシエテくれる人が居るんだよな。というか絶対漏れはないもんな。失態隠しの時だけマメ。広げれば広げるだけ、「この人達が言っている。」は出来ても、それだけ「あんたは騙されたんじゃない。あんたがオシエテクレタ。あんたが承知の上でやって、あんたが騙したんだ。」を増やしていることが分からないらしい。だから「あんまり頭の良くない犬。」って笑っていたんだろう。

○平成十四年十一月二十五日　ヘリコプターがすぐ近く飛んでいった後、お隣に車が停まっていた。

○平成十四年十一月二十九日～三十日　岡山、倉敷に旅行。宿泊した旅館の隣室が少し気になった。箸置きが無かった。「無くなった。」じゃなけりゃいい。宿の感じは良かった。

○平成十四年十二月二日　午後六時四十分　旅館の方に、頼んでもいないビール代が、支払った代金に含まれているのに気が付いて、迷ったが電話した。私がビールを飲むとじんましんが出ることと、主人は家でさえ飲まないことを伝えて返金してもらった。なにしろ以前、別の宿に泊まった時、私達の部屋の和室の入り口まで入って来たのがいたりとか、駐車場に前日は無かった空き瓶が置いてあったりしたので、どうにも気になった。折角気分良く過ごした後で、「文句言ってきた。」みたいに、お互い不愉快になるのも何だし、足らないならいかんけど、余分ならいいかなとも思ったが、返してもらった。気の回し過ぎだった。

○**平成十四年十二月三日**　午前八時十分頃　放送車。冬の交通安全週間かな。

○**平成十四年十二月四日**　午前八時頃～八時十分頃　笛、三回。

　午前八時十五分　放送車。

○**平成十四年十二月七日**　昼、「ＮＨＫですけど、○○さんのお宅ですか？」名前が早口で聞き取れなかったので、「はい？　もう一度名前言って頂けますか？」「ＮＨＫですけど、今から集金行っていいですか？」（違う、○○さんの方の名前。）「はあ？　うち桜木ですけど…。」（うちの名前じゃ無かったみたいだし、第一うち、自動引き落とし。）「あっ、ナノさんのお宅じゃないんですか。ｘｘｘｘですよね。」（ｘｘｘｘ？）「大分前に引っ越された方だと思いますけど、うち自動引き落としになってますから。」三年以上もナノさんの代金どうしていたのか？

○**平成十四年十二月九日**　午前七時五十四分の電車に乗せる為、駅へ送る。行く途中、信号待ちしていると、鞄を肩から斜め掛けした女子高生が自転車で横通ってドアミラーにぶつかってそのまま猛スピードで行ってしまった。前が空いているのに、随分手前で停まっている車のせいで、ロータリー回るのに、私は車バックさせて切り返ししなけりゃならなかった。トラックが北から入って来て、ロータリー一周して出て行った。その間女子高生見かけなかった。

〇平成十四年十二月十日　xxx-xx-xxx0　朝、会社から帰ると、着信になっていた。T会社？　0xx-xx-xxx0「コガ電気さんのお宅ですか。」岡崎のN町に居た時もこの間違いあったので、調べてみると、コガ電気さんと一番違い。番号変更した今なら不自然じゃないが、岡崎の時はなんで？　ちなみに同期でご実家がこの名前の電気屋さんの子、居た。三か店で手広くやってみえると聞いたことがある。念の為、岡崎の電気屋さんの電話番号調べてみた。こちらは間違えようがないと思う番号だった。

〇平成十四年十二月二十日　夜中に主人が先に風呂から出て二階に上がり、私が風呂入る前に二階のトイレに行くのに階段を昇っていると、お隣に無灯火の車が入って来た。風呂入ると、その車は風呂場の窓のすぐ下に停まっているようだった。主人が足音忍ばせて二階から降りて来て、閉まった脱衣所の戸の外に立ってほんの一、二秒後、午前〇時二十八分、その車のヘンなモーター音のようなるような音を聞いて、まるでそれを確認したかのように、また足音忍ばせてさっさと自分の部屋に引き上げた。何かヘンだと気付いて、慌てて服を着ていると、主人が自分のケータイでどこかに、「しましたけど。」と電話している声が聞こえた。うちは一階と二階の音は筒抜けだ。階段昇って二階に行く途中、赤いテールランプがカーテン越しに見えたので、カーテンめくって見てみると、そのヘンな音させた車が丁度、道路に出るとこで、慎重に左右確認して？　後ろからだから、はっきりは分からなかったが、明るくなったように見えたので、恐らくライト点けて行ったのだろう。主人に「どこに電話しとったあ?」「電話なんかしとらん。」ケータイを取り上げて見ると、午前○時三十二分、二十七秒間、0xxx-xx-xxx0　履歴が残っていた。またバカなことやってなきゃいいけど…。

○平成十四年十二月二十三日　昼過ぎに義母から電話。「車貸してほしい。送ってあげます。薬局行きたい、Eスーパーで米買いたい。」大掃除の真っ最中だったけど、私「丁度出たかったとこだから、いいですよ。五分後に迎えに行きます。」大急ぎで支度して、電灯が切れていたから、ついでに購入してこようと、約束の五分になる前に、チェックしていると義父が来て、「買い物頼んだそうだけど、今、行ったから。」私支度してたのに…。

実家から電話があり、葬式の知らせ。二十五日通夜。「妹の喪服いるかもしれないから持って来て!」私「遅くなるかもしれないけど、持ってくわ。」暫くすると、また実家から「今から出かけるから、今日来ちゃいかん。」「どっちにしても、暗くなってからしか行けない。今日お掃除してるから。」「そんならいいかもしれない。」妹の電話番号聞いて掛けたけど、留守電。「喪服のことでまた電話します。」夕方、二、三回電話しても話し中。やっと出たと思ったらちょー冷たい声。「喪服持って行くの明日でもいい?」「通夜の日にち聞いてる?」「二十五日でしょ。」「明日二十四日ですよ。」「あんたが明日朝しか実家に行けないとか言うといかんもんじゃゃん。」(だから明日でもいいか聞いてるのに。)「で、明日の何時に持ってくの?」「ダンナ送ってから行くから午前中かな。」「ふうん。」二十三日に電話、二十五日に通夜なら、二十四日に持って行くのってそうヘン？

○平成十四年十二月二十四日　実家に行く前に一応、公衆電話から電話して、今から行っていいか確認。ついでに主人が夜中に掛けていた名古屋の番号にも掛けてみた。音楽が流れて、女性の声で、「私共の業務としては、売春、万引き、…云々。」聞くだけ聞いてすぐ切ったけど、ほんとにそういうことやっている所が電話で流す訳無い。ホントにそんなことやっていたら、そんな言葉使う訳無いし！　もうっ…。実家に行くと姉達の非難、本音通して聞けた。もう完全に聞く耳持たない状態でさっきの電話での話なんか全く出来ない。旅行のときの旅館の件と、あと二ケ根でカクニンしたつもりになってるようだ。一度も開けたりとかしてないことは、二番目の姉の長男さんが知ってる筈なのに。初七日は、銀行行くから断った。

○平成十四年十二月三十日　実家へ初七日のお返しを取りに来るよう言われたので行った。玄関ですぐ帰るつもりだったが、書道見るよう勧められて座敷まで見に行った。何カ月か前に、近所で見かけた同級生が、原因不明の病気で亡くなったと知らされた。母同士は婦人会で親しくて、車の運転の出来ない母を、そのお母さんはよく送り迎えして下さった。その時はそのうちの社名の入った白のバンだったが、社名の入ってない白のバンも所有していることは知っていた。その社名の入ってない白のバンに乗って、丁度こちらが、飛び出したりする人達を避けて、毎日道をちょこっとずつ変えて送り迎えしていた時に、幹線道路と、幹線道路から一本東に入った、車線も無い道路とかで見かけたことが数回あって、「何でこんな所で？」って不思議だった。そのうちは、アイスクリームとかの容器を作っている会社で、幸田にはアイスクリーム工場なんか無かったから。ただその子は、私が片思いをしているという噂のあった奴だったので、「何で子供が出来んか調べてみるか。」なら、名前があがった可能性は高い。実際には、部活でボールの取り合いで怒鳴りつけたことしか無いが。ただすごく頭の回転の早い奴だったので、あいつだったら、すぐに「ハア？　証拠があって間違い無い？　だったら逮捕出来るじゃん。」と、すぐに話の矛盾に気が付いただろうな。

○平成十四年十二月三十一日　年賀状が戻ってきたので、慌てて書き直してポストに出しに行った。

やっと分かった。全部同じだった。同じパターンだとは気が付いていても、最初から全部、自分も含めて全部同じだったんだ。

主人が、夜中に『確認』の名目で、言われた通り、言われた場所で、言われた方法で、予め用意された、無灯火の車がたてたモーター音を閉まった戸を開けて確認もせずに、カクニンした気になって、後は人がやってくれる。自分ではない。もっと偉い専門家が、やってくれると思い込んで、夜中に犯罪やっている売春婦（売春だけでも犯罪だけど。）の所に電話をしていた。ああそうか、夜中にこっちが喚いて迷惑なのに、なんで人に、他人にそんなことやらせているんだ。頭がおかしいと、人に言ってもらわなくてはいけない理由があったんだ。人に言われると迷惑なことを本人がやっていたからと。事実は、頼まれて、言われた通り確認した気になって報告してさしあげただけ。の筈が、今、一人売春婦が逮捕された。ケータイの履歴に主人の番号が残っていた。参考人として来て下さい。それくらいの無かった自分自身の問題と、まともな方法が取れなかった理由と、人に押し付けなくてはならない理由まで、全部作らされた。昔、新聞社に勤めていた友人に「こんなことがあったんだわ。」と、主人が「連絡が取れないと心配だから。」と持たせてくれたケータイを見せて、その子も履歴の確認して、記録とって。でもそんな子ばっかりじゃなかった。話した人の中には「はっダンナさんだって男だからね。」「違う。ダンナは『確認』の名目で…、」と言ったところで、「あっ。こいつダンナが浮気もせんと思い込んどるわ。」実際、複数でそういう反応あった。だってそんなことやらせる人居る訳無いんだもん。ましてや、自分の好意的な人が、主人の場合も、自慢の息子である義父母が、そんなことやらせる訳が無い。『確認』の名目で無かった筈の自分自身の問題を作らされる。そんなことある訳無い。だが記録上はそう、なっていた。しかも引っ掛かっている間に立て続けに無かった筈の問題を、あれもやっている。これもやっている。という形にやらされる。主人もそう、だった。その時は私が気が付いて止めた。「あんた、この間もバカなことやらされたでしょう。」主人はそんなことやってないもんだから、全く気にもせずに、「どこにそんな証拠がある?」私は「この間、友達に会う時、ケータイ持たせてくれたでしょう。私その子に見せたんだよ。」無言になって、それから暫くして、ケータイの履歴それ一本だけが消されていた。が、ケータイの履歴なんか、簡単に復活出来ることくらい、（頭のおかしいバカな）私でも知っている。しかも一度引っ掛かると、何度でもやらされる。何しろ本人は、頼まれてやって差し上げていて、後は人がやってくれると思い込んでいるから。主人も数年後に、私名義の土地の権利書を勝手に持ち出して人に見せ、私が無くなっているのに気が付いて、主人に「知らない？」と聞くと、主人はしれっとして「他に無くなった物は無いか？」だから私も「再発行してもらうのに、警察に紛失届け、出さないといけないので、一緒に行ってね。」そう言うと、いつの間にか戻っていた。

聞かされた話が事実なら、やれと言われてやることは、必ず自分の信用を無くす真似。全然関係ない人が巻き添えくって迷惑すること。それを、こっちのせいにして、こんなバカ（な私）と関係無い筈が、いちいちこちらに関連付けて、口実になんか、なる訳が無いのに口実にして、確認の名目で無かった筈の自分の自分自身がツクッタ自分の問題に向き合わないように、問題を逸らされ、確認の名目で、自分達は正しいことをやっているつもりで、バカな真似をしていることを、その人の周りと、公的機関の人間に知られて引っ込みがつかないように、繰り返しやらされ、それを人が、専門家がやってくれると思い込んで、増やして延ばして広げているから、無くなる訳が無い。自分で問題ツクッて増やしているんだもん。人が言ってて間違い無い。間違い無かったら、確認なんかいらない。どころか、やったら却ってマズイじゃない。聞かされた話が事実だったら、こっちが犯罪やっていて、頭がおかしいからなんでしょう？　頭がおかしいのを証明したら、無罪の確率を何であげてあげなきゃならない。本当にこっちがやっていて、頭がおかしいってことで無罪になったら、どうすんの。刑事事件だろうが。証拠があって間違い無い筈が、捏造証拠ツクレ。見たって必ず人がオシエテくれるのに、人が見てるとやらないから、見て無い状況ツクレ。犯罪やっているから、盗聴までやって、頭がおかしいっていう人を増やして無罪の確率あげてやれ。これだけ大勢の人が言っていて間違い無いから。これだけ大勢の人間が言っているから。を増やしているんだから当たり前。それも、きちんと確認するのではなく、アパートの空き部屋に呼ばれた専門医が、私の咳と子供の金切り声が重なるのに気が付いて帰っていけば、「もっとぅ、年のいった先生でないとぅ…。ボケたくらいの…。院長先生とか…。」年のいったベテランの先生ではなく、ボケたくらいの権威だけあって、まともな判断の出来ない人が要るそうだ。これだけ大勢の、子供の声どころか、笛や機械の音でも頭おかしい人が喚いていると言われれば「あっほんとだぁ。」と区別もつかない（実在の）人が言っていて、その上で、権威だけあってまともな判断出来ない人、それも一応この人が言うんだから間違い無い。と思える立場の人が確認した気になって、言いさえすればいい。そういうことだ。

義父母が、「魚あげるから入ってらっしゃい。」の時は、カメラ構えているのは、違う人だったのに、「郵便物置いてあるから持ってって。」の時には、義父が奥の和室でスタンバイして、皆で一緒になってやっている気になって、実際には「全部自分達がやったんだ。」に変えていることに気が付いていなかった。奇声騒ぎの時も、イイさんのように「頭おかしい私が喚いている。」とでも言われ、うちに飛んで来たが、インターホン鳴らそうとして、うちじゃ無いことに気が付いて、うちに何も言わずに帰っていかれた。私が気が付いただけでも二回あった。二人以上の人が、複数の人が言っていたのだろう？　きちんと確認した人が居たのに、義父母は、私が音楽を聞いている時、「大音量で聞いていて迷惑だ。」とでも言って、イイさんを呼び付けたんじゃないのか？　実際には十段階で、0．5で聞いていたのだが、本当にこっちが大音響で音楽を聞いていたなら、近所迷惑なんだから、同じ敷地に居る主人の両親、義父母こそが止めなきゃいけないんじゃないの。それをわざわざイイさん呼び付けて、結局全部自分達がやったに変えていることに、やっぱり気が付いてなかった。これだけ大勢の人間が「頭がおかしい。」と言っているからと、裁判所だかどこかに手続きだか何かを取りに行った時も、もともと禁治産者の手続きは血縁でなければ出来ない。裁判所に行ったのなら、当然そのことを知っている筈なのに言わないし。しかもその時行ったのは、「そんなバカなことある訳無い。」と言いながら、そんなバカなことをやって、その上で「そんなバカなことある訳ないじゃんねぇ。」と言ってくれる人と、一緒になってやっている気になって、でも、結局行ったのは、同居の家族の許可を得ず盗聴やったTさんと、クノさんと、義父母の三軒だけで、「見た。間違い無い。」と、言いにくいのに、親切にオシエテくれたアパートの住民も、「丁度その時間テレビで、岡崎の紅茶専門店が紹介されていた。それ見たかどうかで判断するといい。」と確認方法をオシエテくれた人も、アドバイスしてくれた人も、三人が冷静になって、私が気が付いていることに気が付いて、不安になって黙り込んだ時、「はっ、やっぱおかしいわ。」と言ってくれた分かってくれた筈の人も、この人は、専門医の時に、「ボケたくらいの院長先生を。」と言った人と同じ人で、平成十四年から始まって、十五年から露骨になった異臭騒ぎの後で、農家の方が野焼きをやって、『野焼きは禁止です。』の回覧板が回った時も、すかさず「じゃあ、葉っぱならいいのね。」そう言っていた。細身で小柄の、ウエーブのかかった肩より短いショートヘアの人で、そんな遠方の人でもない筈なのに加わってなかった。その他にも、いろいろオシエテくれ、アドバイスしてくれた人達が、誰一人加わってなかった。記録上は、同居の家族の許可を得ず盗聴やった三軒だけ。その段階でハシゴ外されたことに気付かん三軒が増やす増やす。奇声騒ぎの時も、市民病院の専門医に、行動の非常識さから、「そんなもんほかっとけ。家事に支障が出たら来て下さい。」そう言って帰された。連れて来て下さいじゃない。来て下さい。だった。そういうことに気が付く人が居ると、「この人だけじゃない。」「この人も言って(やって)いる。」に変えるか、増やすかしていた。アパートの、男の子連れた「うちは小さい子もいて心配なんですぅ。」と通路に呼ばれた人にそう訴えていたくせに、町内会に呼ばれて行く時も、「留守にしとくと心配だから。」と中学生位の男の子を留守番させて、その子の所に遊びに来た子が。「どうなった?」「なんも知らない人間見つけて一からやらせる。」ホントその通りだった。男の人で義父母に「昼間だけだろっ。」ぼそっと一言言うのがいたら、主人の両親が夕方、庭先に居る時、アパートの男の子は、うちの北側でヒィーと笛を吹き、それを聞いて、そうであって欲しいモノがそうであって欲しい時に、タイミング良く出てくるのに、飛びついて、そういう当てがあるから、夜八時十五分、真っ暗な中、笛吹いてうちの周りを一周してくれた。母親はドアノブ押さえて玄関で待っていたのか、音が一切せずに部屋の中に入れていた。その親子が、「家族の仕事の都合で…。」お引っ越しされた後、二回以上本籍地を変えて引っ越しを繰り返し、行方知れずになった後、今度はアパートの二階に越して来た、金髪の内装業の男の人が親子三人で越して来て、すごい重役出勤の人達で、私が朝、洗濯物を干す九時か十時に出掛けて、布団しまう十一時半か十二時頃、昼食に一旦帰って来て、一時前に又、出掛け、洗濯物しまう三時か四時に帰ってきて、それ以降出掛ける様子が無かった。奥さんも一緒に、二人揃って出掛けることも多々あり、二人共、フルタイムじゃない。お子さんも居るのに、どうやって生計立ててんだ？　と不思議に思っていた。雇用者側で、家の立て替えかなんかの間だけ、アパート住まいってことか？　って思っていたら二年以上そんな状態で、役場の人に二年間も「私の頭がおかしい。」と、そのおかしいと思われる言動を、記録？　して提出？　したのか、やって来た役場の二人に、逆に「こいつ、一体なんの仕事に就いてるんだ？」不審がられていた。その日の晩、アパートの室内で夫婦ゲンカしているのが、うちにまで聞こえてきた。「あなたが子供の為って言ったからぁ！」次の日スッと引っ越した。恐ろしく素早かった。そしてすぐにまた、内装業の人と思われる、最初の人より一回り小柄な、年若のやはり金髪の男の人が越して来て、そこと、他のアパートの住民の部屋と併せて、準公務員の方や、農家の方や、鉄工所の方や、酪農家の方が入れ替わり立ち代わり出入りしているようだった。この職業の人達がみんなで分担してやったんだ。に替えているようだった。自分達でわざわざつじつまが合うように。無理からぬ話にわざわざ。気が付く人が居ると、気が付いた人が居た所で、自分だけは特別に教えてもらったつもりの人を使っていつも、いつも。

○十五年の八月二十四日　コンビニに、まだデジカメじゃなく、現像出していた時、主人に前の晩自宅で「明日現像出してあるの、迎えに行った帰り取りに行っていい？」それだけ食事の時間が遅くなるから。主人は「いいよ。自分は車の中で店の中に入らなくていいなら、いいよ。」帰りに取りに行くと、車なんか一台も無くて、そのくせ、満車になった時と自宅兼用のスペースに名古屋ナンバーのワゴン車が停まっていて、店の中に入ると客なんか一人も居ない。のに、レジじゃない所から、店で一度も見たことが無いご主人が、顔を出し、本人は言われた通り、顔のカクニンをした気になって、ワゴン車はこの人のですよ。て演出させられたことに気が付いてないんじゃないのか。ただ私はこのご主人の顔を当時知っていた。主人を出張で駅に送って行く時、店の前を掃除しているのを見たことがあったから。レジで奥さんが対応して、奥さんの背中側に、カメラがセットしてあって、一万円札出したら、「五千円札がありませんので、ここで、写真の確認して待ってて下さい。」足止めして時間稼ぎをしたら、ゴミの中から「証拠の品が見つかった。これが証拠の映像です。」か？　捏造証拠ＯＫにしてから？　これで成果が現れたっていうことらしく、それから美容院に行けば、「五千円札がありませんから。」引っ込まれちゃうし、クリーニング屋さんに行けば、奥さんが「五千円札がありませんから。」引っ込もうとするのを、「千円札でいいです。」って止めて、もし本当にこっちが問題起こしているバカなら、さっさとお引き取り願うのが一番の筈なのに、わざわざ逆をやるから。犯罪やっているのが居るから、犯罪しやすいようにして、その結果犯罪が増えた。当たり前じゃない。そうやって禁止されているオトリ捜査やって犯罪増やしていたんだ。あんまり頭の良くない犬って笑われていた人達は。同じことやらされているんだ。確認の名目で。聞かされた話が事実ならわざわざ逆を、手っ取り早くすまそうとして、タカをくって、あざ笑われながら。平成十四年から、何でこんな所でこんな家に在りもしない物の臭いがするんだ？ちょこちょこそんなことがあったが、十五年になってからは、特に顕著になった。代表的なのが、四つで、《材木燃やす煙》《タイヤのようなゴム燃やす煙》《プラスチック製品樹脂燃やす煙》《(やったことはないけれど、だから違っているかもしれないけど)ホルマリンみたいな薬品、消毒薬？　燃やす煙》の四つで、特にベランダに出る時、必ずと言っていい程していて、臭すぎてベランダに出れない程ひどかった。それはアパートの二階からしているようだった。すぐに、北東の方向からも、同時進行のようになり、最初は無風状態の日に限られていた。小雨が降っているような日に、異臭のしない、母屋との境目の北側から二つ目の窓を開けて換気していると、母屋からマッチを燃やす火薬のような臭いがしてきて、続いて紙を燃やす臭いがしたかと思うと、一気に消毒薬を燃やすようなイヤな臭いがして、慌てて窓を閉めると、それに続いて母屋の北側の窓を閉める音がした。雨降っているのに、北側の窓開けていたのか。母屋は北側の窓の庇長いのか？　そんなことを話していると、すぐクノさんの方向からも漂って、漂うというより煙が、飛んでくるという方が、感覚的には近い気がする。しかも、クノさんのおばあさんが、何か昔の消防服の布地の様な銀色の四角い、マチが全く無い、三十センチ×三十センチ位の大きさの鞄を三つか四つ持って、物置に入って暫くすると、漂ってきた。上から五センチ位の所にマジックテープか光沢のあるテープがあり、密着しているようで、いくつか持って入るのにパカっと開いてる状態では見たこと無かった。その上から五センチ部分に横向きの楕円形で穴が空いていて、そこが取っ手になっているようで、クノさんもそこに手を入れて持っていた。私「何か煙くて洗濯物に臭いが付くんですけど。」義母「この辺の人は何でも畑で燃やすから。」「でも、燃やしてるの見たことないんですけど。」主人も「庭が煙い。」義父が「野焼きやっとるだ。」主人「煙が見えん。」義父「遠くの方で燃やしとるもんで、そのせいだ。」朝、七時二十分に寝室のカーテン開けた時に、母屋のベランダには洗濯物が干されていた。九時頃うちがベランダに洗濯物干そうとしたら、臭すぎてベランダに出れない。見ると、母屋の洗濯物が取り込まれていた。何か、消毒剤か散布する日とか、うちには連絡無いけど、もしかしたら、そういう日なのかと、母屋に電話掛けると、義母「うちは嗅いだことないから知らないけどぅ。キダさんとこも『臭くて煙くてしょうがない。』って言っている。」今度は役場に消毒とか農薬散布の日とか掛けて聞いてみる。「いやそんな届けは出てない。」電話終えて、二階に戻ると、母屋の洗濯物、七時台に確かに干してあった全く同じ洗濯物がベランダにまた、干してあった。二十分経ってない。臭いが付くかなんかして、洗い直したにしても、早過ぎない？　三分すすぎで七分脱水？　干すのに五分とちょっと？　再度義母に聞いてみる。「自分は嗅いだことないから知らない。」

その後、北側からも臭くなり、しかも一箇所が臭くなると、必ず、同じ方向でもう一箇所、計二箇所ずつ増えていった。最初は南が臭ければ、南の窓を閉めれば、反対の北側は開けることが出来た。それが、段々、窓開けて、「あっ。こっちは大丈夫。」と戸を開けて、すぐ臭くなるようになっていった。苦情を入れると、それから八日間ピタッと止んで、「お陰様で、臭いのが収まりました、ありがとうございました。」とお礼を言った。するとその二日後、また臭くなり、「すみません。また臭くなって…。」その時は、センターの方に替わったとかで、センターに電話すると、「いっぺん行くわ。」二十分後来て下さった。が、その時には収まっていた。そして、今まで一度もしたことの無いゴマ油の様な臭いが漂っていて、「さっきまで（以前苦情入れた臭い煙りが）していて、これじゃないんです。」と言っても見せることが出来る訳ない。「一度も嗅いだことが無いから知らない。」と言っていた義母が、私、来てくれるよう頼んだとも何とも言って無いのに母屋から、やって来て、「蒲郡の何とか油脂さんだってみんなが言ってるわ。」そんな話、したことも聞いたことも無ければ、こんなゴマ油の臭いなんか一度もしたことないじゃない。二階の東側の窓から門の所を見ると、義母が、ご近所の奥様方に全部違う大きな紙袋を、渡していた。北側のキダさんも、その場に居て、クノさん達が受け取るのを、見ていた。「何だろ？　あれ。回覧板じゃないしな。回覧板は以前ボードのみで回っていた。紙袋に入れて回すよう変わったのか？　その次の回覧板が回ってきた時は、ボードのままだった。やっぱりそうだ。じゃあ、あれ何渡してみえたんだろう？　食品とか、球根とかじゃ無さそうだったし、袋の中にチラッと銀色の消防服の布地の様な物が見えたし。その次、つまり紙袋渡すのを見てから、次の次の回覧板が回って来た時、大きな名簿付きの紙袋に入れられて回す形になった。義母だけでなく、雲一つない良い天気なのに、布団たたいている音がするなぁ。しまうのかなと思って、見てみると、皆一勢に布団や洗濯物取り込んでいた。うちも慌てて、しまうのにベランダに出ると、ベランダが臭くてしょうがない。暫くしてまる止むと、やっぱり干してあった家で、また同じ物なのか干し直してあることもあり、まるで臭くなるのが分かっていて、上手いことよけているかのようなタイミングの良さだった。分かっているなら教えてくれればいいのに。そのうち、夜中も臭くなるようになった。しかも嗅いでいると、頭や、のどや、鼻、口、目、背中が痛む。窓を閉めてもどうやってか入ってくる。主人も突然「煙い。」とか言い出した後、窓開けて「やっぱり臭い。」有毒物質かネットで調べてみると、共通点は発がん性物質。痛くて寝てられない。窓は勿論、シャッター閉めても、ダメ。風向き関係ないし、壁に手を当てると、確かに風のようなのを感じたので、コーキング剤を買ってきて、きれいに仕上げてある窓枠にグルッと塗りたくってもダメ、気密検査してもらって、異常無し。なのに、気密検査やってくれた検査技師の方自身が「庭が煙い。」私「で、しょう?」「でも、煙りが見えない。」「そうなんですよ。」寝る場所を次々変えても、しまいには窓の無い屋根裏収納でもやっぱり、煙くて寝てられない。布団と毛布を被ってもダメ。酸欠になりそうで、スプレー式の酸素缶を、登山グッズの店で購入して、試したら、何か一気に体中に毒素が運ばれる感じで、すぐ止めた。大工さんや、メーカーに相談して、外壁のボードとの繋ぎ目を塗り直してもらう。塗り直してくれた工事の人が、「何だかしらんが、焦げ臭い。薬品みたいな、臭い！」座敷で休憩中に、後で来た人が戸を開けっ放しにしてたので、「閉めて！」の後で、言っていた。とうとう、寝室だけでもと、家具とマッチして大好きな、もう売ってない壁紙の上に鉄板張って、板張って、その上にもう一度壁紙を張ってもらう工事をお願いした。そうするとやっと、効果があり、ほっとした。「明日足場外しますから。」何か夜中にゴトゴト音がしてはいた。翌日足場外してもらった時には、「あれ？　やっぱり煙い。」でも、気にし過ぎて、そう思ってるだけかもしれない。悲しいことに主人も「煙い。」気のせいじゃなかったか。そんなモノ燃やしたら、黒煙もうもうの筈なのに、煙りが全く見えない。「変だ変だ。」と、町内アンケートにも書いた。そうこうしているうちに、ある日醤油が焦げる臭いがしていて、それが二時間四十五分続いた。アパートの一階の東端に住んでいた、一人暮らしのおばあさんが、帰宅、その直前に止んで、そのおばあさんがもう一度出掛けて、また戻って来たその三十分間だけ、ぴたっと見事に止んだ。そしてその後、また一時間五十分焦げる香ばしいような、でも嗅いでいると頭が痛くなる臭いが続いた。醤油なんか焦げ始めたら、あっと言う間に焦げ付いて墨みたいに真っ黒になってしまうのに、一体どうやっているんだ？　しかもずっと同じ濃さ。これって、《頭おかしい人が朝まで、ぐっすり寝ていてはいけない。》つーこと？《家の中で、普通に暮らしていてはいけない。》頭おかしい人が家の中で訳分からないことを言って喚いてなければいけないっていうことか？　主人迎えに行った夜の十時五十分、通り沿いの民家の小さい畑で、野焼きしているのを皮切りに、鉄工所や、交差点角のお宅、公園の手前カーブの所では、灯油缶で木切れを燃やしていた。何かカーブや信号、横断歩道、角っこ、車でスピード落とす所が多かった。クノさんの高校生だった孫息子さんが、自転車のハンドルにおばあさんの銀色のぺったんこの鞄を引っかけて、南の方向へ行くのを見た。私が車でその後を追う形で、細道を走って行くと、第二アパートの所で、孫息子さんが自転車を停めて、こちらを見ていて私が芦谷の交差点の方へ右折すると、やって来るので、バックミラーで見ていたら、前に三台左折の車が居たので、こちらはゆっくりしか行けなくて、もし私の車に尾いてくるなら、出来た筈だが、また方向転換して第二アパートの所まで戻ると、公民館の方へ向かって行った。真っすぐ行けば良かっただけじゃない？　こちらに来ると見せかけて？　見たことの無い中年女性で、やっぱり自転車に乗って、コンビニの方からやって来て、クノさんのお宅に来て、割りとすぐ帰るんだけど、帰る時は、小学校の方に回って帰る人も自転車のハンドルに銀色の鞄を引っかけていた。「同じ銀色のぺったんこの鞄、流行なのかね？」非常持ち出し袋の布地と同じみたいだが、その当時はリュックサックタイプしか売ってなかった。今は、キャリーバッグ型も手提げ型も売っているけれど、当時は「あんなのあるのか？」と、ネットと通販で確認した。それを話すと、その中年女性が、まるでどっかで聞いていたのか、コンビニの方から来る時、私の車の横を通って行くので、右折して細道に入るのに、先に行ってもらうと、まだ九月でくそ暑いのに、防寒カバーをハンドルに付けて、中に三つ位に折り畳んだ銀色の鞄をボアの間に（隠して）持っていた。ちなみに自転車の日焼け防止用アームカバーは、まだ当時は売ってなかった。

お隣で軽トラの屋根に乗って、私が「あっちの方向から飛んでくる。」とか言っているのが、頭のおかしい奴の戯言でないことを確認した人が居たらしく、毒性があるとのことで慌てて止めているようだった。その時、役場の人が、クノさんのおばあさんの所に聞きに行くと、クノさんのおばあさんはきっぱり「ないっ！」義母の所に後で来た時も、義母は「前はあったけど今はない。」絶対「この頭おかしい私が何かやっている。」って言う筈の人達が口を揃えてないと言う。あったじゃん。まるで食べ物のにおいでごまかせばいいとでもいった感じで、まあもともとダイオキシンなら無味無臭だしな。それだけじゃなくて、主人が庭で「こんなん今使っていていいのか。」乳臭い臭いで朝から頭が痛かった私は「何の臭い？」そう聞くと、主人は「塩素系〇〇、昭和四十年代に製造中止になった除草剤。」ああそうか。そう言えばのみ取り粉の臭いや殺虫剤の臭いがしていて、やっぱりこれってもう製造中止になった奴じゃないのかなって思ったことあったもんな。後はシンナーとか、ナフタリンとか、義兄が「ガス臭い。」て言ったりとか、母屋はガス機器が古かったとかで、その後取り替えていたけれど、うちにもガス臭いことがあって、うちはまだ古くは無かった。ガス屋さんに話を聞くと、警察の講習会で、「ガスと言っても、液体なので、それが何かの拍子にこぼれて、草っぱらで燃えたことがあった。」ていう事例を聞いたそうだ。でもそんな話は初めて聞いたと言っていた。共通項が発がん性物質＋揮発性、引火性、爆発性のあるものか。ダイオキシンは屋外でなければ調べられないとかで、せめて他の有毒物の証明が出来ればと、大阪まで行ってキットを買ってきた。本来は室内に固定して調べる物だが、持って歩いた。何しろ、私も含めて人の動きに合わせるかのような都合のいい飛び方をするので、しかも気にしなくていい人と、気にしなくてはいけない人の区別もあるのか、つくのか。ぴたっと止んだかと思うと、角を曲がって人が来る所とか、クノさんのおばあさんの場合は、すれ違う直前まで、臭いし、煙いし、義父母が庭に居ると余計濃くなる。ようだった。しかもベランダの鉄は、飛んでくる角度にマッチして錆びるし、壁紙に直線で跡が付くし、それがまた人に見せると、ボワボワッとした煙状の形になって跡が付く。けれど、まるでそのキットが何なのか分かっているのか、その日は、ほぼしなかった。唯一、したのが風呂場だけ。流石にお風呂入るのに、それ持って入らない。一つ取っておいて、後日使った時には、そのキットで調べられる成分以外と思われるものが、飛んでいた。本当に都合がいい。植木屋さんが「枯れるよ。」無理に鉢植えになんかするから置く場所なくて母屋との境目に置いてあった木は、飛んでくる角度で、葉っぱが枯れてるなと思っていたら全部枯れてしまった。

岡崎のマンションに私達が入居した時、新婚旅行から帰った翌日、新聞受けをガタガタ鳴らされたことがあった、その時は、子供がいたずらしたのかなと思った。丁度、下の部屋の人が越して来てから、週に一度のまとめ買いから帰って、玄関のドア開けて、三和土から片足を乗せた途端、電話が鳴る。出ると切れる。またはワン切り。そんなことが何回かあって、まるでどこかから見ているかのようなタイミングの良さで、「ヘンだなあ。」と人に話したりした頃、オシエテくれる人が居た。電話が掛かってきて「下の部屋の者ですけど…。」（ああ、同じマンションの住民、無下には出来ない。ちゃんと聞かなくては。）「二人共いないから、いまのうちに教えてあげるわ。いくら何でもあんまりだから…。でも自分が言ったって気付かれると、二人にひどい目にあわされる。「ああ？　言わない。言わない。」自分に好意的な人間が無理をして、情報を漏らして（集めて）くれたのだと、口止めされたうえで、問題を起こしているバカが居て、自分に好意的な人間が、他の人は知らなくても、自分だけは（特別に）教えてもらって、知っているんだぞと勝手に思い込んだ。それから夜中に電話が掛かってきて、寝てたのでふらふらになりながら、電話に出ると、「今だ、今。駐車場に居るから窓を十センチだけ開けて見てみれば。」最初は話が飲み込めず、「はあ？」って感じだったが、「とにかく見てみろ。」と言われ、言われた通り窓を十センチだけ開けて見てみると、ヘンな動きをする車が一台あって、「あっ。ホントだあ。」教えてもらって確認した気になった。また夕飯の支度をしていると、また電話が掛かってきて「今だ、今。駐車場の入り口に居るから見てみろ。エレバーターだと感づかれるから、外階段降りて来い。」実際、エレベーターで降りようとした時、上の階で「ドッスーン。」とすごい大きな音と、振動がしたことがあったので、さもありなんと外階段を言われた通り降りて行くと、駐車場の入り口の緊急車両用の駐車禁止スペースに停まっている、一台のセダンがあって、運転席に男性、助手席に女性がそれぞれ乗っていて、「あっ、ほんとだあ。」教えてもらった。（つもりになった。）一応以前に聞かされた時、下の部屋の住民について、数人に聞いてみたが、悪評、怪評紛々で、それをその時に目で見て、やっぱりそういうことをやる人達なんだと、教えてもらった話は事実だったんだと、勝手に思い込み「二人！　やっぱり。こいつらがそうか。」と顔の確認をした気になった。訳分からんことをやっているのは、どこかの誰かとかの、雲つかむような話では無く、こいつらという明確な対象があったが故に、余計に思い込んだ。そんなことがちょくちょくあって、問題を起こしているバカが居て、自分はそれを正す立場に居て、そのバカのせいで振り回されていると思い込んでいた。振り回されてウンザリすると、「あっ、ホントだあ。」と思える程度のことがあって、または、それをやれば問題解決する筈だったのに、「何で？」と落ち込んでいると、電話が掛かってきて、「これは、こういうことで、相手が感づいて、こうしたのだ。」要は、すんでのところで相手にしてやられたのだと。益々頭に血が上った状態で、ムキになってやるように、自分で、自分は正しく、相手が悪いからと、自分のハードルを下げていくように更に行動をエスカレートさせていくように、徐々に感覚がマヒするよう、自分の周りに知られて引っ込みがつかない。何が何でもその証拠を、相手のしっ尾を押さえれば、この問題は人が、専門家が解決してくれ、この問題から解放されると思い込まされていた。また、どんどん、「何でそんなこと知ってるの？（ボードの中身までは外から見えない。）」が増えていったので、信ぴょう性があると、話がどんどん変わっていっても、「そこまで分かっているならそこで止めてくれればいいのに。そこで教えてくれればいいのに。」といったことを言うと、「二人に知られたらひどい目にあわされるって言ったじゃない。」と泣きつかれ、ああ分かった。分かった。とまた振り回され、睡眠不足でふらふらになりながら、まともな判断が出来ない状態で、我慢出来ずに、昼間うとうとしていると、また電話が掛かってきて、「今だ。今。向かいのマンションの屋上に居るから見てみろ。」見ると、向かいのマンションの屋上は、人が立てる造りでは無いのに、デニム姿の男の人が、手持ち無沙汰に、あっちをいじったり、こっちをちょこっと持ち上げたり、していて、デニム姿、工事や修理なら、あんな格好しない。管理人ならあんな格好する訳ない。一応、管理人さんの所に行って「今お向かいのマンションの屋上にデニム姿の男の人がいたんですけど、工事か何かですかね？」「いや。そんな知らせは来て無い。」そりゃそうだ。工事車輌が出入りするような、大きな工事でもなけりゃ、そんな近隣マンションに連絡なんかする訳無いのに、私はそれで、またカクニンした気になった。とにかく、冷静にならないよう、タイミングが抜群に良かった。そのタイミングの良さを疑えば自分がカモだって気が付いただろうに、その時は、「今はもう自分達はそんなことやってなくて、やっているのは他の人達で、でもそれを知る立場にあるから、分かったら教えてあげる。」そう話が変わっていたので無理をして教えてもらっているのだと、変だなあと思うことはあっても、言われた通りに動くと、必ず、

「あっ。やっぱりぃ。」成果があったと、そうやって引っ張られ、「まあ！　いいや！」と投げやりになると、「この人達が分かってくれたんだよ。」と、その時は、マンションの管理人夫妻の夫で、話したことはあるけれど、その人が「実際の現場を目撃して、でも、管理人という立場上、こちらに肩入れする姿勢を見せる訳にはいかないけれど、分かってくれてるからね。」という話で、実際電話で話したが、声色そっくりだった。今考えても、どうやったのかは分からないし、またそんなもん造ろうと思えば造ることは可能だとは知ってはいても、でもそんなものツクル人なんて居る訳無いし、またそんなことやられる理由も無い。ましてや、人にそんなことやらせる訳が無い。これだけ大勢の人間を使って？　いくら何でも、そんなバカな！　で結局、「同じマンションの何号室のだれそれさんのお宅のリビングにボードがあって、何段目にこれがあって、右から三段目に証拠の品がある。」オシエテもらった気になって、その部屋に行きチャイムを鳴らして部屋番号と名前を名乗った後、戸を開けて応対して下さった奥様に「リビングにボードがありますよね？」「はい、あります。」「何段目に、何がありますよね？」「はい。あります。」「右から三段目にこれがありますよね？」「はい。あります。」「見せて下さい。」「はい。どうぞ。」意気込んで乗り込み、すんなり通してくれたことで、少々訝しみはしたが、なにしろ『自分は正しい。』ことをしてるつもりになっているので、深く考えない。見せて頂いて、ようやっとそこで、自分のバカさ加減に気が付いた。自分が訳分からんいちゃもんをつけていただけの申し訳なさと、この非礼を何と言ってお侘びすればよいのか。ひたすら謝って、羞恥心でいっぱいになり、顔も上げづらい状態で、その方が、また良い方で私の話が妙に具体的なこともあり「また、いつでも遊びに来て下さいね。」と優しく言って下さるのが、いたたまれず、部屋に帰っても、落ち込んだ。こうやて、自分は正しく、『これをやれば、はい決まり！』の筈が、そうでなかっただけでなく、何がなんでも、問題起こしている奴の悪事を暴かなくてはと、更にオシエテくれ（味方の振りして煽られ）、こうやって、自分の周りの人間に知られて、引っ込みがつかなくなるように、させられる。精神的にも身体的にも振幅が大きく、正常値が揺らぐように、これ以外にも、スーパーで、ここに来るから待てとオシエテもらった気になって、待っていると、オシエテもらった通りの車、色、車種、ナンバー、オシエテもらった通りの細身の中年女性。身長もそれくらい。オシエテもらった通りの茶色い鞄。住んでいる町名もオシエテくれた。その人にも、貴重品だけは除けた状態で鞄を確認させてくれとお願いして、結局私がお店の人に警察呼んで下さいと頼んで、店の人に断られ、私がいちゃもん付けた人自身が呼んだ。そこでやっと間違いに気が付いてお佗びして帰ろうとして、もめて、来てもらった警察官は、私が以前警察に何回も相談に行っていることと、その人の住んでいる町名がF町で、私がオシエテもらった住所（町名）だったことから、私が思い込んでいるだけじゃないって気が付いてくれたのに。だから店の駐車場で解放されたのに。十分に恥ずかしかったけど、自業自得。何しろ自分は、問題起こしているのを正す立場だと思い込んでいるから。その現場を離れた所で見ていた友人が、後日ちゃんと、私が、少なくとも犯罪やってないことを調べてくれた（これは実際助かった）後、その場で声掛けなかったことを謝ってくれたけど、感謝してる。そういう存在があったから、徐々に冷静さを取り戻せた。が、私自身が騙されたことを認めたくないっていうのも勿論だったけど、きちんと調べてもらった後、「そんなもの無いっ！」て言われた時も、だってこの人は、そんなこと知らない筈の人で、私がこう言ったから、こう答えたのであって、私に適当に話合わせてくれたとでも？　みたいな、こともあって、それまで、バカな真似をやらされて、落ち込むと『この人も言っている、この人は分かってくれる。』にしがみついていた。のだが、そいつは揚げ句の果てに、「そこの家に証拠の品があるから、勝手に入って持って行け。」流石にそれをやったら、こっちが泥棒になることは、私も気が付いたので、そう言うと、そいつは「自分の物を取り返すのに、何の問題がある？」

そう言い放った。やっと目が覚めて、それからはそいつの話は一切聞かず、それからも二カ月位はしつこかったが、確認の名目で、お話の設定に従って動いて、カクニンした気になるのではなく、やっと、まともな方法で、その頃はこちらの言動が筒抜け状態だったので、かなり難しかったけど工夫して、やっと確認して気が付いた。オシエテくれた人自身が、騙す側だったことに…！　それを認める前も相当きつかった。じゃあこの如何にも純朴そうな若い男の人と、真面目そうな女の子と、如何にも危なそうなおっさんと、遊び感覚で犯罪やっちゃいそうな女の子達と、子連れの主婦と、年配の人が、この人達が全員グル？　んなバカな。そんなことある訳無い。しかもこれだけ大勢の人使って、これだけ時間かけて？　んなアホな。常識で考えてあり得ない。でも自分がやれと言われてやっていることは、非常識極まりない。なのに自分だけは、特別。だって問題起こしているバカが居て、自分はそれを正す立場に居るから。特別に自分に好意的な人間がオシエテくれたんだ。もしも、この通り、人んちに勝手に入って持ってったら、どうなったと思う？　自分が、犯罪やって、自分がやった証拠を自分で差し出す真似をさせられるところだった。そうして二カ月の間、しつこかった。やっぱりそんなことある訳無いと、思いたい、時に、まるで、どっかで目の色変わるの見とった？　っいう位のタイミングの良さで、ホントにこっちがこれは本当はこういうことだったんじゃないかと、望んだ通りの設定を言っていた。ともすれば全人格を否定された気になっていたので、飛びつきそうになった。自分で確認するまで。そして私が完全に引っ掛からないと分かると、今度は主人の母、の所へいっているようだった。後日一部始終を話していた友人から、友人の友達の所に、私の所に掛かってきた話とそっくりな電話が掛かってきて、その子は友人から、私の話を聞いていたので、引っ掛からなかったそうだ。「聞いとって良かった、聞いてなかったら引っ掛かったかもしれん。」そう友人に話したそうだ。名前も顔も知らない人にまで？　要は「おまえ達がやったんだ。」に変えればイイだけのことで、「おまえの所の奴がやったんだ。」に変えればイイという話で、引っ掛かるカモは、誰でもいいんだ。

　二年もの間おかしいと報告して役場の人達に不審がられた親子が引っ越してからも、アパートの他の住民と、その後に越して来た人達に頼まれて、今度は農家の方が、アパートの二階で「Eスーパーでお菓子買ってもらえる。」って言っていた男の子の声を聞いて、「喚いとる。喚いとる。」しかも別の準公務員の人の娘さんも、言っている。そういう形にして、増やしていた。《(人が)やっていた。(人が)おかしい。》と言う人が居れば、それを口実にして農家の方で野焼きをやるようになった。「どっこも煙が上がってない変だ、変だ。」をちゃんと、「あそこのお宅がやったんだ。」「あそこだけじゃない。ここも。」「こも。」「みんなでやったんだ。」に変えていた。聞かされた話が事実なら、何でそんなことやらないかん。関連しない筈のモノをわざわざ関連づけて、連動させて、口実になんかなる訳無いのに、口実にして、自分で自分の信用無くす真似だけでなく、全然関係無い人達が、迷惑するように、ダイオキシンの問題があるから、野焼き禁止になっているのに、自分達が苦労して育てた作物に風評被害でも出れば、自分の所だけで済まないのに。一軒やると必ずその二、三日後に、もう二軒、大抵三軒単位であった。まあ実際、野焼き、楽だもんね。ホントはもっとすごい作業やってて、大変だけど、マメに草取りやってらしたのに、やったら楽だもんな。大義名分付くし？　なる訳ないじゃん。当人達は口実になると思っているみたいで、今からこいつが来るからと、こっちの動きに併せて、関連付けて連動させていたようだ。例えば、神社にお札納めに行く時、角の畑で、下向いてムッとしたお祖父さんが立っていて、その隣で、何やら吹き込んでいるかのような中年女性が、耳打ちしていて、帰りには、その角で野焼きやるおじいさんが居て、耳打ちしていた中年女性は影も形も無い。そんなことが、あっちでも、こっちでもあった。増えるに連れて、たくあんの臭いみたいな農薬や、乳臭い除草剤やらも加わった。〇〇〇と言えば有毒物質、「この辺の人は何でも畑で燃やすから。」後で農家の納屋でみつかったとでもすれば、「ああ、あそこが野焼きやってたね。」で通っちゃうね。だって止める人居るのに、やるんだもん。役場に言っても、役場の人が来る直前に止めて、帰ると又やる人も居た。裏の畑で野焼きやってて、窓から見ていたら、一旦止めて、見て居る間はせずに、役場が閉まった五時二十五分に、ダンボールを一箱、燃やしていた。そっちは見ていても気にしてなかった。

美容院に行った時、隣の席の女性は農家の方らしく、朝五時から農作業をしていたと仰っていた。その人の方向から、丁度立っている美容師さんが気が付かない高さで、臭かった。これは、郵便局とか行っても、後ろのおじいさんの手提げ鞄から異臭が飛んで？きたことあって、その時は郵便局の局員さんも鼻を手で擦って顔顰めていた。そうやって、必ず前に同じことをやっているのが居て、私以外で気が付く人が居ると、わざわざ《自分達がやったんだ。》に替える。聞かされた段階で、話の矛盾にすぐ気が付く人もいたし、言われた通り、やれと言われて、「冗談じゃない、なんでそんなことやらな、いかん。」そう断った人もいた。だから、話の矛盾に気が付かず、聞かされた話が事実なら、逆でも、やるかどうか、何度もチェックされて、《言われた通り動くかどうか。》《人が言っているからと、人に言われた通り動いた結果、タイミング良く出て来たモノに飛びついて、確認した気になってくれるか、どうか。》その上で、私が今から来るからと、もしくはどこそこで待てば来るからと、教えてもらった気になって、タイミングの良さをやはり疑わず、（本当に私がやっているなら、教えてくれる人が必ず居るのだから、目を離さなければいいだけ。）顔の確認をした気になって、誤認してくれる。これが第一段階。第二段階は確認の名目さえあれば、聞かされた話が事実なら逆でもやるかどうか、チェックされ、例えば頭がおかしいからと、突然喚くだの、急におかしくなるだの、ストレスが溜まるとやるだの、のご都合主義の話に乗せられ、「こんなことやっとるくせに、こんなこと（本人はやってなくて、人がやって、やっている奴が捏造証拠ツクッテ、本人の仕業に見せかけてるとか。）言ってるんだ。」車や家の盗聴をやらせ、本人に何が何でも「私がおかしい。」と言わせるように、確認の名目で無かった筈の自分自身の問題を作らされていることに気が付かないように、間髪入れずに、《人がやってくれる。専門家がやってくれる。》と思わせて、こっちが犯罪をやっているから、頭がおかしいのを、証明して無罪になる確率あげて下さい？　ずっとこの状態が続いていて、もうこれ以上こんなことやってられないから、あなたがこの状態が長引くように、「何カ月だけでも、何年だけでも」盗聴の許可を出して下さい？　言われた通り、他人がやってくれると思い込んで許可を出し、許可を出すこと自体犯罪だと気付きもせず、《そう言っていながら、これこのとおり。》がすぐに出て来て、「ああ、やっぱりやってやがった。そうだよな、そんなバカなことある訳が無い。自分だけは見抜けたんだ。」と安心して、許可を出した以上、休みの度に呼び出され、早朝、未明に電話が掛かってきて、振り回され、しかも、確認した確かな証拠、それも自分が、特別に確認して差し上げた筈のモノが、どうも違うとか言うのが居る。そいつは騙されていて、こちらは騙されなかったから見抜けたんだ。そうして、バカな真似をやらされるとお仲間が増え、この人も言っている。あの人も間違いない。これだけ大勢の人が言ってるんだ。大勢の人が言ってて間違い無いなら確認なんか要らない。要らないどころか、聞かされた話が事実なら、却ってマズイのに、気が付きもせずにな。何度も何度も振り回されて、その都度「やっぱ、やっとった。やっぱ、おかしい。」で引っ張られ、必ず、この人が言うんだから間違い無い。そういう立場の人と、無関係の筈の第三者、「困ってるんです。悩んでるんです。」と、弱者を装って、この状態が続いて困っている筈なのに逆をやれと、そうして、「この人は分かってくれる。」そう味方の振りしてミスリードをする人達に囲まれて、まともな意見を言う人は、自分で遠ざけ、バカな真似をした人同士暴走するように、確認方法から、対処法、解決策まで、全部逆を教えてくれる人が必ず居たでしょう。居なけりゃ絶対そんなことやろうとも思わなかっただろうに、言われた通り動くと必ず成果が現れ、周りや公的機関の人間に知られて引っ込みつかないようにさせられ、そのくせ相手（私）にしてやられたと、冷静な判断が出来ないように、必ず人が教えてくれたでしょう。どの程度で引っ掛かるか、どっち経由で話を持っていけばいいのか。どういう確認方法取ろうとするのか、どういう対処法取ろうとするのか、どういう解決策取ろうとするのか、どういうエサに飛びつくか、全部分かった上で、何度もくるのだから、自分がカモだと気が付いて止める側にまわるまで気が付かない。きちんと調べた人の話は聞かず、ちゃんと確認すらせずに、確認した気になって下さい。最初から用意してありますから。だから気が付く人は最初から除けていた。確認の名目でバカな真似をやらされた人の中には、言われた通りだけでなく、きちんと確認した人も居た。そういう人は、そうそう振り回されなかった。間を空けて、これだけ大勢の人が言ってるんだって形にして、撤回させる為に何度かいっているみたいだったけど、少なくとも《自分がやった。》には変えられなかった。騙された側が騙されたことに気が付いては困るのだろう。止める側に回られては困るのだろう。騙した存在に気付かれても困るのですよ。騙す奴は、あくまで、騙された側にとって、《自分に好意的な、自分の為に無理をして情報を集めてくれた人。自分の為に無理をして情報を漏らしてくれた人》、こんなバカな奴（私）のせいで振り回され、落ち込んだ自分を、分かってくれて、尊敬してくれる、カワイイ存在。そういう立ち位置に居なくてはならなかったから。そうして止める人が居たのに、違うことが分かっていたのに、こいつが言い張り、こいつが承知の上で人にやらせた。何故ならそいつには、人に知られると迷惑なことを繰り返し、承知の上でやって居たから。こちらにそれを言われると困るので、こいつ自身が、人を騙してやらせたんだ。という事実そういう状態にして、騙した奴は、その時には入れ替わっていて、騙されて自分がやったに変えられた人が、許可を出してから、同じことを言って、やってくれる人が居るのを、お仲間が増えた気になって、記録上は、全部おまえがやった。おまえがマズイ事だと分かっているので、人に、それも、バカなことをやるのを、人選したうえで、まともな方法で聞かされた話の矛盾に気が付いて、まともな方法を取ろうとしたり、止めようとする人が居たので、わざわざ逆でもやるのをピックアップして、おまえがやらせたんだ。そういう状態、それが第三段階。他に居る訳無い。私が頭がおかしくてそういうことをやって居る人が居て、同じことをやらされていると、そう思い込んでいるだけ。思い込んでいるだけなら、なんの事件も起きない筈。準公務員の方は、主人送り迎えしていた時、藪に車突っ込んで停まっていたり、建物が無い所から平日の朝七時二十分に出てきたこともあったが、その後、自分達の中に潜り込んでいる人が居て、「こいつ、こんな所で一体何やってるんだ?」そういう存在に気が付いた人が居たようだった。鉄工所の人は、主人の会社に送って行く時、いつもの道が工事中で、う回路を通っていた時、私達の車に合わせるかのようなタイミングで、焼却炉で何か燃やしていた人達が居た鉄工所の人じゃないのかな。

アパートの空き部屋に呼ばれた専門医が、まともに、盗聴も盗撮もやらずに、喚くのを待つなんてことをやらされた時、子供の金切り声と私の咳が重なるのに気が付いて、「咳しとるぅ。」と呆れて、怒って帰った後、母屋の前に、同居の家族の許可を得ずに盗聴やった元警察関係者と、クノさんと、義母と、その三軒が、私が気が付いていることに不安感じて黙り込んだ時すかさず「はっ、やっぱおかしいわ。」と言ってくれた、分かってくれる無関係の第三者の筈の人の四人で集まって、それまでも子供の声聞いておかしいと言ってくれる人が増える度に「良かったねぇ。良かったねぇ。」と言い合っていたが、（良かったっていう話では無い筈なのに）キチンと確認した医者が居たら、「アパートでごそごそやっている。」忌ま忌ましそうに義母が言い、それを受けて、無関係　一者の筈の人が「もっとぉ、年のいった先生でないとぅ、ボケたくらいの…、院長先生とかぁ。」言質を取られないように、冗談めかして、笑いながら細かく指示を出していた。年のいったベテランの先生でなく頭のボケた、まともな判断出来ない、権威だけある人が要るそうだ。その時からずっとその役をやってくれる人を探していたようだったが、気が付いて止める人が居る度に、自分だけはという人を探して、同じことをやらせる。その繰り返しだった。市民病院で専門医が引っ掛からないと、今から五、六年前に、医師会の名前の入った車に乗った若い男が、２４８号線を、バックミラー見ながら、髪の毛直す振りをして、片手でハンドル持って蛇行運転するのが居た。２４８は蒲郡から岡崎、豊田と続く交通量がとても多い主要幹線道路で、その車一台だけ走っている訳でも、私の二台だけでも無いのに、言われた通り（これはいつも私の財布から金を盗んだT子の現職警察官の兄がやっていた。）バカな真似をする奴経由で、頼まれた市民病院の専門医と同業者が他二名、２４８で車の盗聴をやっていた。主人の両親がそこに入院した時、人が見てるとやらないからと、人が見てない状況をツクッて反応を見てるつもりの青年団の人らしい人が数名居た。昔、奇声騒ぎの時、当時の青年団の人は、中学生位の女の子の悲鳴がうちじゃないことに気が付く人居たから。そういう所は必ず撤回してもらわなければいけないらしいので。保健所も「やっぱりおかしいかもしれん。」って言わせるまで、何回でもあったもんな。

47号線、岡崎刈谷線を突発的に走っていた時も、前を走っている車が、やはり専門医らしく、私が指摘したら慌てて止めて、アパートに飛んで来て、慌てて止めていた。のに、一人気が付いて止めると、今度は248で二人、増やす。市民病院の医者とは別に。23号線で、前をトラックが走っているのに、蛇行運転して、私に「危ないじゃないか。」とギャーギャー言わせて、それをまた聞かせる。対向車線のトクベツな方はトラックが邪魔で蛇行運転しているのは見えない。「二人で訳分からん事言っている。」その上で、すれ違う時には蛇行運転やめているので、顔の確認した気になってくれる。それの繰り返しだった。とにかく数で通そうとする。

「大勢の人が言っている。」！で納得する人居るから。それが分かっているから。そして、岡崎の歯医者に行く時に、M病院や、Aクリニック、K病院の車が尾いて来たことがあって、その内の何台かは知らないが、アパートにやって来て、「いっくら車の中でおかしいことを言っているにしたって、何でそんなことやらな、いかん。警察に連絡します。」そう言っている人が居た。そうすると、医者だけでなく、公的機関の人もますます増やしているようだった。令和二年の四月二日に、名古屋住んでいる姉を車で送ったあと、南に移動中に、やはり専門医が車の盗聴を確認の名目でやらされ、それを指摘すると、止めた。が、今度は専門医がやってくれるからと、医者に寝室の盗聴までやらせて、「頭がおかしい。」とまた、同業者が言っているから、に替えているようだった。専門医は車の盗聴はやったらいけなくて、寝室ならやっていい訳ないだろうが。この家も車も専門医の所有物じゃない。専門医は私の保護者でも、血縁でも無い。

　アパートの住民に頼まれて、《これだけ大勢の人間が言っている。》を増やしているのが常に居たが、自分が確認の名目で、バカなことやらされたと気が付いて、帰ろうとするのを、「三カ月だけでも。一年だけでも。」って時間稼ぎをするよう必ず引き留めているのが居た。一番短いのが、三日、一番長いのが六年。一回、二回ならともかく何でそんなバカな真似を、そんな何回も、そんな長いこと。って突っ込まれるように、最低三日。呆れたことに、窃盗の証拠とやらが見つかったという話の後、六年と言っていた。これ以上伸ばしてどうするんだ。調べるのが専門職があるんだから、その人がそれを持って警察行けばいいだけじゃない。六年、三年、一年短くしてもらったような気になって、それくらいならと、時間稼ぎに乗る人が多かった。中には「きちんと調べてからお返事します。」そういう人は二度と呼ばれなかった。物も言わず、振り切るようにして、帰った人も居た。大抵、後で様子伺いの人が居て、それを自分を気遣って来てくれたと勘違いする人も居たが、「そんなことある訳ないじゃん。おかしいだわ。」そう言わせる為が殆どで、押し付けた相手の心配をして、見に来る人も居たが、その時はそういう人だったらしく、「どうなった？」一言も言わなかった筈なのに、「三カ月伸びた。」平気で大嘘こいていた。神社のお祭りの時、一階のアパートの当時の住人に呼ばれて、役場の見栄えのいい若い男の人が、こっちが、掃除に行く時、洗濯物干す前に行くことを知っていたのか知らないが、町内放送をかけた。私が一番汚れた拝殿の横を一人で掃き掃除していると、私が居ると教えてもらった、責任者の高齢の男の人が飛んで来て、私が居るってだけで、「あっ、ホントだあ。」カクニンした気になって、それをちゃんと確認してから言えばいいのに、声掛けて私が驚いて振り返った。ただそれだけで追確認して顔のカクニンした気になったのだろう。また善意を利用されてすぐ人に吹聴するものだから、引っ込みがつかなくなる。真に受けた人が、こちらを睨みつけて、本人はさりげなく様子伺っているつもりで、この程度で引っ掛かりますよと教えてあげてるようなものだった。それを又、夜、提灯ぶら下げに行った時、離れて仁王立ちしてる三十代前半位のがっしりした人が、こちらに気取られずに巧いこと、様子伺いしているつもりだったのだろう。その仁王立ちの人を使って、次の火曜日のゴミ出しの日に、今から私が来るからと教えてもらって、集合住宅の人と一緒になって、私に感づかれるといけないから、後ろを向いて、談笑するフリをして、『ゴミの中から証拠の品が見つかった。』をやっていた。ここに引っ越す前に警察が引っ掛かった手口だ。ここに引っ越してからも、Tさんが廃品回収の品から出てきたと、コンビニで、この人が得意になってやる十年以上前にやってたよ。は違法行為なので、違法行為で集めた証拠は証拠にならない。しかもゴミの中から出てきた。やったらマズイことなのに。その年の暮れ、アパートの二階の階段寄りの部屋の男が「自治体の問題に替えたから安心!」そう言っていた。「アパートの声って、ベランダ出ると、結構聞こえるんだよね。」そう家の中で呟くと、ピタッと静かになって、その部屋以外の金髪の後から越して来た、やはり内装業の人の所に出入りしていた、多分農家の方だろうが、その人も一旦帰ったのに、家で実際バカなことをやった人達に、「そんなバカなことある訳ないっ!」ってぎゃあぎゃあ言われたらしく、騙した奴の所にノコノコ舞い戻って来て、「困ってるんです。悩んでるんです。」の筈のその部屋の人は、農家の人が帰られた後、「ねらいどおり。」って言っていた。そうやって上手いことやっているつもりで、「自治体の問題に替えたから安心！」って言っていた奴の替わりをさせられていることに全く気が付いて無かった。最初から『お仲間同士の騙しあい。お仲間同士の責任のなすり付けあい。』だったもんな。

農家の方と、準公務員の方と鉄工所の方と、酪農家の方が、二年以上皆でこの職業の方々が交替でやったんだ。になった頃、以前に「昼間だけだろっ。」ってぼそっと一言、言った人と同じ人が、今度は「新たに場所を用意しないと。」とまた、ぼそっと言った。すると、その少し前に「そうするように乗せた。」と、ゴミ捨てに行った時に、どこかは分からなかったが、そう言っている若い男の人の声がして、家に帰ってから、そのことを一人で言うと、開けた二階の窓の外、家の西側？　で、「あんまり大きい声出すからだ。」そう咎めているさっきと違う若い男の人の声が聞こえた。それから数日後に「安城と岡崎の二カ所に造る。四千万位掛かる。F社に頼むか？」農家の方と、準公務員の方と鉄工所の方が、税金遣ってやるよう申請出したのか、「よしっ！　これでいつでも動ける！」そう年配の男の人の声がしていた。当然断られたらしく、そしたら、やはり同罪共犯にさせられているのに、気が付かない人に『防災活動』の名の下、また申請出したそうだ。「よしっ！　これで全員逮捕出来る。三百人逮捕出来るっ！　ゴミの日まで待てっ！」令和二年の三月に主人と歯科検診に行った時、私が主人待ってソファでうとうとしていたら、若い男の人がやって来て、「頭のおかしい人だから書いて下さい。」「書けません。」「書いて下さい。」「書けません。」その人はそれをやれば問題解決してもらえると思い込んでいるから、ごねる。ごねる。それで、「実は（私が）犯罪をやっていて、ゴミの中からその証拠が見つかったが、調べてもらうのに一年か二年かかる。」アホか。証拠見つかった地点で頭のおかしいのを証明して無罪の確率上げてどうするの。折角見つかった証拠を台無しにするのか。刑事事件無罪にしてどうするの？　被害者になんて言うの？　二年も経ったら証拠劣化するじゃん。その時捨てたゴミというのは主人が去年骨折したので、シャワー用にネットで買ったプラスチックのイスの背面と座面の二つだけで、大量消費の大量生産品で、番号指定も出来ないし、ネジこみ式だから、分解も出来ない代物なのに、それしか捨ててないのに、それが証拠？　うちの東側の道路を歩きながら、四十歳位の結構賢そうな中年女性が歩きながら「二年待てば裁判だ！」って嬉しそうに言ってたことが、これと前後してあったけど、その後で「よしっ！　これで全部済んだ。温泉行くか？」って言ってる人居た。三百人逮捕って言ってる人と同じ人みたいだったけど？　私、三百人じゃないよ？　その一週間後にゴミの中から見つかったに飛びついた若い男の人で「逮捕劇か？」って聞いていたり、その人達とはまた違う立場で、「準公務員の奴にやらせろ。青年団の奴にやらせろ。民生委員にやらせろ。」そういう年配の男の人も居た。土曜日の昼二時四十五分に、洗濯物しまう前にちょっと二階で横になっていたら、女の子の泣き叫ぶ声や、男の子の叫び声が、二カ所で聞こえた。すると二軒西のお子さんの居るお宅だと思うけど、そこに呼ばれた人が、カツカツカツカツ靴音立てて、血相変えてというか、すぐに報告しなくては、みたいに足早に行くのを、子供がスキップして付いていって、その子が、完全にスキップやめてから、その母親らしき人は、子供にスキップ促すのではなく、一緒にやるでもなく、靴音を立ててた女の人が完全に居なくなってからスキップしていた。それに関係してかは知らないが、キタノさんの温室に入り込んで、調べる立場の三十代位の男の人と、二十代の女の子の二人が居た。「よしこれでいつでも逮捕状が取れる。」年配の男の人が話していて、それから暫くして、「ほら、簡単だったでしょ?」そう言う、多分温室に居た女の子だと思うけど、誰かに話して居た。この子は調べる立場の筈なのに？　違う場所かもしれないけど、「良かった、見つかってぇ。」と言う、もう少し年上の二軒西側の母親らしき人や、その人と一緒に「医者が欲しいなっ。」そう言う若い？　男の人も居た。「金額少なめに表示しろ。」準公務員の人にやらせろと言っていた年配の人だと思うが、こうも言っていた。その後、費用を皆で分担して南側のキダさんの家が場所を提供して、民間業者を頼んでやらせた。町内放送が入って、「役場とは一切関係ありませんから。」民間業者は、すぐに気が付いた。「だって違ってる。寝とる時にもあるっ！」頼んだ義父母も含めたご近所の方は納得しない。「そりゃ、やれって言うならやるけどぅ?」義父「やれっ！」民間業者は、やればやる程お金になる。でもやらなかった。その上司が「犯罪の臭いがする。」そう言って止めた。道路で話しているので丸聞こえだった。

　取り付けたもん、勝手に聞く分には、罪にならない。常習犯となれば、話は別。悪質な場合も逮捕の対象になる。それが、一番逮捕状の取りやすい『公務執行妨害』？　四千万掛かるのを、少なく表示してもらってそれくらいならと、『公金横領』？「二千万。」とか「三百万。」とか言っている人居たけど。千円単位で逮捕された例あるのに。「全員逮捕出来るチャンスを逃すな！」年配の男の人。

善意や親切心を利用されて騙されたなんてある訳ないと、言い張る立場に立った後で、否定したくてわざわざやる人を、ピックアップして、ピックアップする為にやらせていたのだと。騙されて、バカな真似をやらされたんじゃなく、本人が、承知の上で、こっちに非があるからと、こっちがおかしいからと口実にして、口実になんかなる訳無いのに、口実にして、やり続けるように、止める人がいるのに聞かず、きちんと調べた人が言っても聞かずに、そんなバカなことある訳ない、自分だけは違うんだ。自分だけは見抜けたんだ。自分だけ教えてもらったから知ってるんだぞと言って、やる。そういうのが要るってことだったたんだ。騙した存在に気付かれるといけないので、騙した奴はあくまで、騙されてバカな真似をさせられて、それをその人の周りの人間や、公的機関の人間に知られて引っ込みがつかない状況になっても、騙されたんじゃない。これは自分に好意的な人間だと、好意的な人間が自分の為に無理をして情報を漏らしてくれたんだと、無理をして情報を集めてくれたんだと、騙された人自身が言い張り、カクニンの名目でバカなことを言われた通りやった結果、成果が現れたと思える、要は、決め手にかけるモノでも、その程度で確認した気になってくれる、その程度で引っ掛かるのをチェックされて、バカな真似をした結果、必ず自分のことを分かってくれる人が新たに現れ、お仲間が増える。そうして、安心してバカやり続けるように、ずっと、こんな私の様なバカと関係無い筈が、いちいち私に関連付け、連動させて、口実にして、自分の（自分がツクッた自分自身の）問題に向き合わないよう、現実に目を向けないよう、常に「やっぱやっとった。やっぱおかしい。」と引っ張られ、その人の周りと、公的機関の人間に知られて引っ込みが付かないようにさせられ、自分の信用を無くす真似、全然関係無い人が巻き添えくって迷惑かかることを、正義感や、親切心を利用されて、正しいことをやっているような気になって、聞かされた話が事実だったら、必ず逆、犯罪やっているバカが居て、それを正す立場の筈が、犯罪しやすいように（見た。って必ず人が教えてくれるのに、人が見てるとやらないから見て無い状況つくれ。とか）、それも証拠があって間違い無い筈が、証拠を捏造しろとか、ごまかしやすいように、捏造証拠をOKにしたりとか、言い訳をするので、言い訳をわざわざ車やうちの盗聴までやって聞くように、ですか？　しかも犯罪やっているから、無罪になる確率上げる為に、夜中に喚く？　突然おかしくなるから？　ストレスが貯まるとやるから？　分かっているなら、その人が止めればいいだけじゃない。（信頼して）尊敬してくれる。持ち上げられて騙されたんじゃない。ええ。承知の上で、集団で、寝室の盗聴なんてバカなことやるから、人に知られると困るので、これだけ大勢の人がやったんだ。自分だけじゃない。こいつらがやったんだ。自分じゃない。こいつらが、何が何でも私に、濡れ衣着せて、泥棒に仕立てあげなきゃいけなかったんだ。こいつらにはそうしなくてはいけない理由があったから。自分の身内、お仲間が自分の職場や自宅で犯罪なんかやるから。何が何でも喚いてもらわなくてはいけなかった。犯罪やる理由が私に無かったから。矛盾がどうしても生じるので、頭がおかしいで納得する奴が要った。自分達がやった犯罪を私の仕業に見せかければ、頭がおかしいと言って、自分を正当化する為に、バカやり続ける口実に使ってくれる。税金遣って、犯罪増やす手伝いをさせられただけじゃなく、集団で犯罪をやっていたのは、犯罪をやらせていたのは、承知の上でやっていた、やらせていた、こいつらですよ。か。『証拠ツクルのは簡単、証人ツクルのは難しい。そうだと思い込んだ人間ツクレバいい。』《証拠があって間違い無い筈が無ければ証拠を捏造すればいい。》《ツクッたモノでも区別がつかない人が、用意サレタモノに飛びついてカクニンした気になればいい。》《話は後で変えればいい。》《実在の人間がこれだけ大勢言っているに変えればいい。》《これだけ大勢の人間が言っていて、この人が言うんだからという立場の人が「間違い無い。」と言いさえすればいい。》《話の矛盾は頭がおかしいで納得する奴が居ればいい。》自分が対象。自分の問題などとかけらも思わなかった人達が、みんなでそういうバカな話が通るようにした結果、税金使って、集団で犯罪やっていたのは、こいつらですよ。集団で犯罪をやっている時に、動く筈の所が、エリートの公安が騙されて、無かった手柄話に飛びついて、被害者の家に盗聴器を取り付けたんじゃない。こいつらが集団で犯罪やってたんです。ツクッタんじゃない手柄話に、集団で、自分達でわざわざ変えたもんね。

あとがき

こんな鬱陶しい話を最後まで読んで下さいまして、ありがとうございます。

思い込んでいるだけならば、なんの問題も起きない筈ですのに、この春読み直した原稿が、夏に補足をお願いしようと入れておいた本棚の引き出しを開けると失くなっておりました。私は必ず三部プリントアウトなり、コピーなりしますので、別の本棚の戸棚に仕舞っておいた残りの原稿もやはりというか、ありませんでした。

このような状態でお声をかけて下さった出版社の皆様と関係者の方々、私を支えて下さった友人その他の皆々様に御礼申し上げます。ありがとうございました。

令和三年八月吉日

桜木ゆりか

著者プロフィール

桜木 ゆりか（さくらぎ ゆりか）

花がすきで、旅行がすきで、美味しい物を食べるのが大すきなタダの主婦です。

こんな事がホントの話なんて言ったら
絶対、頭おかしいと思われるよね。

2022年２月15日　初版第１刷発行

著　者　桜木 ゆりか
発行者　瓜谷 綱延
発行所　株式会社文芸社
〒160-0022　東京都新宿区新宿1－10－1
電話　03-5369-3060（代表）
03-5369-2299（販売）

印　刷　株式会社文芸社
製本所　株式会社MOTOMURA

ISBN978-4-286-23335-2